To. 임의정작가님♡

작가님의 필력으로 유쾌한 따뜻한
"법대로 사랑하라"를 만들어 주셔서
감사합니다!!♡

이세영
22.10.17

「법대로 사랑하라」를 사랑해주신 시청자분들께!
또 김유리를 사랑해주신 여러분께 감사드립니다.
힘든 여름날 여러분을 떠올리며 힘내서 촬영했어요.
만족스러운 부분도 아쉬운 부분도 있지만 여러분과 함께하는 여정이라
더 의미있었습니다. 끝까지 지켜봐주세요. 감사합니다!♡
항상 건강하시고 행복한 일들만 가득하시기 바랍니다.

법대로 사랑하라

2

임의정 대본집

법대로 사랑하라 2

초판 1쇄 인쇄 2022년 10월 25일
초판 1쇄 발행 2022년 11월 15일

지은이 | 임의정
펴낸이 | 金滇珉
펴낸곳 | 북로그컴퍼니
책임편집 | 김나정
디자인 | 김승은
주소 | 서울시 마포구 와우산로 44(상수동), 3층
전화 | 02-738-0214
팩스 | 02-738-1030
등록 | 제2010-000174호

ISBN 979-11-6803-042-8 04810
Copyright © 임의정, 2022

· 이 드라마는 노승아 작가의 《법대로 사랑하라》(와이엠북스)를 원작으로 하였습니다.
· 표지 및 내지에 수록된 대본 이외의 자료 저작권은 KBS에 있습니다.
· 표지 및 내지에 수록된 캘리그래피는 캘리애 배정애 작가가 썼습니다. (@jeju_callilove)

· 블로그: blog.naver.com/blc2009
· 인스타그램: @booklogcompany
· 페이스북: facebook.com/blc2009
· 유튜브: 북로그컴퍼니

임의정 대본집

법대로 사랑하라 2

북로그컴퍼니

저는 '그럼에도 불구하고'라는 말을 좋아합니다. 이 말이 들어가면 문장은 무조건 멋있어지거든요. '그는 아팠다. 그럼에도 불구하고 일하러 나갔다.' '너는 나를 배신했다. 그럼에도 불구하고 나는 너를 용서한다.'

저는 삶의 이런 순간들을 좋아합니다. 그러지 않아야 할 이유가 충분히 있음에도 그 무언가를 이겨내는 힘을, 그것을 넘어서는 순간들을 좋아합니다. 사람들은 그럴 때 반짝이니까요. 그래서 저는 정호와 유리가, 좌절하여 멈춰 서 있을 이유가 충분함에도 불구하고 나아가는 순간을, 서로를 사랑하지 않을 이유가, 서로를 포기해야 할 이유가 더 많음에도 불구하고 사랑하는 순간들을 쓰고 싶었습니다.

원작 《법대로 사랑하라》를 처음 접했을 때, 정의에 대해 말하고 '사랑하라'는 메시지를 주는 작품도 참 오랜만이다라는 생각을 했던 기억이 납니다. 모두가 모두에게 화가 나 있는 시대를 살고 있다고 느꼈기 때문일까요. 혐오와 화로 가득한 이 세상에, 유리의 '로 카페'가 엉뚱히 동네 어귀를 차지하고 있다고 생각하니 대체 어쩔 작정이냐며 정호처럼 뭔가 타박을 하고 싶어지기도 하고, 한번 찾아가서 긴 상담 줄에 서보고 싶어지기도 하더라고요. 그리고 힘든 날 그 줄에 서 있다 마침내 유리의 동그란 눈을 만나면, 그녀가 내미는 따뜻한 차 한 잔에 그냥 덜컥 울음을 터트려버릴지도 모르겠다는 생각이 들었습니다. 그래서 저는 그것이 설령 판타지일지언정, 유리의 로 카페가 우리 곁에 있어주었으면 좋겠다고 생각했습니다.

저의 부족함으로 인해 원작의 따스함과 이런 의도들이 온전히 전해졌는지 모르겠습니다. 하지만 단 한 순간이라도 여러분께 닿았다면, 저는 그래야 하는 수많은 이유에도 불구하고 글쓰기를 놓지 않으려고 합니다.

드라마 하나가 만들어지는 데도, 정말 수많은 '그럼에도 불구하고'가 있었습니다. 부족한 대본이 첫째요, 무더위와 폭우가 있었지요. 그 모든 난관과 역경을 이겨내고 훌륭한 드라마를 만들어주신 모든 배우분들과 스탭분들, 그리고 감독님들께 감사 인사를 올립니다. 정말 너무 멋지셨습니다. 작품을 사랑으로 지켜봐주신 분들께도 감사 인사를 전하고 싶습니다.

연애와 결혼과 출산을 하지 말아야 할 이유가, 이웃을 사랑하기보다 미워해야 할 이유가 더 많은 시대입니다. 그럼에도 부디 누군가를 사랑하시고, 나아가시고, 또 자주 행복하시기를 바라겠습니다.

일러두기

1. 이 책의 편집은 임의정 작가의 드라마 대본 집필 방식을 따랐습니다.

2. 드라마 대사는 글말이 아닌 입말임을 감안하여, 한글맞춤법과 다른 부분이라 해도 그 표현을 살렸습니다. 지문의 경우 한글맞춤법을 최대한 따르되, 어감을 살리기 위해 고치지 않고 그대로 둔 경우도 있습니다.

3. 대사와 지문에 등장하는 말줄임표나 쉼표, 느낌표와 마침표 등의 문장부호 역시 작가의 집필 의도를 살리기 위해 그대로 실었습니다.

4. 드라마에서 장면을 나타내는 'Scene'의 경우, 표준국어대사전에는 '신'으로 등록되어 있지만 작가의 집필 형식과 현장에서 쓰이는 방식에 따라 '씬'으로 표기했습니다.

5. 이 책은 작가의 최종 대본으로, 방송된 부분과 다를 수 있습니다.

6. 대본에 등장하는 인물, 단체, 기업, 사건, 기관, 지명 등은 실제와 관련이 없습니다.

7. 11화에 인용된 시 저작물은 저작권자, 한국문학예술저작권협회의 인용 사용 허가를 받아 수록했습니다. 지문, 대사를 통해 저작자명, 저작물명을 확인할 수 있으므로 별도의 출처 표기는 생략했습니다.

차례

마음이 괴로워서 용하다는 점집도 찾아가보고
상담 잘한다는 정신과도 찾아가보았지만,
우연히 만난 변호사의 한마디에 광명을 찾은 적이 있다.
아니 세상에 나에게 그런 권리가 있었던가!
딱히 무엇을 해볼 건 아니었지만,
나의 권리를 아는 것만으로도 가슴이 뻥 뚫리는 기분이었다.

그래서 생각했다.
집에 있는 동안에도 끊임없이 정신수양 하게 만드는 층간소음!
계약 만기일 직전 갑자기 전셋값을 올리겠다고 찾아온 집주인!
당근나라에 헐값에 잘못 팔아넘긴 아버지의 최애 낚싯대!
인터넷에 솔직 리뷰를 올렸다가 받은 고소장!
아무리 거절해도 알아 처먹지 못하고 계~속 들이대는 직장 상사!
이렇듯 작고 사소해 보이지만 너무나도 절박한
우리네 사정에 귀 기울여주는 변호사가 한 명쯤 있다면 얼마나 좋을까!

마침 여기, 억대 연봉의 대형 로펌을 박차고 나와
한적한 주택가에 로(Law) 카페를 개업한 프로 오지랖er 변호사가 있다.
근데 하필 검찰청을 박차고 나와 추리닝 입고 백수로 사는 검사가 건물주란다.
이들에게 커피 한 잔 값에,
굿을 해도 소용없고, 우울증약으로도 해결 안 되는 고민을 한번 털어놓아보자.
꼬우면 법대로 해~ 하고 소리치던 그 인간이 떠오르는가,
의외로 법대로 하면 유쾌하고 상쾌하고 통쾌한 해결법이 있을지도 모른다.

아 참, 그들이 파는 커피는 좀 달달할지도 모르겠다.

인물관계도

이회장
정호(외조부)
도한그룹 회장

이편웅
도한건설 대표

정호 가족

김정호
은하빌딩 옥탑
전직 검사, 현 웹소설 작가

김승운
정호(부)
서울중앙지검장

부부

이연주
정호(모)

적대/소송
사람들

절친

짝사랑하는 친구

연인으로

박우진
은하빌딩 2층
바른정신건강의학과 원장

도진기
셰프

부부

한세연
경찰(육아휴직 중)

관심

황대표
로펌 황앤구 대표

절친

가족

김유리
은하빌딩 1층
'로 카페' 변호사

송옥자
유리(모)

유리 사람들

Law cafe

동네 사람들
(의뢰인)

단골손님/의뢰

서은강
'로 카페' 바리스타

배준
'로 카페' 아르바이트생

#또라이추리닝
#갓물주
#전직 검사
#팩트폭력배

천재와 바보는 한길로 통하는 법.

김정호 (남/34)

사시사철 똑같은 청록색 추리닝을 입은 채 옥탑 선베드에 만화책과 무협지를 펼쳐놓고 낮잠을 때리거나, 자기 소유의 건물을 순회하며 세입자들과 고스톱을 치거나, 밤새 영화나 드라마를 보며 팩트 체크 리뷰를 올리는 것이 그의 유일한 일상이다.

이렇게 보면 팔자 좋은 동네 백수가 따로 없어 보이지만, 사실 그는 한국대 법대 수석 입학 + 재학 중 사시 패스 + 사법 연수원 수석 수료생에 빛나는... 전직 검사다! 게다가 무릎 나온 추리닝에 가려져 있다 뿐이지, 미모 역시 어디 가서 빠지지 않는다. 그런 그가 17년간 한 여자만 외곬으로 짝사랑해왔으니... 은근 디즈니 남자 주인공 재질이랄지. 왕자와 거지가 한 몸에 공존하는 듯한 매력이 있다고 할지...

어린 시절부터 대쪽 같은 원칙주의자였던 검사 아버지 밑에서 성장해 자연히 옳고 그름을 따져 묻는 습관을 들인 데다, 한 번 본 서류는 오자 하나까지 기억해내는 천재적인 기억 능력이 더해져 정호는 '팩트'를 좋아한다. 시와 때는 물론 상대 역시 가리지 않는 맞는 말 머신으로... 사람들이 사실과 다른 말을 얼버무리는 것을 가장~ 싫어한다. 그러니 실체적 진실을 찾아 원칙에 따라 일을 처리하며 법정에서 조목조목 상대 논지의 허점을 지적해 청산유수 맞는 말 파티를 벌일 수 있는 검사란 직업은, 그에게 그야말로 천직일 수밖에.

그런 그가 1년 전 돌연 검사를 관두었다.

그를 모셔 가려고 난리 난 로펌이 한둘이 아닌데... 정호는 한적한 주택가 옥탑에 자리를 잡고 그야말로 탱자탱자 놀며 엄한 팩폭으로 동네 사람들만 빡치게 하고 돌아다니니, 의아하지 않을 수가. 사람들은 필시 이것이 아버지인 김승운 검사장과 어떤 관련이 있으리라 추측할 뿐이다.

이렇게 팩트 좋아하는 그로 하여금 "나 너 안 좋아해." 거짓말을 하게 하는 유일한 사람이 있으니, 17년간 바라봐 온 김유리 되시겠다. 그녀로 말할 것 같으면, 고2 때 전학 온 정호에게 전교 1등 자리를 빼앗기고도 그에게 다가와 모르는 문제를 물어보던 그릇이 큰 여인이었고, 자신의 아버지를 죽인 이들을 제대로 처벌하지 못한 검사가 정호의 아버지인 걸 알면서도, 결코 정호를 버리지 않았던... 그런 강한 사람이었다. 정호가 아는 한, 유리는 세상에서 가장 멋진 여자다.

17년간 이루지 못한 사랑을 가슴에 품고 사는 일이 힘들지 않냐고. 글쎄, 정호는 오랜 짝사랑에 안착하여 이젠 내면적 평화를 이루었다. 그 비결이 무언가 하면... 그녀를 자주 안 보면 된다. 커피 한잔하며 눈을 감으면, 환하게 웃으며 저를 보고 있는 그녀가 보이는데, 굳이 실물을 만나 마음 다칠 일을 만들 필요는 없다. 근데 네가 왜 여기서 나와?!

정호의 감미로운 환상과 평온한 일상을 깨부수며, 실물 김유리가 대차게 등장해 그의 건물 1층에 똬리를 튼다.

김유리 (여/34)

#호피마니아
#패소의 여왕
#의지의 또라이
#투머치 오지랖er

실한 변호사 하나 열 무당 안 부럽다!

법원, 회사 가리지 않고 당당히(?) 호피 무늬 치맛자락을 휘날리며 돌아다니는 그녀로 말할 것 같으면... 고3 때 아버지를 잃고도 한국대 법대에 차석으로 합격한 강철 멘탈의 소유자요, 자본의 논리로 움직이는 대형 로펌에서 돈이 안 되다 못해 패소 시 거액의 소송 비용까지 물어내야 하는 공익소송만 죽어라 파대는, 쌈 마이웨이요. 그 와중에 자기 회사를 상대로 52시간 법정 근로 시간을 준수해달라며 소장까지 날려대는 의지의 또라이다!

이런 그녀가 아직도 회사에서 쫓겨나지 않은 이유는, [직장 내 괴롭힘 산재 신청], [소방공무원 위험직무 순직 인정], [장애인 시외 이동권 소송] 등 굵직한 소송들을 주도하며 로펌의 이미지 향상에 크게 기여했기 때문이다. 물론 기존의 시스템에 도전하는 공익소송의 성격상 승소는 쉽지 않았고... 그 덕에 '패소의 여왕'이라는 별명으로 불리게 되었으나 그녀는 개의치 않는다. 사람들에게 나댄다는 비아냥을 좀 듣더라도, 커피 한잔 뚝딱하고 며칠 밤을 새고 나면 그녀의 힘으로도 만들 수 있는 변화가 얼마든지 있었기 때문이다.

강인한 멘탈과 선명한 정의감, 생각한 바를 바로 행동으로 옮기는 실행력까지! 그녀를 보고 있으면, 문득 이런 말이 떠오른다. Too Much..... 정의감도 오지랖도 의욕도, 투머치한 그녀...

그런 그녀가 마치 때가 되었다는 듯 억대 연봉을 보장해주는 로펌에 사직서를 날린다. 그렇다, 그녀의 포부를 담기엔 대형 로펌 공익재단은 너무 작았던 것이다! 드디어 정치를 하려는 것인가! 아님 희대의 인권변호사로서의 시작을 알릴 텐가! 모두의 기대를 모으던 그녀는, 느닷없이, 생뚱맞게, 모교 후문인 벚나무만 무성한 주택가에 '카페'를 개업한다.

원래 타로 카페였던 그곳에서, '실한 변호사 하나 열 무당 안 부럽다!'를 모토로... 점집 인테리어 그대로 '타'자만 떼어내더니 커피 한 잔 값에도 법률 상담을 해주는 '로(Law)' 카페를 하겠다고 선언한다. 그런데 하필 그곳이 고등학교 때부터 함께 몰려 다니던 4인방 중 한 명이자 저와는 완전 '앙숙'인 김정호가 건물주로 있는 빌딩이라고! 유리는 오랜만에 보는 정호가 반갑고 옥탑에 그가 있다니 든든하기만 한데, 정호는 그렇지 않은가 보다. 몇 년씩 저를 피해 다니다 못해 이젠 저를 쫓아내지 못해 안달인 그를 보며 유리는 오기가 샘솟는다.

동네 '아는 변호사'가 되어 법의 문턱을 낮추겠다는 그녀의 신념은 제법 오래되었다. 아버지가 일하던 건설 현장에서 사고로 돌아가시고, 억울하게 그 책임까지 떠안게 되자 유리의 어머니는 법전을 펼쳐가며 공룡 같은 건설사와 긴 싸움을 시작했다. 사망 보험금까지 쏟아 부으며 몇 년간 민형사를 오가는 법정 공방이 계속되었다. 명징한 증거에도 불구, 1심에서 건설사 대표에게 '무죄' 판결이 떨어지던 날, 유리는 사건의 담당 검사를 찾아가 따져 물었다. 법이 왜 이따위냐고. 그 많은 사람들이 죽었는데 어떻게 그 사람이 무죄일 수 있냐고. 검사는 유리가 퍼붓는 모든 질문에 답을 가지고 있었고, 유리가 펼치는 모든 논리를 깨부수었다. 그 검사는 정호의 아버지였다.

그때는 그에게 반박할 말을 찾지 못했으나, 이젠 그 말을 안다. 법을 공부하며 가장 아픈 깨달음은 그거였다. 그때 법의 문턱이 조금만 더 낮았더라면, 충분히 아버지의 억울함을 풀어줄 수 있었다는 거. 법의 문턱이 조금만 더 낮았더라면, 아버지를 잃고 난 엄마와 제가 두 번, 세 번 가슴이 찢어질 일은 없었을 거라는 거.

그리하여 오늘도 누군가의 가슴을 찢고 있을 그 높은 턱을, 유리는 허물어보려고 한다.

박우진 (남/37)

#은하빌딩 2층 바른정신건강의학과 원장 #심신미약 #동네 짠한 형

정신과 닥터지만 고라니 멘탈을 가진 이 남자. 우울증, 디스크, 족저근막염, 척추측만증 등 현대인의 모든 질병을 다 달고 사는 유약한 사내다. 특유의 보호 본능을 자극하는 매력(?) 때문인지 동네 사람들이 그의 진료실을 사랑방 삼아 드나들며, 고스톱도 치고 수다도 떨고, 상담도 하고, 약도 받아간다.

정호와 함께 남들 다 일하는 시간에 동네 슈퍼에 앉아 만화책을 보거나, 문방구 앞 게임기에서 주말을 보내는 등의 행보를 보이며, 동네 공식 바보 형제로 우애를 자랑하던 게 바로 어제인데.. 1층 타로 카페를 인수해 로 카페를 한다는 유리가 나타난 이후... 그런 유리에게 마치 로드킬과 같은 강렬한 덕통사고를 당한 이후! 정호와의 관계는 조금 미묘해진다.

서은강 (남/28)

#로 카페의 바리스타 #이 구역의 냉미남 #방화범

냉랭한 눈빛과 말투. 그러나 그가 만드는 커피는 항상 뜨겁다. 커피는 차게 먹는 것이 아니라는 철학으로, 아이스 아메리카노를 먹겠다는 손님과 기 싸움을 벌이는 그는, 확실히 별난 구석이 있다. 바리스타 자격증은 교도소에서 5년간 복역하는 동안 획득한 것으로, 그 히스토리 때문인지 커피 만드는 스킬 외에도 상당한 법 지식이 있다. 몇 년 전 유리가 무료 변론을 해줬던 방화 사건의 피고인으로, 유리에겐 큰 빚이 있다.

배준 (남/27)

#로 카페의 알바생 #이 구역의 도련님

느릿느릿 여유만만. 일을 시키지 않으면 절대 찾아 하지 않는 도련님과의 아르바이트생이다. 부모님 종용에 어쩔 수 없이 다니던 로스쿨을 휴학하고, 요즘 무엇을 하며 살아야 하나 고민 중이다. 그러던 중 두 갈래 길을 만난다. 매일매일이 뜨거운 유리와, 돛단배를 타고 유람 중인 정호. 어떻게 사는 것이 맞는 것일까. 준이는 오늘도 카페 앞 테라스에서 정호와 함께 일광욕을 즐기며.. 고민 중이다.

김천댁 (여/50대)

로 카페가 있는 은하빌딩 건너편, 낡은 건물 1층에 자리한 해피슈퍼의 주인.
입은 험하지만 행동으로는 정호와 우진을 살뜰하게 챙기는 이중 면모를 지닌 아줌마다. 명색이 소설가라는 정호에게 '돈을 벌어야 직업'이라고 일갈하는 등 아주 현실적인 보통의 아줌마로, 온갖 소문이 모이는 슈퍼마켓이라는 장소를 이용해 동네 소리통 역할에 충실하다.

최여사 (여/50대)

김천댁과 더불어 밥상머리 멤버 중 하나. 김천댁은 정호와 우진을 귀찮아하는 반면에, 오지랖이 광대한 최여사는 정호, 우진의 일 하나하나에 관심이 지대하다. 밥상머리 멤버는 핑계일 뿐, 사실 이들 네 명은 계를 붓고 있다. 동네 상권이 죽어서 한가하기도 하고, 목돈도 굴리면 좋으니 일석이조. 식사가 끝나면 다음 코스는 고스톱이다.

이편웅 (남/40대 중반) / 도한건설의 대표이사

도한그룹 이회장의 혼외자, 즉 정호 엄마의 이복동생. 어린 시절부터 도한그룹 안주인의 눈길을 피해 생모와 이곳저곳을 전전하며 자랐다. 나서부터 모든 걸 가진 그들과는 달리, 그는 늘 칼날과 같은 경계에 서서 항상 불안과 공포에 떨며 살아야 했다.

편웅은 아버지인 도한그룹 이회장의 기대에 부응하고자, 도한가의 충실한 개가 되어 그가 시키는 모든 짓을 했다. 그렇게 긴 세월 헌신했음에도, 편웅이 이회장에게 아들이었던 적은 없었다. 이 늙은이를 밟고 올라가, 그 너머를 보고 싶다는 생각이 든다.

김승운 (남/60대) / 서울중앙지검장

서울중앙지검장. 정호에게는 태산처럼 높기만 했던 아버지다.

평생 최전선에서 검찰개혁을 위해 싸워온 줄 알았던 아버지가 검찰 내 지위를 이용해 처가인 도한그룹의 각종 비리를 묵인해왔다는 것을 알게 된 정호는 충격에 검사 옷을 벗는다. 하지만 돈이 절대 권력인 처가의 그늘 아래 억눌린 삶을 살아온 승운은 자신과는 달리 의협심과 정의감을 잃지 않은 채 성장한 아들 정호를 보면서 모종의 결심을 하고, 자신과 처가의 은밀한 관계에 대한 결정적인 증거를 아들에게 넘긴다. 자신의 인생이 망가질 것을 알면서도.

한세연 (여/34)

정호와 유리를 포함한 서연고교 4인방 중 리더(?)를 맡고 있는 그녀. 임신 중 호르몬 변화로 인해 상당히 날카로워져 있어, 유리도 정호도 몸을 사리는 중이다. 유리에게는 친구라기보다도 친언니 같은 느낌으로, 도시락을 싸도 유리 몫을 하나 더 싸고, 아직까지도 유리의 오피스텔로 반찬을 날라 오는 그녀다. 현재는 육아휴직 중이지만, 사실 그녀는 경찰대 출신의 재원이다.

도진기 (남/34)

4인방 중 눈치와 중재와 유머를 맡고 있다. 나머지 세 사람에게는 그것이 전무하기에. 이탈리안 레스토랑 [뇨끼]의 셰프이자, 세연의 팔불출 남편이기도 하다. 유리, 세연 이 두 여인네들과는 한동네서 자란 소꿉친구로, 고등학교 때 전학 온 정호가 합류하기 전까지는 원래 3인방이었다. 정호의 마음이 유리를 향해 있다는 걸 아주 옛날에 눈치채고, 두 사람이 잘되기를 내심 바라고 있다.

황대표 (남/50대)

유리가 한때 몸담았던 법무법인 [황앤구]의 대표. 철저하게 돈의 논리에 순응하는 현실주의자에 실리주의자다. 그러니 돈은 쥐뿔도 안 되는 공익소송만 쫓아다니는 후배 유리와는 깊은 애증의 관계일 수밖에. 유리가 회사를 떠난 후 도한건설 이편웅의 법률고문이 되는데, 이 남자, 어울리면 어울릴수록 거리를 두고 싶어진다!

용어정리

S#   장면(Scene). 같은 장소, 같은 시간 내에서 이루어지는 일련의 행동이나 대사가 한 씬을 구성한다.

E   효과음(Effect). 보통 등장인물은 보이지 않고 소리만 나는 경우에 사용한다.

F   필터(Filter). 필터를 거쳐 들려오는 전화기 너머의 목소리 등을 표현할 때 쓴다.

INS   인서트(Insert). 화면의 특정 동작이나 상황을 강조하기 위해 삽입한 화면. 인서트 화면이 없어도 장면을 이해하는 데에는 별다른 지장이 없으나 인서트를 삽입함으로써 상황이 명확해지는 한편 스토리가 강조된다.

cut to   한 공간 안에서의 시간 경과나 각도 전환을 의미한다.

FLASH BACK   회상을 나타내는 장면. 지금 일어나고 있는 사건의 인과를 설명할 때 쓰이기도 하고, 인물의 성격을 설명하기 위해 쓰이기도 한다.

FLASH CUT   화면과 화면 사이에 들어가는 순간적인 장면. 극적인 인상이나 충격 효과를 주기 위해 삽입되는 매우 짧은 화면을 지칭한다.

몽타주   따로 편집된 장면들을 짧게 끊어서 붙인 화면을 말한다.

OL   오버랩(Over Lap). 현재의 화면이 사라지면서 뒤의 화면으로 바뀌는 기법이다. 대사에서 OL은 앞사람 말을 끊고 틈 없이 말할 때 쓰인다.

SLOW   화면의 움직임이 느리게 표현되는 기법이다.

9화

거짓말, 거짓말, 거짓말

S#1.   바닷가, 밤.

바닷가 가로등 아래 서로를 마주 보고 서 있는 유리와 정호.
파도가 바위에 부딪쳐 요란스레 부서지고 있고,

정호   ...해결하고, 그러고 난 다음에 이야기하려고 했는데... 내가 늦었어.
유리   (울며) 그래 너 늦었어.
정호   그래서 이제부턴, 단 한순간도 낭비 안 하고 너한테만 달려가려고.

그러며 정호 한 걸음 다가서는데, 유리 물러선다.

유리   (울며 보는) 어떡해 김정호... 니 말대로 니가 미워지잖아.
정호   (다가서며) 미워해도 돼.
유리   ...
정호   도망가도 돼. 뒷걸음질 쳐도, 밀어내도 돼. 난 다 준비됐어. (사이) 그니까
        나.. 버리지만 마.

한참이고 정호를 바라보던 유리,

유리   넌 이걸 대체 언제부터 알았는데.

정호	...
유리	말해봐!! 처음부터 알았어, 그랬어?
정호	...
유리	(대답 없는 정호에 무너지는) 그럼 너한테 나는 대체 뭐였어?

눈물을 뚝뚝 흘리던 유리, 이내 주저앉아 엉엉 울고 만다.
정호, 함부로 달래줄 수도 없고, 고통스런 기분으로 유리를 보는데...

S#2.   세연과 진기의 집, 낮.

유리, 소파에 누운 채 천장을 보며 눈물을 뚝뚝 흘리고 있는데...

S#3.   몽타주 (회상)

#1. 어느 법률사무소
변호사를 기다리고 있는 유리(18)와 유리모.
기다린 지 한참이 되었는지 시계를 본다.

#2. #1의 법률사무소
유리와 유리모, 변호사1에게 상담을 받는 중이다.
유리모가 챙겨온 서류들을 대충 뒤적여 보는 변호사1.

| 변호사1 | 검사 측에서 항소를 하지 않는 이상 저희가 해볼 수 있는 건 없고- |

#3. 다른 법률사무소
변호사2 앞에 앉아 있는 유리와 유리모.

| 변호사2 | 아니 어머니, 형사가 이렇게 판결이 나왔는데 민사는 해봤자 소용이 없다 |

니까요, 이건 오히려 저쪽에서 손해배상을 걸어오지 않음 다행인 거고,

#4. 또 다른 법률사무소
변호사3과 마주 앉아 있는 유리와 유리모.

변호사3 이런 사건 수임은 다른 데 어딜 가셔도 힘들지 싶은데요.

S#4. 옥자네 집, 밤. (과거)

유리(18)가 거실에서 공부 중인데,
옥자가 중고로 산 두꺼운 법률 책들을 (이론서부터 판례집까지) 가지고
들어온다.

유리 (놀라) 그게 다 뭐야?
옥자 아니 변호사란 것들이 소장인지 뭔지 안 써준다는데, 어떡해, 내가 직접
써야지. 근데 뭔 말이 이렇게 다 어렵니, 드럽고 치사해서 내가 공부를 해
야지 안 되겠어.
유리 (울컥해 바라보면)
옥자 왜 엄마가 못 할 것 같애?

S#5. 세연과 진기의 집, 낮.

소파에 누워 퐁퐁 울고 있는 유리, 휴지 뽑아다 얼굴에 올려놓으면
눈 부분과 코 부분이 금세 젖어 든다.

진기 (E) 야 김유리 일어나, 밥 먹어.

이제 막 일어난 진기, 하품을 하며 식탁을 차리고 있다.

유리, 세연과 진기의 집 소파에서 밤을 보낸 모양새다.
세연이 유나(여/1)를 보는 사이, 진기는 반찬을 꺼내고 밥을 푸느라 분주
하다.
퉁퉁 부은 눈의 유리, 식탁으로 와선 수저를 놓고 앉는다.
진기가 유나를 받아 안으며, 세연과 유리가 식사를 시작하는데,

유리 (그 와중에도 반찬 집어 먹곤) 우와 이거 맛있다~
진기 너네 어머니가 한 거잖아. 감사하다고 전해드려. 이번에 갓김치는 진짜 맛
   이 제대로 들었더라.
유리 ...우리 엄마 반찬이 왜 니네 집에서 나와?
진기 그게 뭔 소리야 새삼스럽게. 한평생 너네 엄마 김치를 먹은 나한테.
유리 (울컥) 나한텐 이제 아무것도 안 보내는데... 왜 너네한테만 보내냐고!
진기 그거야 니가 안 먹고 다 버리니까- 야 너 우냐?
세연 놔둬. 김정호 때문에 운다고 할 수도 없고, 울고 싶어 구실 찾는 거니까.
유리 아니거든! 내가 우리 엄마 때문에 서러워서 그러거든!

우는 유리를 보며 같이 울기 시작하는 유나고,
진기, '니가 울렸으니 니가 봐' 하고 유나를 유리에게 안겨주는데,
유리, 유나를 안고 흔들며 눈물이 뚝뚝.
세연, 그사이 TV를 틀면 김승운 검사장의 비리가 후속 보도되고 있다.
세연, 후다닥 채널을 돌리지만, 다시 채널을 돌려놓는 유리.

기자 (F) 김승운 서울 중앙지검장의 구속 영장이 오늘 새벽 기각됐습니다. 김지
   검장은 처가인 도한그룹에 대한 봐주기 수사 혐의를 받고 있는데 일단 구
   속을 피한 겁니다.

S#6. 법원 앞, 낮.

기자들이 몰려 있는 법원 앞.

영장실질심사를 마친 승운이 법원에서 나오면,
기자들이 그를 향해 우르르 몰려든다.
멀리서 모자를 쓴 채 그 모습을 지켜보고 선 정호고.

기자1   검찰은 수사를 이어가면서 영장을 다시 청구하지 않고 불구속 상태로 재
         판에 넘기겠다고 밝혔는데요. 검찰의 제 식구 봐주기 수사 논란에 대해선
         어떻게 생각하십니까?
기자2   도한바이오 불법 합병 건에도 영향을 미친 게 사실입니까?
기자3   검찰 스스로의 자정 능력을 강조해왔는데 수사를 받게 된 심정이 어떠십
         니까?

그때 승운이 정호가 있는 쪽으로 고개를 돌리면, 정호, 휙 뒤돌아선다.
울컥, 뭔가 뜨거운 게 치밀지만 이내 반대편으로 걸어가버리는 정호.

S#7.   팔라시오 호텔 스위트룸, 낮.

TV에 위 씬의 영상이 나오는 뉴스를 켜놓은 채
모닝커피를 마시며 바깥 풍경을 보는 편웅.
김승운에 대해 떠들어대는 뉴스에, 편웅은 콧노래가 절로 나온다.
이 모습을 조금 어두운 얼굴로 지켜보던 한실장.

한실장   대표님, 회장님께서 들어오시라고 하는데...
편웅   오늘은 바빠서 못 간다고 해.
한실장   ...정말 괜찮으시겠습니까?
편웅   (노래 흥얼거리며) 안 괜찮을 건 뭐야. 그나저나, 우리 김유리 변호사 일
        은?
한실장   ...대한변호사협회에서 보수적인 인사들로 심의위원회가 꾸려진다고 합니
        다. 징계까지도 가능할 것 같습니다.
편웅   (기쁜 듯) 으응~ 김변은 이거 뒤에 내가 있는 건 아는 거지?

한실장	그것까진...
편웅	야 한실장, 그걸 모르면 이게 무슨 재미야?

S#8. 세연과 진기의 집, 낮.

통통 부은 눈을 한 유리가 안방에서 자연스럽게 세연의 정장을 꺼내온다.
거울 보며 로션을 바르는 중인 세연 향해,

유리	(정장 내밀고) 나 이거 빌려줘.

청소기 돌리던 진기, 슬쩍 보더니

진기	김유리가 오늘은 웬일로 패션이 차분하네?
세연	징계위원횐지 뭔지 가야 된다잖아. 거기에 평소처럼 요란하게 입고 가봐 난리 나지.
진기	(놀라) 징계위원회? 거기는 왜?
세연	(눈치) ...변호사법을 위반하셨대.
진기	니가 변호사법을 위반했어?
유리	꼬투리 잡는 거야. (이를 갈며) 누가 이딴 장난을 치는 건지 대충 짐작은 가는데, 심증만 있고 물증이 없네.

S#9. 대한변호사협회 심의실, 낮.

INS 》[대한변호사협회] 간판이 보이는 외경.
대한변호사협회 징계위원회 심의위원들 5명 정도가 주르르 앉아 있고,
단정히 차려입은 유리가 그 앞에 홀로 앉아 있다.

유리	저희 가게에서 저 대신 손님을 상담해줬던 직원은 로스쿨생이었고, 나머

지 한 명도 변호사 등록만 안 했다 뿐이지 8년 동안 검사를 하다 그만둔 친구였습니다. 법률 지식도 없이 상담을 한 것도 아니고, 따로 상담료를 받은 것도 아닌데,

임원1 변호사가 아닌 사람은 법률 상담을 할 수 없는 게 현행법입니다!

임원2 상담료를 안 받았다고 하는데, 변호사님 법률사무소인지 카페인지 거기서 상담한 고객이 커피를 마셨을 거 아닙니까? 그리고 로스쿨 다닌다는 알바생은 카페에서 일하고 월급을 받고 있을 거구요,

유리 아니, 때가 어느 땐데, 법이 잘못됐단 생각은 안 드십니까? 법률 지식이 있는 사람이 카페에 찾아온 고객 얘길 좀 들어준 게 대체 무슨 문제인 건지, 이게 문제인 거면 그건 그 법이 문제인 거고-

임원2 변호사님! 지금 이 자리는 법이 어쩌니 논쟁하자고 모인 자리가 아니라, 징계 내리기 전에 변호사님께 소명할 기회를 주려고 모인 자립니다!

유리 그러니까 제가 소명 중이잖아요! 세상이 변하고 있는데, 필요하다면 논쟁을 해서 바꿀 건 바꿔야죠!

위원들 모두 표정이 굳는데,
그때 문이 열리며, 정장을 차려입은 정호가 들어온다.
정호를 보곤 웅성이는 위원들.
'김승운', '검사장 아들' 따위의 말들이 들려온다.
유리도 놀라 정호를 보는데,
정호, 자연스럽게 의자를 가져오더니 유리 옆에 앉는다.

정호 변호사법을 위반한 당사자는 저인데, 늦었습니다.

일동 (보면)

정호 9월 *일 오전 10시에서 오후 4시까지, 정식으로 변호사 등록 절차를 진행하지 않고 법률사무소 로 카페에서 의뢰인들을 상담한 점에 대해선 깊이 반성하고 있고, 직후 변호사협회에 신청하여 등록을 마쳤습니다.

임원들 (큼.. 헛기침하는)

정호 하지만 저와 김유리 변호사가 정말로 변호사법 제109조의 위반 행위를 하였는질 판단하기 위해서는, 대법원 판례 2011도14198에 의하여 사건

의 최초 수임에서 최종 처리에 이르기까지의 전체적인 과정을 종합해 살펴보아야 하는데,

일동   ...!!

정호   당일 고객들의 의뢰 내용은 저와 한국대 법학전문대학원에 재학 중인 직원, 두 사람의 법률 지식의 수준에서도 충분히 상담 가능한 내용이었고-

위원장   (헛기침) 아니 뭐, 그 됐고! 김유리 변호사에 대한 징계는, 견책 정도에서 이만 결론을 내리도록 하겠습니다. 해산하시죠.

S#10. 대한변호사협회 건물 앞, 낮.

유리, 나와서 성큼성큼 걷고 있고, 정호 뒤따라오며

정호   견책으로 끝날 일을 왜 정직 소리까지 나오게 만들어.

유리   (멈춰 서며) 너 지금 아무 일도 없었던 척, 하기로 한 거야 설마?

정호   (슬픈) ...내가 지금 할 수 있는 게 그거뿐이 없잖아.

유리   하지 마. 더 화나니까.

정호   ...

유리   (가려다 말고) 그리고 방금도 나 도와준 거라고 착각할까 봐 말해두는데, 네가 오히려 방해한 거야. 저 사람들도 귀 닫고 모르쇠 할 시대는 지났어! 이젠 듣기 싫은 얘기도 들을 때가 됐다고.

정호   (픽 웃는) 법조계 또라이 타이틀, 내려놓을 생각이 없구나.

유리   너야말로! 지금 검찰의 또라이에서 변협의 또라이가 된 게 누군데!

정호   (쓸쓸한 미소로 보면)

유리   ...웃지 마.

정호   (미소를 거두자 슬픔과 간절함만 남아 유리를 본다)

유리   (바라보다) 난 아직도 모르겠어. 우리 엄마랑 내가 변호사 사무실 수십 군데 들리면서 얼마나 힘들어 했는지... 그걸 다 봐놓고도 어떻게 나한테 그걸 숨길 수 있었는지.

정호   ...

유리	난 있지, 니가 날 밀어낼 때마다, 이번엔 내가 또 뭘 잘못한 걸까, 매번 그런 생각만 했었다? 아무것도 모르고 그냥 다 내 잘못인 줄로만 알았어.
정호	...
유리	그니까 김정호 넌... 나한테 17년 동안 사기 친 거나 다름없어.
정호	...어떤 처벌을 해도 달게 받을게.
유리	그럼 기다려. 아직은 처벌할 마음조차 안 생기니까.

그러곤 유리, 돌아서서 걸어가버리고,
정호. 멀어지는 유리를 쓸쓸히 바라보는데,
눈물이 날 것 같은 걸 꾹 참는 유리의 얼굴 위로, 타이틀 올라온다.

[제9화 거짓말 거짓말 거짓말]

S#11. 폐차장, 낮.

폐차되는 자신의 차를 심각한 얼굴로 지켜보고 있는 유리.
백미러에 늘 걸려 있던 묵주를 손에 들고 있다.
묵주를 쥔 손을 꽉 쥐며,

S#12. (인터뷰) 유리의 오피스텔, 낮.

차에 달려 있던 묵주를 만지작대며 인터뷰 중인 유리.

유리	아버지 차였어요. 17년... 아니 그보다 훨씬 더 됐으려나. 원래도 보내줄 때가 되긴 했었죠. 김정호 그 사기꾼, 거짓말쟁이를 구하겠다고 뿌셔버린 게 아까울 뿐이지... (질문을 들은 듯) 기분이요? 그동안 믿어왔던 게 다 뿌셔지는 그런 기분이죠.

S#13. 로 카페, 낮.

카페 안에 들어온 김천댁과 최여사,
불안한 얼굴로 누군가(정호)가 없는 걸 확인하려 카페 안을 두리번거리며

최여사   주인총각은 여기 맨날 껌딱지처럼 붙어 있더만, 오늘은 안 보이네.
준   (쉬! 하며 유리 눈치) 여기서 형님 얘기는 이제 금지예요. (속삭이는) 금지
어는 김정호, 정호, 섬, 재벌, 검찰, 검사장...

S#14. 로 카페 사무실, 낮.

멍하니 앉아 있다 최여사와 김천댁이 들어오자 일어서는 유리.

유리   아니, 여긴 어쩐 일이세요?
최여사   (유리 손을 덥썩 잡으며) 변호사 양반, 우리 좀 살려줘!!

cut to 》최여사와 김천댁이 유리 앞에 앉아 있고.
최여사, 티슈를 들고 눈물을 훌쩍대고 있다.

유리   그니까 곗돈을 가지고... 코인에 투자를 하셨는데 그걸 몽땅 잃게 생겼다
그 말이시죠? 그리고 그 계가.. 2층 우진 선생님이랑... 김정호랑 같이 하는
계였고,
최여사   응... 주인총각이 목돈 모으게 해준다고 해서 하기로 한 거였는데,
유리   아니, 근데 그걸 이렇게 개인적으로 투자하는 데 쓰시면,
최여사   이게 다 헬로 미용실 그 여편네 때문이거든,
유리   헬로 미용실이요?
최여사   아니 형님이랑 내가 코인인지 뭔지 어떻게 알고 거기에 투자를 했겠냐고,
그 여편네가 파마하는 동안 하도, 요즘 이거 안 하면 바보 천치다 젊은 사
람들은 요즘 다 이렇게 돈 번다, 조금만 넣어봐라, 돈 벌 수 있다, 자꾸 이

렇게 꼬드기니까...

김천댁   첨에 600만 원 씩만 넣었는데, 두 달 동안 수익이 막 백 얼마씩 딱딱 나오
         잖아. 그러니 어떻게 그걸, 좀 더 넣었지.

유리   네? 월마다 수익이 그렇게나 많이요? 현금으로 받으셨단 말인가요?

김천댁   아니이, 코인으로 받았지...

유리   (뭔가 이상하고) 그래서 곗돈도 다 털어 넣으신 거예요?!

최여사   아니 곗돈만 한 건 아니고...

유리   대체 얼마를 더 넣으신 건데요!

최여사   (흑 울며 손가락 다섯 개 펴 보이면)

유리   오백이요?!!

최여사   (울며 고개 젓는) 오처넌... 우리 딸 결혼 때 보태려고 모아둔 돈인데...

유리   (얼이 빠져 보는데)

최여사   (눈물 닦더니) 근데 이거, 주인총각은 몰라야 돼. 알면 큰일 나!

S#15. 정호의 옥탑, 낮.

         정호, 슬픔과 고뇌에 찬 얼굴로 옥상 선베드에 걸터앉아 있는데,
         준, 올라와 정호에게 커피를 건네며

준   형님은 왜 고뇌하는 모습도 멋져 보이는 걸까요?

정호   (뭔 헛소리냔 듯 보면)

준   형님이 재벌이란 걸 알아서 그런 걸까요, 옷태조차 달라 보여요.

정호   (어이가 없고) 헛소리하지 마. 난 그 집이랑 일도 상관없이 자랐어.

준   그럼 형님은 대체 어떻게 빌딩을 사신 거예요? 부모님이 도와주신 것도 아
         니라면서요. 검사 월급으로 이걸 사실 순 없으셨을 거고,

정호   (한숨과 함께) 경매로 나와 있었던 데고, 대출도 많이 꼈어.

준   그래두 한두 푼이 아니었을 텐데.

정호   검사 월급으로 못 사고, 부모한테도 받은 돈이 아니면 뭐겠냐,

준   조부모님?

정호	(한심하단 듯 보면)
준	아니면 설마... 주식?
최여사	(E) 잘 알지도 못하면서 주식 이런 거 하면 손모가지 날아간다고...

S#16. 로 카페 사무실, 낮.

최여사	주인총각이 그딴 거 하겠다고 곗돈에 손대면 진짜 고소할 거라고 했었는데,
김천댁	진짜 검사 출신일 줄 누가 알았냐고. 아주 잘못 걸린 거지.
최여사	형님은 근데 아까부터 왜 이렇게 남 얘기처럼 얘길 해요!
김천댁	곗돈까지 넣은 게 너지 나야!
유리	아이 두 분이서 왜 싸우세요!
김천댁	근데 변호사 아가씨, 여기서 문제가 끝이 아니야. 내가 이게 불안해서, 현금으로 다시 바꾸겠다고 했거든? 근데 차일피일 미루더니 이걸 안 해주는 거야! 오를 테니 더 기다려봐라 어쩌라 하면서!
유리	(표정 심각해지는)
김천댁	이거 이러다 넣은 돈 다 잃는 건 아닌지 모르겠어.
최여사	그리고 보니까 처음에 수익을 어떻게 보는지 엄청 잘 설명을 해줬는데, (거래소 앱을 켜 보여주며) 그 수익이란 것도 결국 여기 코인 지갑에 받는 거더라고?
김천댁	그러니까 이걸 어떻게 현금화하는지는 쏙 빼놓고 아예 설명을 안 해준 거야 이 양반이! 어떻게 이렇게 중요한 걸 빼놓고 얘기를 안 할 수 있냐고.
유리	(멍하니) 그렇죠. 그 중요한 걸...

FLASH BACK 》정호에게 "넌 이걸 대체 언제부터 알았는데. 말해봐!! 처음부터 알았어, 그랬어?" 하고 소리치는 유리. (S#1)

유리	부작위에 의한 기망, 그러니까 중요한 얘기를 말하지 않음으로 해서 상대방을 속이는 것도 사기라 볼 수 있어요.

| 김천댁 | 근데 여기서 얘기가 끝이 아니야. |
| 유리 | 아니 뭐가 더 있어요? |

S#17. 헬로 미용실, 낮.

현란한 염색을 한 헬로 미용실 **설원장(여/50대)**,
얼굴에 누군가 손톱으로 할퀸 듯한 자국이 보인다.
쥐 뜯긴 머리를 유리에게 마구 보여주며,

설원장	이것 좀 보라고!! 내가 그 언니들 그동안 수익 내준 게 얼만데!! 내가 폭행 당한 거 이거 증거로 내려고 뜯긴 머리 다 모아놨어, 봐봐!!
유리	...많이 놀라셨죠.
설원장	그럼 다짜고짜 사기꾼이 어떻고 하면서 머리를 뜯는데 놀라지! (유리 머리 만져보며) 근데 자기도 머리 너무 상했다, 관리 안 하는구나! 있어봐 헤어 팩 좀 해줄게.

유리, 그녀의 강요에 어쩔 수 없이 샴푸 테이블에 눕는다.

설원장	더 오른다고 믿고 기다리라니까 그새를 못 참고 팔겠다고 난리 난리를 치는데, 여튼 새가슴들이랑은 뭘 못 해요. 아니 다달이 수익도 나오겠다, 요즘 같이 자영업자들 어려운 때 이만한 부업이 없어요. 자기도 투자 좀 하나?
유리	작년에 다들 할 때 여러 군데 넣었는데, 다 물려 있어요.
설원장	그걸 잘 공부하고 넣어야 되는데 그냥 넣어서 그래. (앱 보여주며) 봐봐, 우리 파네스는 상장부터 지금까지 계속 오르고 있어!
유리	파네스요?
설원장	코인 이름이야. 계속 오르는데 뭘 모르는 이 바보들이 빼겠다는데, 그걸 그냥 둬!
유리	아니 어떻게 계속 오른다고 확신하세요?
설원장	...선생님이 있어.

유리	...주식 가르쳐주시는 분이 있으세요?
설원장	응 주식이랑, 코인 이쪽을 전문으로 보시는데, 그거 말고도 아주 족집게야. 갈 때마다 아주 나는 소름이 돋는다니까.
유리	(멈칫) 설마...
설원장	사주, 관상에도 조예가 깊으시고, 타로도 보시는데,

S#18. 마루의 오피스텔, 낮.

오피스텔 안에 차려진 화려한 신당,
분위기와 어울리지 않게 클래식 음악이 흐르고 있고...
커튼 사이로 눈을 감고 앉아서 기도 중인 **마루 선생(남/30대)**이 보인다.

설원장	(E) 높낮이가 있는 모든 것들, 파동과 물결과 주식과 코인, 그리고 인생사! 그 모든 것들에 대해서, 다 아시는 분이야.

'계세요?' 하고 커튼을 젖히며 들어오는 유리와 준.
유리, 영 께름칙한 얼굴이고, 준은 기대로 가득한 얼굴이다.

마루	(유리를 빤히 보며) 의심의 기운이 모든 기를 전부 흐트려 놓는구나.
유리	(어이없어 보면)
마루	믿으면 모든 게 보이는 법인데, 아둔한 자로니. (혀를 차는) 보지 않으려는 자들에게까지 허비할 시간은 없으니 썩 물러가거라. (돌아앉았는데)
준	(유리 보며 제대로 하라는 듯 쿡쿡)
유리	(내키지 않지만) 아닙니다 선생님, 의심을 누가 했다구요.
마루	...아래가 있으면 위가 있는 법.
유리	?
마루	떨어질 만큼 떨어지다 보면 반드시 오르게 되어 있어. 그게 세상 이치야. 지금이 아직 바닥인 기분이겠지만, 잘 참아봐. 더한 것도 견뎌냈었잖아.

눈이 커진 유리, 벌써 반쯤 녹아서 마루를 본다.

유리   그게 무슨...

마루   무슨 말인지 모르면 됐고!

유리   (보는데)

마루   (눈을 감은 채 뭔가를 느끼더니) 최근에 피를 본 일이 있었나?

유리   (놀라 보는데)

준   헉, 맞아요!! 카페 테러당했을 때 누렁이 죽고 난리였었잖아요!!

마루   큰돈이 들 일도 있었겠네.

준   (히익 놀라며) 사장님 차!! 차 뿌서져서 새 차 사셨잖아요!!

마루   사업하지? 근데 요즘 가게도 잘 안 되고, 그지?

준   네!!! 저희 요즘 후기 완전 바닥이거든요, 상담은 못 받고 기다리다가만 간
         다고.

유리   ...요즘 잘되는 자영업자가 얼마나 있다고.

마루   건강에도 이상이 있구만, 가슴이 갑갑하고, 숨도 잘 안 쉬어지고?

유리   (이 말에 눈 동그래져 보면)

준   헐~ 대박~ 소오름!! 사장님 공황장애 있으시잖아요!!

마루   그거 다...... 그놈 때문이야, 너도 알지?

유리   !!!

마루   알다가도 모르겠는 그놈. 걔는 너한테 얘기한 거 말고도 뭐가 많은 놈이
         야. 근데 얼굴 반지르르하고 눈빛이 우수 찬 게, 영 속을 수밖에 없겠어.

S#19. (인터뷰) 로 카페, 낮.

유리   (속삭이는) 제가 원래 샤머니즘 이런 거 절대 안 믿거든요. 근데... 선생님
         은... 다르시더라구요.

S#20. 마루의 오피스텔, 낮.

좀 전과는 달리 마루 앞에 바짝 붙어 앉아 있는 유리.
준은 이미 신자 분위기다.

마루	(눈을 감고 머리를 짚은 채) 보니까... 계속 두 놈이 보여.
유리	(어리둥절해 준을 보곤) 전 한 놈 밖에 없는데,
마루	아니야 두 놈이야. 둘이서 널 두고 아주 쌈박질을 하고 난리가 났어.
준	대박!
마루	두 놈 다 피해야 된다네.
유리	...꼭 그래야 될까요? 그중에 한 놈은 괜찮을 수도 있잖아요?
마루	(고개 젓는) 둘 다 아니지만, 한 놈은 아주 아니야. 피가 보여, 피를 보겠어.
유리	...나머지 한 놈은요?
마루	눈물.
유리	(흡! 손으로 입 막는)
마루	둘이 함께 하려다가는 눈물만 흘리겠어.

유리, 순식간에 눈물 그렁그렁해져서 마루를 보는데,
마루, 그러며 옆에서 척 노란 종이를 꺼내더니
붉은 물감이 묻은 붓으로, '마를 건乾' 자를 쓰고, 그 밑에 '불 화火' 자를
쓴다.

| 마루 | 눈물을 말릴 것은, 불과 햇살이니... |

S#21. 해피슈퍼 앞 평상, 낮.

슈퍼 앞 평상에 앉아 유리의 카페를 뚫어져라 보고 있는 정호,
그러다 한숨과 함께 멍하니 쏟아지는 햇살을 올려다보는데,
검은 세단이 정호 앞에 와 서더니 검은 양복을 입은 중년 남자가 내린다.

남자   회장님께서 부르십니다.

그러며 정호를 향해 차 문을 열어 보이는 남자.
정호, 표정 없이 열린 문을 바라보는데...

S#22. 이회장의 본가 마당, 낮.

이회장, 마당에 앉아 손에 직접 흙을 묻히며 가드닝 중이고,
남자와 함께 정호가 나타나면 고개를 돌려 보는데,
가만히 보는 것만으로도 서늘한 분위기를 자아내는 이회장.

이회장   이 할애비 얼굴은 20년 만인가?

그러며 주변인들의 부축을 받아 휠체어에 앉는 이회장.

S#23. 이회장의 본가 응접실, 낮.

거대한 거실에 마주 앉아 있는 정호와 이회장.

이회장   너였다지, 이번에 니 아버지 일을 터트린 게?
정호   ...
이회장   대의멸친이라. 큰 의리를 위하여는 부모도 저버리는 게, 과연 김승운이 아
들다워. 근성도, 욕심도, 야망도 없는 놈이라 대체 누구를 닮았나 했더니,
(웃는)
정호   ...그다지 거창한 이유로 벌인 일이 아닙니다.
이회장   그럼 그 변호사 계집애 때문이냐?
정호   (놀라 보면)
이회장   내가 손자들 하는 일에 이 정도 관심이 없는 줄 알았어, 그럼. 그러지 말고

이제 놀 만큼 놀았으니 도한에 들어와.

정호   !!! 그게 무슨 말씀이세요.

이회장   남을 망쳐버릴 배포가 있으면 고칠 배포도 있겠지. 니가 들어와서 썩은 것
       들 도려내고, 고칠 것들 고쳐봐.

정호   ...거절하겠습니다.

이회장   사람이 하나를 얻으려면 하나를 내어줘야 하는 법이란다. 이번에 너가 내
       게 얼마나 큰 손해를 안겨준지 알고 있니?

정호   ...!

이회장   네가 만든 손해니 네 손으로 다시 메워야지.

       정호를 보는 이회장, 절대 호락호락해 보이지 않고.

S#24. 팔라시오 호텔 스위트룸, 밤.

       제 화를 이기지 못하고 물건을 집어던지는 편웅.
       양주병을 따 들이키며

편웅   아니, 이 멀쩡한 아들을 두고 왜 그 사위에 그 아들놈까지 탐을 내냐고!
       아들이 하나 죽었으면 정신을 차려야 할 거 아니야, 근데 이 노친네는 죽
       을 때까지 정신을 못 차리네...

       그러며 차 키를 들려는 편웅이고,
       한실장, 급히 빼앗아 들며, '제가 모시겠습니다.' 한다.

S#25. 바른정신건강의학과, 밤.

       정호와 우진, 병원에서 술판을 벌이는 중이다.

우진	(걱정스레 정호 보며) 한 번 눈에 들었으니 할아버지가 널 그냥 둘지 모르겠다.
정호	(한숨) 설마 싫다는 놈 머리채라도 잡고 끌고 가시겠어.
우진	더한 짓을 하실지도 모르지.
정호	(웃곤) 그 정도 각오도 없이 벌인 일도 아닌걸 뭐.

무심코 TV를 트는 정호,
뉴스에 승운이 나오자 우진 화들짝 놀라 TV를 꺼버린다.

정호	(쓰게 웃으며) 울 아부지 알지 형? 늘 하품이 날 정도로 따분한 말만 했었잖아. 그데 다 커서 보니 그냥 허풍쟁이에 거짓말쟁이였던 거지.
우진	...정호야,
정호	아버지를 존경했던 시간들이... 부끄러워. (상 위에 엎드려 누우며 발음 뭉개져서는) ...그런 시간들이.. 너무, 유리한테 부끄러워....

그런 정호를 안타깝게 보는 우진.

S#26. 로 카페, 밤.

마루가 그려준 노오란 부적을 가만히 펼쳐보는 유리.
그때 문이 열리며 딸랑 소리가 난다.
나와보는 유리, 무엇을 보았는지 순식간에 굳은 얼굴이 되는데,
카페 입구에 만취한 눈빛의 편웅이 서 있다!
편웅, 유리 향해 빙긋 미소 짓는데,

유리	...왜 자꾸 찾아오시는 거죠?
편웅	나도 김변 손님 한번 해볼까 했지. 재밌어 보이길래.
유리	자꾸 찾아오지 마세요. 스토킹으로 고소장 받아보시기 전에.
편웅	에이 내가 김유리 변호사한테 고소장을 받는다면 고작 그런 내용으론 안

받지.

편웅, 다가오는데, 유리 왠지 덜컥 무서워 물러선다.
늦은 시간 아무도 없는 카페고, 거리에 사람도 보이지 않는다.

편웅   김변 우리 엄마 얘기 한번 들어볼래?
유리   좋은 말로 할 때, 돌아가세요.
편웅   ...내가 말이야... 오늘 좀 화가 나는 일이 있었거든. 사고를 칠까 하다가, 왠
      지 이 얼굴을 보면, 기분이 더 나아질 것도 같아 온 건데,
유리   ...
편웅   근데 이렇게 사람을 대놓고 괴물 취급하면 쓰나.

유리, 다가오는 편웅에 물러서며, 휴대폰을 꺼내 112를 누르려는데,
순식간에 유리의 손에서 휴대폰을 빼앗아 가는 편웅!

편웅   봐봐!! 사람이 진솔하게 얘길 해도, (버럭) 경찰이나 부르려 하고 말이야!!

갑자기 고함을 지르며 유리의 휴대폰을 유리창을 향해 던져버리는 편웅.
유리, 얼어붙는다.

편웅   (눈빛 싸늘히 바뀐) 내가 뭘 했다고, 벌써부터, 경찰을 부르냐고.
유리   자기 기분 더럽다고 행패 부리지 말고 나가요! 당신 감정 쓰레기통 아니야
      여기.
편웅   아 드디어 나왔네 내가 좋아하는 눈빛. 이거 내가 진짜 좋아하거든, 주제
      도 모르고 오기 부리는 이 눈빛. (다가서면)
유리   (버티고 서 있는)
편웅   주제를 가르쳐주고 싶어지거든. 니가 니 주제를 알고 어떻게 변할까 상상
      만 해도, 나는 너무 행복해진단 말이지.
유리   (이 악문) 상상은 자유라 마음대로 하는데, 내가 당신 앞에서 빌빌댈 일은
      없을 거야.

편웅   (낄낄 웃으며 더 가까이 다가서는) 그거야 봐야 알겠지?

이에 유리 분노를 참지 못하고, 머리를 뒤로 젖히더니 쿵!! 편웅의 얼굴을
들이받는다!
코를 잡으며 나가떨어지는 편웅, 피가 나는 코를 잡고,
신음하다 이내 박장대소를 하는가 싶더니,
휴대폰을 가지러 가는 유리의 손목을 낚아채 벽으로 밀친다.

편웅   한 번만 더 해봐, 한 대만 더 때려봐.
유리   (이제야 좀 두려운) 미친 새끼...

그 순간 문이 열리며 달려 들어오는 정호!!
편웅의 멱살을 잡더니 바로 주먹을 날린다!

정호   이 개새끼 여기가 어디라고!!
편웅   아이고 드디어 오셨네, 안 그래도 기다리고 있었어~

'나와 이 새끼야!' 하며 편웅을 끌고 카페 밖으로 나가는 정호!

S#27. 로 카페 앞, 밤.

유리, 액정이 깨진 휴대폰을 들고 나와 112를 누르며 보면
편웅 못지않게 취한 정호, 편웅이 날린 주먹에 크게 얻어맞고 있고.
둘이 엉겨 붙으며 개싸움이 시작된다.
놀라 이 모습 지켜보는 유리 위로,

마루   **두 놈이야. 둘이서 널 두고 아주 쌈박질을 하고 난리가 났어.** *(S#20)*

헉!! 하며 입을 막는 유리, 마루의 말이 맞았다!!!

엉겨 붙어 뒹구는 정호와 편웅, 아이들 싸움처럼 유치하기 짝이 없는데,
이제 두 사람의 싸움에 관심을 잃은 유리, 주식창을 켜본다.
다시 헉!! 하며 숨을 들이키는 유리.
오랫동안 하락세였던 유리의 주식이 오름세를 보이고 있다!!

S#28. 마루의 오피스텔, 낮. (회상)

마루에게 휴대폰으로 주식창을 보여주고 있는 유리,

유리　　미장에 넣은 건데, 너무 오랫동안 물려 있어서 대체 어떡하나 하던 중이거
　　　　　든요,
마루　　(느끼곤) 으응~ 이것도 곧 올라. 근데 원금까지 오르면 바로 팔아. 더 오르
　　　　　진 않겠어.

S#29. 로 카페 앞, 밤.

정호와 편웅이 바닥을 뒹굴든 말든 주식창을 보느라 바쁜 유린데,
꺼지지 않은 전화에선 경찰관이 무어라 말을 하고 있고,
cut to》정호와 편웅 얼굴 엉망진창이 돼서 떨어져 앉아 있고,
출동한 경찰들이 유리를 조사 중이다.

유리　　저는 진술했으니 이제 된 거죠?
경찰1　아 예, 근데 어째 여기로는 출동이 끊이질 않네요.
유리　　(깊은 한숨) 두 사람은 연행해가시든 맘대로 하시구요. (카페로 들어가버
　　　　　린다)

S#30. 로 카페, 밤.

유리, 카페로 들어와 머리를 짚고 앉는데,
밖에서 편웅과 경찰들이 실랑이하는 소리가 들려온다.
곧이어 카페 문이 열리고 정호가 안으로 들어온다.
창밖에선 경찰들이 항변하는 편웅을 데리고 물러가는 모양새고,

정호   미안해. 저 새끼가 여기 다신 얼씬도 못 하게 하려고 했는데...
유리   저 새끼가 여길 또 오든 말든 내 일이니까 넌 신경 꺼.
정호   ...니 일이 내 일인 거 알잖아.
유리   (기가 찬 듯 웃는) 어이없다 김정호, 이제 와 친한 척하냐? 그러지 말고 이
       제 가. 너한테도 이젠 볼일 없으니까.
정호   (그저 서서 유리를 볼 뿐이고)
유리   할 말도 없잖아, 가라고!!
정호   ...
유리   싫어? 그럼 그냥 내가 갈게.

단호한 얼굴로 사무실로 들어가더니 가방을 챙겨 나오는 유리,
정호를 스쳐 나가려는데, 유리의 손목을 탁 잡는 정호다.

정호   ...제발.
유리   ...
정호   (유리의 어깨에 얼굴을 기대며) 제발, 유리야... 내 얘기도 좀 들어줘...
유리   (못 박힌 듯 서 있는데)
정호   (고개 들어 간절한 눈빛으로 유리 보면)
유리   니가 설명 안 해도, 대충 알아. 처음엔 무서워서 말을 못 했겠지. 나중엔
       내가 알고 상처받을까 봐 못 했겠지. 그러다 미안하니까 날 피했겠지. 그러
       니까 설명할 필요도 없어.
정호   ...너가 모르는 게 있어.
유리   (충격인) 더 있어 내가 모르는 게?
정호   (그저 슬픈 눈으로 보기만)

유리	...말해봐!!! 내가 또 모르는 게 뭔데!!
정호	내가..... 너를 사랑한다는 거.
유리	!!!
정호	그래서 너를 영영 못 보게 될까 봐... 아무것도 할 수 없었어. 비겁하게라도... 그렇게라도 널 보고 싶었어.
유리	(보면)
정호	자격도 없는 내가... 너를 사랑해서... 미안해.

정호를 바라보는 유리, 눈시울이 붉어진 상태로 휙 돌아선다.
정호를 두고 황급히 나가버리고,
우두커니 홀로 남겨지는 정호.

S#31. 거리, 밤.

빠르게 거리를 걷는 유리, 참았던 눈물이 울컥 터져버리고 만다.
울음을 참으려 하지만 쏟아지는 눈물에 거리를 걷는 사람들이 흘깃 본다.

S#32. 마루의 오피스텔, 낮.

통통 부은 눈으로 마루와 상담 중인 유리.

마루	(혀를 차는) 두 놈 다 피하지 않고는 내가 울 일만 있을 거라고 했지?
유리	(그저 울며 보면)
마루	(안쓰럽게 바라보다) 이거 아무래도, 굿을 해야지 안 되겠어.
유리	...굿이요?
마루	운명에 굴복하지 않을 거라면, 두 사람 사이를 가로막는 액운들을 쫓아내야지.
유리	(망설이면)

마루   (혼내는) 아니 하늘이 하지 말라는 걸 할 거면, 그 정도 정성은 있어야 할 게 아니야!

S#33. 은하빌딩 앞, 낮.

선글라스를 쓴 유리, 생각에 잠겨 '오백이면...' 하며 돌아오고 있다.
그러다 해피슈퍼에서 나오는 우진과 마주치지만
유리, 쌩하니 지나쳐 가려는데, '변호사님' 하고 유리를 부르는 우진.

S#34. 우진의 진료실, 낮.

유리, 팔짱을 낀 채 우진 앞에 앉아 있고.
우진은 허둥지둥 차를 내오며 잔뜩 미안한 얼굴이다.

유리   선생님한테도 솔직히 아직, 어떤 감정을 느껴야 할지 모르겠어요.

우진   화나시는 게 당연하죠. 미리 말씀드리지 못해 죄송합니다.

유리   ...선생님이 도한그룹이랑 관련 있는 거 알았대도, 그것 때문에 유치하게 선생님 미워하고 그러진 않았을 거예요. 선생님이 잘못한 것도 아닌데요.

우진   (고마운 듯 작게 웃으며 보면)

유리   아녜요. 사실 저도 몰라요. 미워했을지도, 아니 미운지도 모르겠어요.

우진   (끄덕이는) 이해합니다, 아직 많이 복잡하시죠?

유리   (좀 누그러진) 엄청요. (그러다) 근데 선생님도 굿 같은 거 해본 적 있으세요? 전에 왜 한 번, 믿고 만나는 무당 한 분은 있어야 한다, 그런 얘기하셨던 것 같은데?

우진   (짠하게 보며) ...요즘 많이 힘드시죠. 근데 힘들 땐, 저한테 먼저 기회 주세요.

유리   (단호) 선생님. 세상엔 변호사랑 의사가 해결할 수 없는 문제도 있는 거예요. 말하자면 영역이 다른 거죠.

우진   ...그렇긴 하죠.

우진의 책상 밑에도 붙어 있는 노오란 부적.

S#35. 로 카페, 낮.

유리, 카페로 들어오는데
마스카라가 번질 정도로 오열 중이던 헬로 미용실 원장이 뛰어와 유리를
맞는다.

설원장   (숨넘어갈 듯 울며) 변호사님, 변호사님 저 어떡해... 어떡해요!!
유리   (놀라) 왜 그러세요!
설원장   (오열) 상장이... 상장이...!! 폐지됐어요!!

아니나 다를까 곧이어 최여사와 김천댁이 카페 안으로 들이닥친다.
'변호사님!!' 부르며 들어오다 설원장을 보자 머리채부터 잡는 최여사!
설원장, 오열하며 '언니, 미안해요... 근데 난 정말 몰랐어요...' 하며 빈다.
이에 같이 땅을 치며 울기 시작하는 최여사와 설원장이고.
뒤통수라도 얻어맞은 듯 멍하니 서 있는 유리.

S#36. 홍산경찰서, 낮.

마루에게 코인 사기를 당한 피해자들로 바글바글한 경찰서.
그 틈바구니에 영혼이 나간 얼굴로 앉아 있는 유리.
경찰들 앞에서 눈물을 쏟고 있는 최여사와 설원장이고,
천장을 보고 앉은 김천댁.
황급히 들어오던 우진, 유리를 보곤 흠칫 놀라는데,
'야 너도?' 하는 표정으로 서로를 보는 유리와 우진.

cut to 》유리의 조사 차례인지, 경찰 앞에 앉은 유리.

경찰1   직업이 어떻게 되신다구요?

유리   ...변호사..요.

경찰1   (어이없어 보면)

유리   아니 다른 분들처럼 코인을 산 건 아니구요. 굿 값으로 선입금을... (남들
        안 보이게 손가락 3개 들어 보이는)

세연   (E) 자알~~하는 짓이다!

        유리, 돌아보면 세연이 서 있다.

세연   너는 뭐 우리 경찰서 팀마다 순회공연 하니, 이젠 경제팀이세요?

        그때 경찰서 안으로 황급히 달려 들어오는 정호고,
        우진이 여기다 손짓하면 그를 향해 가려는데,
        정호를 보고 기겁한 유리, 책상 아래로 숨다가 의자를 자빠트리며 난리다.
        결국 정호와 눈이 딱 마주쳐버리는 유리.

S#37. 로 카페, 낮.

        유리, 우진, 최여사, 김천댁, 설원장, 준 모두 고개를 숙이고 앉아 있는데,
        정호, 화난 듯 서성이고,
        세연은 건너편에 팔짱을 끼고 앉아 모두를 보고 있다.

정호   그러니까 지금 그 말도 안 되는 박수무당한테 다 피해를 보셨다는 거예
        요? 형까지?

우진   (움찔)

정호   (최여사와 김천댁 보며) 기어이 굿돈에도 손을 대셨고?!

최여사/김천댁 (눈 피하면)

정호	목돈 한 번 쥐어보는 게 소원이시래서, 제가 그렇게 계산기 두드려가면서 도와드렸는데 돌아오는 게 이겁니까?! (우진 보며) 형도 그래! 정신과 의사란 사람이 사람을 그렇게 못 봐서 어떡해?
우진	(고개 떨어뜨리면)
준	그건 형님이 선생님을 안 만나보셔서...
세연	그 선생님 소리 좀 집어치워!! (유리 보며) 김유리 너도! 변호사까지 돼서 말이야, 피해자들이 찾아와서 상담을 하고 갔는데, 해결해주진 못할망정 무슨 거기에 보태서 굿 값을 떼먹고 있어, 니가 그러고도 변호사야!!
유리	(할 말 없는데)
정호	(침묵으로 바라보다 갑자기 태도 바뀌는) ...사람이 살다보면 그럴 수도 있지.
세연	(기가 막혀) 야 김정호,
정호	아니 왜 피해자들을 혼내냐고, 속은 사람이 잘못이야, 속인 사람이 잘못이지.
세연	아까까지 그 속은 사람들을 혼내던 사람이 너예요!!
정호	그런데 생각해보니 그럴 일이 아니네. 위로가 먼저지. (주방의 은강 향해) 바리스타! 여기 많이들 놀래셨을 텐데 내가 쏠 테니 따뜻한 카모마일 한 잔씩 돌리자.

일동, 어이없다는 표정으로 정호를 보는데,
기가 찬 건 유리도 마찬가지다.

최여사	(울며) 나 근데 아직 상황이 다 이해가 안 가서 그러는데,
정호	다단계 코인 사기예요. 최소 금액으로 코인 상장하고 사람들을 다단계로 끌어들여서 투자 유치한 다음에, 한두달 만에 상장폐지 하고 투자금 가지고 튀는 거죠.
세연	다달이 수익도 준다 그러고 사람 끌어들이고 하면 또 주니 많이들 빠지시는데, 문제는 이 수익이란 게 다 가상화폐로 받는 거거든요. 없는 돈인 셈인 거죠.
설원장	(계속 오열)

김천댁	(머리 잡는)
정호	형은 대체 얼마나 넣은 거야?
우진	(수줍게 손가락 5개 펼쳐 보이면)
정호	오천?!
우진	아니, 오백...

이 말에 옆에 있던 최여사의 울음소리 더욱 거세진다.
cut to 》모두 돌아가고, 유리, 정호, 우진, 준, 은강만 남아 있다.

준	아니 근데 사기꾼이면 어떻게 그렇다 다 맞추셨던 걸까요?
유리	모르죠, 그 사기꾼 새끼, 제가 반드시 찾아내서 다 알아낼 거예요!!
준	이미 날라버린 걸 어떻게요?
유리	대한민국이 얼마나 좁은데!! 찾을 수 있어요.

그때 통화를 마치고 들어오는 정호.

정호	그 마루 선생인지 뭔지, 사기 전과만 10범이래.
유리	(눈 피하며) ...그 전 사건 기록 좀 알아봐줄 수 있어?
정호	(끄덕) ...그러지 말고 같이 가자.

S#38. 출판사 [노력의 산물] 건물, 밤.

INS 》[노력의 산물] 출판사 외경.
정호를 따라 길사장의 사무실이 있는 건물 복도를 지나는 유리.
노력의 산물, 이라는 이름이 묘하게 낯이 익어 고개를 갸웃하는 유리인데,
출판사 앞에 웹소설 포스터들이 걸려 있는 걸 보곤 멈춰 선다.

정호	뭐 해, 안 들어오고.
유리	...어, 같게.

정호, 먼저 출판사 안으로 들어가면

유리, 가방에 있던 [SSS급 악덕기업처단자] 책을 꺼내 출판사 로고를 비교해보는데,

이곳이 맞다! 작가 소개 페이지를 펼쳐보면, [휘슬블로어]라 쓰여 있고,

그가 쓴 이전 작품들이 소개되어 있는데, 전부 검찰과 관계된 글들이다.

([검찰청 쇠창살의 비밀1, 2] 등)

FLASH BACK 》'주인총각이 바쁘긴 뭐가 바빠~ 맨날천날 소설 쓴다고 집에서 빈둥거리기만 하는데.' 하는 금자. (1화 S#25)

FLASH BACK 》'한 일이 년 전인가 소설 쓰는 사람이라고 어떤 남자가 찾아와서 꼬치꼬치 묻길래, 쫌 말해준 적은 있지.' 안전관리자 이원구. (6화 S#21)

FLASH BACK 》'혹시 모르지, 진짜 내부 인사가 쓴 건지도.' 황대표 (6화 S#14)

유리   (기가 막혀 웃다, 안에 들어간 정호를 보는) 휘슬블로어...

S#39. 출판사 [노력의 산물], 밤.

길사장이 요란히 통화하는 사이,

정호, 유리를 빤히 보며 앉아 있는데...

화난 듯 고개를 돌린 채 있던 유리,

유리   나한테 애초에 뭐든 말할 계획이 있긴 했던 거야?

정호   ?

유리   (가방에서 책 꺼내어 던지며) 이것도 너지?

정호   ...네가 이걸 어떻게...

유리   혼자 뭘 어디까지 하고 있었던 거야?

정호, 정말로 당황해 유리를 보는데,

유리　내가 계속계속 생각해봤는데... 이건 결국 내 잘못인 것 같아.

정호　이게 어떻게 니 잘못이야!

유리　너도 어렸을 때 우리 아버지 사건 보면서, 상처받았을 텐데... 난 니가 다 잊고 아무렇지 않을 거라고 생각했었나 봐, 멋대로. 이번 사기 건도 그렇고, 난 멍청하게 보고 싶은 대로 보고 믿고 싶은 대로 믿은 거야. 그런 나한테 니가 무슨 얘길 할 수 있었겠어.

정호, 말문이 막혀 괴로운 듯 유리를 보는데,
길사장이 큼큼, 헛기침을 하며 나타난다.
민망해진 유리, 고개를 돌리는데,
cut to 》화이트보드에 마루의 사진 붙이고 브리핑을 하려는 길사장인데,
정호, 계속 간절한 시선을 유리에게 고정한 채고,
유리와 정호 사이에 흐르는 무거운 공기를 참다못한 길사장,

길사장　그 두 분 이야기를 마저 하셔야 되면 제가 나가 있을까요?

유리　아뇨! 그건 그거고 이건 이거니까, 계속해주세요!

길사장　큼, 마루 선생, 이 새끼 떴다방도 하다 잡혀가고, 옥장판도 팔고, 보험 사기도 치고, 뭐 안 하던 게 없던 놈이에요. 그러다 5년 전에 교도소에서 원인 모를 병을 앓아서 형집행정지를 받아 나와가지고는 신내림을 받았더라고?

유리　신내림을 받긴 했어요?

길사장　예. 근데 안 그래도 날아다니던 놈이 촉까지 생기니깐, 그담부턴 아주 종횡무진~ 홍길동 전우치 부럽잖게 날아댕기기 시작한 거죠. 필리핀에 리조트만 한 저택이 있단 소문이 있어~

유리　어이가 없네.

그때 길사장에게 전화가 와 한참 웅-웅, 하다가 전화를 끊고는

길사장	우리 애들이 그놈이 어딨는지 알아냈는데...
정호	(일어서며) 어딘데?

S#40. 하우스, 낮.

담배 연기 자욱한 하우스 내부, 둥그런 테이블 여러 개가 보이고
사람들이 서넛씩 모여 앉아 고스톱과 섰다를 치고 있다.
그중 한 테이블에 앉아 있는 마루, 돈을 끌어모으고 있는데,
그때 선글라스 쓴 정호가 입장한다.
웨이터의 안내를 받아 마루의 테이블로 다가와 앉는 정호.
패를 돌리는 마루, 정호를 넌지시 살피더니, 훗 웃는다.

마루	이런 곳은 처음인 것 같은데,
정호	(칩을 놓으며) 처음이라고 못하란 법은 없죠. 동네에서 많이 쳐봐서.
마루	(낄낄 웃는데)
유리	(E) 야 처음 온 걸 티 내면 안 되지! 이제 언니들 들어가실게요.

이 말에 귓속에 콩알만 한 수신기를 꽂고 있는 김천댁과 최여사가 입장해,
정호와 마루 바로 옆 테이블로 안내된다.
최여사의 돈 가방에서 반짝이는 카메라, 마루의 패가 보이는 쪽에 놓이고.

S#41. 모텔들이 있는 뒷골목의 밴 안, 낮.

검정 밴 안에 앉아 있는, 길사장, 유리, 우진, 준.
최여사의 돈 가방과 은강에게 부착된 카메라로 하우스 안 상황을 모니터
링하고 있다.

유리	최여사님 가방 쪼금만 더 오른쪽으로!!

길사장 왼쪽이죠오!! 하 참 내가 한다니까는,

S#42. 하우스, 낮.

마루와 정호, 도박꾼1, 2, 모두 집중해 게임 중인데,

마루 (정호를 관찰하더니) 돈 따려는 생각은 별로 없는 것 같은데, 여긴 왜 왔어?

정호 아까부터 넘겨짚는 게 버릇이신가 봐.

마루 넘겨짚는 게 아니라 빤히 보이는 거야. 내가 사람 보는 게 일이거든.

정호 보이는 게 다가 아니란 건 모르나 봐.

그러면서 정호가 예상외로 점수가 나며 판을 크게 이겨버리고,
마루, 자존심이 상했으나 애써 표정 관리를 한다.

정호 판돈 좀 올릴까요? 쫄리면 빠지시고,

이 말에 가소롭단 듯 웃으며 똘마니를 시켜 칩을 더 가져오게 하는 마루.
그러자 판에 있던 나머지 두 명은 고개를 저으며 빠지겠다고 한다.

유리 (E) 언니들, 지금 치고 들어가실게요!

최여사 오빠 저쪽에 판돈 올린 것 같은데, 나 얕은 물에선 안 놀거든. 절루 가도 되지?

정호의 판에 합류하는 최여사와 김천댁. 정호와 눈짓 주고받는데,
동시에 마루의 시선을 가리며 스윽 나타나는 웨이터 차림의 은강.

은강 커피 드실 분.

최여사 응, 오빠 나는 (패 확인하고) 프림 둘에 설탕 셋~

김천댁   나는 프림 하나에 설탕 하나.

S#43. 모텔들이 있는 뒷골목의 밴 안, 낮.

유리   자 좋아요, 계속 판돈 올려서 이 새끼가 가지고 있는 돈 밑바닥까지 전부
꺼내놓게 해야 됩니다. 숨겨놓은 거까지 전부!

S#44. 하우스, 낮.

정호, 마루, 김천댁, 최여사가 고스톱을 치는 모습 몽타주.
cut to 》크게 진 마루, 똘마니를 불러 돈을 더 가져오라고 한다.
똘마니, 곤란한 얼굴로 '근데 형님 돈이..' 하고 토를 다는 걸,
쑥! 하고 일축하는 마루.

정호   (패를 돌리며) 어떻게, 아직도 빤히 보이시나? 한 치 앞도 못 보시는 것 같
은데,
마루   한 치 앞을 못 보는 게 아니라 욕심이 눈을 가리는 거야.
정호   그 욕심을 좀 내려놓지 그래? 남들 피해 주지 말고.
마루   피해? (날카롭게 보며) 니가 날 알아?
정호   넘겨짚어 봤어. 빤히 보이길래.

서로를 팽팽히 바라보는 정호와 마루인데,

S#45. 모텔들이 있는 뒷골목의 밴 안, 낮.

마루의 똘마니가 검정 가방을 가지고 들어가는 걸
유리와 준, 우진 밴 안에서 지켜보며,

유리   자, 가방 들어갑니다! 판돈 한 번만 더 올릴게요!

S#46. 하우스, 낮.

마루, 이번 판은 이겼는지 신이 나 돈을 모으더니, 패를 돌리기 시작한다.

최여사   (정호 향해 윙크 하며) 아이구 이러다 날 새겠네. 판돈 한 번 더 올려 가
지?
김천댁   좋아, 쩜당 1장 어때?
마루   (신이 나선) 그럽시다 그럼.

그때 똘마니가 마루 뒤에 서며, 카메라를 가린다!

유리   (놀라/E) 저 십장생 개나리! 은강 씨!

INS 》은강 다른 방에 붙잡혀, 분노한 얼굴로 믹스커피 타고 있다.
하는 수 없이 마루의 패를 모른 채 게임이 시작된다.
(최여사가 광을 팔고, 정호, 마루, 김천댁이 게임을 한다.)

S#47. 모텔들이 있는 뒷골목의 밴 안, 낮.

준   호오~ 그럼 이제부터 법조계 괴물 천재와 신기 충만 사기꾼의 찐 게임이
펼쳐지는 건가요?
유리   준이 씨 우리 이거 노는 거 아니거든요!

그러며 누구보다 흥미진진하게 모니터를 바라보는 유리.

<u>S#48. 하우스, 낮.</u>

마루와 김천댁은 모은 패가 별로 없는데 정호 앞엔 패가 잔뜩이다.
결국 정호가 먼저 나버리며, 고!를 외치고.
cut to 》정호, 씨익 웃으며 투 고!!를 외친다. 슬슬 당황하는 마루.
cut to 》정호, 쓰리 고!!를 외친다. 이젠 땀을 흘리고 있는 마루.
INS 》밴 안에서 흥미진진하게 지켜보고 있는 유리, 준, 우진, 길사장이고.
cut to 》마루의 차례인데, 마루 먹을 게 하나도 없고...
어느 피를 버릴까 고심하던 끝에 한 장을 버리고, 기리패를 뒤집는데..
맞지 않는다.
다음으로 정호 차례, 마루가 버린 피를 보란 듯이 주워가고,
기리패를 뒤집으면 조커, 또 뒤집으면 쌍피가 나오는데,
눈이 시뻘게서 지켜보다 정호의 손목을 확!! 낚아채는 마루.
손목을 뒤집어보면, 정호의 옷소매에 화투 한 장이 붙어 있다.

마루   (소리치는) 아야 여기 오함마 가져와라!!!!!!!! (일어서며 크게) 아놔~ 으쩐
        지 뭐가 이상하더라고, 판돈 올리자마자 쓰리 고 뽀 고를 해대는 게, (기가
        막혀) 아니 어디서 쌍팔년도식 밑장 빼기야!!
정호   (당황은커녕 씨익 웃곤, 손목을 빼 마루의 손목을 탁 잡아 누르며) 당해보
        니 어때?
마루   ...뭐뭐, 뭐야?
정호   아까부터 대놓고 사기를 치는데 못 보더라? 사람이 절박해지면 아무것도
        안 보이는 게 맞나 봐.
마루   (멈췄다가) 너 너너... 니들 다 뭐야!!!
유리   (E) 뭐긴 뭐예요, 다~ 선생님한테 당한 피해자들이죠.

마루, 돌아보면 유리와 함께 최여사, 김천댁, 우진, 설원장 등이 서 있고,
하우스 안에서 게임 중이던 다른 피해자들도 일어나 마루를 본다.

정호	(다가오며) 사기꾼들이 계속해서 다시 사기를 치는 이유가, 범죄를 통해 얻는 수익이 그로 인해 치르게 되는 비용보다 높기 때문이라고 하지?
유리	이번에 그 비용 제대로 한번 지불하게 해줄게요, 다신 사기 못 치게.
마루	(뒷걸음질 치며 정호 보는) 내가 진작 니놈한테서 칼을 봤는데...
정호	(비웃는) 칼은 무슨. 그 박수무당 코스프레도 이제 그만두지? 사람을 짓밟으면서 사람 마음을 본다는 게 애초에 말이 안 되잖아? 진짜 무속인들한테 미안하지도 않아?
마루	(비웃듯 보며) 그러는 넌, 아버지한텐 안 미안하고? 그렇게 등에 칼을 꽂았는데?

정호, 굳어 보는데, 헉! 입을 막는 우진.

S#49. (인터뷰) 우진의 진료실, 낮.

우진	왜 그런 사기꾼한테 대놓고 당했냐 하실 수도 있지만, 그분이 가끔... 정말 이상할 정도로 용하실 때가 있긴 있었거든요.

S#50. 하우스, 낮.

정호, 어쩔 수 없이 동요해서 마루를 보지만,

정호	(애써 추스르곤) 헛소리 그만 지껄이고 사과해.
마루	뭐?
정호	다른 사람들의 절박함을 이용한 거, 사과하라고. 그리고 말해. 속은 사람들이 잘못한 게 아니라 (유리를 보며) 그 믿음을 배신하고 속인 사람이, 잘못한 거라고. 그러니 자책 같은 건.. 전혀 할 필요 없다고.
유리	(보는)
마루	(낄낄 웃더니) 마음에 없는 소릴 하면 신령님이 노하셔.

최여사　아니 근데 저 개 상＊＊새끼가! (하며 다가가는데)

퇴로를 찾던 마루, 방법이 안 보이자 '다들 연장 들어!!' 하며 칼을 빼 든다.
마루의 똘마니들도 칼을 빼들면,
유리와 최여사, 우진, 김천댁 등 흠칫해 물러서는데,

정호　(유리를 막아서며) 이미 사기죄에 뭐에 어차피 한 5년은 들어갈 것 같은데, 꼭 더 늘려야겠어?

비켜!! 하며 정호 향해 칼을 휘두르는 마루,
정호, 충분히 피할 수 있었는데, 유리가 달려든다!
'and I~~~' 휘트니 휴스턴의 〈I will always love you〉 노래 흐르며,
유리가 달려들어 정호를 안고, 그런 유리를 보호하려 우진이 달려든다.
우진이 칼에 스치며 피 흘리는 모습을 본 김천댁, 마루의 머리채를 잡고,
이를 본 최여사와 설원장도 마루에게 달려들며 육탄전이 시작된다.
정호는 아줌마들을 말리랴 보호하랴 정신이 없고,
유리, 우진의 다친 어깨(생채기)를 붙들고 119를 부르며,
아수라장이 따로 없는데...
노래 뚝 끊기며, 세연과 함께 우르르 경찰들이 들이닥친다.

세연　(짜증) 아니 난 관할도 아닌데 여긴 왜 와서 이러고 있는 건지 모르겠네.
저기요~ 도망들 가서봤자 소용없어요! 여기 밖에도 경찰 쫙 깔렸어~

진짜 도박을 하러 왔던 사람들은 입구에서 도망을 가느라 난리고,
마루 일당과 하우스 주인 등 모두 체포된다.

S#51. 경찰서 앞, 밤.

경찰서 앞에 세연과 함께 서 있는 유리, 정호, 우진, 은강, 준.

세연   니들 덕분에 그 새끼 대포통장 알아내서, 피해액은 대충 환급될 수 있을
       것 같대.

       유리, 우진, 준 마주 보며 기뻐하는데,
       정호와 은강, 어이가 없고. 세연도 마찬가지다.

세연   뿌듯하냐? 도진기는 김유리 존에서 애 키우지 말재, 사건 사고가 너무 많
       이 터진다고.
유리   (우씨) 그게 내 탓은 아니잖아, 나도 여기서 피해자야!
세연   아 머리 아퍼! 넌 이제 그만 떠들고, 가!

       그때 정호의 휴대폰이 울리고, 전화를 받으면,

편웅   (F) 안녕?

       편웅의 목소리에 곧바로 표정이 굳어지는 정호,
       일행들을 떠나 외진 곳으로 향한다.

S#52. 검찰청 일각 / 경찰서 주차장 일각, 밤.

       1층에 모여 있는 기자들을 내려다보며 통화 중인 편웅과
       경찰서 주차장 일각에서 통화 중인 정호의 모습 교차로.

편웅   나야, 내 목소리 알지?
정호   뭐 하는 짓이야?
편웅   아니, 다른 게 아니고 내가 지금 검찰에 불려와 있거든.
정호   왜 그게 분해서?
편웅   아니이, 가족의 과오를 밝히려는 우리 조카의 노력이 너~무 가상해서, 나

	도 다 자백을 했단 얘길 하려고.
정호	(멈칫)
편웅	만감이 교차하네. 아버지가 쥐어준 칼로 아버지 등을 찌르는 기분이 이런 거구나?
정호	...대체 뭔 소릴 지껄이는 거야.
편웅	(낄낄 웃으며) 아 진짜 몰랐구나~ 니가 그렇게 오래 찾아 헤매도 없던 증거가 갑자기 눈앞에 뚝 떨어진 이유가 뭐겠어.
정호	...
편웅	대체 아들을 얼마나 사랑하면, 목숨과 같을 명예를 그렇게 내려놓을 수가 있는 걸까. 난 평생 모르겠지 그 감정?

그때 갑자기 뚝 끊겨버리는 전화에 당황하는 편웅,

| 편웅 | 싸가지 없는 새끼. 끝까지 좀 듣지. |

편웅, 아래 있는 기자들을 한 번 더 내려다보더니
콧노래 흥얼거리며 거울을 보면서 자신의 모습을 단장한다.

S#53. 경찰서 앞, 밤.

멍하니 서 있던 정호,
생각에 잠겨 유리와 일행들을 쌩하니 지나쳐 가는데.
유리, 저도 모르게 걱정스레 그런 정호를 보게 된다.

S#54. 거리, 밤.

화가 머리끝까지 난 얼굴로 거리를 걷는 중인 정호.
택시를 잡으려고 손을 흔든다, 갑자기 고장 난 것처럼 멈춰 선다.

정계장   (E) ...검사장님이 직접 주신 게 맞아요. 언젠가는 밝혀질 줄 알고 가지고
계셨던 거라고 하시면서...

S#55. 검찰청 포토라인, 밤.

편웅, 기자들이 저를 둘러싼 것을 은근히 즐기고 있다.
기자들 편웅에게 질문을 퍼붓는데,

편웅   2006년 도한 물류창고 화재 사건은 저희 도한그룹이 당시 담당 검사였던
김승운 검사장을 압박해 증거를 누락시킨 게 맞습니다.

기자1   지금 모든 걸 인정하시는 겁니까?

편웅   (연극하듯) 하지만 이 모든 것은 아들을 보호하려는 아버지의 삐뚤어진
애정 때문이었습니다. 저는 최근에 들어서야 2006년 저희 아버지인 이병
옥 회장과 매형인 김승운 검사장 사이에 있었던 커넥션을 알게 됐고... (울
컥하는 연기) 이를 알고 잠을 이루지 못하고 고민하다 세상에 밝히기로
어렵게 결심을 한 것입니다.

기자2   사건을 밝힌 내부고발자가 이대표님 본인이시란 겁니까?

편웅   ...그렇습니다. 저희 아버지와 김승운 검사장, 또 도한그룹을 대신하여 저
이편웅이 사과드립니다.

편웅이 깊이 고개 숙이자 카메라 플래시들이 쉴 새 없이 터진다.

S#56. 로 카페, 밤.

카페로 돌아와 TV를 통해 이편웅을 보고 있는 유리와 우진, 은강, 준.
모두 충격에 빠진 얼굴인데...

편웅	(F) 하지만 앞으로의 도한은 달라질 것입니다. 이를 부디 썩은 곳을 도려내고 새 시대에 발맞춰 나아가려는 자정의 모습으로 봐주시길 바랍니다.
우진	(분노로 지켜보다) ...저 개새끼.
일동	(놀라 보면)
우진	정호가 어떤 마음으로... 어떤 마음으로 이걸 고발한 건데.

S#57. 정호의 본가, 밤.

INS 》승운의 집 외경.
승운의 서재 문을 쾅 열고 들어오는 정호.
승운, 태평히 책을 넘겨보다 멈추고 고개를 들어 정호를 본다.

정호	뭐 하시는 거예요.
승운	...대뜸 처들어와 그게 무슨 말이니.
정호	사람 가지고 장난하는 것도 아니고 대체 뭐 하시는 거냐구요!!!
승운	...정계장 그놈 입도 무겁진 않구나.
정호	...
승운	너도 그러지 않았어, 검사장 자리는 나랑 안 어울린다고. 진작부터 내려올 마음으로 올랐다.
정호	(울컥하는) 그러면 오르질 마셨어야죠!! 어떻게, 어떻게... 저한테 이러세요?
승운	넌 그저 해야 될 일을 했을 뿐이야. 그 일을 할 용기가 있었던 거고.
정호	그게 아니라 본인이 편해지려고 저를 이용하신 거겠죠. (천장 보며) ...이런 거였구나... 이제야 알겠네요, 믿었던 사람한테 속는 게 어떤 기분인지.
승운	...
정호	(너털웃음까지 나오는) 완전 바보가 되는 기분이구나 이거.
승운	정호야,

정호, 승운의 말을 더 듣지 않고 뒤돌아 가버린다.

문 앞의 연주, 앞선 대화가 충격이었는지 멍한 얼굴로 남아 있고...

S#58. 은하빌딩 앞, 밤.

가로등 불빛 아래, 땅을 차며 정호를 기다리고 있는 유리.
시계를 확인해보면, 벌써 새벽 2시.
불안한 듯 은하빌딩 앞을 왔다 갔다 하는 유리인데,
정호가 오질 않자 아예 전화를 걸며 대로변 쪽을 향해 나가는 유리.

S#59. 횡단보도 앞, 밤.

정호, 너무도 혼란스럽고 괴로운 기분인데, 울리는 휴대폰.
받으면 '야 김정호 너 어디야' 하는 유리의 목소리 들려온다.
고개를 들어보면, 횡단보도 건너편으로 다가오고 있는 유리가 보이고.
유리를 보자마자 정호의 눈에서 후두둑 눈물이 떨어지기 시작한다.
눈물을 흘리는 정호를 보며 유리, 저도 덩달아 울 듯한 얼굴이 된다.

유리   (휴대폰 든 채) 왜 울어... 내가 너 울지 말라고 굿 값도 냈는데...
정호   (말없이 눈물만 뚝뚝) 미안해, 유리야...
유리   ...
정호   내가... 다 안다고 생각했는데, 아무것도 몰랐어... 미안해 유리야... 속여서
       미안해...

휴대폰 들고 있던 유리의 손이 아래로 툭 떨어진다.
정호, 아무것도 못 하고 그저 울며 유리를 볼 뿐이고,
이를 보던 유리, 빨간불인데도 불구하고 길을 건너기 시작한다.
이때, 두 사람 사이를 향해 빠르게 달려오는 검은 세단!

S#60. (인터뷰) 구치소 운동장, 낮.

구치소 운동장 벤치에 앉아 인터뷰 중인 마루 선생.

마루   그 둘은 원진元嗔이야. 부딪히면 뜨거워서 가까워지지도 못하고, 헤어지지도 못하고 계속 이만한 거릴 두고 공전해야 하는 거지. 근데 운명을 거스르고 가까워지려 하면, 누구 하나는 다쳐. 일단 다치게 되어 있어.

차가 급브레이크를 밟으며 끼익- 쿵! 하는 소리가 들려오며, **9화 엔딩.**

10화

찬란한 유산

S#1. 승운의 서재, 밤.

괴로운 얼굴로 승운을 보고 있는 정호.

정호   어떻게, 어떻게... 저한테 이러세요?
승운   ...이회장과의 오랜 약속이었어. 적당한 시기가 오면 그 죗값을 치르겠다고
         생각했는데, 나도 사람인지, 그걸 잊고 자꾸만 미루던 차에... 차라리 잘되
         었지.
정호   (기가 막혀 보면)
승운   넌 그저 해야 될 일을 했을 뿐이야. 그 일을 할 용기가 있었던 거고.
정호   그게 아니라 본인이 편해지려고 저를 이용하신 거겠죠.
승운   ...
정호   (천장 보며) ...이런 거였구나... 이제야 알겠네요, 믿었던 사람한테 속는 게
         어떤 기분인지.
승운   ...
정호   (너털웃음까지 나오는) 완전 바보가 되는 기분이구나 이거.
승운   정호야,

정호, 승운의 말을 더 듣지 않고 뒤돌아 가버린다.
문 앞의 연주, 앞선 대화가 충격이었는지 멍한 얼굴로 남아 있고.

S#2.   (인터뷰) 정호의 방, 밤.

정호   가끔 그런 생각하지 않으세요? 부모님이 만들어준 나는 어디까지고, 내가 만든 나는 어디까지인 걸까 하는 생각. 환경과 유전자를 벗어난 나는 얼마나 될까 하는 생각.

S#3.   거리, 밤.

정호, 횡단보도를 사이에 두고 유리를 보고 있다.
유리, 빨간불이지만 정호를 향해 걸어오기 시작하는데,
빠른 속도로 유리를 향해 달려오는 검은 세단!
공포로 바라보는 정호,
급브레이크를 밟으며 나는 끼익~ 쿵! 소리에 이어 화면 암전된다.
- 이하 화면, 유리의 의식처럼 깜빡하며 꺼졌다 켜지기를 반복하며 -
다시 부웅 엑셀을 밟더니, 현장에서 도망쳐버리는 세단, BLACK OUT.
도로에 피를 흘리며 쓰러져 있는 유리에서, BLACK OUT.
유리를 부르며 정신없이 달려오는 정호의 모습, BLACK OUT.
유리야, 유리야.. 하고 이름을 거듭해 부르다
'누구 없어요!!! 제발, 좀 도와주세요!!!' 절규하는 정호에서, BLACK OUT.

S#4.   응급실, 밤.

눈을 떠보는 유리, 제 손을 잡고 울고 있는 정호가 희미하게 보이는데,
물에 잠긴 듯 숨을 쉴 수도 말을 할 수도 없는 기분에서, 다시 BLACK
OUT.

S#5.   1인 병실, 낮.

하얀 천장을 보며 깨어나는 유리,
오랫동안 참고 있던 숨을 겨우 내쉰 듯 헐떡이며
자신의 몸을 내려다보면, 양팔이 깁스에 묶여 있다.
웅성이는 소리에 옆을 보면, 준과 은강이 배달음식을 펼쳐놓다 놀라 유리
를 본다.

준   어?! 사장님!!! 깨셨어요?!

은강   (다가와 빤히 보더니) ...제 이름 뭐예요.

준   맞아요 형 이름 뭐예요, 제 이름도요!

유리   ...은강 씨... 준이 씨...

은강   (손가락 흔들어 보이며) 이거 몇 개예요.

준   (미심쩍) 그거 그렇게 하는 거 맞아요 형?

은강   몰라. 대답해봐요, 몇 개예요.

유리   (웃곤) ...두 개...

은강   (안도의 한숨) 머리는 멀쩡하네.

준   사장님, 진짜 큰일 날 뻔하셨어요!!

유리   ...어떻게... 된 거예요?

준   술을 처먹은 건지 웬 미친놈이 사장님 들이받고, 그대로 튀었잖아요! 정호
        형님이 얼굴 저승사자처럼 허옇게 돼가지고는 펄펄 뛰는데, 아유 말도 마
        세요, 난 이제 무서워 그 형님.

은강   (유리에게 물 챙겨 먹이며) 다행히 크게 다친 데는 팔밖에 없대요. 근데 머
        릴 부딪치셨는지 계속 깨어나질 않으셔서... 추리닝 그놈이 하도 난리치는
        바람에 머리도 정밀 검사 다 했는데 아무 이상 없다고 하더라구요.

물 한 통을 단숨에 비운 유리,
눈으로 정호를 찾듯 병실을 둘러보는데,

유리	...지금 어딨는데?
준	(으쓱) 모르죠 또 어디서 열 내고 계신지,

S#6. 홍산경찰서, 낮.

경찰1의 멱살을 쥐고, '다시 말해봐!!' 하고 소리를 치고 있는 정호.
그런 정호를 떼어내려고 난리인 세연과 경찰들.

정호	(소리치는) 뭐? 더 할 수 있는 게 없어?!!
세연	(겨우 떼어내며) 김정호!!! 정신 좀 차려!!!
정호	사람이 죽을 뻔했다고!!! 대한민국에 CCTV가 몇 갠데 그 새끼 하날 못 찾아-
경찰2	(달래듯) 선생님, 지금 저희가 할 수 있는 건 전부 다 해보고 있으니까 조금만-
정호	할 수 있는 거 다 한단 사람들이 신변보호랍시고 워치 하나 던져주고, 그냥 기다리라고 하면 다야?!
세연	(끌어내는) 안 되겠다, 김정호 너 나와! 나오라고!!!

S#7. 경찰서 앞, 낮.

미친 사람처럼 서성이는 정호고, 그런 정호를 보고 서 있는 세연.

세연	너 제정신 아니야, 너 이거 공무집행 방해야!!
정호	분명히 일부러 그런 거야, 내가 봤다고,
세연	알겠다고. 지금 최선을 다해 그 새끼 찾고 있으니까 제발 좀!! 너가 지금 이런다고 달라질 게 없잖아!
정호	...
세연	너만큼이나 나도 빨리 잡고 싶어, 그니까 제발 진정 좀 하자, 응?

정호, 무슨 생각이 들었는지 걸음을 멈추더니,

갑자기 또 어디론가 가기 시작한다.

세연, 미치겠다는 듯 머리 쓸어 올리며, '또 어디 가는데!!' 외치고.

S#8. 몽타주

#유리의 병실, 낮.

의사(남/30대)와 우진, 유리 대화 중이다.

의사   오른손은 오픈프랙쳐로 들어와서, 테노라피 등 수술은 잘 마쳤구요,

우진   오른손은 아예 부러져서 들어오셔서, 힘줄 재건술 등 수술을 마쳤구요,

의사   왼쪽은 프랙쳐는 없는데, 주월상인대가 파열돼서 일시적으로라도 깁스를
       하시는 편이—

우진   왼쪽은 뼈가 부러진 건 아닌데, 인대를 다치셔서 당분간은 양손 다 깁스
       를 하셔야 될 것 같습니다.

유리   저도 귀가 있어요 선생님... 근데 양손 다 깁스 하면 화장실은 어떻게 가
       요?

우진   (진지) 비데가 있는 곳에 가시는 게,

유리   (우진을 째려보는 데서)

#유리의 병실, 낮.

유나를 업은 진기가 준, 은강과 함께, 초집중해서 할리갈리를 하고 있다.

유리, 게임을 지켜보며 손가락을 같이 움찔움찔하는데,

이내 답답한 듯 진기 향해 소리치는

유리   아, 그래서 김정호는 어딨냐고!

진기   걘 왜 자꾸 찾어! 그 미친놈, 지금 물이고 불이고 하나도 안 보여. 냅둬야
       돼 좀.

#유리의 병실, 밤.
옥자, 유리에게 음식을 떠먹이고 있고, 유찬이 옆에서 게임 중이다.

옥자   아 가리지 말고 먹어!!
유리   나 원래 당근 안 먹는 거 알잖아!! (사이 문 쪽을 보다) 김정호는?
옥자   걔는 왜 자꾸 찾아. 정호 걔는 애, 없는 게 나. 어찌나 난리든지~ 내 배 아
       파 낳았지만 나도 그렇게는 안 한다! 마악 소릴 질러대고, 걔 때문에 더 놀
       랐어 나는.
유리   ...
옥자   (눈치 보며) 걔 말로는, 이거 누가 일부러 그런 거라던데, 정말이야?
유리   (멈칫하지만 애써) ...누가 일부러 그래. 아니야. 그냥 내가 신호도 안 보고
       걷다 사고 난 거지...아무리 그래도 그 뺑소니 새끼, 사람을 치고 튀냐!
옥자   (의문 남지만 더 묻지 않는) 열 내지 말고 먹기나 해.

S#9.   팔라시오 호텔 스위트룸, 밤.

       편웅, 가운 차림으로 술을 따르고 있는데,
       요란한 소음과 함께 스위트룸으로 들이닥치는 정호,
       다짜고짜 편웅을 향해 돌진해서는 주먹을 날린다!
       편웅, 속수무책으로 나가떨어지고,
       정호, 그의 멱살을 붙잡고 다시 여러 차례 주먹을 꽂는데,
       곧 편웅의 부하들에게 양팔을 붙잡혀 떼어내진다.

편웅   (맞은 입가를 만지며) 아니 우리가 저번에 술 먹고 쇼 좀 했다고, 이렇게
       또 주먹으로 인사를 하나?
정호   놔!!! 너 이 개새끼, 너 내가 죽여버릴 거야!!!
편웅   왜애~ (빤히 보다가 놀리듯) 우리 김변한테 무슨 일이라도 있어?
정호   너 이 개새끼!!!

편웅	너는 흥분하면 맨날 우리 김변 때문이더라고. 참 알기 쉬워, 그지?

정호, 부하들을 뿌리치고, 다시 편웅에게 돌진하지만,
한실장에게 붙잡혀 주먹을 정통으로 맞고 휘청하는 정호.
그사이 다시 부하들에게 붙잡히고, 혼신을 다해 반항해보지만 뿌리치지
못한다.
그사이 한실장, 붙잡힌 정호에게 여러 차례 주먹을 날리고,
정호가 맞을 때마다 리액션을 하며 낄낄거리는 편웅.

정호	(얻어맞아 정신없는 와중에도) 개새끼, 너는... 내가.. 죽여버릴 거야...
편웅	(낄낄 웃다) 내가 열다섯이었나? 우리 엄마가 죽던 날, 무슨 일이 있었는지 알아?
정호	(그저 노려보면)
편웅	무슨 일이 있었냐면, 아무 일도 없었어. 그 곰팡이 낀 반지하방에서 일어나서 밥 먹고, 학교 갔다가, 친구들이랑 같이 놀다가 그러고 왔는데, 글쎄 엄마가 그 더러운 화장실에 죽어 있는 거야. 전날에도 그 전날에도, 그 어떤 조짐도 없었어요. 그래서 내가 생각했지, 아, 가지고 있는 것들을 뺏기는 건 원래 그렇게 예상치 못한 순간에~ (정호의 배에 주먹을 세게! 꽂으며) 갑자기 일어나는 거구나!
정호	(아파 앓는 소릴 내면)
편웅	(정호 턱 잡아 올리며) 긴장 풀지 마, 정호야. 내 목적은, 김변이 아니고 너니까. (웃는)

S#10. 팔라시오 호텔 앞, 밤.

비가 퍼붓고 있고, 만신창이가 된 정호, 편웅의 부하들에 의해 끌려나와
빗속에 내동댕이쳐지듯 던져진다.

S#11. 유리의 병실, 밤.

잠든 옥자의 코 고는 소리가 규칙적으로 들려오는 병실.
유리, 조심히 자리에서 일어난다.

S#12. 병원 입구, 밤.

수액 폴대를 끌고 입구까지 나와 있는 유리, 멍하니 비를 바라보는데…
FLASH BACK 》저를 향해 돌진해오던 검은 세단이 떠오르고 (S#3)
눈을 질끈 감는 유리! 숨이 가빠지려는 걸 애써 심호흡을 한다.
**FLASH BACK 》"자격도 없는 내가… 너를 사랑해서… 미안해." 하는 정호
(9화 S#30)**
**FLASH BACK 》울며 횡단보도 건너편에 서 있던 정호가 떠오른다. (9화
S#59)**
유리, 마치 지금도 건너편에 정호가 서 있는 듯, 비가 오는 바깥쪽으로 나
가려 하는데… 뒤에서 누군가 유리를 안쪽으로 확 끌어당긴다!
유리, 놀라 보면 비에 젖은 정호가 거친 숨을 몰아쉬며 서 있고,
얼굴은 심하게 얻어맞기라도 한 듯 여기저기 터져 있다.

정호   (화난) 왜 나와 있어 감기 걸리게!
유리   (정호의 얼굴을 보며 놀라) 너 얼굴… 어쩌다 이랬어?
정호   너 환자야 들어가자. (데리고 들어가려는데)
유리   (걱정스레 보며) 아프겠다, 괜찮아? 선생님한테 말하고 얼른 치료받자.
정호   (참으려 하지만 결국 폭발하는) 니가 지금 누굴 걱정해!
유리   …
정호   (소리치는) 니가 지금 나 같은 거 걱정할 때야? 너, 나 때문에 다친 거야.
        나 때문에 다친 거라고!!
유리   (조용히 한숨) 이게 어떻게 너 때문이 돼.
정호   텅 빈 동네 거리를 시속 백으로 질주해온 차가, 그냥 우연 같아? 그 차가

번호판 추적도 안 되는 대포차인 게 우연 같냐고!

유리   ...

정호   (괴로운 듯 머리 헝클며) 유리야, 유리야, 김유리. 제발 남 걱정하지 말고..
       너는, 너를.. 너를...

정호, 말도 제대로 잇지 못하고 괴로워 어쩔 줄 몰라 하는데,
차분한 얼굴의 유리, 그나마 멀쩡한 왼손으로 정호의 옷깃을 잡더니,
제 쪽으로 끌어당긴다.
정호, 거칠게 숨을 뱉으며 그 손을 보다가 하는 수없이 가까이 다가서면,
더 가까이 오란 듯 또 옷깃을 잡아당기는 유리.
이에 정호, 한 걸음 더 유리에게 다가선다.

유리   (똑바로 보며) 괜찮아 김정호.

정호   (괴로워 보면)

유리   나 괜찮다고.

정호   (울컥) 니가 뭐가 괜찮아.

유리, 옷깃을 더 당기면, 얼굴이 닿을 듯 가까워진다.
더 당겨오더니 천천히 정호의 이마에 자신의 이마를 대는 유리.
무너지는 정호, 유리의 얼굴을 감싸며, 맞닿은 이마에 제 머리를 비빈다.

정호   제발, 다신 다치지 마, 제발... 내가 죽을 것 같아.

유리   알았어... 다신 안 다칠게. 약속해.

그제야 겨우 천천히 진정을 찾아가는 정호에서...

S#13. 병원 휴게실, 밤.

늦은 시간, 텅 빈 병원 휴게실.

정호, 홀로 괴로운 듯 의자에 앉아 있는데,
옥자가 다가오더니 근처에 자리를 잡고 앉는다.
이에 옥자의 눈도 마주치지 못하던 정호, 대뜸 옥자 앞에 무릎을 꿇는다,

옥자   (놀라 정호를 일으키는) 뭐 해!
정호   ...죄송합니다 죄송합니다... 어머니.
옥자   네가 잘못한 것도 아닌데, 무릎을 왜 꿇어!
정호   죄송합니다...
옥자   (정호 앞에 쪼그려 앉으며) 너 사람 잘못 봤다, 정호야. 나 그렇게 약한 사
        람 아니야. 우리 유리도 그렇게 약한 애 아니고.
정호   (그제야 옥자를 보면)
옥자   (정호 머리칼 넘겨주며) 내가 우리 딸한테 미모랑 힘은 물려줬거든. (작게
        후후 웃는) 그러니 너무 애쓸 것 없어 정호야.

이에 더욱 울컥해 옥자를 보는 정호의 얼굴 위로, 타이틀 올라온다.
[제10화 찬란한 유산]

S#14. 유리의 차 안, 낮.

운전석의 정호와 조수석의 유리가 열띤 논쟁 중이고,
뒷좌석의 은강과 준, 얘네 또 이러나 싶은, 아주 질려버린 얼굴이다.
(유리, 오른손은 통깁스, 왼손은 압박붕대를 한 채다.)

유리   무슨 너네 집엘 가!! 미쳤나 봐 진짜!!
정호   카페 오가기도 쉽고, 내 시야에서 벗어날 일도 없고.
유리   (기가 막힌 듯 보며) 이게 무슨 운전대 좀 맡겼더니, 지가 왕인 줄 알아! 글
        쎄, 나는 내가 알아서 한다고!
준   그래요 형님, 사장님 목청 돌아온 거 보니 다 나으신 것 같은데-
정호   손이 그래서 니가 뭘 할 수 있는데.

유리	그런 넌 뭘 해줄 수 있는데! 니가 뭐 날 씻겨주기라도 할 거야?
정호	(잠시 멈칫하지만 이내 비장히) ...하는 데까진 해봐야겠지.
유리	뭘 하는 데까지 해!!

S#15. 은하빌딩 앞, 낮.

정호, 차를 세우고 내려서 유리가 타고 있는 조수석 문을 열면,
내민 정호의 손 무시하고 기어이 혼자 힘으로 내리는 유리.

유리	(이제 진짜 초조한) 가게 정리되는 대로 울 엄마도 올라온다고 하니까, 제발 쫌!! 유난 좀 부리지 마.
정호	그럼 그때까지만이라도 있어. (트렁크에서 유리의 짐을 빼서 옥상으로 향하면)
유리	저거 대체 왜 저래!! (따라 올라가고)

떫은 얼굴로 남겨지는 은강과 준.

준	형님, 이거 제 눈에만 사랑싸움으로 보이는 겁니까?
은강	...보고 있자니 빡치네.

S#16. 정호의 옥탑, 낮.

정호를 따라 올라가며 항의하는 유리.

유리	니가 대체 무슨 권리로 나한테 이래? 무슨 권리로 날 구속하냐고!
정호	구속?
유리	그래... 이게 구속이 아님 뭐야, 내 자율 침해하고 있잖아 지금!
정호	그러네. 구속이네. 근데 하는 수 없어. 당분간은 이렇게 지내.

유리	내가 알아서 한다고. 이편웅이 칼 들고 날 죽이러 오든 다시 차 몰고 달려
	오든, 내가 알아서 대처할 거야, 그러니까 넌 신경 끄고 가.
정호	(마른세수하곤, 유리 바라보는) 유리야, 나 니가 뭐래도 이제 너 혼자 둘
	생각 없어. 그러니까 괜히 힘 빼지 말고 들어가자.

정호와 유리, 서로 팽팽히 바라보는데...

| 연주 | (E) 저기... 둘이 싸우는 데 미안한데, |

유리와 정호, 놀라 돌아보면,
연주가 짐 가방 여러 개를 앞세우고 평상에 우아하게 앉아 있다 일어서며,

연주	(어색한 미소로) 아까부터 인기척을 하려고 했는데, 타이밍을 못 찾았네?
정호	...엄마?
유리	엄마아 ↗?! (정호와 연주를 번갈아 보다, 당황과 복잡함으로) 안녕, 안녕
	하세요.
연주	말로만 듣던, 그녀네. (뜻 모를 애틋함으로) 이제야 만나네요, 반가워요 유
	리 씨.
유리	(나를 아시나?) 아, 네...
정호	(당황스럽고) 근데 엄마가 갑자기 여긴 어떻게...
연주	(해맑게) 나, 집 나왔잖아.

S#17. 로 카페, 낮.

연주 앞에 모여 앉아 있는 정호, 우진, 준, 유리.
연주, 자신과 승운의 대화를 이야기꾼처럼 풀어내는 중이다.
모두 조금은 신기한 듯 연주를 보고 있고,
은강만 홀로 주방에서 음료를 만들고 있다.

연주	'어떻게 일이 이 지경이 되도록 나는 하나도 몰랐던 거죠?' 했더니, '당신이 신경 쓰게 하고 싶지 않았어.' 이러는 거야, 그래서 내가 '당신이 나를 이렇게까지 무시하는 줄 몰랐네요. 내 아버지, 내 남편, 내 아들의 일인데, (정호를 힐난하듯 보며) 사람을 바보로 보지 않고는 이 모든 일을 나한테까지 숨길 순 없었던 거야.' 그러고 나왔어. 그러고 나니 갈 데가 있나.
일동	...
연주	근데 여길 오니 (유리 보며 씁쓸히 웃는) 내 아들, 내 남편, 내 아부지.. 또 내 배다른 동생 때문에 다친 사람이 한 명 더 있네.
유리	...!
연주	유리 씨 보니까 더 용서하면 안 되겠다, 이 남자들. 그죠?

놀란 얼굴로 연주를 보는 유리, 잠시 침묵이 흐르고.

정호	...그럼 당분간은-
연주	응. 정호 니 방에서 지내려고.
정호	!!
연주	그래도 이렇게 오랜만에 나 피해 다니던 아들 얼굴도 보고, 우진이도 보니 좋네. 우진이는 이따 나 수면제 좀 처방해줄래, 요즘 도통 잠을 못 자.
우진	(난처한 미소) 그럼요 이모, 병원으로 오세요.
연주	그래. 내 소갠 이쯤 하면 된 것 같고, 초롱초롱한 눈빛의 그대는 누구?
준	전 여기 알바생입니다! (바보처럼 웃곤) 저 재벌 처음 봐요!
은강	(음료와 샌드위치 등 가져오며, 빈정) 재벌도 처음 보고 전과자도 처음 보고,
준	빈정과 싸늘함이 특기인 이 형님은, 우리 카페 바리스타세요!

정호, 차와 샌드위치를 보더니 연주보다 유리를 먼저 챙긴다.
유리, 연주를 의식하며 몹시 당황해하는데,

정호	(아랑곳 않고 샌드위치 들이대며) 너 오전 내내 먹은 거 없잖아, 먹어,
유리	(당황스런) 나중에 알아서 먹을게.

정호	(계속 들이대며) 그래놓고 입맛 없다고 안 먹을 거 누가 몰라, 그냥 지금 먹어.
유리	(이 악물고, 작게) 흐즈 마라. 으므니도 계신데,

유리에게 기어이 샌드위치를 물리는 정호고, 어이없어 보는 일동에서...

S#18. 정호의 방, 낮.

연주와 함께 짐을 풀고 있는 정호.

정호	필요한 거 있으심 말씀하시구요, 화장실에 새 칫솔 꺼내뒀으니까 그거 쓰심 돼요.
연주	(정호를 빤히 바라보다) ...너도 그동안 마음고생 많았겠다고 그럴까, 아니면, 너 같은 걸 아들로 둔 내가 너무 불쌍하다고 그럴까, 고민 중이야.
정호	...
연주	니가 저번에 나 찾아와 울고 가지 않았으면, 너도 용서 안 했을 거야. (울컥) 근데 너마저 미워하면, 엄만 정말 아무도 없더라 정호야.
정호	...!!
연주	(팔 벌리며) 엄마 좀 안아줘 정호야.

정호가 다가가면, 아들을 꽉 끌어안는 연주.

S#19. 로 카페, 낮.

초췌한 느낌의 **여자(강희연/40대)**가 카페로 들어서서
곧장 카운터를 향해 다가오는데,
준, 여자를 알아보곤 저도 모르게 한숨을 쉬어버린다.

준	저희가 오늘도 변호사님 상담은 힘들고 카페밖에 이용이 안 되는데..
희연	(따지듯) 지금 이게 며칠째예요!! 그럼 아예 상담이 안 된다고 써놓으시던 가요!
준	죄송합니다 저희가 경황이 없었어서...
희연	(유리의 사무실 보며) 오늘은 출근해 계시잖아요.
준	근데 최근에 사고를 당하셔서, 몸이 아직 많이 안 좋으셔 가지고...
유리	(놀라 나오며) 괜찮아요, 준이 씨. 상담 가능해요, 나!

S#20. 로 카페 사무실, 낮.

유리와 마주 앉아 있는 희연, 잔뜩 날이 서 있는 느낌의 사람이다.

유리	상담받으려고 며칠이나 카페에 오셨었다면서요, 급한 일이 있으신가 봐요.
희연	...상속 관련해서 여쭤볼 게 있어서요. 어머니는 예전에 돌아가셨고, 아버지 가 지금 병원에 계신데, 많이 안 좋으세요.
유리	네에.
희연	근데 최근에, 아버지가 저 모르게 오빠들한테 유언을 하셨더라구요. 회사 는 큰오빠한테, 서초동 집은 둘째 오빠한테 물려주고, (말하면서도 기가 막히고 울컥) 저한텐 고향 땅만 물려주기로 하셨다는 거예요.
유리	아이고... 근데 회사라면?
희연	아버지가 운영하시던 회사요. 전엔 그래도 연매출 100억은 되는 중소기업 이었어요. 간병은 몇 년째 제가 하고 있는데, 그걸 몽땅 다 오빠들한테만 물려준다는 게, 말이 안 되잖아요! 손 놓고 있을 수만은 없어서 왔어요.
유리	아, 그러셨군요... 잘하셨어요. 우선 유언이라는 게... 단순 의사표현만으로 되는 게 아니라서, 먼저 아버님의 유언이 법적으로 유효한 방식으로 기록 된 건지, 그걸 확인해보셔야 할 것 같고,
희연	(끄덕)
유리	다음으로, 보통 유언이 상속의 내용을 전부 결정한다고 많이들 오해하고 계신데, 유류분이라고, 유언의 내용과 관계없이 법적으로 보장된 유족들

각자의 최소한의 몫이 있거든요.

희연   ...

유리   또 선생님께선, 상당 기간 피상속인분을 간병해왔기 때문에 그 부분에 대
한 기여분도 인정되실 수 있구요,

희연   (OL) 그럼 제가 지금 할 수 있는 건 뭔가요?

유리   (곤란) 그게 아직, 아버님께서 돌아가신 것도 아니고 해서... 우선 가족분
들과 먼저 대화를 시도해보시는 게-

희연   대화로 될 거였음 변호사한테까지 안 왔죠. 전 무조건 제 몫 다 받아낼 거
예요.

유리   (곤란한 미소로 보는)

S#21. 로 카페, 낮.

희연을 배웅하고 돌아오는 유리인데,
지켜보던 준, 기다렸다는 듯 흥을 본다.

준   아니 부모가 죽는데 돈이 문젠가! 저분 좀 너무하지 않아요?

유리   (난처한 미소) 음... 근데 상속 문제는 은근, 재산이 많든 적든, 살면서 한
번씩들 겪긴 하는 것 같아요.

준   그건 아는데... 저런 걸로 다투고 있는 걸 보면, 사람한테 환멸이 난달까요?

은강   평생 고귀한 인간들만 만났나 봐. 나한텐 그런 걸로 아귀다툼이나 하는
게 딱 우리들 수준처럼 보이는데.

정호   (E) 틀린 말은 아니지.

어느새 카페로 돌아와 있는 정호다.

준   피, 형님들은 너무 염세적이시라니까.

정호   (유리 향해) 설마 뭐 대리해주겠다 한 건 아니지? 잘못하다간 칼부림도
나는 게 상속 문제야, 다른 건 몰라도 이건 전문 변호사한테 가는 게 맞

아.

유리   알아 나도!! 그리고 조절 안 되는 건 알겠는데, 오지랖 좀 자제해줄래?

준   아이 두 분 왜 또 싸우고 그러세요~

S#22. 해피슈퍼 앞, 밤.

김천댁과 최여사의 마중을 받으며 슈퍼에서 나오는 은강과 준.
보아하니 이제껏 넷이서 고스톱을 치고 있었던 모양새다.

김천댁   비행기 타다가도 내려서 줍는 게 쌍피야!! 거기서 광을 왜 먹냐고 광을!

준   제 광이 문제예요, 사장님이 거기서 고를 한 게 문제지! 먹을 것도 없으면서 왜 고를 하냐구요! 그니까 은강이 형이 홀라당 다-

그때 카페 앞에서 퇴근하며 티격태격 중인 정호와 유리가 보인다.
정호, 유리 앞에 몸을 낮춰 앉으며 등에 업히라는 듯 손짓하는데,
유리, 무시하고 가려 하면, 잡아 세우곤 다시 엎드리는 정호.

김천댁   아주 염병들을 하는구만.

최여사   그러니까, 누가 보면 다리라도 다친 줄 알겠네.

S#23. (인터뷰) 은하빌딩 일각, 밤.

은강과 준, 떫은 얼굴로 카메라를 보며 인터뷰 중이다.

준   저번 사고 이후로, 사장님에 대한 정호 형님의 과보호랄까...

은강   극성이라고 하지 그런 건. 요즘 애 있는 집도 그렇겐 안 해.

INS1 》 연주가 있는데도, 유리의 커피 잔까지 들어 마시는 걸 돕는 정호.

다쳤다고 애 취급하지 말아라 어째라, 티격태격인 모습에
싫은 듯 바라보다 빨대를 가져와 던지듯 건네는 은강.
INS2 》유리, 손님과 상담 중인데, 정호, 밖에서 유리만 보고 있다가
뺨에 붙은 머리칼을 유리가 거슬려하는 게 보이자
굳이 달려 들어가 머리를 넘겨준다.
커피를 가지고 들어가던 은강, 기가 차 바라보고,
INS3 》유리가 쓰레기봉투라도 들라치면 부리나케 달려와 뺏는 정호.
가만히 있던 준에게 너는 눈이 없냐, 넌 앉아서 하는 게 뭐냐고 호통이다.

준   뭐랄까, 그 정호 형님 마음도 알겠는데요,
은강   (분통) 적당히 해야지 적당히! 일을 할 수가 없잖아!
준   (응?) 일을 못 할 건 또 뭐예요, 형님?
은강   넌 몰라도 돼.
준   (눈치 보다가) 형님 제가 예전부터 궁금했던 건데, 혹시.. 사장님 좋아하세
         요?
은강   (하찮게 보면)
준   (혼자 헉!) 아님 정호 형님을?!

         은강, 깊은 한숨 쉬는 데서...

S#24. 유리의 오피스텔, 밤.

         유리와 정호, 화장실 앞에 서서 팽팽히 서로를 보고 있다.

유리   엄마가 그저께 감겨줬어.
정호   지성인이라면 하루에 한 번씩은 감아야 되는 거 아니냐?
유리   난 원래 이틀에 한 번씩 감아!
정호   그러니까 그게 문제라고 생각 안 하냐고.
유리   머리를 얼마나 자주 감을지는, 누구의 간섭도 없이 오로지 자기가 결정하

는 거야! 생명과 신체의 처분에 대한 자기결정권 몰라? 헌법이 보장하는
자유라고!!

정호   타인의 권리까지 침해할 자유는 없지. 니가 지금 정수리 냄새로, 헌법 제
35조, 건강하고 쾌적한 환경에서 생활해야 할 타인의 권리를 침해 중이거
든.

유리   그럼 가아! 니가 가면 되잖아!! 내 정수리 냄새에서 멀어지라고!!

S#25. 유리의 오피스텔 화장실, 밤.

정호, 손을 넣어 온도를 재며 욕조에 물을 받고 있는데,
문간에 서서 그 모습을 지켜보는 유리, 어둡게 가라앉은 얼굴이다.

유리   너 대체 언제까지 이렇게 유난 떨 셈이야?

정호   ...니가 안전해질 때까지.

유리   저번에 말했잖아, 내 안전은 내가 알아서 한다고. 그리고 뭔가 오해했나 본
데, 나 너 용서한 거 아니야.

정호   ...

유리   니가 나 17년 동안 속인 거... 그거는, 니가 어떤 마음으로 그랬을까 생각
하면 그냥... 아파. 그래서 용서하기로 했어, 너 미워하면 내가 너무 아파서.
근데, 그건 그건데... 정호야, 우리 아빠가 어떻게 갔는데 내가 너랑 이래.

정호   (행동 멈추는)

유리   너랑 아무렇지 않게 이러는 거 나 너무 힘들어. (울컥) 하늘에서 우리 아
빠가 어떻게 너랑 속도 없이 이러냐고 나 흉볼걸?

정호   (유리 보는)

유리   그러니까 제발 그만하고, 너 가.

정호   유리야...

유리   (눈물 꾹 참으며 고개 홱 돌리고) 제발 부탁이야. 그만 가주라.

또다시 아무 말도 할 수 없는 정호고.

S#26. 유리의 오피스텔 앞, 밤.

문을 닫고 나오는 정호. 참혹한 심경으로 문에 기대어 서는데...
눈시울 붉어지며 가슴이 무너지는 듯하다.
하지만 애써 추스르고 세연에게 전화를 건다.

정호   (겨우 목소리 내는) 지금 당장 유리네로 와줄 수 있어?
세연   (F) 왜 무슨 일인데? (심상찮음을 느끼곤) 알았어 지금 가.

S#27. 유리의 오피스텔, 밤.

비밀번호를 누르고 들어오는 세연인데,
유리, 세연이 들어오자마자 눈 마주치면 눈물을 터트리며 품에 안긴다.

세연   (토닥이며) 그래 울어, 울어. 유리야.

cut to 》세연에게 안겨 소파에 앉아 있는 유리. 조금 진정이 된 듯하다.

유리   근데 나 때문에 애 떼놓고 와 있어도 되는 거야?
세연   너도 내 새끼야. 내 새끼 팔 다 부러져서 이러고 있는데 미리 못 온 게 미
       안하지.
유리   (또 울컥) 넌 왜 또 사람을 울릴려 그러냐!
세연   (머리 넘겨주며) 많이 무섭지.
유리   ...상담이고 뭐고 다 때려치우고 집에 숨어 있고 싶을 정도로 무섭기도 하
       고, 지금 당장 차 몰고 가서 갖다 박아버리고 싶을 정도로 화도 나는데, 근
       데 버티려고.
세연   ...

유리	무너지면 내가 지는 거잖아. 그 꼴은 못 보여주지.
세연	(웃는) 하여튼, 이쁜 계집애.

S#28. VIP 병실, 낮.

이회장, 간병인이 해주는 마사지를 받으며 끙끙 앓고 있는데,
편웅이 국화 꽃다발을 들고 수행원들과 함께 들어온다.

이회장	(터질듯한 분노로) 나가!!!! 니가 감히 여기가 어디라고 들어와!!!
편웅	아이고, 그러다 또 쓰러지세요. 진정 좀 하시라니까. (한실장 향해) 다들 나가 있어.

이회장, 편웅과 홀로 남겨지는데, 덜컥 무서워지고.

이회장	(증오로 보며) ...미친놈, 너 같은 건 애초에 들이는 게 아니었어.
편웅	(가까이 와 앉으며) 에이, 또 마음에 없는 소리 하신다. 저 이용해서 본 이득이 좀 많으셔, 이렇게 살아 계시는 것도 다 제 덕분인데.
이회장	(분노로 떨며 보는데)
편웅	나머지 자식새끼라고 있는 것들, 얼굴 코빼기도 안 비추고, 한 놈은 세상까지 먼저 등졌는데, 아버지도 결국 저밖에 없으셨던 거예요.
이회장	...
편웅	요번 주총에 아버지 회장직 해임안이 올라왔더라구요,
이회장	!!
편웅	저도 아버지한테서 이런 식으로 도한그룹 뺏어오긴 싫은데, 이제라도 저를 아들로 대해주시면, 저도 다시 생각해볼게요, 아버지.
이회장	...괴물을 아들로 들이는 사람은 세상에 없다.
편웅	괴물? (어이가 없단 듯 킥킥킥 웃다 정색) 하긴, 나를 만든 사람이 날 끔찍해하는데.. 그게 괴물이 아님 뭐겠어.

그러곤 다시 웃는 편웅이고, 그런 편웅을 두려운 듯 보는 이회장인데,
그 두려움을 눈치채곤, 이회장에게 천천히 얼굴을 가까이하는 편웅.

편웅　　건강 조심하세요, 괴물 아들한테 잡아먹히기 싫으시면.

이회장 섬찟해 보는데, 낄낄낄 웃으며 가버리는 편웅이다.
홀로 남겨진 이회장, 잠시 생각에 잠겨 있는가 싶더니,
'오실장' 하고 부르며 제 비서를 찾는다.

이회장　　나갈 채비해, 지금 당장 갈 데가 있어.

S#29. 출판사 [노력의 산물], 낮.

길사장이 건넨 자료를 보고 있는 정호.
유리를 치려던 검은 세단이 찍힌 CCTV 사진(흐릿한)이다.
검은 모자를 쓴 운전자의 얼굴은 잘 보이지 않고,

정호　　(화난) 대한민국에 대포차 거래하는 업체가 몇 군데나 있다고 이걸 못 찾
　　　　아?
길사장　　경찰들도 못 찾은 걸 찾아줬더니! 아니, 걔네가 떳떳이 불 켜놓고 장사하
　　　　는 놈들도 아니구요, 그걸 다 어떻게 찾아다녀요. 게다가 이건 폐차한 차
　　　　량에서 번호판만 떼어다 붙인 거 같은데, 무슨 수로-
정호　　그럼 폐차장 브로커들 위주로 돌아봐야 될 거 아냐!
길사장　　아 나 갑자기 서럽네... 아니 이거 이미 누가 한 건지 안다면서요!!
정호　　...심증만으론 아무것도 안 돼. 계속 찾아봐. (가고)

S#30. 정호의 옥탑, 낮.

정호, 생각에 잠긴 채 계단을 올라오는데...
옥상에 도착하자, 평상에 지팡이를 짚은 채 앉아 있는 이회장이 보인다.
예상치 못한 방문에 놀라 보는 정호인데,
이회장, 깊고 지친 눈으로 정호를 바라보고 있고.

S#31. 정호의 방, 낮.

지팡이를 짚고 소파에 자리를 잡는 이회장, 정호의 방을 둘러보더니

이회장   지금 당장 도한으로 들어 와.
정호   ...저번에도 말씀드렸지만 전, 도한하고는 관계없는 사람입니다.
이회장   (버럭) 관계가 없어서 이 짓을 벌였어!? 니가 벌인 짓을 이편웅이가 어떻게 이용해먹는지 좀 봐라.

이회장, TV를 틀면, 도한그룹과 관련된 뉴스가 흐르고 있다.

앵커   (F) 도한건설 이편웅 대표의 폭로로 밝혀진 검찰과 도한그룹 이병옥 회장의 커넥션에 대해 수사가 진행되는 한편, 그룹 내부에서도 물의를 일으킨 이병옥 회장의 이사직 해임에 대한 요구가 거세게 일고 있는 것으로 밝혀졌습니다.-
이회장   (초조히) 이편웅이 그놈이 그동안 뒤에서 무슨 장난을 쳐놨는지, 다들 그놈 쪽으로 기우는 모양새야. (다가서며) 내가 지분부터 물려줄 테니, 법무팀이든 뭐든 일단 회사부터 들어와. 사내자식이면 다 욕심이 있을 게 아니야.
정호   (어이없어 웃는) 죄송하지만, 전 그런 욕심 없습니다.
이회장   그럼 다 저놈 손에 들어가는 걸 두고만 보고 있겠단 거냐!
정호   ...
이회장   (답답한 듯) 너나 니 애비나 똑같구나!
정호   (날카롭게 보면)

이회장	기회를 준대도, 못 받아먹는 게 똑같다는 거야! 김승운이 그놈도, 뭐 너랑 니 엄마만은 건드리지 말라는 둥, 내가 그놈이 하도 귀찮게 해서 그때는 그러마 했지만, 어디 내 핏줄을 두고 지가 건드리지 마라야, 안 그래?
정호	(굳는) ...그게 무슨 말씀이세요?
이회장	니들을 데려가겠다니, 그제야 지가 뭐라도 하겠다더라고.
정호	(충격으로 보는)
이회장	애초에 나랑 가족이 됐을 때는, 내심 그만한 결심은 있었던 게지. 너도 잘 생각해봐. 김승운이 핏줄도 있겠지만 내 핏줄도 있을 테니, 분명 가만히는 못 있을 게다.

S#32. 은하빌딩 앞, 낮.

정호와 함께 겨우겨우 계단을 내려오고 있는 이회장.
다른 쪽에서 여유롭게 산책을 마치고 돌아오던 연주.
계단 근처에 서 있는 이회장의 경호진들을 보고 고개를 갸웃하다,
이회장과 함께 있는 정호를 보곤 순식간에 얼어붙는다.
믿을 수 없다는 듯이 정호와 이회장을 번갈아 보더니

연주	지금 대체 여기서 뭐 하세요?
이회장	...십 년 만에 만난 애비한테 할 말이 그뿐이냐.
연주	(소리치는) 내 아들 집엔 왜 와 계시냐구요!!!
이회장	니 아들이자, 내 손자지.
연주	(기가 막혀 정호와 이회장을 마구 번갈아 바라보는데) 정호 넌 올라가.
이회장	됐다, 그럴 것 없어. 정호 너는 내가 한 말이나 잘 생각해보거라.

그러곤 기다리고 있던 비서의 부축을 받아 가버리는 이회장이고.
남겨진 연주, 멍하니 정호를 바라보는데,

| 정호 | 설명할게요. |

연주	아니야. 아니야... 저 노인네가 여기까지 찾아오게 한 내가, 내가 잘못이지.
	(가면)
정호	(막으며) 어디 가시려고요!
연주	(보다가) 혼자 생각 좀 해보려고 그래.
정호	엄마.
연주	멀리 안 가니까 걱정 마.

정호, 어쩔 수 없이 비켜선다.

S#33. 로 카페, 낮.

카페로 들어오더니, 다리에 힘이 풀리는지 털썩 자리에 앉는 연주.
떨리는 손으로 얼굴을 감싸는데,
지켜보던 은강, 가만히 카모마일 티를 우리더니 연주의 앞에 놓고 간다.
연주, 찻잔을 받아 들며 고마운 듯 은강을 보는데.
그때 카페 문을 벌컥 열고 들어오는 희연, 곧장 사무실로 들어간다.

S#34. 로 카페 사무실, 낮.

희연이 들어오자 멍하니 앉아 있던 유리, 당황해 보는데,
맞은편에 앉더니 입술을 잘근 씹는 희연.

유리	무슨 일 있으세요?
희연	유언을 자필로 적어서, 큰오빠가 공증까지 받았더라구요.
유리	아, 정말요?
희연	저 이대로 당할 순 없어요. 변호사님 선임해서 제대로 대처하고 싶어요.
유리	근데 이런 문제는, 아무래도 상속 전문 변호사님을 찾아가보시는게...
희연	제가 다른 변호사들도 만나봤는데, 너무 사무적이고 강 건너 불구경 보듯

	하는 게, 다 마음에 안 들더라구요. 저는 변호사님께 맡기고 싶어요.
유리	(곤란하고) 근데 지금 상황에서는.. 정확히 해볼 수 있는 게-

그때 사무실 밖에서 뭔가 실랑이가 벌어지는 듯한 소리가 들려온다.

S#35. 로 카페, 낮.

유리와 희연 나와보면,
희연의 **오빠1(남/40대), 오빠2(남/40대), 새언니1(여/40대)**이 찾아와
준, 은강과 실랑이 중이다.
연주, 놀라 동그래진 눈으로 보고 있고.

새언니1	거봐! 내가 따라가보자 했잖아요!!
희연	(기가 막혀 바라보며) 오빠들이 여기에 왜 있어?
오빠1	(카페를 둘러보며) 요즘 아버질 두고 어딜 그렇게 쏘다니나 했더니, 변호사를 만나고 있어? 아직 아버지 돌아가신 것도 아닌데, 돌았지 니가?
오빠2	그깟 병간호 좀 했다고 효녀라도 된 것처럼 나대더니, 이럴 줄 알았다 내가.
희연	...둘이 하도 작당을 하니까 나도 내 권리 찾으려는 거잖아!
오빠1	뭐? 권리이? 무슨 권리, 니가 뭘 했는데!
희연	(울컥) 그러는 오빠는 회사 말아먹은 거 말고 뭘 했는데!
오빠1	이게 진짜 미쳤나!! (손 치켜들면)
희연	왜 치게? 쳐!! 오빠가 제일 잘하는 거잖아!!

그때 지켜보다 못한 연주, 희연을 가로막고 서더니,

연주	저기요. 지금 교양 없이들 뭐 하시는 거예요!
오빠2	(위협적으로 다가서며) 아줌만 뭔데 끼어들어요,
유리	(연주 막아서며) 당신들은 뭔데 내 가게서 난린데!

오빠1	어어, 당신이 그 변호사야? 뭐라고 내 동생 꼬드겼어, 최대한 많이 받아준다고?
희연	그래!! 최대한 많이 가져갈 생각이니까 각오들 해!
새언니1	아가씨!! 오빠들이 어련히 챙겨주겠어,
희연	언닌 좀 빠져요!! 그런다고 우리 아버지 재산 언니 손에 떨어질 일은 없으니까!

그러며 희연이 새언니1을 밀치면, 오빠1이 희연의 머리채를 잡는다.
희연이 질세라 오빠1의 머리채를 잡으며,
연주와 유리 완전히 밀려나고...
'돈에 눈멀어 미친 계집애!!' 고함과 쌍욕의 강강술래가 펼쳐지는데,
유리, 말리려 들어가면, '넌 빠져!' 고함과 함께 튕겨져 나온다.
이때 찐 옥수수를 가지고 카페로 들어오던 김천댁과 최여사,
놀라 준과 은강 곁으로 후다닥 오더니 흥미진진 바라보며

최여사	어머어머 이게 무슨 난리야?
준	(유리가 또다시 튕겨져 나오면) 사장님 오지랖도 못 뚫는 집안싸움이요!
김천댁	왜 싸우는데?
준	(소곤) 재산 때문에요,
김천댁	경찰 불러야 되는 거 아니야?
준	(소매를 걷어붙이며) 제가 한번 말려볼게요!

준, '여러분 그만하세요, 계속 이러시면 경찰 부릅니다!!' 하며 들어가는데,
바로 오빠2에게 '넌 뭐야!!' 고함 공격을 받고, 뒷걸음질 치는 준.
힝... 하며 바로 은강을 보는데, 고개를 절레절레 젓던 은강,
준 향해, 유리와 연주를 데리고 나오라는 듯 손짓한다.
준이 유리와 연주를 끌고 나오자마자,
희연과 가족들을 향해 쓰고 난 커피 가루를 포대째 확 뿌려버리는 은강!!
커피 가루를 뒤집어쓴 일동, 그제야 놀라 멈춘다.

은강	싸울 거면 나가서 싸워. 신성한 카페에서 난리치지 말고.
최여사	(옥수수 뜯으며) 난 커피 총각이 보면 볼수록 괜찮드라.

cut to 》준과 은강, 카페를 정리하고 있고,
유리, 울고 있는 희연과 마주 앉아 있다.
옆 테이블에 앉아 호기심을 누르며 옥수수를 뜯는 연주, 김천댁, 최여사.

희연	정말 죄송합니다 이런 꼴까지 보여서...
유리	...아닙니다.
희연	(울며) 변호사님 눈엔 제가 속물로 보이겠지만, 저도 평소엔 욕심 안 내고 사는 그냥 평범한 사람이에요...
유리	...
희연	IMF 때 아버지 회사가 많이 어려웠어요. 그때 저는 대학도 포기하고, 아버지 일만 도왔거든요. 그래서 서른이 넘어서야 겨우 대학에 갔어요.

그렇게 말하곤 서럽게 우는 희연인데,
'아이고, 쯧쯧쯧!' 하는 연주, 김천댁, 최여사고.
은강, 무심히 소주잔과 소주병을 들고 와 유리와 희연 앞에 놓는다.

은강	스페셜 메뉴입니다. 필요하실 것 같아서.
유리	(작게 웃곤) 고마워요 은강 씨.

이에 연주, 김천댁, 최여사 기다렸다는 듯 유리와 희연 옆에 와 앉는다.
그러곤 일사불란하게 소주잔을 탁탁탁 희연과 자신들 앞에 놓더니,
소주병을 딴다.

최여사	(유리 팔 향해 눈짓) 필요할 것 같아서.
연주	(희연의 잔 채우며) 그래서요, 대학에 갔는데?
희연	(잠시 당황하지만 이야기 계속) ...당시 결혼하려던 남자 집안에서, 제가 그 나이 먹고 애도 안 낳고 공부를 한다니까 반대를 하는 바람에 결혼도 못

	했어요.
김천댁	아주 꽉 막힌 사람들이었구만, 잘됐네, 그런 집구석이랑 결혼해 뭐 해.
희연	그리고 나선, 어머니가 아프기 시작했어요. 제가 어머니를 돌봤죠. 가족들 모두 당연하게 생각했어요, 저조차도. 저는 결혼도 안 했고, 아이도 없고, 딸이니까. 여자니까.
일동	(조용해지는)
연주	근데 엄마가 너무 오래 아프셨구나?
희연	(어떻게 알았냐는 듯 보면)
연주	자기 얼굴에 써 있어.
희연	...네, 10년을 누워 계셨어요.

S#36. 병실, 낮. (회상)

기력 없이 침대에 기대 창밖을 보는 **희연모(여/70대)**.
옆에 앉은 희연이 귤 겉껍질을 까고 속껍질까지 발라 알맹이만 주는데,
고개를 내저어 거부하는 희연모.
그때 희연의 오빠1, 오빠2가 휘적휘적 들어오자,
화색이 도는 희연모고, 그 모습 섭섭히 바라보는 희연.

S#37. 로 카페, 낮.

희연	돌아가시던 날까지도, 큰오빠를 그렇게 찾더라구요. 앞도 못 보시면서, 오빠들을 그렇게 찾아요... 그리고 지금도 같아요, 곁을 지키고 있는 건 전데, 아버지는 오빠들한테만 다 물려주시겠대요.
김천댁	...니미럴 것!
희연	근데 가족들이 가장 힘들 때 아버지 회사에서 일한 것도, 어머니를 돌본 것도, 저잖아요! (울며) 누가 시킨 것도 아닌데, 희생한 거... 그거 제가 한 거 맞아요, 근데요... 그렇게 바보처럼 사니까, 다들 절 바보 취급하는 거잖

아요, 그래서 이번엔 안 그러려고 하는 거예요,

그렇게 말하며 서럽게 우는 희연을 끌어안는 연주.
희연을 토닥이며 '잘했어요, 잘 생각했어요.' 한다.
이를 지켜보는 유리, 김천댁, 최여사, 모두 같은 감정이고...

유리   (고심 끝에 결심) 아버님 재산을 최대한 많이 가져오는 게 목적이 아니라 희연 씨가 받아야 할 정당한 유류분과 기여분을 찾아오는 게 목적이라면... 제가 도울게요.

희연   (놀라) 정말요?!

최여사   (유리 등짝 때리는) 어머, 잘 생각했어. 그래, 우리 변호사 양반이 도와주면 못 할 게 없지! 유명한 양반이야 이 양반.

김천댁   (잔을 들며) 그럼 기념으로다가 짠이나 합시다.

S#38. 은하빌딩 2층 공실, 밤.

텅 빈 2층 공실, 중앙에 덩그러니 테이블이 하나 놓여 있는데,
정호, 그곳에 홀로 멍하니 앉아 생각에 잠겨 있다.

이회장   *(E) 니들을 데려가겠다니, 그제야 지가 뭐라도 하겠다더라고. (S#31)*

    FLASH BACK 》승운의 검사실에 들이닥치는 정호. (2화 S#56)

정호   *(분노로 떨며) 결국 다 아버지셨네요.*

승운   *니가 뭐라든 지금도 그때 내 선택엔 후회 없다.*

정호   *(실망과 분노로 떨며 바라보다) 아버지가 지키고 계신 게 뭔진 모르겠지만, 그게 법은 아닌 것 같네요.*

다시 현재 》괴로운 듯 머리를 감싸는 정호.

그것도 잠시.. 한숨을 쉬더니 자리에서 일어나는데,

S#39. 정호의 옥탑, 밤.

방문 앞에서 머뭇대던 정호, 낮게 '엄마' 하고 부르며 노크하는데,
답이 없다.
걱정이 되어 다시 노크를 해보지만, 아무런 대답이 돌아오지 않고.
이에 벌컥 방문을 열어보는 정호. 하지만 방 안엔 아무도 없다.

S#40. 해피슈퍼 앞, 밤.

정호, 연주를 찾아 서둘러 1층으로 내려오는데,
저만치 슈퍼 평상에서 만취해 노래를 부르고 있는 연주와 유리가 보인다.
유리와 연주, 김천댁, 최여사가 함께 곱창, 족발 등을 펼쳐놓고 앉아
인삼주로 술판을 벌이고 있다.
이들 사이에 앉아 오징어 다리를 뜯고 있는 우진이고,
이 모습을 본 정호, 기가 차 다가오는데,
정호를 발견한 유리, 연주에게 무어라 귓속말을 한다.
그러자 연주는 최여사에게, 최여사는 김천댁에게 무어라 속닥대고,

정호   (어이없어) 다들 뭐 하세요?

연주 휘청이며 일어나 정호 앞에 다가오더니,

연주   너냐!! 매일 우리 동생 눈에서 눈물 나오게 하는 놈이?
정호   (어이없어 말도 안 나오는)
연주   우리 아들이랑 닮았는데, 우리 아들이면 그럴 리가 없거든.
정호   엄마- (그러다 술 마시는 유릴 발견하곤) 넌 몸도 다 안 나은 게 무슨 술

이야!! (다가가 뺏는)

유리　봐봐요 얘가 이런다니까요 언니, 저만 보면 막 가르칠려 그러구요, 막 화를
　　　내구요, 막 구속을 한다니까요,

연주　그런 남자는 만나면 안 돼! 그게 다 집에서 잘못 가르쳐서 그런 거야~

최여사　(낄낄) 왜애 나는 좋든데 그런 남자.

김천댁　니가 그러니까 박복한 거야. 좋아할 걸 좋아해야지!

연주　(정호 향해) 너. 똑바로 해. 우리 동생 눈에서 눈물 나오게 하지 말고, 똑바
　　　로, 알았어?!

유리　우리 언니 멋있다!! 잘한다!! 부자다!!

이에 연주, 히히 웃곤 돌아와 다시 마시자 판이 되는데,

정호　(우진 향해 화난 듯) 이걸 그냥 뒀어?

우진　어쩔 수 없었어.

정호　이거 형이랑 내가 지난겨울에 담은 인삼주잖아.

우진　(머쓱) ...이게 숙성이 잘됐더라고... 맛있게. 한잔할래?

S#41. 정호의 방, 밤.

정호, 낑낑대며 연주를 부축해 와선 침대 위에 앉히는데,

정호　엄마 나이에 대체 누가 이렇게 술이 떡이 되게 마셔요.

연주　우리 아들 잔소리 오랜만이네에~

정호, 일어서려 하면 도로 침대에 앉히더니,
언제 취했었냐는 듯 정호를 똑바로 보고 있는 연주.

연주　아들 미안해.

정호　...엄마가 미안할 게 뭐가 있어요.

연주   (정호의 머리 넘겨주며) 우리 아들이 혼자 얼마나, 고민이 많았을까...

S#42. 해피슈퍼 앞, 밤.

최여사는 김천댁 무릎 위에 잠들어 있고,
만취한 유리, 김천댁, 우진만 남아 있다.

유리   ...어머니까지 뵈니까 이제 진짜 실감이 나요.

김천댁   뭐가?

유리   정호가, 도한그룹 손자인 거요. (우진 보며) 아 참, 선생님도 똑같지.

김천댁   (흥 웃는)

유리   (우진을 빤히 보다) 선생님, 죄도 상속이 되는 걸까요?

우진   ?

유리   아니... 우리가 부모님한테서 물려받는 게... 돈이랑 빚이 전부는 아니잖아요. 성격도, 버릇도.. 가끔은 병까지도 물려받는데... 그냥 우린 어디까지 그들일까.. 갑자기 그런 생각이 들어서요.

우진   ...

유리   근데 자식이 과연 부모의 죄에서 완전히 자유로울 수 있을까요? 가령 부모의 잘못된 행동에서 파생된 여러 특혜들을 받고 자랐다면...

우진   상처와 혼란 또한 받고 자랐겠죠.

유리   (보면)

우진   죄가 상속된다면, 죄책감도 상속이 될 테니까요.

김천댁   2022년에 웬 연좌제야! 얼굴도 하는 짓도 닮았지만은, 마음은 또 하늘과 땅처럼 다른 게 부모 자식이야. 옆에 붙어 살아도 남보다도 서로 이해를 못 하는데! 안 그래?

우진   (미소로 보면)

김천댁   대가리 크고 난 다음엔 그냥 남이라고 봐야 돼. 잘되든 못되든, 뭔 짓거리를 하고 다니든, 쌍방 컨츄롤 불가다 이거야.

그때 저편에서 내려오는 정호가 보이고. 정호 보며 말 이어가는 김천댁.

김천댁   그러니 너무 한데 엮지 말어. 모르긴 몰라도 저 속도 속이 아닐 거야.
유리   (빤히 보다 김천댁을 꼭 끌어안으며) 언니 너무 좋아요. (쿵쿵) 좋은 냄새
         나.
김천댁   언니는 무슨, 간지러워 이것아~

S#43. 유리의 오피스텔, 밤.

휘청이는 유리를 데리고 오피스텔 안으로 들어오는 정호.

유리   (거실로 들어오자마자) 너 가 이제.
정호   잠드는 거만 보고.
유리   가! (멀쩡한 척 눈을 부릅 떠 보이며) 나 안 취했어.
정호   (어깨 밀어 소파에 앉히며) 너 취했어.

이에 발끈한 유리, 우이씨!! 반대로 정호를 어깨를 밀어 앉히며
그 위에 올라앉는다.

유리   (눈 부릅뜨며) 봐, 멀쩡하잖아.
정호   (홀린 듯 보다, 이내 천장 보며 한숨 삼키는) 너 취했어...
유리   나 취했다고 너, 나 유혹하지 마.
정호   (어이없어 웃으면)
유리   봐봐 지금!! 완전 멋지게 웃었잖아, 이게 이씨!!
정호   (어처구니가 없고, 유리가 휘청이면 잡으려다가도 조심스러운데)
유리   너어... 그때 그거... 다시 말해봐.
정호   ?
유리   내가 그때 너무 스치듯 들어서, 망상을 했나, 무서워가지고 그래. 다시 말
         해봐.

정호	그니까 뭐.
유리	그거어...
정호	내가 너 사랑한다고 말한 거?

쿵... 유리, 시간이 멈춘 듯 빤히 정호를 바라본다.
그러다 이내 저도 모르게 고개를 기울여 다가오는데...
닿기 직전 고개를 돌려버리는 정호.
유리, 일순 당황해 어쩔 줄 몰라 하는데,

정호	(유리의 머리를 다정스레 넘겨주며) 미안. 근데 난 술 취한 여자랑은 키스 안 해.
유리	누가 키, 키... 키스를 하려고 했다 그래!
정호	(웃곤) 걱정하지 마. 너보다 내가 훨씬 더 하고 싶은데 참고 있는 거니까.
유리	(보면)
정호	나중에 후회하지 말고, 진짜 용서가 되면, 그때 해.

쿵, 괴로운 듯 제 머리를 정호의 어깨에 들이받는 유리.
'언제 올 줄 알고...' 하며 중얼거리더니,
잠시 후 그 자세 그대로 코 잠이 든다. 정호, 괴로움으로 천장을 보는데...

S#44. 유리의 오피스텔 방, 낮.

새벽 햇살이 새어 들어오고 있는 유리의 방.
산발한 머리로 자신의 침대에서 벌떡 일어나 앉는 유리.
어젯밤 일들이 플래시 컷으로 획획 떠오르고,
마침내 정호 위에 올라타던 순간이 떠오르자-

유리	어머! 아니야. 내가 그렇게 도발적인 사람일 리 없잖아. 암. 그렇고 말고!

그때 문밖에서 도란도란 말소리가 들려오고,
문을 빼꼼 열고 밖을 확인하던 유리, 무엇을 봤는지 황급히 문을 닫는다.

S#45. 유리의 오피스텔 거실, 낮.

유리의 주방에서 콩나물국을 끓이고 있는 정호고,
옥자가 챙겨온 반찬거리들을 꺼내며 이야기 중이다.

옥자   아니 고게 평소엔 김치 줘도 먹지도 않더니, 세연이네 집에 가서는 자기한
              텐 안 준다고 울었다지 뭐야, 하여튼 별나.

정호   (희미하게 웃어 보이곤, 머쓱한) ...죄송합니다 어머니. 경우가 아닌 줄 알면
              서도 걱정이 돼서... 혼자 둘 수가 없었어요.

옥자   아이, 나야 고맙지, 정호 네 덕분에 걱정도 덜고! (김치 꺼내 냉장고에 넣으
              려는데)

정호   (다급) 어머니 그건 제가 나중에 넣을게요!

옥자   왜애,

그러며 냉장고 문을 열었다가 경악으로 굳어지는 옥자!!
싹이 난 감자 하나가 냉장고 한가운데서 무럭무럭 성장 중이다.

정호   (냉장고 문 닫아주며) 나중에 제가 다 치우고... 그러고 넣을게요.

옥자   (분노) 이게 집이야? 이게 사람 사는 집이니 정호야? 내가 화를 안 낼래도,
              여기만 오면 조절이 안 돼, 야 김유리!

INS 》방 안에서 엿듣던 유리, 놀라 스탠드를 넘어뜨리며 쿵! 소리를 낸다.
그 소리에 유리가 일어난 걸 눈치챈 정호.

정호   어머니, 저는 할 일이 있어서, 이만 가볼게요.

옥자   (배웅하며) 그래 정호 니가 고생이 많다, 저건 양팔이 부러져도 술을 처마

시는구나! 누굴 닮아 저러는지 진짜.

정호, 애써 웃으며 가고.
현관문 닫히는 소리가 나자 그제야 유리가 방에서 나온다.
옥자, 밥과 국 등을 가져와 차리면, 유리 얌전히 그 앞으로 와 앉으면...

옥자 너도 인간이라고 쪽팔린 건 아나 보지? 너 정호한테 그러는 거 아니야, 다
  큰 게 말이야, 맨날 취해서 업혀 다니기나 하고.

유리 ...알아. 그러면 안 되는 거.

옥자 ...너들 둘이 뭐 있는 건 아니지? 아니 아침에 집에 왔는데, 쟤가 주방에서
  국을 끓이고 있잖아, 내가 얼마나 놀랐게.

유리 ...뭐 있으면 어떡할 건데?

옥자 ...좋다고 동네에 프랜카드라도 걸어야지.

유리 (조금 충격인) 엄마는 정호가 정말 아무렇지도 않아?

옥자 정호가 왜. 정호만 한 애가 어딨다고.

유리 정호가 누구 아들인지, 엄마는 뉴스를 보고도 그 말이 나와?

옥자 (보더니) 너는 아직도 느이 아빠 때문에, 세상이 용서가 안 돼?

유리 (좀 상처인) 엄마는 되는 것처럼 말한다?

옥자 느이 아빠가 갈 때만 억울하게 갔지... 그 사람처럼 맨날 웃는 낯인 사람도
  없었을 거야. 그런데 그 사람이 우리한테 남긴 게 억울함 뿐이라면, 느이
  아버지가 진짜 죽어서도 억울하지.

유리 (슬프지만 웃는) 그러네. 울 아빠는 나한테... 미모랑 유머랑 오기랑 깡도
  남겨줬지.

옥자 그래. 그게 다 우리 몸에 남아 있어. 그러니 억울한 사람으로 세상 살지 마
  유리야, 그게 느이 아빠가 가장 바라지 않는 일일 거야.

애틋함으로 서로를 보는 옥자와 유리.

S#46. 이회장의 본가 앞, 낮.

차려입은 연주, 택시에서 내리면 거대한 이회장의 본가가 보인다.
긴장한 듯 숨을 들이키더니, 이내 비장한 기세로 이회장의 집을 향해 가기
시작한다.

S#47. 이회장의 본가, 낮.

연주, 이회장을 찾아와 서 있는데,
이회장, 대놓고 연주를 외면한다.

이회장   정호면 몰라도, 너랑은 더 할 얘기 없다.

연주   그럼 듣기만 하세요!

이회장   (기가 차 보면)

연주   자기 맘에 안 드는 놈이랑 결혼한다고 그렇게 남처럼 내치시더니, 필요해
지니 사위랍시고, 손자랍시고!! 제 사람들, 제 가족들 건드리는 게, 그게
사람이 할 짓이에요?!

이회장   (분노로 바라보다) 내 기회를 주려던 거야!! 김승운이나 저놈(정호)이나,
제 그릇대로 살질 못하니—

연주   그러는 저는 제 그릇대로 살게 두셨구요! 그 좋아하던 아들 죽고 나니, 남
은 거라곤 이편웅이 뿐이 없는데, 왜요 그냥 물려주시죠? 아버지랑 똑 닮
게 잘 컸던데.

이회장   (부들부들) 너... 너...

연주   근데 그건 못 하시겠죠? 제 아들 건드리셨으니, 이제 제가 나서도 아버지
는 할 말 없으신 거예요. 혈압이나 조심하세요! (하고 가는)

이회장   (기가 차) 저저, 저건 누굴 닮아 저래!

S#48. 희연부의 병실, 낮.

홀로 조용히 베드에 누워 있는 희연의 아버지.
점차 호흡이 거칠어지는가 싶더니 이내 숨이 넘어갈 듯한데!!
소변 통을 비우고 돌아오던 희연, 그 모습에 기겁하더니 의료진을 소리쳐
부른다.

희연   선생님!!!!! (희연부를 붙들며) 아빠, 아빠 그러지 마, 그러지 마요, 제발!!
      아빠!!!

      의료진들 달려와 처치를 시작하고, 무너지며 우는 희연,

S#49. 로 카페 사무실, 낮.

      유리, 홀로 생각에 잠긴 채 책상에 앉아 있는데, (여기서부터 반깁스)
      희연한테서부터 전화가 오고, 유리 받으면

유리   희연 씨?
희연   (F/울며) 변호사님... 오빠들이 전화를 안 받아요... 저 어떡해요...

S#50. 병원, 낮.

      빠른 걸음으로 병원으로 들어서는 유리.

S#51. 희연부의 병실 앞, 낮.

      유리, 희연부의 병실을 찾아가고 있는데,
      병실 앞에서 울며 휴대폰을 붙잡고 있는 희연이 보인다.
      유리가 '희연 씨!' 하고 부르자 유리를 발견하곤 엉엉 우는 희연.

유리   (희연 끌어안으며) 제가 전화해볼게요, 걱정 마세요.

S#52. 희연의 본가, 낮.

희연 아버지 소유로 보이는 전원주택 안.
희연 부모와 남매들이 함께 찍은 가족사진이 걸려 있다.
오빠1, 모르는 번호(유리)로 걸려온 전화를 받지 않고 끊어버리며
새언니1, 리모델링 인부들과 함께 집을 둘러보길 계속한다.

오빠1   (끊으며) 아니 이게 이제는 다른 번호로 전화를 거네.
인부1   저, 가구나 이런 건 정말 다 버리실 겁니까?
오빠1   예, 살릴 거는 저희가 따로 담을 테니까 싹 빼주세요.
새언니1   이렇게 맘대로 아버지 짐 치우고 공사해도 되는 거야?
오빠1   상관없어. 어차피 아버지가 다시 여기로 돌아오실 일도 없을 텐데, 뭐.

그때 서재에서 인부들이 '고객님 좀 와보셔야겠는데요?' 하고
오빠1을 부르면, 서재로 들어가는 오빠1이고.
책장을 빼놓은 자리, 인부들이 벽을 툭툭 두드리자 벽이 열리고,
그 안에 있던 커다란 금고가 모습을 드러낸다.
아연한 얼굴로 이를 바라보는 일동.

인부2   이거는 어쩔까요?

S#53. 희연부의 병실, 낮.

의료진들 분주하게 움직이고 있고 희연부의 상태, 몹시 좋지 않다.
희연, 눈 마주치면 눈물을 펑펑 흘리며 희연부의 얼굴을 쓰다듬는다.

그러면 희연부, 희연에게 무언가를 말하려는 듯 애처로운 소리를 낸다.

희연   아니야 말하지 마 아빠, 나 다 아니까 아무 말 안 해도 돼요, 아무 말 안
         해도 돼… 미안해요 아빠, 내가 잘못했어요, 아무것도 안 바랄 테니까 나만
         두고 가지 마…

         희연부, 혼신을 다해 손에 꽉 쥐고 있던 무언가를 희연의 손에 건넨다.
         희연, 보면, 꼬깃꼬깃하게 접힌 종이고.
         눈물이 그렁그렁해 두 사람의 모습 지켜보는 유리.
         cut to 》희연부의 얼굴에 흰 천이 드리워지고,
         울다 지쳐버린 희연 앞에서 의사는 사망 선고를 한다.

S#54. (인터뷰) 유리의 오피스텔, 낮.

유리   저희 아빠 생각이 많이 나더라구요. 저는 그렇게 마지막 인사를 못 했었거
         든요. (사이) 아버지가 저한테 남겨준 것들이 참 많은데… 그중에 억울함이
         다른 걸 다 가리고 있었다는 걸 깨달았어요. 그래서, 미뤄왔던 만남을 해
         야 한다는 걸 알았죠.

S#55. 정호의 본가, 낮.

         가정부 아주머니를 따라 집으로 들어서는 유리.
         내부를 둘러보며, 정호는… 이런 곳에서 자란 것일까 잠시 생각한다.
         그때 방 안쪽에서 나오는 승운, 어울리지 않게 긴장한 얼굴이다.
         반면, 결심한 듯 곧은 얼굴로 승운을 보는 유리고.

S#56. 승운의 서재, 낮.

승운과 유리, 찻잔을 사이에 두고 앉아 있다.
누구도 차에 손을 대지 않는데...

유리   제가 정호 친구인 건 아시죠?

승운   (끄덕이는)

유리   형법 제155조, 제4항. 친족 또는 동거의 가족이 본인을 위하여 증거인멸의
         죄를 범한 때에는 처벌하지 아니한다.

승운   ...

유리   시효도 지났지만, 장인어른과 처남을 위해서 증거를 인멸한 건 대한민국
         법으론 처벌도 안 되더라구요. 정말 말도 안 되죠?

승운   ...너한텐... 정말, 미안하다는 말밖엔 할 말이 없구나...

유리   죄송해요 말은 저만 할게요.

승운   !

유리   아저씨가 증거 누락만 안 했어도, 우리 아버지 실수 때문에 모두가 죽은
         것처럼은 안 됐어요. 그럼 우리 엄마가 아버지 산재 인정받겠다고 소송을
         몇 년씩 할 일도 없었구요. 아빠가 남긴 보험금이 없어서 우리 엄마가 밤
         낮으로 일하다 쓰러질 일도 없었겠죠? 아저씨가 한 잘못의 대가를 왜 우
         리 가족이 치러야 했을까요?

승운   (고개 떨어뜨리는) 정말 미안하다.

유리   근데 더 억울한 게 뭔지 아세요? 재판은 매번 옳은 결론을 내진 못하더라
         도, 옳은 절차를 지키는 거다. 나는 그때 아저씨가 한 그 말을 믿고, 그래
         도 아저씨가 검사로선 최선을 다했다고 생각하고... 세상이 절 실망시켜도
         열심히 살아왔단 거예요.

승운   ...늦었지만 어떤 방법으로든 보상을-

유리   (OL) 그래서, 제가 쌓은 모든 게 다 허상 같아서, 그냥 무너져버리고 싶었
         는데... 제가 이 악물고, 기를 쓰고 살아온 모든 순간들에, 정호가 있었더
         라구요.

승운   (보는)

유리   아저씨가 안 받은 벌, 정호가 받고 있는 건 알고 있으셨어요? 제 옆에서 아

저씨가 구하지 않은 용서를, 정호가 대신 구하고 있었다는 걸, 알고는 계셨나요?

충격을 받은 얼굴로 유리를 보는 승운에서.

S#57. 정호의 본가 앞, 낮.

대문을 나와 허망한 듯 잠시 멈춰 선 유리.
자신도 모르게 주륵 흐르는 눈물을 슥 닦아내고 당당히 걸어간다.

S#58. 공원, 낮.

정호, 달려오면
유리, 어딘지 단호한 얼굴로 서 있다.

정호   뭐야, 무슨 일 있어? 표정이 왜 그래.
유리   (가만 바라보다) 나 결론을 내렸어.
정호   (보면)
유리   죄는 상속되지 않아도 억울함은 상속되더라.
정호   ...
유리   난 근데 이것 때문에 평생 불행하고 싶진 않아. 이게 너한테 가지 못하는 이유이고 싶지도 않고. 그래서 해결하려고.
정호   ...!
유리   내가 물려받은 억울함, 너가 물려받은 죄책감... 우리 그거 같이 없애버리자.
정호   어떻게?
유리   잘못한 사람은 법정에 세우고, 우리 아버지 같은 사람들이 더 이상 생기지 않게 하는 거. 어떻게, 같이 해볼래?

그러며 유리, 비장하게 손을 내밀면,
한참 그 손을 바라보다, 꼭 잡는 정호.

정호   좋아. 해보자.

S#59. 도한그룹 주주총회장, 다른 날 낮.

[도한그룹 임시 주주총회] 플래카드가 붙은 대회의실.
콧노래를 부르며 회의장에 나타나 주주들과 인사를 나누는 편웅인데,
이때 문이 열리며, 선글라스를 쓰고 들어오는 연주, 정호, 유리!
놀란 주주들 서로 모여 웅성거리기 시작하고,
놀란 듯 자리에서 일어나 세 사람을 보는 편웅에서, **10화 엔딩.**

11 화

아름다운 것들은 숨지 않는다

S#1.　정호의 방, 밤.

정호의 방 소파에 앉아 있는 유리, 진지한 얼굴이다.
건너편 의자에 앉아 듣고 있는 정호고.

유리　나는, 우리 아버지 같은 사람들이 더 이상 생기지 않으려면, 적어도 이편
　　　 웅 같은 사람이 회사 대표로 있어선 안 된다고 봐.

정호, 일어나 장롱으로 가더니,
도한그룹 지분도가 적힌 코르크보드와 함께 그동안 모아온 두꺼운 서류
등을 가지고 돌아와 소파 테이블에 내려놓는다.

유리　(놀라) 이게 다 뭐야?
정호　그동안 모아온 도한건설 사건 기록들이야.
유리　!!
정호　너희 아버지 사건 포함, 건설사 하나 손에 쥐고도 이렇게 많은 삶을 파괴
　　　 했는데, 지금은 도한그룹까지 먹으려 하고 있어.
유리　...막을 방법이 있을까.
정호　우선 어머니를 설득할 생각이야. (그러더니) 그러지 말고 들어오세요 엄마.

유리, 무슨 말인가 싶어 보는데,
민망한 얼굴로 방문을 열고 들어오는 연주다.

연주   아니 나는, 인기척을 하려고 했는데... 너무 방해하는 건가 싶고.. 고민하다
         가 타이밍을 놓쳐버렸네.
정호   들어오세요. 두 사람이 같이 들었으면 하는 얘기가 있어요.
유리/연주 (보면)
정호   어머니가 외할머니께 유류분으로 받은 주식에 관한 얘기예요.
유리/연주 !!

S#2.   도한그룹 주주총회장, 낮.

         [도한그룹 임시 주주총회] 플래카드가 붙은 대회의실.
         콧노래를 부르며 회의장에 나타나 여러 주주들과 인사를 나누는 이편웅.
         이때 문을 열고 들어오는 연주와 정호, 유리.
         놀란 주주들 서로 모여 웅성거리기 시작하고,
         표정 굳지만 애써 괜찮은 양 일어서는 편웅, 세 사람 향해 다가오며

편웅   아니 우리 고귀하신 누님이 이런 세속 일에까지 다 납시고, 세상이 변하긴
         변했나 봐!
연주   그래 세상이 변했는데, 너는 어째 여전하니.
편웅   (히히 웃으며) 칭찬인가? 근데 진짜로, 누님이 여기까진 어쩐 일이에요?
정호   잊고 계셨나 본데, 외할머니께서 돌아가시면서 저희 어머니께도 유류분으
         로 회사 지분이 남겨졌거든요.
편웅   (비웃는) 그거 뭐 얼마나 된다고. 그런다고 달라질 게 없을 텐데?
정호   그건 봐야 아는 거고.
편웅   그래 뭐 누님은 그렇다 치고. 두 사람은? 보디가드라도 하러 왔나?
유리   우리? (미소로 다가가) 우린 너 엿 먹이러 왔지.
편웅   !!

유리	덕분에 병원 신세도 지고 고생했잖아요, 나.
편웅	(놀라 보다 이내 깔깔 웃는) 어우, 김변이 이런 면이 있었어?!! 어우 나 막 기대가 되네? (놀리듯) 그래서, 뭘 어쩔 건데?

편웅 근처에 서 있던 황대표, 유리와 눈 마주치면 흠칫하며 필사적으로 딴 곳을 본다.

S#3. 어느 일식집, 낮. (회상)

화려한 상이 차려진 일식집.
황대표와 유리, 정호가 마주 앉아 있다.
황대표, 흡족스럽게 랍스터 회를 먹으며

황대표	아니 갑자기 웬 바닷가재야~ (정호와 유리 보며) 뭐 청첩장이라도 주려는 건가?
유리	그건 아니구요. 참 이 친구가 그 친구예요. 대표님이 찾던, 도한그룹 휘슬블로어. 김승운 검사장님 아들이기도 하고.
황대표	(마시던 물 뿜는)
정호	(씁쓸히) 김정홉니다.
황대표	아아... 저기 중앙지검에 있다가 나갔다는... 얘기 들어서 알아요. 우리 또라-, 김변이랑 친구였을 줄은 몰랐네? (혼잣말) 이래서 끼리끼리란 말이 있는 건가..
유리	봐봐, 남들 눈엔 우리가 비슷해.
정호	(불쾌) 드세요~
황대표	(정신없고) 응응; (먹는데)
유리	(먹는 걸 바라보다) 짓는 것마다 사람들의 삶을 무너뜨리는 회사를 위해서 일하는 건, 어떤 기분일까요?
황대표	(회가 목에 걸려 콜록콜록)
유리	(물 따라주며) 내가 이러려고 그 어려운 법 공부를 했나, 막 자괴감 들고

그런가?

황대표   니들 뭐야. 나한테 원하는 게 뭐야.

유리   언제까지 이편웅 같은 놈 밑에서 쫄따구 하실 거예요.

정호   가까이서 보셨으니 제일 잘 알잖아요, 어떤 놈인지.

S#4.   도한그룹 주주총회장, 낮.

주주들 머리 위로 파란색과 빨간색 글자로

도한바이오 15.35% 도한시멘트 0.39%, 가동제약 2.93% 알파항공 10.00%, 국민연금 13.24%, 소액 주주 연대 1.5%, GL케미컬 1.53% 등 회사 이름과 함께 지분 표시가 되어 있다. (파란색이 이회장, 빨간색이 이편웅 측이다.)

정호   (E) 도한건설, 도한시멘트, 가동제약 등 이편웅 측 우호 지분을 합하면 대략 38.5%예요. 캐스팅보터로 있는 GL케미컬을 우리 쪽으로 설득한다 해도 역부족이죠.

그중 유난히 고뇌에 찬 얼굴의 가동제약 **곽대표(남/50대)**.

S#5.   어느 일식집, 낮. (회상)

유리와 정호, 황대표를 보며

유리   많은 거 안 바래요. 옛정으로다가 이번 주총, 힌트 하나만 주세요.

황대표   이게... (파르르 떨리는 제 손을 내려보곤) 독이 든 가재였나...! (한참 망설이던 끝에 속삭이는) 가동제약 곽대표가... 에이 난 여기까지밖에 말 못해!

유리   뭐예요 감질나게!

황대표 아군이라고 다 같은 아군이 아니야. 거기가 이회장이랑 오랜 사이라 안 그
래도 고민이 깊어.

S#6. 실내 골프 연습장, 낮. (회상)

가동제약 곽대표, 일행(중년 남)과 골프 연습 중인데,
곽대표의 일행이 휴대폰을 들고 자리를 뜨면, 정호와 유리가 다가온다.

정호 스윙이 좋네요?

곽대표 (보면) 누구신지?

정호 백스윙탑을 크게 하는 것보다 코킹을 유지하고 내려와서 클럽헤드를 던지
는 편이 더 낫긴 하겠지만... 골프, 좋아하시나 봐요?

곽대표 예.. 뭐 좀 좋아합니다.

유리 (옆으로 와 곽대표에게 어깨동무를 하며) 그래서 세무 조사 받는 중에 세
무서장을 만나서 내기 골프를 치셨나? 일부러 져서 큰돈 바치고?

곽대표 당신들 뭐야?!

유리 (수갑 꺼내는 척하며) 가동제약 곽상한 대표님, 당신을 형법상 뇌물죄 및
청탁금지법 위반 혐의로 체포합니다.

곽대표 (속아서 당황) 아니 이게 무슨?! (억울) 난 진짜 골프밖에 안 쳤어!!

유리 (플라스틱 수갑 흔들며) 이편웅이랑 계속 어울리시다간 이렇게 될 수도 있
었다 그거죠. 세무처장도 이편웅 대표 소개로 만난 거잖아요, 그죠?

곽대표 (기가 막혀 말도 안 나오는) 니들, 니들은.. 뭐 하는...

정호 (골프채 가볍게 휘둘러보는) 변호사 김정호,

유리 김유립니다. 요번 도한그룹 주주총회 관련해서, 찐하게 할 얘기가 있어서
왔어요.

S#7. 도한그룹 주주총회장, 낮.

편웅, 불안한 듯 주주들을 보는데, 눈을 황급히 피하는 곽대표고!

정호   참, 도한건설이 추가로 매입한 지분 3.2%, 법원 결정 때문에 의결권 행사가 힘들다며?

편웅   !!

정호   그럼 남은 주주들이라도 약속대로 움직여줘야 할 텐데, (미소로) 잘되려나?

편웅   (재밌다는 듯 보다) 나한테 이렇게까지 하는 이유가 뭐야?

정호   그냥... 니가 방심할까 봐. (다가가 낮게) 내 목적은 도한그룹이 아니라 너잖아?

cut to 》단상으로 나와 결과를 발표하는 의장.

의장   이로써 도한그룹 이병옥 회장의 이사직 해임안이 부결되었음을 알립니다.

분노한 얼굴의 편웅과 달리 몇몇 이사들 일어나 박수를 치고,
이회장, 자리에서 일어나 앞으로 나오면, 모두 주목한다.
단상에서 한참을 머뭇거리는 이회장, 한숨을 쉬며 연주를 본다.
단호한 얼굴로 이회장을 바라보고 있는 연주고.

S#8.   이회장의 본가, 낮. (회상)

성이 난 얼굴의 이회장과 이야기 중인 연주, 정호.

이회장   그러니까 지금, 니들이 날 상대로 거래를 하자는 거냐?

연주   거래라기보단 기회를 드리고 있는 거죠. 아버지가 가진 전부 편웅이한테 물려주고 감옥에서 말년 마무리하실 거 아니면, 이렇게 하시죠.

이회장   그러니 차라리 니들한테 물려준단 거 아니야!

연주   근데 됐다구요, 저흰 아버지가 남겨주는 건 뭐 하나도 받고 싶지가 않다구

이회장	요!! ...!!
연주	(속상) 돈이 많으면 뭘 합니까, 당신 자식들은 당신의 머리카락 한 올도 받고 싶질 않아 하는데요. 그러니 인생을 좀 잘 살지 그러셨어요! (자릴 박차고 일어나 나가고)
이회장	...
정호	...이제라도 맞는 선택을 하시죠.

S#9. 도한그룹 주주총회장, 낮.

이회장	일단 이 늙은이가 너무 불명예스러운 끝을 맞이하지 않게 배려해준 여러분께... 감사를 드립니다. 하지만 이 이병옥이는 지금까지의 경영 실패에 대한 책임을 지고 (깊은 한숨 들이키는) 전문경영인 제도를 도입해, 일선에서 물러나려는 생각입니다.

연주, 정호, 유리를 제외한 주주들 술렁이는데.
이회장, 편웅을 똑바로 보며 말을 잇는다.

이회장	이는 앞으로 도한그룹에 승계를 통한 2세 경영은 없을 거란 얘기이기도 합니다.

분노로 이회장을 바라보는 편웅에서.

S#10. 도한그룹 주주총회장 건물 입구, 낮.

유리, 조수석에 정호를, 뒷좌석에 연주를 태워 나가고 있다.
그때 건물 입구에서 차를 기다리며 서 있는 이편웅이 보이고,
갑자기 차의 속도를 올리는 유리!

정호	(놀라) 뭐 해 지금!
유리	(집중하는) 있어봐.

유리, 마치 편웅을 들이받아버리기라도 할 듯 속도를 올려 달리는데,
놀라 피하다 뒤로 넘어지는 편웅이고,
끼익- 소리와 함께 핸들을 꺾어 차를 세우는 유리!

유리	(주저앉은 편웅을 보며 창문을 내리더니) 웁스 쏘리. 절 차로 치고 간 놈이 랑 너무 닮았길래.
편웅	... 저... 미친...!

창문 올리곤 다시 차를 출발하는 유리,
기가 막혀 웃는 정호고, 크게 박수 치는 연주다.

S#11. 팔라시오 호텔 스위트룸, 밤.

방에 들어서자마자 아아악!!! 괴성을 지르며
스위트룸에 있는 모든 걸 집어던지기 시작한다.

편웅	(한실장에게 바짝 다가서서 멱살 잡으며) 이걸 어떻게 갚아줄까, 응? 어떻 게 갚아야 내 속이 풀리지? 응? 어떻게 생각해?

S#12. 진기의 레스토랑 [뇨끼], 밤.

INS 》 진기, 주방에서 분주하고
홀에서 와인잔을 부딪히고 있는 정호, 유리, 연주, 우진.

유리	저는 언니가 예전에 회사에서 일하셨는지 몰랐어요.
우진	이모가 도한그룹 최연소 이사셨죠.
연주	그걸 어떻게 알아? 니들 태어나기도 전 얘긴데. 그땐 나도 진짜 옛날 사람이었어, 아버지한테서 도망쳐서 간 곳이 고작 남편 그늘이었으니까...
유리	근데 오늘 엄청 멋있으셨어요.
연주	정말? 정호 낳은 후로 30년 넘게 살림이나 했지 그런 자리에 서본 적이 없었는데, 정말 오랜만에, 누구 와이프, 누구 엄마가 아니라 이연주로 불려본 것 같아.
정호	(미소) 수고하셨어요.
연주	니들 아니었으면 난 평생 김승운 뒤에 숨어 살았을 거야.
우진	(웃으며 보는) 아름다운 것들은 숨지 않는다는 말이 있죠. 이모는 이번이 아니라도 언제든 결국엔 세상에 나가셨을 거예요.

반한 듯 우진을 보는 유리와 연주고,

유리	선생님은 어쩜 그렇게 말씀을 이쁘게 하세요?
연주	얘가 어려서부터 그렇게 문학소년이었어요, 논리적으로 따져대기만 하는 정호랑은 달랐지.
유리	역시~ (정호 보며) 그러고 보면 신은 공평해. 니가 다 있는 것 같아도, 감성 문학성 이런 건 또 없으니까, 그지?
연주	그러니까, 어렸을 때 문학을 더 읽혔어야 했는데..
정호	(기가 막혀 보는)

cut to 》우진과 정호가 취한 연주를 부축해 데리고 나가면,
세연과 유나를 안은 진기가 과일을 가지고 와 자리에 합류한다.

세연	니들은 그래서 뭐가 어떻게 된 거야?
유리	뭐가?
세연	아니 김정호랑 둘이, 다시 저기 화해한 거야 뭐야.
유리	...지금은 일단, 일시적 동맹 관계라고 할 수 있지.

세연	동맹은 무슨, 염병하고 있네! 기면 기고 아니면 아닌 거지!
진기	그래 너도 마음 있는 거면 더 기다리게 하지 마. 걔 오래 기다렸어. 세상에 그런 놈이 어딨냐, 십몇 년을-
유리	(보면)
세연	(니가 미쳤구나 하는 눈빛으로 진기 보는)
진기	(완전 당황) 그니까 십몇 년을... 십몇 년을 친구로 지내던 것들이! 더 알고 자시고 할게 뭐 있다고! 기다 싫음 가는 거지!
세연	(도와주는) 그래, 우릴 봐! 니들이 헤매는 사이에 우린 작은 휴먼을 하나 만들었어요!

당황한 두 사람을 미심쩍게 보는 유리.

S#13. 거리, 밤.

유리를 데려다주고 있는 정호인데,
유리 홀로 곰곰이 생각에 잠겨 거리를 걷는다.

진기	*(E) 그래 너도 마음 있는 거면 더 기다리게 하지 마. 걔 오래 기다렸어. (S#12)*
유리	(멈춰 서며, 정호 향해 진지하게 묻는) 너 말이야, 넌 나 언제부터였어?
정호	...갑자기, 그건 왜.
유리	대답해봐. 언제부터였어?
정호	(얼버무리는) 니가 나 좋다고 한 다음부터지 뭐.
유리	(빤히 보면)
정호	왜.
유리	아니 그냥...

다시 어색히 걸어가는 유리와 정호의 뒷모습 위로 타이틀 올라온다.
[제11화 아름다운 것들은 숨지 않는다]

S#14. 은하빌딩 앞, 낮.

짐을 가득 실은 용달 트럭이 빌딩 앞에 서 있고,
길사장과 정호가 이삿짐 기사들이 짐을 옮기는 것을 지켜보고 있는데,
카페에 있던 유리, 길사장을 보고는 반가운 듯 뛰어나온다.

유리   아니 사장님이 여긴 어쩐 일이세요, 이사 오세요?

길사장   여기 2층 공실, 이제부터 제가 쓰기로 했어요. 아니 빈 데가 있으면 말이
야, 빨리빨리 나를 들일 일이지. (짐 옮기면)

S#15. 은하빌딩 2층 공실, 낮.

앞으로 [노력의 산물 흥신소]가 될 2층 공실을 정리 중인 정호와 길사장.
사무실을 둘러보고 있는 유리,

유리   출판사로 오신 거예요?

길사장   출판사 그거 돈도 안 되는 거 언제까지 계속해요~

유리   그럼 흥신소로? (경계) 사장님이 제 고객들 다 뺏어가는 건 아니겠죠? 법
적으로 해결해야 할 고민을 흥신소에서 불법적으로 해결하고 말이야.

길사장   (발끈) 불법은! 민간 조사사업이 합법으로 바뀐 게 언젠데!

유리   근데 커피 머신은 왜 또 이렇게 좋은 걸 들였대, 바로 밑이 카펜데.

정호   원래 있던 거야. 그리고 이건 니 사업이랑은 분리해야지. 앞으로 이편웅 관
련된 얘기는 여기서 하자고.

유리   (끄덕) 안 그래도 나도 준비를 해왔어.

유리, 들고 있던 파일에서 종이 한 장을 꺼낸다.

유리	업무 협약서야. 내용은 하나밖에 없어.
정호	(받아 읽는) 약속된 업무를 수행함에 있어, 갑은 을의 신체에 30cm 이하로 거리를 좁혀 접근, 접촉하지 않는다. 이때 신체라 함은, 머리카락과 착용한 의류, 가방, 액세서리 등을 전부 포함한다.
유리	(줄자를 꺼내 거리를 만들어 보여주며) 30cm면 이 정도 거리야.
정호	(기가 막혀 보면)
유리	이편웅이 확실히 해결되기 전까지 우리 사이도 확실히 선을 그어놔야 할거 아냐. 그래야 일에 집중하지.
정호	(보다) 좋아. 대신 나도 조건이 있어.

S#16. 로 카페, 낮.

유리, 사무실에서 검은 재킷과 짐을 챙겨 나오며

유리	굳이 같이 가겠다고?
정호	똑같은 말 몇 번 하게 하냐. 당분간은 어딜 가든, 계속 같이 다니자고. 저번에 이편웅 그쯤 도발했으면, 이 정도 대가는 치를 생각을 했어야지.
유리	(구시렁) 아니 근데 지금 이거는,
정호	어디 가는 건데. 사적인 거면 피해줄게.
유리	(얼버무리는) 아니, 저번에 술 한잔하고 언니 하기로 한 언니 있거든...
준	(눈치 없이 해맑게) 접때 그 상속 문제로 오셨던 그분이에요!
정호	너!! 그거 설마 수임하기로 한 거야?

S#17. 어느 장례식장, 낮.

검은 옷을 챙겨 입은 유리와 정호, 장례식장 건물 안으로 들어오는데,
유리, 조의금 봉투에 현금을 넣느라 잠시 정신이 없다.

정호   (어딘갈 보며 멈춰 서는) 몇 호실이라고?
유리   3호실!

유리, 불길한 예감에 고개를 들어 보면, 희연부의 빈소...
희연과 오빠1, 2, 새언니1, 2가 고함을 지르며 싸우고, 친척들은 말리며
개판이 되어 있다!
유리, 새언니1에게 머리채 잡혀 있는 희연을 보고 놀라 달려가며

유리   언니!!!
정호   (한숨 삼키며) 아주 오만 데 다 언니를 맺고 다니는구만.

S#18. 장례식장 빈소 앞, 낮.

화환이 쭉 늘어선 희연부의 빈소 앞,

유리   (걱정) 좀 괜찮아요?
희연   (슬픈) 지치네요. 아버지 마지막 가는 길까지 이러려니, 마음이 너무 아파
       요. 이렇게 저희들끼리 싸우는 걸 원하시진 않으셨을 텐데...
유리   씁쓸하지만, 상속 문제란 게 항상 이렇더라구요... (말 돌리는) 와 근데 화
       환이 진짜 많네요.
희연   사실 여기서부터 여기까진 제가 산 거예요.
유리   ?
희연   아버지가 제 생일날마다 꽃을 사주셨었거든요. 보내드리려고 보니, 저는
       평생 한 번도 아버지한테 꽃을 사드린 적이 없더라구요. 그래서...

희연, 한숨을 쉬고 주변을 둘러보더니,
주머니에서 종이 쪽지를 꺼내 유리에게 보여준다.

유리   이게 뭐예요?

희연   아버지가 마지막에 저한테 주신 건데, 도무지 무슨 뜻인지를 모르겠어서
       요. 뭔가 중요한 내용인 것 같긴 한데, 혹시 변호사님이 보시면 아실까 해
       서요.

       이에 유리와 정호, 머리를 맞대고 희연이 건넨 쪽지를 펼쳐보는데.

유리   (읽는) 희연아, 모든 사람에게는 죽음이 있다. 그 끝을 모아 향하는 곳에서
       기다리마?
희연   (난처한 미소) 아버지가 원래도 시를 좋아하시긴 하셨어요.
정호   (흠) 무슨 수수께끼 같은 건가요?
희연   그런 것 같아요. 저만 알도록 쓰신 것 같은데...
유리   ...어떤 내용인지, 뭔가 짐작 가는 거라도?
희연   ......들어보니까, 아버지 집에서... 금고가 하나 발견됐다고 하더라구요. 근데
       지금 다들 여는 방법을 몰라서 어쩔 줄 몰라 하는 눈치예요.

       유리와 정호, 아연한 얼굴로 희연 보는 데서!

S#19. 로 카페, 낮.

       유리, 정호, 우진, 은강, 준, 연주까지 모두 머리를 모으고 앉아
       희연부의 쪽지를 들여다보고 있다.

유리   [희연아, 모든 사람에게는 죽음이 있다. 그 끝을 모아 향하는 곳에서 기다
       리마.]
정호   [설령 이것이 이 세상 마지막 인사가 될지라도]
준   [벌판 한복판에 꽃나무 하나가 있소.]
연주   [푸른 하늘에 닿을 듯이 세월에 불타고]
우진   [뜰에는 반짝이는 금모래빛. 그곳이 차마 꿈엔들 잊힐리야.]
은강   [나는 가슴이 메이는 듯하다.]

준	호오~~ 이거 진짜 무슨 암호문 같은데요?! 이거 풀면 진짜 그 금고 비번이 나오고 그 금고 안엔 200억이 빡! 있고 그런 거 아닐까요?
유리	(웃는) 일단 풀어봐야 알겠죠?

일동 침묵 속에서 쪽지를 빤히 보는데, 무슨 말인지 전혀 모르겠고...

우진	근데 [그곳이 차마 꿈엔들 잊힐 리야.], 이건 정지용 시인의 시 아닙니까?
준	오오, 맞아요 기억나요! 정지용!!
유리	(감탄) 역시 선생님은~
우진	(뿌듯)
정호	뭘 감탄을 하고 있어 교과서에 다 나오는 건데!
연주	그럼 이거 고향 얘기 아니야?
준	오오 그런 것 같아요!
정호	(계속 빤히 편지를 바라보고 있으면)
유리	봐도 뭔 말인지 모르겠지? 괜히 천재 소리 듣는다고 너무 부담 갖지 마~
정호	(째려보고 다시 진지하게 암호만)
준	벌판 한복판에 꽃나무가 있고, 반짝이는 금모래빛 뜰이 있는... 이런 장소가 어디 있는 거 아닐까요?
유리	그래서 저도 고향부터 의심하고 여쭤봤는데, 그런 풍경은 아니라고 하시더라구요. 버려진 땅이라 아무것도 없다고.

그때 정호, 이내 뭔가 알겠다는 듯이 책상을 팡 친다.

정호	〈꽃나무〉, 〈교목〉, 〈엄마야 누나야〉, 〈향수〉, 〈수라〉!
유리	갑자기 뭔 소리야.
정호	시 제목이야. 여기 문장들은 모두 시구고.
연주	어쩐지 다 좀 들어본 것 같다 했더니.
준	(갸우뚱) 그렇다고 해도... 이게 무슨 의민지는 전혀 모르겠는데요.
정호	희연아, 모든 사람에게는 죽음이 있다. 그 끝을 모아 향하는 곳...
우진	끝을 모은다... 이 시인들의 사망 년도를 더해보면 어떨까요?

일동	!!
정호	〈꽃나무〉를 쓴 이상이 1937년에 사망했고, 〈교목〉을 쓴 이육사는 1944년, 김소월 1934년. 정지용 1950년, 백석이... 1996년이니까, 다 더하면...
준	(검색해 확인해보곤) 와.. 형님은 대체 이걸 어떻게 다 아세요?
정호	구천칠백육십일. 다 학교 때 교과서에 나와 있었던 거잖아. (유리 보며 으스대는) 이래도 내가 문학적 소양이 없다고 할 수 있나?
유리	넌 교과서에 나오는 시밖에 모르잖아! 외우려고 한 게 아니라 그냥 외워진 거고. 우진 쌤 좀 봐, 항상 손에서 책을 놓지 않으시잖아, 얼마나 문학소년이셔.
우진	(오늘 우연히 책을 들고 온 자의 어색한 미소)

S#20. (인터뷰) 우진의 진료실, 낮.

인스타용 설정숏처럼, 미소를 머금은 채 시집을 펼치고 있다가

우진	(수줍은 미소로) 시간이 날 땐 늘 이렇게... 시를 읽곤 합니다. 좋아하는 시인이요? (멈칫) 아무래도... 이육사 시인이, (멈칫) 요즘 시인이요? ...전 감성이 좀 올드한지, 옛날 시가 좋더라구요.

S#21. (인터뷰) 로 카페 앞 테라스, 낮.

정호	아 문학소년은 무슨! 그 형은 게임밖에 모르는 사람이에요. 책을 읽어도 내가 훨씬 더 읽었지! 내가 독서할 때마다 항상 게임만 하고 있구만 뭘,

INS 》정호의 방, 소파에 드러누워 만화책을 읽고 있는 정호와
컴퓨터 앞에 앉아 헤드셋을 끼고 온라인 게임 중인 우진.

정호   게다가 그 형은 이과예요, 이과. 의대 나온 의사.

S#22. 장례식장 일각, 낮.

유리와 희연, 인적이 드문 한쪽에서 머리를 맞대고 이야기를 나누고 있고,
정호, 누가 오는지 망을 보고 있다.

유리   여하튼 그래서 그 시인들의 사망 년도를 더하면, 네 자리 숫자가 나오더라
         구요,
희연   정말요?!
유리   네. 금고랑 정확히 관련이 있는 건지는 모르겠지만.
희연   확인을 해봐야 알 수 있을텐데... (한숨) 오빠들이 그냥 놔둘지...
유리   지금 오빠들 다 여기 있잖아요!

S#23. 희연의 본가 마당, 낮.

희연부의 전원주택 마당을 돌아다니며,
열린 창문을 찾고 있는 정호, 유리, 우진, 은강, 준.

준   (망을 보며) 저흰 지금 가택침입 중인 걸까요 그럼?
유리   엄밀히 말하면 가택침입은 아니죠.
정호   현재까진 피상속인의 재산이 상속인들의 공유물인 상태기 때문에, 백희
         연 씨의 초대가 있었던고로, 불법은 아닌 거지.
우진   그래도 희연 씨 오빠들이 알면 가만히 있을 것 같진 않은데...
유리   마침 오늘이 발인이라 여긴 못 오실 거예요.

열리는 창문을 찾은 정호, 창문을 통해 훌쩍 집 안으로 들어가더니
밖으로 손을 내밀면

유리	(정호의 손을 보더니 우진을 미는) 먼저 들어가세요.
은강	저희는 여기서 망보고 있음 되죠?

S#24. 희연의 본가, 낮.

정호에 유리, 우진까지 들어와 거실로 향하자,
무인경비 시스템이 요란히 울리기 시작한다!

우진	보통, 이런 건 몇 분 안에 끄지 않으면 경찰이 출동해오고 그러지 않나요?
유리	(불길한) 그렇죠!
정호	(안 들려 소리치는) 금고가 어딨다고?
유리	2층 서재에!

계단을 향해 달리는 세 사람.

S#25. 희연의 본가 서재, 낮.

2층 서재, 정호, 유리, 우진 마음 초조해 열심히 둘러보고 있는데,
책장만 가득한 방, 금고 같은 건 보이지도 않는다!!

유리	어디 벽을 열어야 된다고 했는데...

그때 정호의 눈에 시집이 가득 있는 책장이 눈에 들어온다.
이를 유심히 보면, 책장 한쪽 끝이 손잡이 모양으로 돼 있는 것이 보이고,
이를 당겨 여는 정호, 벽면이 열리며 안에 있던 금고가 모습을 드러낸다!
삑! 하고 금고 비밀번호 입력 화면을 켜자,

유리	9761! 9761!
정호	(빤히 바라만 보는)
유리	뭐 해 빨리 쳐!!

정호, 9761을 입력하는데,
화면에 '비밀번호가 틀렸습니다.' 하는 문구가 뜬다.
서로를 보는 유리와 정호 우진에서.

S#26. 희연의 본가 마당, 낮.

은강, 마당 한편에서 담배를 태우며 서 있는데,
보안업체 로고가 박힌 차량이 저 아래서부터 다가오는 게 보이고...!

준	(벤치 따위에 앉으며) 캬~ 형님 저는 나중에 이런 집 사는 게 꿈이에요.
은강	(다가오는 차를 보기만)
준	정호 형님 따라서 건물주 되는 게 꿈이었는데, 지금 막 바뀌었어요. 마당도 있고~ 바람도 있고~
은강	(담배 비벼 끄며) 야, 큰일 난 것 같은데.
준	큰일이요? (보고 놀라) 허이씨!! 내 폰, 내 폰 어딨지, 형님 제 폰 보셨어요?!

S#27. 희연의 본가 서재, 낮.

금고 앞에서 우왕좌왕하고 있는 유리와 정호, 우진.

유리	잘못 누른 거 아니야?
정호	그럴리가.
유리	한 번 더 눌러봐!

정호   (생각에 잠겨) 아냐, 있어봐.

그러나 유리, 기다리지 않고 저가 직접 9761을 눌러버린다.
또다시 '비밀번호가 틀렸습니다.'가 돌아오고.

우진   보통 이런 건 몇 번 이상 틀리면 영원히 잠겨버리고 그러지 않나요?
정호   (이 갈며 유리 보는) 그러니 신중해야지.
유리   ...미안. (그때 주머니에서 전화가 울리면)
준   (F) 아 사장님 왜 이렇게 전화를 안 받으세요! 큰일 났어요!
유리   (놀라) 왜, 왜요?
준   (F) 보안업체 차가 이쪽으로 오고 있단 말이에요!!
유리   벌써?!
준   저희 어떡해요?

빤히 번호 패드를 바라보는 정호.
그제야 화면이 [- - - - -] 다섯 자리의 숫자를 요구하는 것이 보이고!

정호   다섯 자리야.
유리   뭐?
정호   번호가 5개가 필요하다고!
유리/우진 !!
유리   (주머니에서 희연의 쪽지(복사본)를 꺼내며) 뭔가 놓친 게 있나?

S#28. 희연의 본가 마당, 낮.

보안업체 직원들이 차를 세우고 주변을 둘러보며 마당으로 들어오면
은강과 준, 건물 뒤편에 숨어 그들을 지켜보고 있다.

S#29. 희연의 본가 서재, 낮.

희연부의 편지를 다시 들여다보고 있는 유리, 정호, 우진.

유리   희연아, 모든 사람에게는 죽음이 있다. 그 끝을 모아 향하는 곳에서 기다
      리마.
정호   (이미 외운) 설령 이것이 이 세상 마지막 인사가 될지라도.
우진   벌판 한복판에 꽃나무 하나가 있어, 푸른 하늘에-

정호, 갑자기 멈칫하더니 유리와 우진에게서 쪽지를 빼앗아온다.

> 희연아, 모든 사람에게는 죽음이 있다. 그 끝을 모아 향하는 곳에서 기다리마.
> 설령 이것이 이 세상 마지막 인사가 될지라도.
> 벌판 한복판에 꽃나무 하나가 있소.
> 푸른 하늘에 닿을 듯이 세월에 불타고
> 뜰에는 반짝이는 금모래빛.
> 그곳이 차마 꿈엔들 잊힐리야.
> 나는 가슴이 메이는 듯하다.

정호   이것도 찾아봐. 두 번째 줄, 설령 이것이 이 세상 마지막 인사가 될지라도!
유리   그게 왜?
정호   이것도 시구일지도 몰라.
우진   !! (찾아보더니 표정 밝아지며) 시 맞아! 유치환의 〈행복〉! 유치환 시인이
      1967년에 돌아가셨으니...
정호   만 천칠백이십팔.
유리   다섯 자리네!

[11728]을 넣자 열리는 금고고!
유리가 준에게 전화를 받는 사이 정호와 우진, 금고 안을 살피는데,

금고 안엔 붉은 흙이 담긴 작은 화분 하나가 있을 뿐이다.

유리   준이 씨 우리 열었어요!

준   (속삭이는/F) 사장님 당장 나오셔야 돼요! 빨리요!! 지금 안으로 들어가고 있어요!

이에 유리, 조심스레 서재 밖으로 나와보면,
아래층에서 보안요원들이 현관을 열고 안으로 들어오고 있는 게 보이고!!
정호와 우진, 화분을 꺼내고 문 쪽으로 가려 하면, 막아서는 유리.

유리   (비장) 이쪽은 이미 막혔어.

정호   그럼 어떡해!

우진   (마찬가지로 비장) 이제 퇴로는 저 창문뿐인 것 같아.

정호   미쳤어? 여기 2층이야. 제발 느와르 좀 찍지 마. 우리 이거 불법 아니라니까.

유리   그래도 들키면 안 됐댄단 말야!

정호   (미치겠고, 창문 아래를 내려다보며) 환장한다 진짜.

그러며 셔츠를 벗어 화분을 둘둘 말아 묶고,
창문을 가린 두꺼운 커튼을 뜯어내는 정호.

S#30. 희연의 본가 마당, 낮.

#화분을 안아든 채 2층에서부터 벽을 타고 내려오고 있는 정호고,
아래서 분주히 정호가 내려준 커튼을 넓게 펼치고 있는 준과 은강.

준   이제 뛰십쇼 형님!

'아휴 진짜' 하며 두 사람이 펼치고 있는 커튼을 향해 점프하는 정호!

곧이어 쿵! 소리와 함께 준의 '아이고!' 하는 탄성이 들려온다.
충격으로 커튼 한쪽 끝을 놓치고 만 준, 어색하게 웃으면
허리를 잡은 채 바닥을 뒹구는 정호고.
그런 정호를 보다 준에게 '잘했어.' 하는 은강.

#세상 웅장한 음악과 함께...
순교자와 같은 얼굴로 2층 창가에 서 있는 우진.
아래선 정호, 은강, 준이 커튼을 잡고 빨리 내려오라며 아우성이고,
우진, 호흡을 가다듬으며 다른 커튼을 배트맨 날개처럼 어깨 위로 펼치고
있다.

유리 그건 왜 하시는 거예요?
우진 공기 저항을 이용해 낙하 속도를 늦춰보려는 겁니다.

끄덕이던 유리, 우진을 확 밀치면 우진, 악! 비명을 지르며 떨어진다.
아이고... 하고 밑을 바라보다 저도 비장히 뛰어내리는 유리고.

S#31. 로 카페, 밤.

테이블 한복판엔 붉은 흙이 담긴 화분이 놓여 있고.
정호, 유리, 우진, 준, 은강, 연주가 머리를 모은 채 앉아 있는데,
이번엔 희연도 함께다.
희연이 화분 속 뒤섞인 흙을 한 줌 떠 만져보면,
흙 속에 묻혀 있는 하얀 카드가 보인다.
이를 꺼내어보는 유리. 뒤집어보면, 네 줄의 시구가 적혀 있다.

유리 [네게서는 나만 아는 풀꽃 냄새가 난다.]
연주 [민들레만 하던 내가 달리아처럼 자라서...]
우진 [저녁 하늘에 붉은 노을이 번진다 해도 부디 마음 아파하거나 너무 섭하

게 생각지 마셔요.]

희연 ...

준 (눈치 없이 깊은 한숨) 또 시라니... 200억이 있을 줄 알았는데 좀 실망이네요.

은강 (준이 앉은 의자 걷어차는)

희연 괜찮아요. 아버지 보내고 오니까 왜 그렇게 독하게 굴었나 싶고... 전 그냥, (울컥) 아버지가 오빠들만큼 절 사랑하셨다는 거, 그걸 확인받고 싶었었나 봐요.

유리 ...

희연 그래서 아버지가 이렇게 저한테 뭐라도 남겨주려고 하셨다는 거, 전 이걸로 충분해요.

준 ...그럼 이 화분이 무슨 뜻인지 아시는 거예요?

희연 (옅은 미소로) ...알 것 같아요.

일동 (보면)

희연 (흙을 만져보며) 원래부터 저한테 남겨주시려고 했던 고향 땅이요. 거기 갈 때마다 그러셨거든요, 이 흙 색깔 좀 봐라, 버려진 땅이라 그렇지 얼마나 비옥한지 모른다고.

그때 따릉 하고 로 카페 문이 열리더니, 길사장이 빼꼼 고개를 들이밀고 정호 향해 나오라는 듯 손짓한다.

S#32. [노력의 산물 흥신소] 사무실, 밤.

정호, 사무실 안으로 들어오면, 길사장 으스대며

길사장 아, 나 진짜 이렇게 재능기부 해도 되는 거야? 검사님 말한 대로, 내가 이런 대포차 만들어대는 폐차 업체들 쫙 한 번 돌아봤는데,

찌그러진 검은 세단(9화 유리를 치고 간)의 사진을 건네며,

길사장   우리가 갔을 때는, 이미 이 꼴이더라고, 변호사님한테 그 짓거릴 하고 나
          서 바로 뭉개버린 거죠.

정호   여기가 어디야,

길사장   아 갈 필요 없어요. 그 사장이란 작자가 죽어도 기억이 안 난대.

정호   (싸늘히) 그래서, 그냥 왔어?

길사장   (흠칫) ..아니, 내일 또 가보려고, 혹시 내일은 기억날지도 모르잖아.

S#33. 거리, 밤.

          우진과 유리 함께 걸어 집으로 가고 있다.
          횡단보도 앞에 선 유리, 오가는 차들을 보며 조금 위축되어 보이는데,
          특히 빠르게 달려오는 검은 차를 공포로 바라보는 유리.

우진   (그런 유리를 지켜보다) ...변호사님, 우리 손잡을까요?

유리   ?

우진   왜 어렸을 때 횡단보도 건널 때 엄마 손잡고 건너잖아요. 그럼 왜 무지 든
          든하잖아요, 아무 일도 일어나지 않을 것 같고.

유리   ...

우진   근데 이제 엄마 손 잡기엔 나이가 너무 들어버렸으니까, 서로의 손이라도
          잡으면 어떨까 해서, (그러며 손 내밀면)

          마침 횡단보도의 신호등이 초록불로 바뀌고,
          유리, 이내 웃으며 내밀어진 우진의 손을 잡는다.
          두 사람, 손을 잡고 거리를 건너는데, 서로를 보면 후후 웃음이 나오고,
          길을 다 건너오면, 손을 놓는 두 사람.

유리   (고마워 바라보며) 감사합니다.

우진   제가 감사합니다.

유리	선생님이 저한테 감사할 게 뭐가 있다구요.
우진	변호사님이 오고 나서 제가 사는 게 재밌어졌거든요. 특히 오늘 제 평생의 가장 아찔한 점프를 한 것 같아요
유리	(웃곤) 아깐 맘이 급해서, 죄송했어요.
우진	(웃으며 보다) 매일 무슨 일이 일어나고, 그걸 동분서주하며 해결하는 변호사님의 여정을 함께하다 보면, 맘이 환해져요.
유리	(감동해 보다) 뭐예요 갑자기~
우진	그냥 이 얘길 꼭 하고 싶었어요. 앞으로도, 잘 부탁드리겠습니다.

이에 유리와 우진, 서로를 보며 미소 짓는데,

S#34. 폐차장 사무실, 낮.

INS 》폐차장 외경
정호, 길사장과 함께 폐차장 사무실에 찾아와 앉아 있다.
넉살 좋아 보이는 폐차장 사장, 정호와 길사장에게 커피를 대접하며,

사장	그니까 그게 남잔 건 알겠는데, 더 이상은 기억이 안 나드라고, 워낙 밤이기도 했고.
정호	(사무실 둘러보다 천장에 CCTV를 발견하곤) 그날 CCTV 좀 보죠?
사장	에이~ 저거 깡통이에요. 여기 있는 거 다 그냥 주서다 달고 흉내만 낸 거지.
정호	...기억도 안 나고, CCTV도 깡통이다?
사장	그렇지... (길사장 보고 웃으며) 근데 이분은 말이 참 짧으시네?
길사장	예 쫌 그렇죠. 아메리칸 스타일이야.
사장	아 유학파야? 그럼 내가 이해를 하고. 나도 옛날에 시애틀에 있었거든.
정호	(무시) 오는 길에 하천 쪽에 있는 차들도 여기 폐차장 차죠? 이렇게 많아서야 지난주 들어온 차가 뭔지, 차주가 어땠는지 기억 못 하시겠네.
사장	그렇지! 내가 어떻게 다 일일이 기억을 하겠어.

정호 근데 하천 구역을 시에서 폐차장 부지로 내줄 리가 없는데. 이거 시청에 얘기하면, 하천법 제33조 하천의 점용 허가 위반으로 변상금 낭낭히 징수 당하실 텐데, 어떻게 하실래요?

사장 (방긋 웃으며) CCTV 저게 내가 안 된다고 그런 거는, 쟤가 가아끔 먹통이 돼가지고 그런 건데, 그날은 아마 잘 촬영이 됐을 거야.

S#35. [노력의 산물 흥신소] 사무실, 낮.

폐차장 사무실 CCTV 영상을 보고 있는 정호와 길사장.
유리 사건의 범인이 폐차장 사무실로 들어와 사장과 얘기하는 영상을 빠르게 돌려보더니 어느 순간 탁 멈춰, 다시 조금 전으로 되감는 정호.

사장 (E) 오밤중에 들어와서는 빨리 찌그러뜨려달라고 지랄을 해쌌드라고. 그러고는 좀 이따가 더운지 옷을 딱 벗는데, 팔 전체에 문신이~

정호, 다시 영상을 플레이하면,
겉옷을 벗는 범인, 팔 전체를 덮고 있는 커다란 타투가 보인다.
타투의 문양을 최대한 확대해보는 길사장과 정호.

길사장 이 정도면 발품 좀 팔면 금방 찾을 수 있어요.

S#36. 로 카페, 낮.

상담을 마친 손님이 나가면 새로운 손님, **서다영(여/30대)**이 들어온다.
그사이 유리의 시선, 한쪽에 둔 희연부의 쪽지로 향한다.
첫 번째 구절인 [네게서는 나만 아는 풀꽃 냄새가 난다]를 인터넷에 검색해보면, 나태주 시인의 〈딸〉이라는 시가 뜨고,
두 번째 구절인 [민들레만 하던 내가 달리아처럼 자라서]를 검색해보면,

도종환 시인의 〈꽃밭〉이라는 시가,

다음 시구를 검색해보면, 나태주 시인의 〈선물〉이라는 시가 뜬다.

다영, 조용히 의뢰인석에 앉아 그런 유리를 가만히 바라보고 있고...

유리   (그제야 정신차리곤) 아이고, 죄송합니다. 제가 정신이 없어서, 어떤 게 궁금해서 오셨을까요?

다영   (가만히 바라보다) 변호사님이 궁금해서 왔어요.

유리   ?

다영   커피 한 잔 값에 고민을 들어주는 변호사, 인터넷으로 찾아봤는데 솔깃하더라구요, 사실 저도 변호사거든요.

유리   (반가운) 아 정말요? 그럼, 연수원은 몇 기세요?

다영   (무시하고) 인터뷰 찾아보니, 로 카페가 맥도날드처럼 많아지는 게 꿈이라고 하시던데, 저는 어떠세요?

유리   그게 무슨... 설마? 정말요?!

다영   (휴대폰 내밀며) 번호 교환부터 할까요? 앞으로 자주 뵙게 될 것 같은데.

유리   좋아요 좋아요.

유리가 휴대폰에 번호를 입력하는 사이,

유리의 뒤에 놓인 꽃 화분(예전에 우진이 선물한)을 보는 다영,

다영   어머, 저 꽃. 제가 제일 좋아하는 꽃인데. 어디서 나셨어요?

유리   아 이 꽃이요 제가 좋아하는 선생님한테 선물- 받은, (그러다 멈칫) 꽃밭, 선물... (뭔가 깨달은) 꽃, 꽃이네요!!!

다영   (뭐지 싶어 보는 데서)

S#37. 유리의 차, 낮.

유리가 운전하는 차에 타 있는, 희연(조수석), 정호, 우진, 준,

정호	왜 지금 당장 거기로 가야 된다는 건데?
유리	(의미심장) 그야 꽃은 한철이니까.
정호	뭐?
유리	아 그런 게 있어.
희연	혼자 가도 되는데, 죄송스럽게... 근데 거긴 버려진 땅이라 정말 아무것도 없거든요.
유리	(웃으며) 아무것도 없는 게 아닐 것 같아서 그래요!
희연	...?
유리	게다가 맛집도 많더라구요.
정호	(어이없어 보는데)
우진	그쪽이면 감자옹심이가 참 맛있는데,
준	어! 저 리뷰 좋은 데 찾았어요, 별점 4.9!!
유리	오케이 가즈아~!!
정호	(기가 찬) 아 나 왜 바리스타 놈이 그럽냐.

S#38. 로 카페, 낮.

카페 입구를 청소 중인 은강인데, 문이 딸랑 소리를 내며 열린다.

은강	(자동으로) 오늘은 상담 없습니다-
송화	(E) 아... 변호사님은 안 계시는구나.

은강, 고개를 들어보면, 이슬의 손을 잡은 송화가 서 있다.
목례하는 송화를 멈춘 채 보는 은강.

송화	변호사님이 오늘 새로 볶은 원두가 있다고 해서.. 왔는데.
은강	있어요, 안에. 들어오세요.

cut to 》종이백에 원두를 무지막지하게 퍼 담고 있는 은강이고,

송화, 그 모습 당황으로 바라보다

송화   이제 그, 그 그만 담으셔도 될 것 같은데...

은강   (그 말에 겨우 멈추는, 종이백을 꼼꼼히 닫은 다음 송화에게 건네는데)

송화   (받곤, 지갑을 열며) 얼마예요?

은강   안 내셔도 돼요.

송화   아이 그런 게 어딨어요, 이렇게 손님 취급 안 해주시면 저 죄송해서 더는 못 와요.

은강   !! 그럼 만 원만 받을게요.

송화   (현금 꺼내 건네며) 2만 원 받으세요!!

은강   (받지 않는) 2만 원은 안 돼요.

그때 테이블에 앉아 팔짱 낀 채 두 사람이 하는 양을 지켜보고 있는 이슬.
흠, 하며 은강을 보는 눈이 가늘어진다.
그사이 은강의 손에 2만원을 쥐여주는 송화, 은강이 뭐라 하기 전에 도망친다!
손을 흔들며 '또 올게요!' 하곤 생긋 웃어 보이는 송화인데,
가는 송화와 이슬을 길게 바라보는 은강이고.

S#39. 희연부의 땅, 낮.

유리, 회심의 미소와 함께 차를 대면,
일동, 뭔가 아연한 표정이 되어 창밖으로 보고 있고.
희연, 믿기지 않는다는 얼굴로 내리면...
아름다운 꽃밭이 펼쳐져 있는 희연부의 고향 땅.

유리   [네게서는 나만 아는 풀꽃 냄새가 난다.] / [민들레만 하던 내가 달리아처럼 자라서] / [저녁 하늘에 붉은 노을이 번진다 해도 부디 마음 아파하거나 너무 섭하게 생각지 마셔요.] (희연 보며) 〈딸〉, 〈꽃밭〉, 〈선물〉, 각 시구

들의 제목이었어요.

희연   !!

유리   희연 씨 아버지가 이걸 희연 씨한테 보여드리고 싶으셨나 봐요.

희연   (꽃밭을 바라보던 눈에 눈물이 핑~ 고이고)

정호   버려진 땅이 아니라, 가장 정성 들인 땅을 주고 싶으셨나 보네.

　　　　울컥해 보던 희연, 꽃밭으로 들어가고,
　　　　준과 우진은 서로 사진을 찍어주느라 바쁘다.
　　　　유리, 멍하니 꽃밭을 보며 서 있는데, 바람이 불어오고...
　　　　유리, 휙 옆에 서 있는 정호를 본다. 정호, 뭐냐는 듯 보면,

유리   난 언젠부턴가 이런 거 보면 니가 떠오르더라. 너도 그래?

정호   (웃는) 기습 고백 좀 그만해라, 거리두기 하자며.

유리   (꽃밭 보며 생각에 잠기는) 니가 날 좋아하는 건 알겠는데... 뭔가 이상해.

정호   ...뭐가.

유리   아무리 생각해봐도, 넌 언제부터였는지... 그걸 모르겠어.

정호   ...

　　　　그러며 유리, 빤히 정호를 보는데,
　　　　그때 밭에서 남다른 포스로 등장하는, 어깨에 비료 포대를 짊어진 **덕은
　　　　(여/60대)**.

덕은   거 누굽니까? 여기서 사진 찍으려면 천 원씩 내야 되는데?

희연   (놀란 눈으로 보는) 아줌마!

S#40. 희연부의 땅 창고 안, 낮.

　　　　잡동사니가 쌓인 창고 안을 한참 뒤지며 구시렁거리는 덕은.

유리	(궁금한 눈으로 보면)
희연	아 아줌마는, 예전에 저희 집에서 지내시면서 집안일 도와주셨던 분이세요. 여기 내려와 계실 줄은 생각도 못 했는데.
덕은	(낡은 007 가방 하나를 낑낑대며 끌고 오더니 테이블에 턱! 올려놓는다)
일동	(놀라 보면)
덕은	사장님이 아가씨 오시면 드리고 아니면 나더러 먹으랬는데... 뭐, 제때 왔으니까.
희연	이게 뭐예요?
덕은	그것은 나도 모르지, 나는 비밀번호를 모르니까. 내가 내일쯤 뿌서볼라 했는데 아쉽게 됐지. 그럼 뭐 알아서들 해요~

그러곤 쿨하게 나가버리는 덕은이고.
덕은이 나가자마자, 쿠오오오!! 소리 내는 준.

준	여기 진짜 200억 들어 있는 거 아니에요?! 왜 제 심장이 뛰죠?
정호	(한심히 보며) 누가 여기에 200억을 넣어.
유리	(꿀꺽) 혹시 모르지.
우진	(가방 살펴보며) 이번에도 비밀번호가 다섯 자리네요.
유리	헐 그럼 접때 그 번혼가?!
희연	...!!
준	대애박! (하더니 동영상 틀며) 자 아버지의 찐 선물, 이제 개봉합니다.
정호	(창피한 듯 준의 휴대폰 내리며 희연더러) 저희는 나가 있을게요.
희연	(긴장되는) 아니요, 여기까지 같이 와주셨는데... 함께 봐요.
유리	(말이 끝나기도 전에 침 튀기며) 9761, 아니다, 11728이요 11728!

번호를 천천히 누르는 희연,
다섯 자리를 다 넣자 탁 소리와 함께 잠금쇠가 열린다!
저도 모르게 모여드는 일동.
희연이 천천히 가방을 들어올리자...
일동, 눈부심에 눈을 가린다!!

가방 가득 들어 있는 것은 다름 아닌, 골드바다!!

유리	세상에...
준	봐봐요 형! 가방에 200억씩 넣는 사람이 있다니까!

S#41. 희연부의 땅 창고 앞, 낮.

희연이 덕은과 이야기하는 사이,
약간 충격 먹은 얼굴로 창고 앞에 쪼르르 앉아 있는 정호, 유리, 준, 우진.

정호	가방이 대략 가로 35cm 세로 20 높이가 10 정도라고 했을 때, 부피가 대략 7L인 건데, 골드바 1kg이 보통 0.05L고, 요즘 시세가 7500정도 하니, 대략... 105억.
유리/준	(입을 틀어막는)
정호	그랬을 때 상속세를 계산하면 이것저것 공제한다 해도 (손으로 반절 자르는 시늉) 대략 44억은 세금으로 내야 할 거야.
유리/준	(앓는 소리 내며 더더욱 입 틀어막는)
우진	(생각에 잠겨 있다) 근데 저런 돈은 보통,
정호	맞아. 불법 은닉 재산일 가능성이 높지. 그 경우 체납세액이나 부당이득금 등이 또 환수될 테고... 그러니 보통은 신고를 안 하지.
유리/준	!!
정호	그러니까 지금 이게 감동의 현장이 아니라 범죄의 현장인지도 몰라.
일동	(잠시 침묵 흐르는데)
유리	(진지) 그럼 여기서 우리가 어떻게 할지를 정해야겠네. 금덩이 하나씩 받고 입을 다물지 아니면.. 계속 모범 시민 지위를 유지할지.
준	그럼 저는 당연히- (하다 머뭇, 이내 한숨) 7천에 넘기기엔 좀 아깝죠, 제 양심이?
유리	그럼 두 덩이로 합의를... (그러다 고개를 절레절레) 아 아니야, 이게 아니야!

우진	...꽃밭에서 이런 이야길 하게 될 줄은 몰랐는데...
유리	(괜히 발끈) 꽃밭에서 세속적이라 죄송하네요!
우진	(당황) 아 제 말은 그런 뜻이 아니고,
정호	(유리 향해) 도둑이 제 발 저린다더니, 왜 발끈을 하고 그래.
유리	두 분은 부자라 100억을 보고도 태연한지 몰라도 저희는 아니거든요!
준	맞아요!! 자꾸 다른 삶이 눈앞에 아른거린다구요!

그사이 덕은과 이야기 중이던 희연, '변호사님' 하며 유리를 부른다.
유리, 흠칫해 보면, 몹시 슬픈 얼굴의 희연이고..

S#42. 로 카페, 밤.

유리와 정호, 우진, 준, 은강, 희연이 모여 앉아 있다.
유리, 노트북으로 (덕은에게 받은) 동영상을 재생하면,
희연부, 힘없는 목소리로 종이 한 장을 든 채

희연부	(F) 1949년 음력 11월 9일생... 저 백교덕의 유언을 녹음합니다... 우선... 아들놈들과 앞전에 작성한 유언은, 강요에 의한 것으로... 이 녹음 내용이 진짜 본인의 뜻임을 밝힙니다.
일동	...!!
희연부	(F) 희연아, 내가 죽으려고 보니 후회가 되는 게 딱 하나 있구나. 평생 니가 꽃처럼 가녀린 줄만 알고... 해봐라 소리보단 하지 말란 소리만 하며 살았는데... 내 옆을 마지막까지 지키고 있는 너를 보니, 누구보다 굳세고 씩씩하더구나. 내 딸 희연아... 이제 보니 너는 꽃이 아니라 비옥하고 단단한 땅이다. 천천히 뿌리 내리면 그 어떤 꽃이든 피워낼 수 있으니, 절대 조급해 말거라.

cut to 》

덕은   (F) 2022년 5월 6일, 증인 황덕은, 위 유언이 유언자의 본인의 의지로 구수한 유언이 틀림없음을 증명합니다.

동영상이 멈추면, 울고 있는 희연이고, 조용한 일동.

S#43. (인터뷰) 로 카페, 낮.

유리   감추려고 해도 결국 드러나게 되는 것들이 있는 것 같아요.

S#44. 동네 놀이터, 밤.

은강, 어두운 한편으로 들어가선 담배에 불을 붙이는데,
놀이터 그네에 앉아 홀로 서럽게 울고 있는 송화가 보인다.
닦아내도 닦아내도 흐르는 눈물,
은강, 인기척도 내지 못하고 조용히 바라볼 뿐이고…
그때 송화에게 전화가 오면, 애써 목을 풀고 밝게 받는다.

송화   어 이슬아, 엄마 곧 들어가. 아이스크림 샀어.

S#45. 로 카페, 낮.

오빠1, 오빠2, 새언니1, 새언니2 등이 주르르 앉아 있고,
맞은편에 유리와 희연이, 희연부의 유언 영상을 가지고 앉아 있다.

유리   이렇게 강요로 피상속인에게 특정 유언을 하게끔 한 사람들은 사실 상속 결격자가 되기 때문에 한 푼도 받을 수 없는 게 맞는데,

오빠1/오빠2   (사색이 되어 보는데)

유리   동생분이 마음이 너무 좋으셔서~ 셋이서 공평하게 나누자고 하시네요.

오빠1   아니 이게 어떻게 공평해! 쟤는 애들도 없고 그런데!

유리   (테이블 탕탕) 그러니까, 애들도 있으신 분이 꼭 이러셔야겠어요? 애들이
        보고 배웠다가 오빠님 돌아가시고 나서 박 터지게 싸우면 어쩌시려구요!

오빠1   (어이없어 보면)

유리   돌아가시고 나면 빚이랑 재산만 남는 거 아니에요, 이런 모습도 남습니다.

        그러며 희연에게 윙크해 보이는 유리고.
        cut to 》오빠들 돌아가고,
        희연, 홀로 남아 로 카페 식구들에게 감사 인사를 하고 있다.

준   (산통 깨며) 근데, 저... 금은... 어쩌실 건지,

희연   (어이없어 작게 웃음 터지는) 합법적으로 신고하고 세금 내겠습니다. 절
        도와주신 분들 마음을 무겁게 할 순 없죠.

유리   (희연 손 꽉 잡는) 44억인데... 정말 괜찮으시겠어요?

희연   네 변호사님. 아버지가 오빠들 몰래 저 생각해서 물려주신 건데, 좋은 곳
        에 쓸 겁니다. 그런 의미에서...

        희연, 갑자기 가방에서 주얼리 케이스를 꺼내더니 유리 앞에 펼쳐 보인다.
        입을 틀어막는 유리, 케이스엔 묵직한 금두꺼비 한 마리가 앉아 있다.

희연   수임료는 이걸로 대신해도 될까요?

유리   !!!!

희연   세금은 내셔야 되는 거 알죠? (그러며 빙긋 웃는데)

유리   (같이 웃다가 이내 진지해지는) 웃을 때 이렇게 예쁘신 걸, 왜 이제껏 감춰
        두셨어요.

        이 말에 더 환하게 웃는 희연에서.

S#46. (인터뷰) 로 카페, 낮.

유리   우진 쌤이 한 말처럼, 아름다운 것들은 결국 드러나게 되어 있는 건지도 모르겠어요. 결국 누군가는 그 반짝임을 알아볼 테니까요. (금두꺼비를 쓰다듬는)

S#47. 로 카페 계단실, 낮.

유리 기지개를 켜며 계단실로 들어오는데, 소파에 웬 시집이 놓여 있고.
이를 들어보면, 나태주 시인의 시집이다.《끝까지 남겨두는 마음》

유리   시집이네, 이건 누구 거야? 우진 쌤 건가?
준   그거 아까 정호 형님이 보시던데요?
유리   (미소) 치, 이제 와 시를 읽으시겠다?

유리, 정호가 읽던 부분을 펼쳐보는데,
가만히 시구들에 시선이 머물다, 책갈피를 보고 멈칫한다. 벚꽃이 코팅되어 있는 책갈피고, 놀란 듯 이를 보는 유리.

S#48. 은하빌딩 앞, 낮. (과거)

스무 살의 유리와 정호, 은하빌딩 앞 거리를 걷고 있다.

유리   (코팅한 벚꽃을 보여주며) 올해의 벚꽃, 내가 소원 빌고 여기에 박제해버렸어!
정호   (절레절레) 피고 져야 할 꽃을 왜 가둬두는데.
유리   그만큼 예쁘니까 잡아두고 싶은 거지! 하긴 니가 이 감성을 알겠냐~
정호   (휙 뺏어오며) 나 줘.

'야 뭐야~' 하던 유리, 갑자기 무엇을 보았는지 멈춰 선다.
은하빌딩 로 카페 자리에 있던 소담한 레스토랑 앞이다.
반한 듯, 창문을 통해 안을 빤히 들여다보는 유리.
사람들이 이야기를 하며 식사 중인 모습이 아늑하고 따뜻해 보인다.
정호, 영문을 모르고 그런 유리 옆에 서는데,

유리   나는 나중에 이런 가게 여는 게 꿈이야.

정호   ...사시 공부하겠다며 가게는 무슨 가게.

유리   나중에 변호사 되면, 이렇게 동네에 아늑하고 따뜻한 사무실을 차릴 거
      야! 콩나물 사러 가다가도 들러서 궁금한 거 물어볼 수 있는 곳인 거지!

정호   (바라보다) 돈을 벌 생각은 있는 거지?

유리   돈을 일단 번 다음에 하는 거지!

정호   그래서 번 돈을 다 까먹겠다?

유리   아니 내가 다 계획이 있어.

정호   무슨 계획.

유리   너랑 같이 하는 거야. 그러면 돈은 니가 알아서 다 벌지 않을까? (배시시
      웃는)

정호   (멈춘 듯 유리를 보다, 작게) ...그래. 너 하고 싶은 거 해.

유리   (눈 동그래져) 너 지금 한다 그런 거야?

정호   (먼저 걸어가며) 너 하는 거 봐서.

유리   (쫓아가며) 너 한다 그런 거다?!

S#49. 은하빌딩 앞, 밤.

      계단을 달려 내려와 은하빌딩 앞에 서는 유리,
      정호가 자리를 잡은 이곳이 그때 그곳이었다는 걸 깨닫곤,
      충격으로 눈물이 그렁그렁 고인다.

유리	여기였어.
진기	*(E) 너도 마음 있는 거면 더 기다리게 하지 마. 걔 오래 기다렸어. (11화 S#12)*

그동안 정호와의 기억들이 빠르게 스쳐간다.

S#50. 몽타주

#1. 조씨를 벽에 밀어붙이며, '야 김유리 괜찮아?!' 묻는 정호. (2화 S#24)
#2. 지훈의 집 지하실에서 유리에게 몰아치듯 키스해오는 정호 (7화 S#66)
#3. 유리를 업은 채 응급실로 뛰어가고 있는 대학생 정호. (3화 S#4 INS3)
#4. 유리를 업은 채 양호실을 향해 달려가고 있는 정호. (3화 S#4 INS2)
#5. 음악실에서 유리의 손을 깨무는 정호. (2화 S#53)
#6. 운동장 수돗가 앞에서 눈이 마주치는 유리와 정호. (1화 S#30)

S#51. 정호의 옥탑, 밤.

유리, '김정호!!' 부르며 정호의 방문을 두드리지만
안에선 아무런 대답이 없고, 사람이 없는지 불도 꺼져 있다.

S#52. 바른정신건강의학과, 밤.

우진의 병원에 와 있는 유리, 다급해 보인다.

우진	안 그래도 아까 이모 데려다주러 간다고 하더라구요.
유리	(잠시 고민하는가 싶더니 서둘러 가며) 감사해요 선생님!

S#53. 거리, 밤.

유리, 서둘러 택시를 잡아타며 정호에게 전화를 거는데,

S#54. 정호의 본가 앞, 밤.

택시에서 연주의 짐을 내려주고 있는 정호.

정호   정말 괜찮으시겠어요?
연주   시위는 이쯤 했음 됐어. 계속 피할 수만은 없지.
정호   (휴대폰이 울려 보면 유리고.)
연주   재밌더라, 유리.
정호   …
연주   지은 죄가 많아서 대놓고 예뻐는 못 했지만, 너무너무 이쁜 게, 꼭 옛날에 날 보는 것 같드라고.
정호   (치 웃는) 유리 칭찬을 하려는 거예요 엄마 자랑을 하려는 거예요.
연주   둘 다. (그러며 휴대폰 보는 정홀 보더니) 얼른 가, 아들. 기다리게 하지 말고.

S#55. 정호의 본가 앞 거리, 밤.

정호 가며, 유리에게 전화를 걸려고 하는데,
마침 다시 전화가 울리고, 보면 이번엔 길사장이다.

정호   (가라앉는) 어, 찾았어?

S#56. [노력의 산물 흥신소] 사무실 / 정호의 본가 앞 거리, 밤.

거리를 걷는 정호와 사무실의 길사장 화면 분할되며,
길사장, 유리 사건의 범인 **강도현**의 사진(문신 등이 나온)과 인적사항이
적힌 서류를 보며 정호와 통화 중이다.

길사장   찾긴 찾았는데, 이 새끼 이거... 사람 죽인 전과가 있더라구요.
정호   (멈춰 서는) 뭐?
길사장   상해치사. 2017년에 술 먹고 운전을 하다 사람을 쳐서 죽였드라고. 근데
이게 뒤가 좀 구린 게 피해자가 하필, 도한건설 경리부서 일하다 퇴사한
사람인 거야.
정호   ...
길사장   이거 그럼 딱 나오지 않아요? 아니, 김변호사님은 대체 어쩌다 이런 악질
이랑 얽혔대?
정호   ...
길사장   (눈치) 뭐 하여튼 이놈만 잡으면 이편웅 이 새끼 살인교사범으로 처넣는
건 문제도 아닐 것 같은데... 안 보이네. 아주 제대로 숨은 모양이야. 아님
벌써 해외로 날랐을 수도 있고. 듣고 있어요?

S#57. 정호의 본가 앞 거리, 밤.

길사장과의 전화를 끊는 정호, 바로 유리에게 전화하는데, 통화 중이고.

S#58. 모텔 방, 밤.

후드를 뒤집어쓴 도현, 주변을 경계하며 모텔 방문을 열고 들어오는데...
들어오자마자, 윽- 하며 멈춰 서는 도현!

보면 편웅이 도현의 배에 칼을 꽂아넣은 채다.
뒤로는 당황한 얼굴의 한실장과 편웅의 부하들이 서 있고...!
편웅이 칼을 뽑자, 앞으로 꼬꾸라지듯 쓰러지는 도현.
더러운 것을 피하듯 옆으로 서는 편웅,
피가 묻은 제 손을 도현의 옷에 닦으며

편웅   그러게 내가 꼬리 밟히지 말랬잖아. 밟히면 니 책임이라고.
도현   (꿈틀대는데)
한실장   (당황해) 대표님, 이런 일은 저희가-
편웅   (손 닦으며) 자꾸 남의 손을 타니까, 숨기자고 또 죽이고 해야 되더라고.
한실장   ...
편웅   이번엔 잘 처리해.
한실장   예 대표님. 죄송합니다.

S#59. 정호의 본가 앞 거리, 밤.

불안한 얼굴의 정호, 걸으며 다시 유리에게 전화를 거는데,

S#60. 건너편 거리, 밤.

마침 택시에서 내려 정호에게 전화를 걸고 있는 유리.
통화 중이자 다시 거는데, 이번엔 달칵 소리와 함께 연결되고.

유리   김정호! 너 어디야?
정호   (F) 넌 어딘데!
유리   나 지금, 너네 본가 근처에-

그때 누군가 유리를 확 돌려세우고!!

유리 놀라 보면, 숨을 몰아쉬는 정호가 심각한 얼굴로 서 있다.

정호 (화난 듯) 니가 여긴 왜 있어.

유리 너 찾으러 왔지.

정호 (어두운 거릴 둘러보며) 당분간은 혼자 움직이지 말라고 했잖아!! 나도 좀 진정할 틈을 달라고!

유리 (그저 보면)

정호 ...미안, (괴로운) 소릴 지르려던 게 아닌데-

유리 (OL) 너 아니지.

정호 ?

유리 내가 좋아한 다음에 나 좋아졌단 거 그거 거짓말이지.

정호 ...그 얘긴 갑자기 왜 또-

유리 (울컥해 보는) 바보 같아! 그렇게 오래 사람을 좋아하는 사람이 어딨어!

정호 (조금 당황스런) 누구한테 무슨 말을 들었는진 모르겠는데... 부담 갖지 마, 그냥 그 나이쯤엔 누구나 하는 그런 짝사랑-

유리 또 거짓말!

정호 ...

유리 나한테 거짓말 그만해 김정호.

정호 (하늘 보며 한숨 삼키는...) 그럼 어떻게 할까, 부담스럽게 막, 지금 널 안고 싶어 미치겠다 그럴까? 이편웅이고 나발이고 난 못 기다리겠으니까 지금 당장 입 맞추고 밤이라도 보내자 그래? 그럼 니 속이 시원하겠어?

유리 그게 니 진심이면 그렇게 말해.

정호 (눈물 그렁해 보다가) ...좋아해, 좋아한다고. 처음부터 너였고, 너밖에 없었어.

이 말에 정호의 멱살을 끌어당겨 키스하는 유리.
천천히 그런 유리를 받아들이는 정호고...

S#61. 정호의 방, 밤.

키스하며 문을 박차고 들어오는 정호와 유리.
열렬히 키스를 퍼붓던 정호, 잠시 유리를 떼어내며,

정호   정말 괜찮겠어?
유리   응, 난 이제 다 정리됐어. (열려 있던 문을 닫고, 정호를 제 쪽으로 끌어당기며) 자고 갈 거야.

이 말에 퓨즈가 끊긴 듯 유리에게 키스하는 정호에서, **11화 엔딩**.

12화

멜러와 호러 사이

S#1. 정호의 방, 밤.

키스하며 문을 박차고 들어오는 정호와 유리.
열렬히 키스를 퍼붓던 정호, 잠시 유리를 떼어내며,

정호   정말 괜찮겠어?
유리   응, 난 이제 다 정리됐어. (열려 있던 문을 닫고, 정호를 제 쪽으로 끌어당기며) 자고 갈 거야.

이 말에 퓨즈가 끊긴 듯 유리에게 키스하기 시작하는 정호고!
몰아치듯 다가오는 정호에 벽으로 밀려나는 유리.
키스를 퍼붓던 정호, 유리를 번쩍 안아 들더니 소파로 향한다.
정호가 소파에 앉으면 유리가 정호 위에 앉은 모양새가 되고,
깊어지는 키스에 유리, 정호의 셔츠 단추를 풀려고 하면,
정호의 손이 오더니 그걸 돕는다.
그때 쿵쿵쿵!! 문을 두드리는 소리가 들려오고,

세연   (E) 야 김정호!! 문 열어~

화들짝 놀라 튕겨지듯 서로에게서 떨어지는 정호와 유리!

진기   (E) 야 김정호~~ 자냐? 자기야 내가 전화해볼게.

요란히 울리기 시작하는 정호의 휴대폰에 우왕좌왕하는 정호와 유리.
유리, 서둘러 머리를 정리하고, 정호, 셔츠 단추를 잠그는데,
셔츠 단추를 엉망으로 꿴 정호를 보곤 다시 벗기려는 유리고, 난리다.

S#2.   정호의 옥탑, 밤.

세연, 팔짱을 낀 채 정호와 유리를 빤히 보고 있고,
진기, 옆에서 고기를 굽고 있다.
언제 당황했냐는 듯 태연한 척하는 중인 정호와 유리,
유리, 괜히 유나를 안은 채 말을 걸고 있고.
정호, 챙겨주듯 유리 쪽으로 쌈장 등을 밀어주는데...
그런 두 사람을 보고 있던 세연,

세연   니들 뭐 했어.
유리   (약간 당황) 뭐가.
세연   자기야, 지금 애네한테서 (유나를 데려오며) 미성년자 관람 불가의 분위기
       가 풍기는데, 나만 그래?
진기   (히히) 아이 뭘 물어~ 담부턴 전화하고 오자고.
세연   전화를 우리가 안 했냐고 지들이 안 받았지.
정호   (조금 고민하는가 싶더니) 뭐, 이미 눈치 깐 것 같은데,
유리   (당황해 말 막는) 어우 야야 고기 탄다!!
세연   도진기는 고기 안 태워. 그래서, 이미 눈치 깐 것 같은데, 그다음은?
유리   (정호가 말하려는 걸) 눈치챘다시피, 우리가 오늘 일이 많았어요, 왜 저번
       에 말했잖아, 앞으로 정식으로 로 카페 업무도 같이 하기로 했다고. 그래
       서 밤까지 일하느라고 어우~

세연과 정호, 둘 다 기가 차 유리를 보는데,

진기, 세연 향해 냅두라는 듯 눈짓하고.

정호, 불만의 눈빛으로 유리를 본다.

유리   (익지도 않은 고기를 쑤셔 넣으며) 어머, 고기 너무 맛있다~!! 그치 유나
       야~

S#3.   은하빌딩 앞 거리, 밤.

세연과 진기를 택시에 태워 배웅하고 있는 유리와 정호.

정호, 뭔가 뾰루퉁한 얼굴이고, 택시가 떠나자마자 유리 향해 돌아서더니

정호   뭐가 문제야.

유리   응?

정호   왜 우리 사일 쟤네한테까지 숨겨야 되냐고.

유리   야 우리 이제 1일, 아니 1시간이나 됐냐.

정호   하루가 됐든 1시간이 됐든, 왜 숨기는데. 너랑 내가 1시간 하고 말 사이도
       아니고,

유리   그건 모르는 거지.

정호   (어이없어) 그건 모르는 거지?

유리   아니 내 말은, 남들한테 알리는 건... 민망하기도 하고 신중할 필요가 있다,
       이거지. 그래서 말인데... 당분간은 우리, 비밀연애 하자.

정호   (어이없어) 뭐, 뭔 연애?

유리   비밀연애 하자고.

정호   여기가 회사야, 학교야? 그딴 걸 왜 해!!

S#4.   (인터뷰) 세연과 진기의 집, 밤.

소파에 앉아 인터뷰 중인 세연,

세연   그거요? 아마 지금까지 말아먹은 연애가 너무 많아서 그러는 걸걸요. 연애에 굳이 잘하고 못하고가 있다면, 김유린... 아주 못하는 축이거든요.

S#5. 몽타주 '유리의 연애사'

#1. 대학 캠퍼스 내 잔디밭
유리, 완전 반한 눈으로, 세연에게 '저 선배야 저 선배' 하고 속삭이는데,
세연, 유리의 시선 따라가보면,
잔디밭, 홀로 권상우 모자를 쓰고 나무 아래 똥폼을 잡고 앉아
원서를 읽고 있는 **허세남(백건만/당시 23)**이 보인다.

세연   (E) 일단, 남자 보는 눈 자체가 글러먹었고...

#2. 유리와 남친1, 레스토랑에서 식사 중이다. 남친1 화가 난 얼굴이고.

유리   미안해애...
남친1   미안해? 뭐가 미안해?
유리   일하느라 바빠서 자기 신경 못 쓴 거? (눈빛 보고, 아닌가?!) 아니다, 연락!! 연락 못 본 거! 그거네~ (뿌듯)
남친1   (체념으로 바라볼 뿐)
유리   그럼, 혹시 저번에 세연이랑 애들 약속 때문에 크리스마스 날 못 만난 거 그거 때문인가?
세연   (E) 눈치는 없는데, 연애 말고 중요한 건 또 많고,

#3. 유리, 고민하다, 화가 나 있는 남친2에게 뽀뽀하려 하면

남친2   (앙칼지게 유리 뿌리치는) 자긴 늘 이런 식이지!

세연   (E) 그 와중에 성급하게 들이대는 것까지...

S#6.   (인터뷰) 세연과 진기의 집, 밤.

세연   망하기 딱 좋죠. 아니 걔는 누가 가르쳐준 것도 아닌데 어떻게 그렇게 다 말아먹었나 몰라.

진기   (와서 옆에 앉으며) 있을 걸, 옆에서 가르쳐준 사람이.

세연   누구? 나? 내가 뭘 어쨌다고!

진기   너네 둘끼린 서로 상담을 해주지 마. 그게 내가 봤을 땐 망하는 근본 원인 이야.

세연   참나 내가 뭘 어쨌다고,

진기   (깊은 한숨, 할 말이 많지만 참고) ...정호라고 또 왜 없었겠어요. 그 긴 세월, 김유릴 잊어보려는 시도들이 있긴 있었죠.

S#7.   몽타주 '정호의 연애사'

#1. 정호, 멍하니 제 앞에 서 있는 **연수원 후배(여/20대)**를 보고 있다.

후배   선배 좋아한다구요. 듣고 있어요?

정호   ...응 듣고 있어. 검사 시보 나갈 때라 한창 바쁠 때 아닌가.

후배   ...바쁜데 선배가 그만큼 좋단 거죠! 저랑 사귀어요 선배!

정호   (멈칫해 바라보는데...)

cut to 》다음 날 동장소

후배   그런 게 어딨어요! 누가 이런 걸 하루만에 물러요. 안 돼요.

정호   물건도 7일 이내엔 단순 변심으로 인한 계약 취소가 가능해.

후배   (빡쳐서) 제가 물건이냐구요!

#2. 고급 레스토랑
밥 먹다 말고 분노한 얼굴로 정호의 뺨을 때리는 여자1.

여자1   그럴 거면 받아주질 말던가!

#3. 영화관 안
영화 보다 여자2에게 뺨 맞는 정호.

#4. 거리
여자3에게 뺨 맞는 정호,
옆에서 지켜보며 혀를 차는 진기인데,
여자3 가다 말고 돌아와 진기의 뺨도 갈기고 간다.

S#8.   (인터뷰) 세연과 진기의 집, 밤.

세연   그거 아주 나쁜 새끼네? 걔가 그랬다고?
진기   응, 사람은 사람으로 잊는 거라고 자기가 그래서, 내가 맨날 소개시켜줬었
       잖아. (빙긋) 가만 보면 우리 자기가 제일 문제네.
세연   싸우자는 거지 지금.
진기   아니효! 남 얘기하다 싸우지 않기로 우리 약속했었쟈나효!

S#9.   바른정신건강의학과, 밤.

우진, 퇴근하려고 병원 불을 끄는데, 창밖으론 비가 추적추적 내리고 있다.
이에 우진, 출입구 앞에 놓인 우산꽂이로 가는데,
INS 》아침에 출근하며 우산 통에 저의 초록색 우산을 꽂는 우진.
지금은 어쩐 일인지 우진의 우산은 없고 망가진 일회용 우산만 하나 있을

뿐이다.

멈칫하는 우진, 별안간 경계하듯 어두운 병원 안을 둘러보는데.

별다를 것은 없지만... 왠지, 불길한 기분이고.

S#10. 은하빌딩 앞 거리, 밤.

결국 우산 없이 비 오는 거리로 나오는 우진,

주변을 둘러보는 모습이 어딘지 초조해 보이는데,

투닥이는 정호와 유리의 말소리가 들려온다.

유리   아 영화 보고 간다고~

정호   됐어, 집에 가! 집에 가서 자!

유리   야 너 삐졌냐? 뭘 이런 걸로 또 삐지고 난리야!

정호   (버럭) 삐지긴 누가 삐졌다 그래!! 그래, 비밀로 하자고, 시크릿!!

두 사람의 모습에 안도의 한숨을 내쉬는 우진.

유리, 우진을 알아보곤 움찔하며

유리   선생님! 이제 퇴근하세요?

S#11. 한국대 후문 벚꽃거리, 밤.

밤거리를 걷고 있는 유리, 정호, 우진.

유리   비가 그쳐서 다행이네요. 아까는 막 퍼부어서 공포영화 보기 딱 좋은 날씨
           더니.

우진   (표정 안 좋고)

유리   (우진을 보곤) 아 참 선생님 으스스한 거 싫어하시죠?

우진   (애써 웃으며) 변호사님은 좋아하시나요?

정호   형은 지금까지 앨 봤으면서도 모르겠어? 김유리 얘는 세상 무서운 게 없
      는 사람이야. 아니지 참, 무서운 게 있구나, 사람들 이목! 남들이 우릴 어떻
      게 생각할진-

유리   (정호의 입을 턱 막곤 애써 하하 웃곤, 우진 눈치) 어우 너 입에 모기 붙었
      다 야!

정호   (유리 뿌리치곤, 우진을 보는데 뭔가 이상한) 형. 무슨 일 있어?

유리   그러게요 오늘따라 표정이 안 좋으신데, 무슨 일 있으셨어요?

우진   (애써 웃는) ...일은요.

S#12. 우진의 오피스텔 복도, 밤.

우진, 엘리베이터에서 내려 집으로 향하는데,
복도를 걷다 말곤 멈칫하며 뒤를 돌아본다. 하지만 아무도 없는 복도고.
하지만 어디선가 아주 작게 똑똑.. 물이 떨어지는 소리가 난다.
어둠 속에 몸을 숨긴 누군가(다영)의 시선에서 보여지는 우진의 모습.
아득히 긴 복도를 바라보던 우진, 다시 걸음을 옮기는데..
어둠 속에서 그를 훔쳐보고 있는 머리 긴 여자의 실루엣,
그녀의 손에 들린 초록색 우산에서 빗물이 똑똑... 떨어지고 있다.
타이틀 올라온다.

[제12화 멜러와 호러 사이]

S#13. 해피슈퍼 앞, 낮.

유리, 은강, 준, 김천댁, 최여사가 모여 점심식사 중이다.
정호에게 '왜 이렇게 늦게 와' 하면서도 밥을 퍼주는 김천댁이고.
고기반찬이 멀어 맞은편 최여사 앞까지 손을 뻗는 유리인데,
정호, 냅다 가져와 유리 앞에 있는 반찬과 바꿔치기를 한다.

유리, 고맙지만 내색 않는데, 내심 섭섭해지는 최여사고,

김천댁   아니 그럼 우리 최여사는 뭘 먹어?
정호   애 팔 다쳤었잖아요, 아직 회복 중이라구요.
일동   (좀 이상하지만 애써 넘기는데)
최여사   근데 우리 의사 선생님은 어딜 갔대? 오늘 안 보이네.
김천댁   아침에 보니까 무슨 일 있는 건지, 얼굴이 허예서는 표정이 안 좋드라고.
준   또 체하신 거 아니에요? 선생님 픽 하면 체하잖아요.

유리가 김 봉투를 뜯으려고 하는데 잘 안 뜯어지고,
정호 부리나케 와선 김 봉투를 뜯어 김 한 장을 유리의 밥 위에 놔준다.
유리가 미소를 삼키며 태연하게 밥을 먹으면, 어이없어 보는 일동.
cut to 》식사를 마친 일동, 접시를 들고 가는 유리와 정호를 보며

김천댁   저것들 뭐야, 둘이 사귀기로 한 거야?
은강   (맘에 안 든다는 듯 고개 절레절레 젓는)
준   근데 두 분은 대놓고 연애를 하시려는 걸까요, 아니면 비밀로 하시려는 걸
   까요?
최여사   그러니까, 알 수가 없네.

S#14. 로 카페, 낮.

정호와 함께 사무실로 돌아오는 유리, 멈칫하며 다시 창가를 본다.
우진이 선물한 꽃 화분이 있어야 할 자리가 어쩐 일인지 허전하다.

유리   응? 어디 갔지?
정호   뭐가?
유리   여기 있던 화분... 은강 씨가 물 주려고 가져갔나?
정호   그랬나 보지. 커피 마실 거지?

유리에게 커피를 건네는 정호, 뜨겁다며 호- 불어주는데...
밖에서 이를 본 은강, 설거지하다 컵 집어던질 뻔하는 걸, 준이 말린다.
그때 정호의 휴대폰이 울려 보면, [길사장]한테서 온 메시지다.
메시지 읽으며 표정 굳는 정호.

S#15. 우진의 진료실, 낮.

우진 앞에 앉아 있는 **환자1(여/50대)**, 이야기 중인데,

환자1   누가 자꾸 저를 따라오는 것 같은 그런 기분이 들구요...

멍하니 앉은 우진, 정신이 다른 데 가 있는 듯하다.

S#16. 도로, 낮. (회상)

운전을 해서 출근 중인 우진.
뒷 차(검은색 차량)가 계속해서 저를 따라오는 듯한 느낌이 든다.
이에 우진이 갑자기 핸들을 틀어 경로를 바꾸는데도, 따라오는 뒷 차고.
두려움에 점차 호흡이 거칠어지는 우진, 아예 길가에 차를 세우고 멈추면,
뒷 차, 우진을 앞서 가버린다.
숨을 몰아쉬며 핸들에 얼굴을 묻는 우진.

환자1   (E) 선생님?

S#17. 우진의 진료실, 낮.

넋 놓고 있는 우진을 걱정스레 바라보는 환자1.

환자1   선생님, 괜찮으세요?
우진   (그제야 정신 돌아오는) 아, 네네, 죄송합니다. 제가 잠깐... 다시 말씀해주
       시겠어요?

S#18. [노력의 산물 흥신소] 사무실, 낮.

길사장에게 보고를 받고 있는 정호.

길사장   아 왜 이제 와요, 연락한 게 언젠데!
정호   강도현이 죽었다고? 확실해?
길사장   검사님이 저번에 혹시 모르니까 무연고자 변사체 쪽도 한번 찾아보라고
       했잖아요,
정호   ...
길사장   뒤져봤더니만 딱, 얘 이름이 있는 거라. 생년월일도 맞고.
정호   (좀 충격인 듯 자리에 앉는)
길사장   이편웅이 이거 아주 무서운 새끼라니까, 자기가 꼬릴 잡힐 것 같으니까 확
       죽여버린 거지.
정호   ...일단 경찰한테 다 넘기게 자료 정리해줘.
길사장   (끄덕)
유리   (E) 누가 누굴 죽였다는 거야.

정호, 놀라 고개를 들어보면, 팔짱을 낀 유리가 문 앞에 서 있다.

유리   무슨 얘기야.
정호   ...저번에 너 치고 도망간 그 새끼. 거의 다 찾았다고 생각했는데...
유리   그 사람이 죽었어? (길사장 보며) 이편웅이 그 사람을 죽였단 거예요 지
       금?

길사장	합리적 의심이 든다 그거죠.
유리	(충격이고) 말도 안 돼. 왜 그런 짓까지 하는 건데!
정호	선이라곤 없는 놈이니까.

S#19. 은하빌딩 앞 일각, 낮.

유리, 화난 듯 빌딩에서 나오면, 정호 따라 나오며

유리	이미 출퇴근도 같이 하고 있잖아, 뭘 더 어쩌자고!
정호	...더 조심하잔 얘기잖아.
유리	그래 맨날 붙어 다닌다 치자. 대체 언제까지 이럴 수 있을 거라고 생각하는 건데. 이편웅 죽을 때까지?
정호	...
유리	난 너랑 연인이고 싶지, 니가 내 보호자가 되는 건 싫어. 정호야.

유리 가려고 하면, 손목을 잡고 한참을 유리를 바라보던 정호,
어쩔 수 없이 유리의 손을 놓는다.

S#20. 공원, 낮.

홀로 공원을 걷고 있는 유리, 착잡한 마음에 한숨만 나온다.
그때 누군가와 어깨를 부딪치는데,
유리, 반사적으로 사과를 하고 보니, 일전에 상담을 하며 만난 다영이다!
다영, 11화 S#36에서 유리가 입었던 옷과 비슷한 옷을 입고 있다.

유리	어?! (잠시 생각하곤) 다영 씨 맞죠... 저번에 사무실에서 뵀었던?
다영	(놀라 보며) 아니 변호사님! 어떻게 여기서 뵙네요? 아 참, 이 동네에 있었죠, 변호사님 카페.

유리	네 맞아요. 한번 연락드린다는 게.
다영	(빙긋) 지금 혹시 산책 중이신 거예요? 이렇게 만난 것도 인연인데, 잠시 같이 걸을까요.
유리	네 좋아요!

cut to 》걷고 있는 유리와 다영.

유리	그럼 로펌 공익재단에 있다가 나와서 사무실 차리신 거예요? 어머 어떻게 그렇게 저랑 똑같죠?
다영	그러니까요, 저도 너무 신기해요! 그래서 말인데요, 제가 동기들이랑 하는 '소원법', 소원을 이뤄주는 법이라는 공익 변호사 모임이 있거든요. 혹시 다음에 한번 저희 모임에 와주실 수 있으실까요? 저희 다 변호사님 팬이거든요.
유리	어머~ 무슨 그런 말씀을. 저야 너무 좋죠!!
다영	신난다. (걸으며) 근데 아까 표정이 안 좋으시던데, 혹시 무슨 일 있으셨어요?
유리	아... (사이) 그냥... 남자친구랑 좀 싸워서요.

S#21. 진기의 레스토랑 [뇨끼], 낮.

진기의 레스토랑에 와 앉아 있는 정호.
진기, 정호에게 파스타 한 접시를 내밀며,

진기	그래서 사귄 지 24시간이 채 지나기도 전에 싸우셨다?
정호	(괴롭고) ...
진기	하긴 니들이면 그럴 만하지.
정호	이렇게 빌어먹게 무서운 게 정상일까.
진기	(보면)
정호	그냥 혼자 길 걷게 하는 것도 무서워. 무슨 일이 일어날까 무섭고, 갑자기

나한테서 사라져버릴까 무섭고, 내가 뭘 잘못해서... 또 나 때문에... (심호흡) 정말, 마음 같아선 아무 데도 못 가게, 아무것도 못 하게 하고 싶어.

S#22. 공원, 낮.

유리   ...그냥, 제 상황이 그런 건 이해를 하겠는데, 제 일거수일투족을 다 불안해해요. 갈수록 더 심해지는 느낌이라... (하다 정신 돌아와) 아이고, 제가 다영 씨한테 별 소릴 다 하네요.

다영   (빤히 보다) 좋으시겠다.

유리   네?

다영   얼마나 사랑하면 그러시겠어요.

유리   ...그런가요? (생각이 많아지는)

S#23. 진기의 레스토랑 [뇨끼], 낮.

진기, 빙그레 미소로 정호를 보며

진기   광기와 불안과 공포가 없다면, 그게 어떻게 사랑이겠어. 당연히 겪어야 할 소용돌이야.

정호   불안하고 무서워 미치겠는 이게 정상이라고?

진기   (끄덕이면)

정호   (한숨) ...넌 이걸 어떻게 견뎠냐? 이젠 유나까지 생겼잖아, 불안하지 않아?

진기   가게 내놓다시피 하고 집에서 애만 보고 있는데, 내가 안 불안하겠냐! 솔직히 넌 나한테 와서 비빌 급도 안 돼. 니가 육아의 무게를 알아?!

S#24. 은하빌딩 앞, 낮.

정호, 홀로 생각에 잠겨 로 카페 향해 돌아오고 있는데,

짐을 싸서 퇴근 중인 우진, 멍한 얼굴로 정호를 스쳐간다.

이를 갸웃하며 보는 정호, '형' 하고 부르는데 듣지 못하는 우진이고,

김천댁	**(E) 아침에 보니가 무슨 일 있는 건지, 얼굴이 허애서는 표정이 안 좋드라고. (S#13)**
정호	(문득 걱정돼) 형! 형!! (듣지 못하는 우진에게 다가가 돌려세우면)
우진	(놀라 정호 보는) 어. 어 정호야.
정호	왜 사람이 부르는데 듣질 못해. (가방 보며) 뭐야 벌써 퇴근해?
우진	(멍한) ...어, 그게...
정호	(살피듯 보다) 형 무슨 일 있지.
우진	...
정호	(심각해지는) 뭔데. 무슨 일인데.
우진	(망설이던 끝에) 돌아온 것 같아, 그 여자가.

S#25. 유리의 오피스텔 앞, 밤.

유리의 오피스텔 앞으로 걸어오고 있는 정호와 유리.

정호, 생각이 많은 얼굴이고,

유리도 역시 생각이 많은 얼굴이지만, 문을 열어 보이더니.

유리	들어왔다 갈래?
정호	(픽 웃는) 화난 거 아니었어?
유리	화는 났지만, 붙어 있고 싶어. (들어가면)

S#26. 유리의 오피스텔, 밤.

신발장만큼만 따라 들어오는 정호.

유리, 신발 벗고 안으로 들어가는데, 정호 들어오지 않자 의아해 보면,

정호	오늘은 이만 갈게. 형이랑 같이 있기로 해서.
유리	갑자기?
정호	응. 형이 좀... 불안해 보여서.
유리	(눈 가늘게 뜨며) 내가 덮칠까 봐 급 만들어낸 약속은 아니고?
정호	(웃곤) 말해두는데, 어제 일은 실수였어. 내가 정신이 나가서-
유리	뭐?
정호	난 너랑 수줍게 손잡는 것부터 순서대로 차근차근 할 생각이야.
유리	(벙쪄 보다, 버럭) 뭘 순서대로 해 요즘 세상에!! 그냥 섞어 해!
정호	다른 사람들한테 비밀로 하는 것도 그런 의미에서 협조하는 거야. 순서대로 차근차근히 가잔 의미에서-
유리	(OL) 나이도 먹을 만큼 먹어놓고 차근차근 좋아하고 있네! 난 그딴 거 할 생각 없으니-

이에 눈빛이 바뀌는 정호, 신발을 벗고 유리 앞에 성큼 다가선다.
유리, 저도 모르게 뒷걸음질을 치는데,
정호, 계속 성큼성큼 다가오면, 뒷걸음질을 치던 유리 벽에 닿는다.
신발장 불이 꺼지며, 완전히 어둠 속에 놓이는 두 사람.
정호가 저와 눈을 맞추며 더 가까이 다가서자
긴장하는 유리, 침을 꿀꺽 삼키며 손을 꽉 쥐는데...

정호	(꽉 쥔 유리의 손을 보곤, 작게 웃는) 감당할 자신도 없으면서 유혹하지 마.

그러며 정호 떨어지면, 다시 신발장 불빛이 반짝하고 들어오고.
오기가 생긴 유리, 정호를 잡아 벽으로 밀며

유리	누가 감당할 자신이 없대.

그러며 정호 향해 키스할 듯 다가가는 유리다. 하지만 곧 멈칫.

옆을 보는 유리. 여느 때처럼 어지러운 소파와 거실이지만..

이상하게 뭔가 이질감이 느껴진다. 마치 누군가 다녀가기라도 한 듯..!

공포에 질린 얼굴이 되어 정호를 보는 유리에서

cut to 》세연과 경찰관들, 유리의 오피스텔을 둘러보는 중이고.

정호와 유리가 심각한 얼굴로 앉아 그들을 보고 있다.

세연	누가 왔다 간 것 같다고?
유리	(끄덕) 응. 확실해.
세연	(어지러운 방을 보며) 그 사람이 이렇게 헤집어놓고 갔다는 거지?
유리	(멈칫) 아니 대부분은 내가 어지른 건데...
세연	(보면)
유리	이게 그냥 어지러운 것 같아도 나름의 배열이 있어요! 이거 봐봐 리모컨이 제자리에 있잖아! 나라면 절대 그러지 않는다고. 저 찬장 문도 내가 아침에 열어놓고 갔는데, 닫혀 있었고!
세연	...없어진 물건은?
유리	(고개 젓는) 아직은 모르겠어.
세연	이거 또 이편웅인지 뭔지 그 새끼 짓인 거야?
정호	(싸늘히) 그건 니들이 밝혀내야지. 우리한테 물을 게 아니라.
세연	넌 근데 왜 벌써 빡쳐 있냐?
정호	안 빡치게 생겼냐고 그럼!! 어쩔 거야.
세연	이 앞에 순찰 강화할 거고-
정호	(OL) 고작 그딴 걸로 되겠어?
세연	(한숨) 어쩔까 그럼, 아무 데도 못 가게 내가 끼고 살까?
정호	그래주면 고맙고.
유리	아니 집 털린 건 난데 왜 니들이 화가 나 있냐.
세연/정호	(서로를 노려볼 뿐)
유리	(정호 향해) 넌 가, 우진 쌤 기다리시겠다.
정호	내가 가긴 어딜 가!

S#27. 팔라시오 호텔 스위트룸. 밤.

한실장에게 보고를 들으며 양주잔에 술을 채우던 편웅,

편웅   뭐가 어떻게 됐다고?
한실장   그게... 김유리 변호사 근처에 이상한 사람들이 있어서 알아보는 중입니다.
편웅   (어이가 없어 웃는) 우리 말고 따라다니는 놈들이 또 있다고?

한실장이 건네는 태블릿PC엔,
공원에서 유리를 보고 서 있는 다영의 사진이 떠 있다!

편웅   참~ 우리 김변도 보면 인복이 없어, 어째 꼬이는 사람마다 이래?

S#28. 유리의 오피스텔 거실. 밤.

유리의 집 거실에 텐트를 치고 있는 정호와 우진이고.

유리   왜 결론이 이렇게 되는 거지.
정호   널 혼자 둘 수도 없고, 형을 혼자 둘 수도 없는 상황인데, 니가 우리 집엘
          오길 거부하니,
우진   (머쓱한) ...신세 좀 지겠습니다.

S#29. 유리의 오피스텔 방. 밤.

씻고 나온 유리, 거울 앞에 앉아 피부 관리 중인데
노크 소리와 함께 정호가 들어온다.

정호	뭐 해?
유리	관리하는 중이다 왜. 누구 눈에 좀 예뻐 보여야지 싶어서. 어때 좀 달라 보여?
정호	(머뭇) 니가, 더 예뻐질 게 뭐 있다고.
유리	(진짜 놀라) 어머 미쳤나 봐!
정호	뭐뭘.. 그렇게 놀래. (머쓱) 나와, 이렇게 된 거 같이 술이나 한잔하게. (가면)

아직도 충격인 유리, '더 예뻐질 게 뭐 있다고..' 하며 되뇌어보곤,
소름 돋은 팔뚝을 본다. '어머 난 이게 좋은 거야 싫은 거야?'

S#30. 유리의 오피스텔 거실, 밤.

배달음식과 맥주를 펼쳐놓고 앉아 있는 유리, 정호, 우진.

우진	이렇게까지 따라오는 게 맞나 싶었는데, 제가 요즘 사실 좀 많이 무서워서...
정호	힘들면 굳이 얘기 안 해도 돼.
유리	(보면)
우진	제가 3년 전에 좀 힘든 일을 겪었었거든요. 그래서 병원도 옮긴 거고...
정호	완전 악질 스토커한테 걸려서... 고생 많이 했지.
유리	스토커요?!

S#31. 몽타주

#1. 우진의 옛날 진료실
우진 앞에 앉아 있는 누군가.
우진, 공감의 표정으로 울고 있는 환자에게 티슈를 뽑아 건넨다.

우진   (E) 처음엔 병원 환자로 만났어요.

#2. 우진이 가는 식당, 거리, 카페, 아파트 단지에서,
의외의 누군가를 마주친 듯한 우진의 얼굴.
컷컷컷 넘어가며 점차 두려움이 서린 표정이 된다.

우진   (E) 천천히 저에게 집착하기 시작하시더니... 나중엔 가는 장소마다...

#3. 우진의 집
우진 옷을 갈아입는데,
옷장에 영문을 알 수 없는 여자 옷이 몇 개 놓여 있다.

#4. 우진의 옛 병원
퇴근하는 우진, 우산 통을 보다
간호사들에게 '혹시 제 우산 못 보셨어요?' 하고 묻는 우진.

#5. 침대에서 자고 있는 우진을 옆에 앉아 바라보는 누군가의 시선.
자다 일어난 우진, 무엇을 보았는지 기겁한다.

S#32. 유리의 오피스텔 거실, 밤.

놀란 듯 입을 벌린 채 우진을 보고 있는 유리.

유리   (정호 향해) 그럼 빨리 접근금지 가처분 신청을 했어야지.
정호   했지 당연히. 근데 걸리면 벌금 내고 그 짓을 계속해. 하필 집에 돈이 많아
        요, 또.
유리   뭐?!
정호   이제야 스토킹처벌법이 생겼지만 당시까지만 해도 그 짓거릴 법으로 제재

할 수 있는 방법이 없었거든. 그러다 점점 심해져서 주거침입으로 징역 살 뻔했는데, 근데! 이 형이 처벌불원서를 써줬어요.

우진   ...그분 부모님이 약속하셨거든요, 해외로 보내겠다고.

유리   (끄덕이다 문득 깨달음에 우진 보는) 근데 설마 지금도 무슨 일이 있으신 거예요?

우진   ...몇 년간 괜찮았는데... 최근에 자꾸 누가 저를 따라오는 것 같은 기분이 들어서요. 처음엔 그냥 제 기분 탓인가 했는데...

정호   저번이랑 패턴이 너무 똑같아. 이번에도 환자니 뭐니 하면서 저번처럼 물 렁하게 나갈 생각이라면 정신 차려. 이상한 소문내서 형 병원도 망하게 한 여잔데, 대체 무슨 용서를, 난 아직도 이해가 안 가.

유리   (우진 보다) ...그 편이 선생님 마음이 더 편해지는 방법이었나 보지. 병원 에서 만나셨으면 환자였을 거잖아요, 그쵸.

우진   ... (끄덕)

정호   참나, 아니 왜 그런 미친 여자한테까지 죄책감이니 동정심이니 마음을 써? 매일같이 지구가 뜨거워지고 있고, 꿀벌들이 사라져 가고, 유기견들이 늘 어가, 마음을 쓸 거면 차라리 그런 데 쓰라고!

우진   ...

유리   난 근데 선생님 이해 가. 만약 내 환자가 그랬다면... 나도 마냥 미워할 수만 은 없었을 것 같아.

정호   아주 천사들 나셨네.

S#33. [노력의 산물 흥신소] 사무실, 낮.

우진의 차 블랙박스 영상을 함께 보고 있는 길사장, 정호, 우진.
검은 세단이 우진을 따라오는 영상이 보이고,

정호   맞네 이 새끼 따라오는 거! 기분 탓은 무슨!

우진   (굳어 보는)

길사장   근데 의사 선생님 쫓아다니는 사람은 여자라고 안 했어요? 이 새끼 이거

남잔데?

정호 그 여자 전에도 사람 고용해서 이런 적 있었어, 100%야.

길사장 아니 어디서 이런 지저분한 의뢰를 받고 있대, 동종업계 자존심이 있지. 이런 곳은 찾아내서 아주 뿌리를 뽑아버려야지!

우진 ...

정호 (우진 보며) 형 괜찮아?

우진 (애써 웃는) 응 괜찮아.

정호 ...근데 이게 지금 어제라고 했지? 그럼 지금도 어디 근처에 있는 거 아니야?

S#34. 공원 / 은하빌딩 앞, 낮.

정호와 전화를 하며 공원을 향해 걸어오는 유리,
은하빌딩 앞에 있는 정호와 화면분할 되며

정호 내가 같이 가면 안 되는 자리야?

유리 공익 변호사 모임 자리야. 변호사들만 잔뜩 있는데 무슨 일이 있겠어.

정호 그 자리가 위험하다는 게 아니라, 오고 가는 길도 그렇고-

유리 그래서 그 변호사님이랑 같이 가기로 했어.

그때 저편에서 반갑게 손을 흔드는 다영이 보이고,
유리도 반갑게 손 흔들어 인사하며,

유리 게다가 다 초면인데 내가 갑자기 애인을 데리고 나타날 순 없잖아.

정호 (멈칫, 미소 감출 수 없는) 애인?

유리 (멈칫) 그래, 애인... 아니야?

정호 (미소로) 니가 그렇다면 그런 거지.

유리 (역시 미소 감출 수 없는) 그럼 애인님, 걱정은 감사하오나 조심히 다녀오겠습니다.

전화를 끊는 유리고. 정호와의 전화 때문에 미소가 가시지 않는다.
테이크아웃 커피를 두 잔 들고 있던 다영,

다영 늦지 않게 오셨네요. (커피 건네며) 드세요, 목 타실까 봐 사 왔어요.
유리 감사합니다.
다영 (빤히 보며) 근데 변호사님은 오늘도 너무 예쁘시다.
유리 (난데없는 칭찬에 커피를 마시며 어색하게 웃는데)

S#35. 은하빌딩 인근 골목, 낮.

INS 》로 카페에서 커피를 들고 나와 마치 CF처럼 음미하며 마시는 우진.
골목 안쪽에 주차된 차 안에서 우진의 사진을 찍는 **흥신소 직원
1(남/30대).**
찰칵, 우진의 독사진.
찰칵, 우진의 앞에 나타나 이쪽을 보는 은강, 준.
찰칵, 은강과 준이에 길사장이 더해져 더 가까이 다가왔다!
화들짝 놀라 카메라를 떼는 직원1.
똑똑, 운전석 옆 창문을 두드리는 정호에 또 다시 놀라는 흥신소 직원1.

정호 야, 4885. 너지?
직원1 (창문 조금만 내려 눈만 빼꼼) 예?
정호 (성가시다는 듯) 내려내려.
직원1 차... 뺄게요...
길사장 (보닛 위 쾅 내려치며) 아야 지금 어딜 내빼려고 그러냐. 얼른 내려.
준 (번호판 찍으며) 다 찍어 놨습니다- 이런 걸 빼박이라고 하죠!
은강 (우진을 엄호하듯 슥 막아서는)

S#36. 거리, 낮.

커피를 마시며 거리를 걷고 있는 다영과 유리인데,
잠깐 무슨 생각을 하는가 싶던 다영, '어머!' 하고 외치며 멈춰 선다.

다영   어떡하죠, 모임 할 때마다 자료를 보면서 같이 토론을 하는데, 이번 자료
            준비가 제 차례였거든요.
유리   아!
다영   근데 제가 그걸 변호사님 만난다고 설레서 다 두고 온 것 같아요, 어쩌죠?
유리   그럼 저희 카페에서 다시 인쇄를-
다영   아뇨, 저희 집이 바로 여기라, 잠깐만 들렀다 가면 안 될까요?
유리   아... 그럼 그러실까요?

S#37. 다영의 집, 낮.

'들어오세요.' 하는 다영에 유리, 다영의 집으로 들어온다.
다영이 안방으로 사라진 사이 집을 둘러보는 유리인데,
유리의 집 못지않게 어지러운 집 안,
베란다에 화분 하나가 놓여 있는 게 보이는데... 어쩐지 낯이 익다.
INS 》유리의 사무실에 있던 우진이 선물한 꽃 화분.
다가가 보는데 갑자기 머리가 어지러워 휘청하는 유리.
손에 들고 있던 커피를 내려놓으며 화분을 보는데, 같은 화분이 맞다!
심장이 내려앉는 유리, 돌아서는데 시야가 흐려지며 다시금 휘청인다.
방에서 나오는 다영, 원피스로 옷이 바뀌어 있다.
INS 》유리의 집, 옷장에 걸려 있는 것과 동일한 원피스.
유리, 충격으로 다영을 보는데,

다영   어때요? 제가 입어도 예쁘죠?

그러더니 다영, 신발장으로 가 유리의 구두를 가져와선,
'변호사님은 발이 되게 작으시구나.' 하며 발을 욱여넣어본다.
뒷걸음질 치는 유리, 뭔가 잘못됐음을 직감하지만 머리가 너무 어지럽고.

다영   아이고 저런, 벌써 약이 돌 때가 됐나?

마시던 커피를 마지막으로 보며 정신을 잃는 유리.

S#38. [노력의 산물 흥신소] 사무실, 낮.

직원1을 취조하는 길사장, 우진, 정호.
정호, 직원1의 카메라를 빼앗아 보면 우진의 사진이 수십 장씩 찍혀 있고.

직원1   아니이, 저희야 그냥 단순히 지켜봐달라고만 하니까아,
길사장   아니 이렇게 직업윤리가 없어서야, 스토킹을 외주 준 거 아니야! 이 여자
        가 사람을 24시간 지켜봐라 할 때는 감이 딱 안 오냐고!
직원1   사장님이 제일 잘 아시잖아요, 요즘 저희 정말 먹고살기 힘듭니다. 그런데
        이런 일감을 저희가 어떻게 마다합니까.
정호   더 볼 것도 없어. 그냥 경찰에 신고하자고.
직원1   (정호 앞에 무릎 꿇으며) 선생님선생님선생님, 제발요. (사진 꺼내 들며)
        제가 애가 둘입니다.
우진   (묵묵히 참고 있었지만, 화를 내비치는) ...그래도 그러셨음 안 되는 거죠.
직원1   선생님이랑 그 변호사님께는... 제가 진짜, 너무 죄송해서 드릴 말씀이 없
        습니다.
정호/우진 (멈칫하는)
정호   변호사?
직원1   (눈치) 예에.. 그, 왜 1층에서 카페 하시는...
정호   (가슴 내려앉고) 걔는 왜...
직원1   (눈치만 보면)

길사장 빨리 말해!!

직원1 글쎄요, 그냥, 그 여자분도 지켜보라고... 오늘도 그 두 분이 만나시던데요?

정호 누가 누구랑 만났다는 거야...

직원1 (겁에 질려) 의뢰인분이랑 그 여자 변호사님이요...

사색이 되는 정호와 우진에서,

S#39. 다영의 집, 낮.

유리, 눈을 뜨면, 다영의 방 침대 위고...
일어나 앉으려는데 손이 뒤로 묶인 데다, 몸에 힘이 잘 들어가지 않는다.
그래도 몸을 일으키는데, 곧 무엇을 보았는지 공포에 질린 얼굴이 된다.
다영의 방 한쪽 벽 전체에 붙어 있는 우진의 사진들...!
옆에서 훔쳐 온 유리의 옷들을 입어보고 있던 다영.

다영 벌써 깼어요? (서류 들고 다가오며)

유리 ...

다영 오전 9시 5분 자차로 카페 출근, 오전 내내 상담을 하다가 오후 1시 8분
해피슈퍼 방문해 카페 직원들과 점심식사. 2시부터 다시 상담, 6시 30분
카페에서 저녁 식사 후 카페 마감. 그리고 다시 9시까지 서류 보기 등 잔
업. 참 열심히 살아요 그죠?

다영, (흥신소를 통해) 유리를 찍은 사진들을 넘겨보며

다영 근데 난 진짜 궁금하더라. 아무리 이렇게 찍어대도, 마음까지 찍히는 건
아니니까. (가까이 다가와 정호와 우진이 찍힌 사진을 들어 보이며 광기
어린) 변호사님은 둘 중에 누구예요?

유리 ...당신이었구나, 우진 쌤 쫓아다닌다는 그 스토커.

다영 내 얘기도 들으셨어요? 정말 가깝나 보네.

유리	...
다영	(유리의 머리칼을 이렇게 만지며) 근데 변호사님은 어떻게 이렇게 예뻐요, 이 눈 때문인가?
유리	(소름 끼치는)
다영	어떡하면 우리 우진 쌤 같은 사람의 사랑을 받을 수 있는지, 변호사님이 저 좀 알려주세요.

S#40. [노력의 산물 흥신소] 사무실, 낮.

정호, 떨리는 손으로 유리에게 전화를 거는데,
[핸드폰이 꺼져 있어...] 좌절하며 고개를 떨어뜨리는 정호.
그것도 잠시 다시 유리에게 전화를 걸지만, 휴대폰은 계속 꺼진 채다.
미친 사람처럼 서성이던 정호, 갑자기 방향을 틀어 직원1을 무시무시한
분노로 바라본다. 그러더니 다가와 멱살을 잡아 올리며,

정호	어딨어.
직원1	그거야 저도 모르-
정호	(말이 끝나기도 전에 벽에 주먹을 꽂는) 말해 어딨어.
직원1	진짜예요, 진짜 몰라요.
우진	진정해 정호야. 별일 없을 거야.
정호	(버럭) 형이 그걸 어떻게 알아!
우진	...
정호	그 여자 주소 불러.
직원1	그건 고객 정보라 함부로- (정호의 무시무시한 눈빛에 깨갱) 사무실에 있을 겁니다, 전화해서 물어볼게요...

S#41. 다영의 집, 낮.

다영, 유리의 가방에서 파우치를 꺼내 화장품을 이것저것 사용해보는데,
어떻게 빠져나갈까 생각이 많은 얼굴로 있던 유리,

유리	...이러지 말고, 나 보내줘요.
다영	(무시하고 하던 일만)
유리	......우진 쌤이 왜 날 좋아해요, 그건 다영 씨가 오해한 거예요.
다영	(유리의 립스틱 바르다 흥 웃는) 난 선생님 눈만 봐도 알아요. 사랑하는 여잘 볼 때 어떤 눈빛일지, 내가 천만 번쯤 상상해봤거든.
유리	....
다영	어때요, 선생님이 그런 눈빛으로 보면?
유리	그러니까 그건 당신 오해라구요. 엉뚱한 데 애쓰지 말고, 나 놔줘요.
다영	변호사님은 그 남자밖에 안 보여서 모르는구나. 우리 우진 쌤 눈이 그래서 슬펐던 거였어.
유리	대체 혼자서 무슨 상상의 나래를 펼치는 건지 모르겠는데...
다영	(머리 쓰다듬으며) 괜찮아. 당신 같은 여자가 좋다면, 내가 당신처럼 돼서 사랑해주면 되니까.
유리	...지금 이러는 게 정말 사랑 같아요?
다영	(순간 어떤 광기가 번뜩) 이렇게 타는 것같이 괴로운데, 이게 사랑이 아니면 그럼 뭔데요?
유리	(단호히 보며) 집착이죠. 폭력이고. 사랑은 이렇게 이기적이지 않아요. 그러니까 이쯤에서 그만둬요. 이 이상은 선생님을 생각해서라도 정말 해선 안 되는 거예요.

이에 다영, 갑자기 일어서더니 주방으로 가 가위를 가지고 돌아온다.
유리, 얼어붙는데,

다영	다시 보니까 변호사님 눈이 참 별로다. 날 우습게 보는 것 같아.

그때 땡동- 소리가 들리자 돌아보는 다영.

S#42. 어느 오피스텔 복도, 낮.

문을 쾅쾅 치고 있는 정호고. 우진과 길사장, 직원1이 함께다.
아무리 두드려도 대답이 없자, 정호, 살벌히 직원1을 보는데,

직원1 아 진짜예요, 진짜 여기라고 했어요.

S#43. 다영의 집, 낮.

다영이 현관문으로 간 사이, 다영의 휴대폰으로 몸을 던지는 유리.
버둥대며 어떻게든 112에 전화를 걸려는데,
현관문이 열리고 다영의 꺅!! 하는 비명소리와 함께 쿵 소리가 들려온다.
구둣발로 다영의 집으로 들어오는 이는, 다름 아닌 편웅이다.

편웅 저거 아주 어마어마한 미친년이네, (유리 보곤) 하이 김변?

아연한 얼굴로 편웅을 보는 유리에서.

S#44. 어느 오피스텔 복도 – 원룸, 낮.

정호, 다시 유리에게 전화를 하며 괴로워 어쩔 줄 몰라 하는데,
그때 현관문 열리며, 잤는지 눈을 비비는 **집주인(남/20대)**이 나온다.

집주인 (영문 몰라) 누구세요?

집주인을 밀치며 안으로 들어가는 정호인데,
따라 들어가는 우진과 길사장.

안은 그저 20대 독신남이 살법한 평범한 원룸일 뿐이고.

S#45. 다영의 집, 낮.

현관에 기절해 쓰러져 있는 다영이고,
회전의자를 끌고 와 유리 앞에 앉는 편웅.

유리   (기가 막힌 듯 보며) ...너는 또 뭐야.

편웅   (의자를 좌우로 돌리며) 아니 웬 미친년 하나가 우리 김변 근처서 깔짝댄
다잖아. 그래서 내가 구하러 왔지~ 왕자님처럼! (자기 말에 자기가 폭소)

유리   (기가 막혀 보는)

편웅   (커피 보곤) 쯧쯧쯧, 그러게 아무거나 받아먹으면 쓰나.

유리, 이 상황이 너무 기가 막히고 무섭다.
그때 다영, 그새 깼는지 앓는 소리를 내며 꿈틀대더니,
일어나 편웅과 유리를 보곤, 문을 열고 미친 듯이 도망쳐버린다.

편웅   하이고 고새 정신을 차렸네, 급소였는데.

유리   뭐 해, 도망치잖아!!

편웅   내가 쟬 잡을 이윤 없지~ 난 우리 김변만 구하면 되는데. (싱긋 웃는)

편웅과 둘만 남은 유리, 더욱 두려운 얼굴로 편웅을 보는데...

S#46. [노력의 산물 흥신소] 사무실, 밤.

정호, 미친 사람처럼 사무실 안을 서성이고 있고,
우진, 어두운 표정으로 우두커니 앉아 있다.
길사장과 직원1, 두 사람의 눈치를 보느라 제대로 숨도 못 쉬고 있는데,

정호, 휴대폰이 울려 받으면,

세연   (E) 지금 당장 서로 와, 김유리 여깄어.

S#47. 은하빌딩 앞, 밤.

길사장이 오토바이를 가져와 정호와 우진 앞에 서서, 헬멧을 던져주는데,
그때 무심코 제 병원 쪽을 올려다보는 우진의 시선에,
병원 창문 앞에서 이쪽을 내려다보고 있는 시커먼 인영이 보이고...

우진   ...먼저 가, 나도 바로 따라갈게.

정호, 우진 향해 끄덕해 보이곤 길사장 뒤에 올라탄다.
가는 정호를 보던 우진, 굳은 얼굴로 다시 병원 쪽을 본다.

S#48. 바른정신건강의학과, 밤.

어두운 병원 안으로 들어오는 우진, 불을 켜는데 전등이 들어오질 않고,
무슨 결심이라도 한 듯 깊이 숨을 들이쉬며 앞을 보면,
저만치 병원 창가 쪽에 비에 홀딱 젖은 다영이 몸을 떨며 서 있다.
여전히 유리의 옷, 유리의 구두를 신은 채...
비에 화장이 번져 엉망진창이 되어 있는 모습이다.

다영   선생님... 오랜만이에요.
우진   (차갑게 보면)
다영   저 선생님이랑 떨어져서는 더는 견딜 수가 없어서 그래서 왔어요. (울며
다가오는) 선생님 제발 그냥 절 사랑해주시면 안 돼요?

S#49. 홍산경찰서, 밤.

정호, 경찰서로 들어오면, 세연 앞에 앉아 있는 유리와 편웅이 보인다.
유리의 어깨엔 담요가 둘려 있고.
정호, 그 모습 보자 눈이 돌더니 편웅 향해 미친 듯이 달려드는데,
정호가 편웅의 멱살을 잡기가 무섭게 세연을 비롯한 경찰들이 달려와 정
호를 떼어놓는다.

편웅	어허 왜 이래, 목격자한테~
정호	목격자는 무슨, 개소릴 지껄이고 있어!
세연	(말리며) 진짜야! 유릴 그 여자네 집에서 데리고 나와서, 직접 여기까지 데려왔어.

그저 묵묵히 앉아 있는 유리고.

정호	(유리 보곤 다시 편웅 보며 고함) 너 이 시* 무슨 수작질이야!!!
편웅	수작질이라니, 말을 너무 섭섭하게 한다 우리 조카.
정호	(다가서며) 대체 뭐 하자는 거야.
편웅	아니, 내가 저번에 반성을 많이 했어요. 내가 큰일 앞두고 인망을 못 쌓아서 그런 일이 생긴 거구나 싶고. 그래서 내가 갱생했어~
정호	(어이가 없어 보면)
편웅	근데 내가 아는 사람이, 오늘 우리 김변이 어딜 끌려가는 걸 봤다는 거야, 그래서 내가 걱정이 돼서 가봤더니, 아주 난리지 뭐야.
정호	미친...
편웅	(가까이 다가와) 내가 정신 차려보니까, 왜 내가 너네랑 날을 세우고 있는지 모르겠더라고. 그래서 이 삼촌이 먼저 어른답게 휴전 신청을 하는 거야.
정호	웃기지 마. 지금까지 니가 한 짓들을 생각해봐. 넌 이미 선을 넘었어, 이 살인자 새끼야.

편웅　아유, 우리 조카가 또 삼촌을 이렇게 모함하네. (정호 향해 속삭이듯) 난 분명히 말했어, 니들이 날 냅두면 나도 니들을 냅둔다고. (하더니 세연 향해) 경찰 언니 그럼 난 이만 가봐도 되는 거지?

그러더니 콧노래 흥얼거리며 가버리는 편웅이고,
어이없이 남겨지는 정호와 유리.
하지만 유리는 지금 그게 중요한 게 아니다.

유리　(정호 옆을 둘러보며) 선생님은, 우진 쌤은 어딨어?
정호　(멈칫 옆을 보면) 조금 전까진... 나랑 있었는데... (불길한) 왜,
유리　그 여자 아직 안 잡혔단 말이야!!

S#50. 바른정신건강의학과, 밤.

결심이 선 듯 다영을 차갑게 바라보는 우진,
이제 내 손으로 이걸 끝내야겠다는 생각이다.

우진　다영 씨. 이제 그만 하세요. 끝내려고 왔습니다. 저한테만 그런 것도 아니고 제 주변까지, 더 이상 두고볼 수가 없네요.
다영　...저 이렇게 만든 게 선생님이시잖아요.
우진　(멈칫하는 손)
다영　선생님만이 절 이해하고, 선생님만 있으면 모든 게 괜찮아져요. 선생님이 절 이렇게 만드셨잖아요.
우진　...
다영　제가 김유리 변호사처럼 입고, 말하고 행동할게요, 그럼 되잖아요! 봐봐요, 벌써 비슷하잖아!!
우진　...!
다영　(표정 바뀌며) 선생님이 마지막까지 절 책임지셔야죠, 환잔데.

S#51. 유리의 오피스텔, 밤. (S#32에서 연결)

유리　만약 내 환자가 그랬다면... 나도 마냥 미워할 수만은 없었을 것 같아.

정호　아주 천사들 나셨네.

유리　근데 선생님, 만약 그분이 다시 나타난 게 맞다면 이번엔 절대 용서하지 마세요.

우진　...

유리　저는요, 아무리 아픈 사람이라두요, 절 다치게 하는 사람들은 절대 용서 안 해요. 헷갈릴 땐 저희 아빠랑 엄마, 그리고 절 소중해 하는 사람들을 생각해요. 제가 다치면 저만큼 아파할 사람들. (사이) 그럼 선명해지더라구요.

S#52. 바른정신건강의학과, 밤.

고개를 들어 다영을 똑바로 보는 우진.

우진　제가 왜 다영 씨를 책임져야 하죠. 모두가 스스로를 책임지며 사는데요.

다영　(울며 비는) 전 선생님 없으면 못 사니까요!!

우진　그렇지 않습니다. 충분히 잘 살 수 있어요.

다영　(충격으로 보는) ...변하셨네요. 예전에 날 보던 눈이랑 달라.

우진　...

다영　전엔 안타까움, 불쌍함... 그런 거라도 있었는데, 이젠 아무것도 없어... 아무것도 없어... 다 그 여자 때문이죠?

우진　...아니요. 다영 씨 때문입니다. 다영 씨가 절 이렇게 만든 거예요.

다영　!!

우진　...제발 돌아가세요. 다신 오지 않겠다고 해서 용서했던 겁니다. 이제 정말 더 이상은 다영 씨와 얽히고 싶지 않아요.

슬픈 듯 울며 우진을 바라보던 다영,
이내 품속에 감추고 있던 가위를 꺼내어 든다. (S#41에서의 가위)
놀라 보는 우진인데, 다영 순식간에 가위를 제 목을 향해 가져오며

다영   오랫동안 생각했어요. 선생님이 없는 세상은, 무의미하다고. (가위 끝으로
       목을 얕게 긋는)

S#53. 도로 위 경찰차, 밤.

사이렌이 울리는 경찰차, 조수석엔 세연,
초조한 얼굴의 정호와 유리, 뒷좌석에 앉아 있다.

S#54. 바른정신건강의학과, 밤.

피가 흐르기 시작하고, 우진, '다영 씨!!' 외치며 기겁해 달려간다.
가위를 뺏기지 않으려는 다영과 엎치락뒤치락 몸싸움을 하는 우진.
가위를 마구 휘두르는 다영을 피하다 급기야 바닥을 뒹구는 두 사람.
다영, 우진 위에 올라타 양손으로 가위를 쥐고 우진을 찌르려 하면,
그 손을 꼭 쥐고 버티는 우진이고!

다영   같이 죽어요, 선생님. 가질 수 없다면 그 편이 낫겠어.
우진   지금 이건, 같이 죽는 게 아니라, 다영 씨가 절 죽이는 겁니다!

다영이 멈칫하는 사이, 그녀에게서 벗어나는 우진.
그때 '형!!' 하며 달려오는 정호, 뒤이어 유리와 세연, 경찰들이 오는데,
다가오지 말라는 듯 그들 향해 손을 펼쳐 보이는 우진.

우진   다영 씨가 말하는 사랑은 이런 건가요.

다영	...
우진	제가 아는 사랑은, 그 사람이 좋아하는 걸 같이 좋아해주고, 그 사람의 선택을 곁에서 지켜봐주고, 혼자 바라보는 게 가끔 좀 힘들더라도, 그 사람한테까지 내 고통을 내색하지 않는 겁니다. 그 사람이 저로 인해, 조금이라도 죄책감을 느끼거나 힘들길 바라지 않거든요.
다영	(뭔가 무너지기 시작하는)
우진	그런데 다영 씬 날 병들게 해요!
다영	(흐느끼며 다가서려 하는) ...선생님...
우진	(단호히 물러서며) 다영 씬 날 힘들게 합니다, 질리게 해요, 아주 미치게 해요!
다영	(엉엉 우는데)
우진	그러니 제발 다시는 나와 내 소중한 사람들 앞에 나타나지 마세요.

이 말에 가위를 떨어뜨리는 다영,
아이처럼 울며 우진 향해 다가가려 하는데,
세연, 못 가게 막아서며 다영에게 수갑을 채운다.

세연	당신은 변호사를 선임할 권리가 있고, 묵비권을 행사할 수 있습니다.

다영, 오열하며 세연과 경찰들에게 끌려 나간다.
누군가가 차단기를 내리며, 병원 전체에 불이 팍 들어오고.
다영의 피가 묻어 엉망인 우진, 그 모습을 지켜보며 멍하니 서 있는데...
그를 가만히 보던 유리, 성큼성큼 우진 향해 다가간다.

우진	(유릴 보고 당황한) 오늘 저 때문에... 너무 죄송했습니–

말을 맺기도 전에 우진을 팍 끌어안아버리는 유리.

유리	괜찮아요 선생님. 이젠 다 괜찮아요. 다 끝났어요.
우진	(말없이 안겨 있다 유리를 꽉 끌어안으며) 네...

정호도 애틋함으로 그런 두 사람 보고 있는데,

세연   (돌아와선) 이건 또 무슨 시츄에이션이냐?

정호   뭐긴 뭐야 인류애적 허그인 거지. 하긴 니가 이런 갬성을 이해할 리가 없지.

세연   너도 썩 이해한 것 같진 않은데?

정호   그러니까. (시계 보곤) 떨어질 때가 된 것 같은데,

떨어지는 유리와 우진, 둘 다 눈시울이 젖어서 서로를 본다.

유리   (그러다 정신 돌아와) 근데 이 피는 다 뭐예요, 어디 다치셨어요?

정호   다쳤어? (자세히 살펴보며) 아니다, 일단 병원으로 가자, 병원 가서 살펴보자고.

우진   아니야, 다친 데 없어. 나는 괜찮아.

정호   이런 일을 겪고 무조건 괜찮다고 하는 환자한테 뭐라고 해야 돼 형.

우진   (픽 웃으면)

정호   가자 병원.

우진   (고개 젓는) 그보다 나, 맘 편히 좀... 푹 자고 싶은데. 사실 며칠 못 잤거든.

이 말에 맘 아파 우진을 보는 정호와 유리에서.

S#55. 정호의 방, 밤.

우진, 링거를 맞으며 정호의 침대에 누워 있고,
유리, 정호가 턱을 괴고 그 옆에 앉아 있다.

우진   (졸린 눈을 깜빡이며) 이러면 내가 맘 편히 못 쉬지 않을까...

유리   (속삭이듯) 아뇨, 저희가 지켜드릴 테니까 맘 놓고 푹~ 쉬세요!

정호   조용히 있을게 그냥 자.

이에 작게 웃으며 눈을 감는 우진이고...
cut to 》유리, 소파에 살풋 잠이 들었다 눈을 떠보면,
평온히 잠들어 있는 우진이 보이고, 정호는 어디를 갔는지 보이지 않는다.

S#56. 정호의 옥탑, 밤.

유리, 문을 열고 나와보면
옥상 난간에 기대 멀리 보며 서 있는 정호가 보인다.
옆에 와서 서는 유리.

정호   왜, 좀 더 자지.
유리   (눈치 보다) 아까 나 때문에 화 많이 났지.
정호   (그저 멀리 볼 뿐이고)
유리   ...미안해. 다영 씨가 그 여자일 줄은... 정말 생각도 못 했어. 나 정말 바본가
        봐.

한숨 쉬더니 유리를 당겨 끌어안는 정호.
한참 유리의 머리칼에 얼굴을 묻은 채 있다가...

정호   (속삭이듯) 나 어떡하지, 그 여자처럼 집착해서 널 힘들게 하고 싶지 않은
        데... 너무 무서워.
유리   (놀라 떨어지며 보는) ...왜, 뭐가 무서워?
정호   니가 길 가다 넘어질까 무섭고, 운전하다 무슨 사고라도 나는 건 아닐까,
        세상이 나한테서 널 갑자기 뺏어가는 건 아닐까... 아님 니가 질려서 날 떠
        나는 건 아닐까... 전부 다...
유리   ..무슨 그런 걱정을 해.
정호   ...나 어떡할까.

유리	...내가 그렇게 많이 불안해?
정호	...
유리	난, 니가 날 믿어줬음 좋겠는데.
정호	...
유리	오늘 일 겪어놓고 이런 말 하긴 나도 민망하긴 한데, 그래도... 니가 날 믿어
	줬음 좋겠어. 사고나 위기가 오더라도, 혼자서 그 위기들을 잘 넘길 수 있
	을 거라고, 현명하게 잘 대처할 거라고.

정호, 뭔가 깨달은 듯한 눈으로 유리를 보는 데서,

S#57. (인터뷰) 우진의 진료실, 낮.

우진	가졌기 때문에 더 무서워지는 게... 못 가졌기 때문에 더 갈구하게 되는
	게... 사랑일 수도 있죠.

S#58. 로 카페, 낮.

은강과 송화, 또다시 실랑이 중이다.

송화	아, 케이크까진 괜찮은데...
은강	남는 거라 그래요.

송화 옆에서 팔짱을 낀 채 은강을 보던 이슬.

이슬	아저씨 우리가 불쌍해요?
은강	!!
송화	(당황해) 그게 무슨 말이야 이슬아!
이슬	애들이 그러는데 남이 이유 없이 잘해주는 건 우리가 불쌍해서 그러는 거

래.

송화   너 그게 무슨...

가슴이 무너지는 표정으로 이슬을 보는 송화와 시선 마주치는 은강인데,
서둘러 시선을 내리는 송화.

송화   (카드 건네며) ...결제해주세요.

S#59. 은하빌딩 앞, 낮.

송화, 이슬의 손을 잡고 서둘러 카페를 빠져나오고 있는데,
얼마지 않아 은강이 문을 열고 달려 나온다.
송화 앞을 가로막고 서는데, 송화, 피해서 가려 하고,
이에 은강, 이슬이의 어깨를 잡으며 눈높이에 맞춰 몸을 낮춰 말한다.

은강   아저씨가 잘해주는 건, 이슬이가 이뻐서야. 원래 어른들은 애기들 보면, 그
        냥 맛있는 것도 주고 싶고, 그냥 잘해주고 싶고 그래.
이슬   흠.. 진짜요?
은강   응. 아저씨도 너무 힘들어서, 누구 불쌍해하고 그럴 여유가 없거든.
송화   ...
은강   (일어서서 송화를 보며) 멋대로 오해하고 가면, 난 상관없는데 그쪽은 하
        루 종일 기분 나쁠 것 같아서요. 그래서.

송화, 눈물 그렁해서 은강을 보는데...

우진   (E) 안타까움이든, 공감이든... 한 영혼이 다른 영혼을 알아보는 방법은 많
        아요.

S#60. (인터뷰) 우진의 진료실, 다른 날 낮.

우진 하지만 사랑을 시작하는 것보다 더 어려운 건, 사랑을 지속하는 게 아닐까요. 때론 잘못 표현된 사랑만큼... 사람을 힘들게 하는 건 없으니까요.

S#61. 구치소 면회실, 낮.

수의(미결수)를 입은 채 모든 걸 체념한 얼굴의 다영과 면회 중인 정호.

정호 피해자 박우진, 김유리의 대리인으로 왔습니다.
다영 (번쩍 고갤 들어보면)
정호 길게 말할 건 없고, 지난번처럼 선처와 합의 따윈 없을 테니, 앞으로, 죽을 때까지, 그 어떤 형태로든 두 사람에게 접근하지 말아주시길 바랍니다. (그러다 갑자기 다릴 꼬며) 근데 이렇게 정중히 말로 해봤자 못 알아먹을 거 아니까.
다영 ...!
정호 스토킹처벌법 위반, 주거침입, 납치, 감금에 살인미수. 이번 기회에 내가 직접 그 사람들 다신 못 만나게 해줄게요.

S#62. 은하빌딩 앞, 밤.

처마 밑에서 내리는 비를 바라보고 있는 우진,
두려움과 머뭇거림으로, 서 있다.

우진 (E) 살다 보면 내리는 비처럼 피할 수 없는 일도 있지만,

S#63. 홍산경찰서 앞, 밤.

우산을 들고, 유나를 안은 채 세연을 데리러 온 진기.
세연이 출입문 통해 나오면 '자기야~' 하며 해맑게 손을 흔들어 보인다.

S#64. 은하빌딩 앞, 밤.

내리는 비를 바라보다, 우진, 우산을 펴는데,
그때 떠드는 소리와 함께 카페 문이 열리며 유리, 정호, 은강, 준이 나온다.

정호   아니 넌 어떻게 카페를 하면서 우산 통 하나를 안 샀냐 여지껏?

유리   그러는 너는, 집에 어떻게 우산 하나가 없냐!

준   (우진을 보고 다가와) 우왓 선생님!! 역시 선생님은 있을 줄 알았어요~ 저 정류장까지만 데려다주세요.

그러며 우진 옆에 찰싹 붙는 준인데, 은강도 가서 반대편 옆에 선다.

은강   신세 좀 질게요. 추운 건 질색이라.

유리   저두요!! 차 세운 데까지만요!!

우진   (당황해) 아니 네 명이서 어떻게...

정호   (어느새 와 우진의 우산 밑에 머리를 들이밀며) 머리만 넣고 가는 거지! 가자!

우진   (E) 빗속에 서 있어도 우산이 되어줄 사람들만 있다면,

우산에 머리만 간신히 넣고 엉겨 붙어 가는 다섯 사람,
티격태격하는 그들 틈에서 어느새 환하게 웃고 있는 우진.

우진   (E) 조금 젖더라도, 금방 털고 일어날 수 있지 않을까요?

S#65. 유리의 오피스텔 앞, 밤.

비에 조금씩 젖은 유리와 정호,
조금 어색한 분위기로, 유리의 오피스텔을 향해 걸어오고 있다.

정호   그럼, 들어가.

유리   (빤히 보다 정호의 손에 자신의 손을 얽어오며) 나 아직도 못 믿어?

정호   (픽 웃는) 믿어 의심치 않지.

유리   그럼 영화 보고 갈래?

정호   (보면)

유리   순서대로 하자며, 손잡았으니.. 영화 봐야지.

정호   (웃곤) 영화 보고 그다음은 뭔데?

유리   (문 열어 보이며) 뭘 거 같아?

S#66. 유리의 오피스텔, 밤.

오래된 영화는 그저 틀어져만 있고, 바깥엔 비가 추적추적 내린다.
침대에 누워 달콤히 키스 중인 정호와 유리.
유리, 무슨 생각이 났는지 웃으며 얼굴을 떼더니,

유리   니가 벗을래 내가 벗길까.

정호   (소리 내 웃는) 니 취향대로.

두 사람, 웃으며 다시 입을 맞추는 데서, **12화 엔딩**.

13 화

삶이 그대를 속일지라도

S#1. 유리의 오피스텔, 낮.

정호, 햇살이 쏟아지는 침대에서 천천히 깨어난다.

정호   (E) 여자 친구로서의 유리는 어떻냐구요?

밖에서 타닥타닥 키보드를 치는 소리가 들려오고,
정호, 방에서 나와보면,
유리가 머리를 질끈 묶고 편한 옷차림으로 노트북 앞에 앉아 있다.
벽에 기대어 그 모습을 바라보며 미소 짓는 정호.

정호   (E) 일단 무지 예쁘고... 예쁘고, 예쁘죠.

정호, 다가가 뒤에서부터 끌어안고, 유리의 뺨과 귀에 뽀뽀를 퍼붓는데,
'모야 간지러워~' 하며 피하는 유리고.

정호   (다정히) 뭐 하고 있었어?
유리   그냥...
정호   (미소로 유리의 모니터 읽다 웅? 하며 멈칫) * * *에 관한 합의서...?
유리   (히힛 웃으며) 아니, 별건 아니고.

프린터가 소리를 내며 이제까지 유리가 작성한 문자를 인쇄한다.
유리, 인쇄된 합의서를 가져와 건네며,

유리   어젯밤에 니가 이것만큼 정확한 의사소통이 필요한 게 없다고 그랬잖아, 그래서 내가 갑과 을의 건강하고 만족스러운 성생활을 위해 한번 작성해 봤어!
정호   (벙쪄 보다, 가져와 읽는) 제1조.... 피임.
유리   갑과 을은, 갑의 ＊＊ 주기와 ＊＊ 여부와 상관없이 ＊＊ 시 항상 ＊＊을 착용하여야 하며, ＊＊의 종류는 을에게 우선 선택권을 주고, ＊＊＊＊이 ＊＊됐을 경우 갑에게 소명한다.
정호   (넋 나간 채 보는 위로, E) 근데 또라이예요.

S#2.   (인터뷰) 정호의 방, 낮.

정호   (확신의 끄덕) 또라이. 하는 모든 짓이 상식과 예측을, 벗어난달까요? (그러다 미소) 근데 그게 또 유리의 매력이긴 하죠.

S#3.   유리의 오피스텔, 낮.

계속해서 합의서를 읽는 유리고,
엄한 단어들의 향연에 유체이탈 중인 정호.

유리   갑과 을은 ＊＊ 시 상호의 ＊＊을 위하여 노력하여야 하며, ＊＊＊＊ 여하에 대하여 숨기거나 보태지 아니하고 서로 진실하게–, 듣고 있어?
정호   (목이 쉰) 내가 미안해.
유리   갑자기? 뭐가?
정호   너 처음 카페 차릴 때 내가... 125조까지 써 간 것 때문에 이러는 것 같은

데,

유리 　야 내가 그런 거 담아두는 성격이냐. 그게 아니고, 난 정말 너와 상호 만족
　　　스럽고 건강한 **를 위해서-

정호 　(유리의 입에 조용히 하란 듯 손 가져다대며) 쉬, 제발...

유리 　뭐야, 나의 적확한 용어 사용이 불편해? 어젯밤에 민감한 내용일수록 정
　　　확하고 확실하게 표현을 해두는 게 중요하다고, 누차 강조한 게 누구야.

정호 　......나지. 내가 잘못했네.

계약서의 다음 장을 넘겨보다 엄한 내용에 화들짝 놀라 덮는 정호.

정호 　...꼼꼼... 꼼꼼하게 써놨네.

유리 　(피이.. 살짝 삐친) 이 반응은 뭐야. 아직 논의할 내용이 많다고.

정호 　(말을 고르다) 근데 유리야, 우리가 이렇게까지 다 꺼내놓고... 얘기할 필요
　　　가 있을까?

유리 　난, 너랑 오랫동안 행복하려고 그러지. 모든 걸 다 꺼내놓고 말하고, 아주
　　　작은 오해도 없었으면 해서.

정호 　(이 말에 웃으며 보는) 그럼 나도 꼼꼼히 봐야겠네. (웃음기 사라지며) 몇
　　　개 추가할 것도 있고.

그러며 유리에게 키스라도 할 듯 바짝 다가오는 정호.

S#4. 　(인터뷰) 로 카페 사무실, 낮.

밝은 얼굴로 인터뷰 중인 유리.

유리 　정호가 어떤 남자 친구냐구요? 음... 생각했던 것보다 훨씬 더...

S#5. 　유리의 오피스텔, 낮.

(S#3에서 이어지는) 몰아치듯 키스해오는 정호.

유리   (E) 뜨겁고,

S#6.   은하빌딩 앞, 낮.

화단에 호스로 물을 뿌리며 장난치는 유리와 정호의 모습 SLOW.
유리, 웃으며 정호를 보면, 정호, 애틋한 시선으로 저를 보고 있다.
그 눈빛에 홀린 듯 정호를 바라보는 유리 위로,

유리   (E) 왜 지금껏 그 마음을 못 알아봤을까, 그런 생각이 들 정도로... 따뜻해
      요.

부서지는 햇살 아래 두 사람의 모습, 청춘 영화의 한 장면처럼 찬란한데,
음악 끊어지며, 기가 찬 얼굴로 두 사람을 보고 있는 카페 앞 은강과 준,
슈퍼 앞 평상의 김천댁과 최여사.

김천댁/은강   (동시에) 저것들이 또 염병을 하는구만. / 아주 난리 났네.

S#7.   로 카페, 낮.

은강이 오픈 준비 중이고,
김천댁과 최여사가 들어와 커피를 한 잔씩 받아 마시는 중인데,
갑자기 유리의 사무실에 쳐지는 커튼에 멈칫하는 일동.
이후 유리의 꺅~ 소리와 함께 이어지는 수상한 침묵에
갑자기 분위기 어색해지는 세 사람인데...
그때 준이가 어디 나갔다 들어와선, '사장님은 어디 계세요?' 묻더니,

유리의 사무실을 향해 간다!
이에 기겁한 김천댁, 최여사, 은강, 동시에 달려와 '안 돼! 열지 마!!' 하면,
영문 몰라 보는 준.

은강   (지친 듯 김천댁 보며) 이거 그냥 두고만 보고 계실 거예요?
김천댁   안 두고 보면?

S#8. 해피슈퍼 앞 평상, 낮.

김천댁, 최여사, 우진, 은강, 준 모두 함께 모여 앉아 식사를 시작하려는데,
정호, 또 눈치 없이 유리 앞으로 맛있는 반찬을 모조리 가져온다.
젓가락 집어던지듯 놓는 은강, 김천댁을 보고,
준, 최여사, 우진 모두 차례로 끄덕이며 김천댁을 보면,
김천댁, 하는 수 없이 자리에서 일어나 큼큼 목을 푼다.

김천댁   (주머니에서 종이 한 장을 펼치며) 최근 아주 찐~한 연애를 하고 계신, 주
         인총각과 변호사 양반에게.
유리/정호 ?!!
김천댁   이렇게까진 하고 싶진 않았으나, 지켜보는 사람들이 불편하고, 남사스럽
         고, 또 심히.. 외로워지는 관계로, 다른 사람들이 있는 자리에선 지나친 애
         정 표현은 삼가 주시기를 바랍니다. 이상 은하빌딩 식구 일동.
정호   지나친 애정 표현의 기준이 뭔데요, 그걸 정확히 해야지-
유리   (OL/충격받은) 다들... 어떻게 아셨어요?
준   형님하고 사장님만 모르시지, 저흰 다 알았어요.
유리   우린 철저하게 숨기고 있었는데...!
우진   (빙그레 웃으며 보는) 전혀 숨겨지지 않았어요.
은강   숨긴 줄 아는 게 더 열받아.
정호   그 좀 달달한 그거 잠깐을 못 보나!
최여사   좋을 꺼면 니들끼리 좋을 일이지 왜 우릴 외롭게 하냐고!

김천댁   아무쪼록 우리의 요구를 필히 좀, 들어줬으면 해.

S#9.   은하빌딩 2층 테라스, 밤.

2층 난간에서 아래를 내려다보며 붙어 있는 유리와 정호.

유리   (진지) 아니 다들 진짜 어떻게 안 거지?
정호   (유리의 머리칼 만지작대며) 그게 뭐가 중요해,
유리   아, 떨어져~ 붙어 있지 말라잖아. (옆으로 옮기면)
정호   (따라오며) 무시해, 난 너한테 떨어져 있는 거 못 해 이제.

그때 아래서 가방을 멘 이슬이가 마당을 가로질러 카페로 오는 게 보이고,

유리   어, 저거 이슬이 아니야?

S#10.   로 카페, 밤.

이슬을 둘러싸고 앉아 있는 유리, 정호, 준.
이슬 앞으로 쿠키와 우유를 가져오며 앉는 은강이고.

유리   이 시간에 이슬이 혼자 온 거야? 엄마도 없이?
이슬   (끄덕끄덕) 엄마 몰래 할 얘기가 있어서요.
유리   (정호 등과 눈 마주치곤) 그게 뭔데.
이슬   (울먹이다 닭똥 같은 눈물과 함께) 엄마가... 죽을 것 같아요.
유리   (놀라) 그게 무슨 말이야 이슬아, 엄마가 왜.
이슬   엄마가 아파요. 매일매일 토하고 매일매일 배 아프다고 하고, 병원에 갔는
          데, 근데 의사 선생님도 모른대요 왜 그런지.

일동 멈칫하는데,

S#11. 송화의 집 화장실 앞, 밤. (이슬의 회상)

화장실 문 앞에 잠옷을 입고 나와 앉아 있는 이슬이고.
안에선 송화가 토하는 소리가 들려온다.
몇 번 구역질을 하는가 싶더니, 물을 내리고...
숨죽여 우는 소리가 들려온다.
흐느낌이 밖으로 새어 나갈까 물을 트는 송화.

이슬   (E) 밤마다 이슬이한테 안 들키려고 막 혼자 숨어서 울어요.

S#12. 로 카페 사무실, 밤.

이야기를 듣던 은강,
FLASH CUT 》놀이터에서 울던 송화의 모습(11화 S#44)이 떠오르고,

이슬   엄마도 죽으면 이슬인 혼자 살아야 되는데... (다시 으앙 울기 시작하고)
유리   (황급히 돌아 나와 이슬이 끌어안으며) 엄마가 왜 죽어 이슬아, 아니야.
이슬   (안겨 울기만)
유리   아이고 속상했어~ 언니가 엄마랑 얘기해보고, 어디가 아픈지, 언니가 어
        떻게 도와줄 수 있는지 알아볼 테니까, 우리 이슬이는 아무 걱정하지 마.
        알았지?

S#13. 아파트 단지 내 놀이터, 밤.

슬리퍼 차림의 송화, '이슬아!' 하고 부르며 놀이터 앞을 오가는데,

그때 전화가 울려 보면 [김유리 변호사님]이다.

'여보세요?' 하며 다급히 전화를 받는데,

S#14. 로 카페, 밤.

카페 안으로 달려 들어오는 송화,
은강의 무릎에 앉아 있던 이슬, 송화를 보곤 겁에 질려 '엄마..' 하는데,
송화, 화난 얼굴이 되더니 다가와 이슬을 잡아 내리더니,
엉덩이를 마구 때리기 시작한다.

송화   강이슬!! 너 누가 엄마한테 말도 안 하고 밖에 다니래!! (또 때리며) 어? 너
           정말 왜 그래, 왜 엄마 걱정을 시켜!
유리   (당황해) 송화 씨, 그게 아니라 저희가-

이슬이 으앙~ 울기 시작하고,
송화, '뭘 잘했다고 울어!' 하며 또 때리려 하는데, 그 손을 탁 잡는 은강.

은강   그만 때려요, 나중에 후회해.
송화   (참았던 눈물 터지는데)
은강   (몸 낮춰 이슬이 달래는) 울지 마 이슬아, 괜찮아. 엄마가 놀라서 그래.
송화   (진이 다 빠져 보면)
유리   많이 놀랐죠 송화 씨. 저희가 바로 전화드렸어야 했는데...
송화   아녜요, 죄송해요 정말. 이슬이가 이렇게 멋대로 올지 모르고.

S#15. 로 카페 앞 거리, 밤.

잠든 이슬이를 업은 채 걷는 은강이고, 말리듯 따라오는 송화.

송화	정말 괜찮은데,
은강	지금 잠들었으니까 집까지만 제가 데려다드리고 갈게요.
송화	아녜요, 내려주세요. 제가 데리고 갈게요.
은강	(단호) 집까지만요. (먼저 가면)
송화	(답답해 바라보는)

S#16. 송화의 집, 밤.

잠든 이슬을 거실 소파에 눕혀주는 은강,
굳은 얼굴로 '감사합니다' 하는 송화고.
은강, 현관으로 가면 송화, 은강을 배웅하러 따라 나온다.
하지만 가지 않고 현관문을 잡은 채 한참 뜸을 들이는 은강,

은강	...그게 뭐든, 도와줄 수 있는데.
송화	(멈칫해 보면)
은강	그게 뭐든 말만 하면, 도와드릴 수 있다구요.
송화	(눈 피하는) 오늘 이슬이 도와주신 건 감사하지만, 앞으로는 안 이러셔도 돼요.
은강	(보다) 혹시 무서워요? 그러면 그만두고요.
송화	무서워서 그러는 게 아니라... 은강 씨가 저한테 잘해주실 이유가 없잖아요. 그리고 베풀어주신 친절을, 돌려드릴 자신도 없구요.
은강	돌려달라고 쫓아다니면서 괴롭히진 않을 테니까, 너무 걱정 마세요.
송화	제 말은 그게 아니라-
은강	그리고 잘해주는 데 굳이 이유가 필요하다면, 그것도 생각해 올게요. 그럼 되죠?

기가 막혀 보는 송화 향해 '갈게요' 하는 은강이다.

S#17. 우진의 진료실, 낮.

정호, 유리와 이야기 중인 우진.

우진   음, 구토를 반복하고 복통이 있는데, 병원에서 아무런 이상이 없다고 했다면... 물론 얘길 더 들어봐야 알겠지만... 신체화 장애 증상일 수도 있을 것 같아요.

유리   신체화 장애요?

정호   아무런 내과적 이상이 없는데도 신체가 아프다고 반복적으로 호소하는 정신장애야.

우진   (끄덕) 심리적 스트레스가 신체적 증상을 통해 나타나는 경울 말해요.

S#18. 최의원의 의원실, 낮.

최여환 의원(남/50대), 책상에 앉아 있고,
송화, 그의 책상에 사직서를 내고 있다.

최의원   채비서 정말 이럴 거야?

송화   (꾸벅)

최의원   나가면, 여기같이 애 혼자 키우는 아줌마 편의 봐주면서 일 시키는 직장이 있을 것 같애?

송화   (고개 숙인 채) ...죄송합니다.

최의원 한숨 쉬며 바라보면, 송화 돌아 나간다.

S#19. 거리, 낮.

눈물을 펑펑 쏟으며 한낮의 거리를 걷고 있는 송화.

유리　　(E) 이슬이가.. 엄마가 많이 걱정됐나 보더라구요. 찾아와서 막 송화 씨가
　　　　아픈 것 같다며 우는데... 혹시 힘든 일 있으면 저랑 상의해요, 송화 씨.

　　　　송화, 참아보려 하지만 흐느낌 새어나오고,
　　　　그 모습 위로 타이틀 올라온다.
　　　　[제13화 삶이 그대를 속일지라도]

S#20. 로 카페 사무실, 낮.

　　　　유리 앞에 앉아 있는 송화, 주체할 수 없을 정도로 울고만 있고...
　　　　묵묵히 앞을 지키고 앉아 있던 유리,
　　　　문간으로 가 '은강 씨' 하고 부른다.
　　　　기다렸다는 듯 오는 은강, 걱정스러운 듯 송화를 보는데,

유리　　오늘 손님은 여기까지만 받고, 카페 일찍 마감할까 봐요.

　　　　끄덕하고 나간 은강이 카페 앞 팻말을 [close]로 바꾸면,
　　　　유리, 사무실 문을 닫고 와 다시 송화 앞에 앉는다.

송화　　(울며) 죄송, 죄송해요 변호사님...
유리　　사과 안 하셔도 돼요. 우리 천천히 얘기해요, 천천히.

S#21. 로 카페, 낮.

　　　　초조한 은강, 주방에서 이것저것 꺼내어 닦으며 계속 사무실 쪽을 보는데,
　　　　지켜보는 정호와 준도 표정 좋지 않다.

S#22. 로 카페 사무실, 낮.

어두운 얼굴로 이야기를 시작하는 송화.

송화　처음 시작은... 1년 전쯤이었던 것 같아요.

S#23. 최의원의 의원실, 낮. (회상)

손님들이 나갔는지, 찻잔들을 거둬가고 있는 송화인데.
최의원, 송화를 감상하듯 바라보다 송화의 뒤로 다가오며,

최의원　우리 채비서는 참 보기가 좋아. 눈이 즐거워.

어깨를 만지는 손에, 찻잔을 들고 멈칫하는 송화,

S#24. 로 카페 사무실, 낮.

송화　어깨랑 등... 으로 시작해서서.. 나중엔 귀, 목, 팔... (떨리는 눈을 감으며) 가
슴이나 엉덩이... 치마 속으로 손을 넣기도 하시고,
유리　(작게 탄식)
송화　일부러 바지를 입고 오는 날에는, 치마를 입고 오지 않으면 감봉하겠단 말
씀도 서슴지 않으세요.
유리　(굳은 채 보는)
송화　근데 정말 어렵게 잡은 일자리기도 하구요 내년엔 우리 이슬이 학교도 보
내야 되는데-
유리　(손잡아주며) 송화 씨, 괜찮아요.
송화　(바라보면 눈물 뚝뚝) ...제가 버텼어요... 변호사님. 제가 참았어요... 그게

너무 부끄러운데... 근데 정말 참을 수밖에 없었어요.

유리   (같이 울컥해 보는)

송화   ...그러다 지난주엔... 급하게 검토해야 할 서류가 있으시다고 해서 갔는데,

S#25. 어느 별장 앞, 밤. (회상)

외진 곳에 위치한 편웅의 별장.
서류를 들고 별장 앞에 선 송화, 어쩔 줄 몰라 하며 서성이고 있다.
전화가 울리자 화들짝 놀라는 송화, 확인해보면 [최여환 의원님]이다.
두려움으로 울리는 휴대폰과 별장을 번갈아 보는 송화.

송화   (E) 그런 거 아세요. 덫인 줄 알면서도 걸어 들어갈 수밖에 없는 그런 기
            분. 그 말을 거스르는 게 죽는 것보다 무서운... 그런 기분.

S#26. 어느 별장, 밤. (회상)

최의원과 서동일보 권사장, 박주태 차장검사, 이편웅(동석해 있지만 잘 보
이지 않게)이 모여 여자들과 함께 술판을 벌이고 있고,
모두들 보는 데서 송화의 블라우스를 벗기려 하는 최의원.
블라우스를 붙잡은 송화와 실랑이 중이다.

송화   (애원) 의원님, 의원님 제발.

최의원   아니 벗으면 더 예쁠걸, 앤 맨날 이렇게 말을 안 듣는다니까!

실랑이 끝에 송화, '제발 그만하세요!!' 하며 최의원을 세게 뿌리치면
화가 난 최의원, '아니 근데 이게!' 하며 송화의 뺨을 세게 후려친다.
그러곤 충격으로 보는 송화를 한 번 더 후려치는 최의원!
이를 보는 일행들 말리긴커녕 재미난 구경이 난 듯 웃고 있다.

송화   (E) 거기 있는 사람들은 그냥 웃고 있었어요.

S#27. 로 카페 사무실, 낮.

기가 막힘과 분노로 보고 있는 유리고,
송화, 눈물을 뚝뚝 흘리며 이어간다.

송화   너무 창피해서... 죽을 때까지 아무도 모르게 묻어두고 싶었는데... 아무리
        묻어도, 묻혀지지가 않아요 변호사님.
유리   ...
송화   집에 가만히 있어도 그 사람 향수 냄새가 나서... 자꾸 구역질이 나오고, 바
        보같이 참는 저 닮아서 나중에 우리 이슬이도 그럴까 봐... 그 생각을 하
        면...

        차마 말을 잇지 못하고 우는 송화고.

유리   (애써 차분히) 송화 씨, 지금까지 있었던 일들 다른 사람한테 이야기한 적
        있거나, 다른 사람이 목격한 적이 있다거나... 그러니까, 송화 씨 진술 말고
        증거가 될 만한 게,
송화   (고개 젓는)
유리   그날 그 별장에 있었던 사람들은요? 그중에 혹시 송화 씨가 아는 사람이
        있었을까요?
송화   ......전부 뉴스만 검색해도 나오는 사람들이에요.

        유리, 멈칫해 송화를 보는 데서...

S#28. 유리의 오피스텔, 밤.

유리, 소파 앞에 노트북을 보며 앉아 있고,
소파의 정호, 책 한 권을 펼친 채 그런 유리의 모습을 지켜본다.
노트북에 최여환 의원을 검색하는 유리,
만국의당, 서울 도원구갑 3선 의원, 한국대학교 법학 등의 약력이 보이고.
뉴스란으로 내려오면, [최여환 의원, "국회 여성 정책 재개편 절실"]
[최여환 의원, 미혼모 지원 제도 강화 위한 국회토론회 개최] 따위의 뉴스
들이 보인다.
이를 보고 기가 찬 한숨을 뱉는 유리고.
유리가 한 사람 한 사람 검색해볼 때마다, 송화의 목소리가 흐른다.

송화   *(E) ...전부 뉴스만 검색해도 나오는 사람들이에요. (S#27) 서동일보 권재*
         신 사장, 서울남부지검 박주태 차장검사, 도한건설 이편웅 대표.

저도 모르게 피가 날 때까지 손톱을 물어뜯는 유리인데,
정호, 그 손을 가져와 못 하게 하며,

정호   애꿎은 손은 왜 괴롭혀.

대답도 않는 유리, 모니터를 보는 눈빛에서 어떤 분노와 결심이 느껴진다.
정호, 그런 유리를 보며, 왠지 복잡한 얼굴이 되고.

S#29. 유리의 오피스텔 방, 밤.

정호, 유리를 침대에 눕히면, 유리 일어나려 하며,

유리   (웅얼) 아냐... 자면 안 돼... 더 볼 거야.
정호   지금은 자고, 내일 더 봐.

이에 포기하고 다시 잠드는 유리고,
정호, 그런 유리의 머리를 넘겨주며 바라보는데, 얼굴 어둡다.

S#30. 유리의 오피스텔, 밤.

다시 방에서 나와서는 유리가 앉았던 자리에 앉는 정호.
유리가 보고 있던 자료들을 진지한 얼굴로 훑어보기 시작한다.
전부 성추행 관련 판례들이고. 곧 괴로운 듯 천장을 보는 정호.

S#31. 송화의 집, 밤.

식탁에 홀로 무릎을 모은 채 앉아 있는 송화.
멍하니 생각에 잠겨 있다.

S#32. 로 카페 사무실, 낮. (회상)

S#27에서 이어지는, 송화와 유리의 대화.

유리   어떻게 봐도 쉬운 상황은 아니에요. 마음 같아선 그 *새끼, 당장 고소해서
       콩밥 멕이고 싶지만... 고소했을 때 단점도 나열하자면 밤새도록 할 수 있
       거든요, 주변에 이 일이 알려지는 건 물론이고... 경찰서며 법원이며 지겹게
       드나들면서 진술 반복할 거고,

송화   ...

유리   상대가 상대이니만큼, 협박도 해오겠죠. 또 꽃뱀 프레임 들이밀며 언론전
       을 시작해올 수도 있구요. 그럼 입 있는 사람들은 전부 다 한마디씩 떠들
       겠죠. 그리고 무엇보다, 이 모든 과정을 이슬이가 보게 될 거구요.

송화   (눈빛 흔들리는)

유리	하지만 그 모든 그럼에도 불구하고, 송화 씨가 이거 하겠다고 하면 난 최선을 다해 도울 거예요. (송화 손잡으며) 모든 과정에서 내가 송화 씨 옆에 있을 거예요.
송화	…
유리	그러니까 한번 잘 생각해봐주세요.

S#33. 송화의 집, 밤.

복잡한 심경의 송화, 홧김에 소주 한 병을 까선 훅 들이키는데,
술을 잘 못 하는지 사레가 들려 콜록콜록.

S#34. 유리의 오피스텔, 낮.

다음 날 아침, 유리 일어나면, 주방에서 달그락거리는 소리가 들려오고.
거실로 나와보면, 상에 간단한 아침을 차리고 있는 정호가 보인다.
어쩐 일인지 표정이 어둡다.

정호	반찬이 다 상해서 버릴 거 버리고 나니까, 차릴 게 뭐 없더라고. 그래도 얼른 먹어.

고마워 보던 유리, 정호에 입술에 쪽 뽀뽀하는데,
정호, 떨어지는 유리에게 와락 달려들더니, 대뜸 진한 키스를 해온다.
곧 유리가 싫어할 이야기를 해야 해서 더 붙잡고 싶어지는 마음이다.

유리	(밀어내며 웃는) 아침 먹으라며.

정호, 한숨과 함께 유리를 놔주고.
유리, 식탁에 와서 앉으면, 수심이 깊은 얼굴로 그 앞에 앉는 정호.

유리	(먹다, 정호의 표정을 살피곤) 무슨 일 있어? 표정이 왜 그래?
정호	먼저 밥 먹어.
유리	(영문 몰라 보며 먹는) 오늘 송화 씨 만나서 다시 얘기해보려고.
정호	(조용히 있다)..너 지금 이거 최여환 의원이랑만 싸우게 되는 게 아닌 건 알지.
유리	알아. 여기 이편웅이 또 껴 있네. (쓰게 웃곤) 진짜 악연이긴 한가 봐.
정호	여당 국회의원에 신문사 사장, 남부지검 차장검사, 거기에 건설사 대표까지. 너 이 조합이 무슨 조합인 줄 알아?
유리	...이편웅이 로비하려고 부른 조합이겠지.
정호	사람 하나 묻어버리는 거쯤은 일도 아닌 조합이기도 해.
유리	...지금 겁주는 거야?
정호	(한숨, 잠시 바라보다) 난 이거 니가 안 했으면 좋겠어.
유리	(약간 충격으로 보면)
정호	꼭 너여야 하는 건 아니잖아.
유리	(조금 싸늘히 바라보다) 아무도 하지 않으려고 할 테니까, 내가 하려는 거야. 몰랐나 본데, 내가 그런 거 전문인 변호사거든.

정호, 더 무어라 말을 하려고 하는데, 울리는 유리의 전화.
'네 송화 씨' 하고 전화를 받으며 차갑게 방으로 들어가버리는 유리고.

S#35. 유리의 오피스텔 방, 낮.

유리, 방으로 들어오는데,

송화	(F) 의원님이 저더러... 만나자고 하시는데, 저 어쩌면 좋을까요.
유리	...만나세요. 대신, 무조건 다 녹음하는 거예요.
송화	...
유리	제가 근처에 있을게요. 하실 수 있겠어요?

송화   (F/짧은 침묵 후에) ...네. 할게요. 할 수 있어요.

S#36. 한정식집 로비, 낮.

비장히 한정식집 로비로 들어서는 송화.

유리   (E) 위치추적이랑 녹음 가능한 펜이에요. 그냥 가방에 꽂고 있기만 하면
        돼요.

송화의 가방 포켓에서 반짝이는 녹음기.
송화, 심호흡을 하고 카운터 종업원에게로 향한다.

S#37. 한정식집 일실, 낮.

최의원과 마주 앉아 있는 송화.
최의원, 아무렇지 않게 식사 중인데,
송화, 가만히 고개를 숙인 채 젓가락만 들고 있다.

최의원   사직서가 웬 말이야. 월급이라도 올려줘? 그거 바래서 이래?
송화   (기가 막혀 보다) 그런 거 아닙니다.
최의원   아니면 뭐야. 스무 살짜리 애도 아니고. 내가 어디까지 어르고 달래야 돼?
        (답답한) 자기한테 좀 솔직해져봐.
송화   ...
최의원   지금도 봐봐, 이렇게 속살 하나 안 보이게 꽁꽁 싸매 입고 왔는데도 나는
        다 보이거든, 자기가. (보며) 자기 눈엔 관능이 있어.

그러며 최의원, 송화의 손을 잡으려 하면, 기겁해 손을 내리는 송화.

최의원	(쯧) 아니 대체 처녀도 아니면서 왜 이렇게 빼는 거야?
송화	(모멸감에 손에 힘이 꽉 들어가는, 그러다 무심코 녹음기 쪽을 보곤 용기를 내본다) 의원님 혹시, 지난번에 이대표님 별장에서.... 있었던 일... 기억나세요?
최의원	그땐 내가 취해서- (하다 멈칫, 이내 뻔뻔히) 아니 언제 얘기하는 거지? 난 기억이 안 나는데.
송화	(떨리는 목소리) 제 옷 벗기려 하고 때리셨던 게, 기억이 안 나신다구요?
최의원	(싸늘히 송화 보는) 지금 무슨 얘길 하는 거야.
송화	(긴장해 저도 모르게 녹음기 쪽을 힐긋 보는데...)
최의원	(시선 따라갔다 멈칫, 갑자기 태도 변하는) 아니 없는 말을 만들어낼 만큼 내가 그동안 혹시 뭐, 채비서한테 서운하게 한 게 있나?

송화, 갑자기 바뀐 최의원의 태도에 기가 막힌 듯 보는 데서

S#38. 건물 화장실, 낮.

화장실로 달려가 문을 쾅 닫더니 구역질을 하는 송화.
잠시 후 칸에서 나와, 입을 닦으며 멍하니 거울을 본다.
전화가 울려 받으면, 유리다.

유리	(F) 송화 씨, 괜찮아요?
송화	변호사님, 저... 할래요. 고소 그거, 할래요.
유리	(F) 충분히 생각해보신 거예요?
송화	(멍하니) *새끼... 저 *새끼는 아무렇지도 않게 멀쩡하게 살 텐데... 저만 이렇게 평생 괴로울 거 생각하면, 너무 억울하잖아요.

S#39. 최의원의 차 / 편웅의 사무실, 낮.

초조한 듯 엉덩이를 들썩이며 통화 중인 최의원.
사무실에서 전화를 받고 있는 편웅이고.

최의원   이대표, 이년이 아무래도 다른 꿍꿍이가 있는 것 같애.

편웅   아이고 의원님, 노파심 좀. 걱정 마시라니까.

최의원   (불안한) 아니야, 뭔가 이상해.

S#40. 실내 골프 연습장, 낮.

골프 연습장에 와 있는 유리.

유리   잘 생각하셨어요, 송화 씨. (사이) 고소장은 제가 바로 제출할게요. 네, 네.
그럼 좀 이따 봬요, 네.

유리가 전화 끊고 돌아서면,
어이없다는 듯 유리를 보고 서 있는 황대표가 보인다.

유리   (자리로 돌아오며) 어디까지 했었죠?

황대표   뭘 어디까지 해, 니 멋대로 처들어와서 스윙이 어쩌니 떠들다가 전화받고
자빠지고 있었지!

유리   아, 죄송해요 제가 요즘 엄청 바쁘잖아요, 사업이란 게 이게 쉽지 않네. 그
나저나 대표님, 저 저번에 대표님한테 제가 뭔지 알아버렸잖아요.

황대표   ...뭐야?

유리   (자리로 오더니 샷을 날리며) 마지막 양심인 거지.

황대표   (비웃는) 니가, 나한테?

유리   그런 의미에서, 대표님은 최여환 의원 얼마나 아세요?

황대표   니 입에서 최의원 이름이 왜 나와?

유리   아니 대한민국 국민이 국회의원 이름 꺼내는 게 이렇게 놀랄 일인가?

황대표   ...

유리	(골프채 거꾸로 들고 황대표 향해 다가가며) 이편웅, 최여환, 서동일보 권재신 사장, 남부지검 박주태 차장검사,
황대표	(이름 들을 때마다 움찔)
유리	이 사람들은 왜 모였을까요?

S#41. 어느 식당 일실, 낮.

정계장을 만나고 있는 정호.

정계장	(두꺼운 자료를 건네는) 아니 근데 갑자기 최여환 의원 자료들은 왜...
정호	(받아보며) 그냥 좀 알아볼 게 있어서.
정계장	(작게) 최여환 의원 수사 자료는 내사 종결된 것만 이 정도구요, 서동일보 권사장도 다 살펴보시려면 만만치 않긴 할 겁니다.
정호	혐의 없음, 기소유예, 약식기소. 아주 살기 좋은 나라야, 대한민국. 이편웅이랑 최여환은 팔라시오힐스 아파트 인허가 때 서로 알게 된 게 맞나?
정계장	네, 그때가 최의원이 임기가 끝나가서 재선을 노리던 차라, 서로 이익이 맞아떨어진 것 같습니다.

S#42. 실내 골프 연습장, 낮.

유리, 골프채 헤드를 황대표 앞에 마이크처럼 가져다대며

유리	이 아저씨들끼리 만나서 노는 게 세상에 밝혀지면, 떠들썩해지겠죠?
황대표	(주변을 마구 살피곤) ...너... 너, 막 이런 소리 하고 다니다, 진짜 다쳐!
유리	근데 설마 대표님도 여기 껴 계신 건 아니죠?
황대표	(발끈) 너 이게 날 뭘루 보고!!
유리	아님 다행이구요. 대표님도 이쪽저쪽 왔다 갔다 하지 마시고, 얼른 노선 정하세요. 있는 놈들 편드는 것까진 그렇다 치는데, 후진 놈들 편드는 건 너

무 가오 빠지잖아요?

S#43. 어느 vip 바, 밤.

INS 》 인사를 받으며 바 안으로 들어오는 편웅.
편웅과 최의원, 권사장, 박검사가 모여 앉아 술을 마시는데,
분노로 테이블을 쾅 내리찍는 최의원.

최의원 은혜도 모르는 년! 뒤에서 그딴 꿍꿍이를 품고 있을 줄 누가 알았냐고, 뭐
감히 나를 고소를 해?

박검사 너무 걱정하지 마세요. 어차피 자기 진술밖엔 증거도 없는 것 같더라고.

편웅 (한숨, 술 따르는) 그러게 제가 소개시켜주는 애들이랑만 노실 일이지, 왜.

최의원 내가 어디 공짜로 그랬겠어? 이대표도 알잖아 나 양심적인 거, 채비서 그
거 회사 생활 편하게 하도록 내가 얼마나 배려를 해줬다고!

권사장 어떡해, 이거 일 커지면 또 골치 아파지는 거 아니야?

편웅 아유 골치는요, 무슨 미투 그 철 지난 걸 가지고 걱정들을 하고 그러세요.

최의원 오늘 아주 작정을 하고 녹음을 해가지고 갔다니까!

편웅 걱정 마세요, 제가 다 손써뒀으니까.

S#44. 로 카페, 밤.

커피를 마시러 온 손님들로 제법 붐비는 카페,
송화가 유리의 사무실로 들어가면,
카페 손님 중 검은 모자를 쓴 **남자**, 커피 마시는 척 사무실을 주시하는데,
송화가 가방에서 무언갈 꺼내 유리에게 건네는 모습이 보이고,

S#45. 로 카페 인근 거리, 밤.

쓰레기봉투를 든 유리, 가방을 메고 나오는데,
호다닥 뒤따라 자전거를 타고 오는 준.

유리   (쓰레기 버리며, 씁쓸한 미소) 나 데려다주는 거?
준   네 오늘 형님은 어디 가보셔야 한다고, (눈치 살짝) 두 분 싸우셨어요?
유리   싸우긴 누가 싸워요! (그래놓곤) 싸웠다기보다는...
정호   ***(E) 난 이거 니가 안 했으면 좋겠어. 꼭 너여야 하는 건 아니잖아. (S#34)***
유리   (한숨 쉬곤, 애써) 의견이 다른 거지.

그러며 함께 도로변으로 나오는 두 사람인데,
그 순간 뒤에서 달려온 오토바이가 휙!! 유리의 가방을 낚아채 간다!
유리, 가방을 빼앗기며 중심을 잃고 넘어지는데,
순간적으로 놀라 오토바이를 뒤쫓아 달리다 다시 유리에게 달려오는 준.

준   사장님!! 괜찮으세요?!
유리   서울 강천 라 1907!
준   네?
유리   번호판이요! 빨리 신고해주세요!
준   아 네네!!

S#46. 로 카페, 밤.

유리, 어깨에 아이스 팩을 올려놓은 채고, 은강과 준 걱정스레 보는데,
유나를 안고 온 세연, '어, 어, 알았어' 하고 전화를 끊으면,

세연   잡긴 잡았는데, 녹음기 같은 건 본 적 없다고 죽어라 잡아뗀다네.
유리   (어이없어 보면)
준   말이 돼요, 지금 누가 봐도 그것 때문인 게 틀림없구만!

세연	걱정 마, 내가 가서 잘 조져볼게.
유리	뭘 조져, 넌 집에나 가 오늘 비번이라며.
세연	내가 집에 가게 생겼냐 니 가방이 털렸는데!

그때 소식을 들었는지 달려들어 오는 정호.
격양된 눈빛으로 유리를 찾는데, 순간 눈을 마주치면 안도하는 정호.
하지만 곧 욱하고 화가 솟는다.

S#47. 로 카페 계단실, 밤.

정호와 유리, 대치하듯 서 있다.

정호	이런 일을 겪고도 정말 하겠다고?
유리	...이런 일 뭐? 백번을 겪어도 할 일은 해야지.
정호	(답답한) 채송화 씨 진술 외에 증인이나 증거 있어?
유리	...무슨 말이 하고 싶은 거야.
정호	프레임 뒤집히는 거 한순간이야. 언론이랑 검찰이 이미 저쪽 편인데 무슨 수로-
유리	송화 씨 동료들 중에 목격자나 비슷한 피해자가 있는지부터 찾을 거야. 그 외 다른 비리는 없는지, 도덕적으로 떳떳한 인물이 아니란 다른 증거도 수집하고-
정호	꼭 너가 아니어도 되잖아.
유리	(멈칫해 보는) 또 그 얘기야?
정호	너도 송화 씨도 다칠 게 불 보듯 뻔한 일이야.
유리	(차갑게 보면)
정호	차라리 내가 할게.
유리	(기가 막혀 바라보다) ...니가 뭔데?
정호	...
유리	너 나 무시해?

정호	그 말이 아니잖아!
유리	그 말이 아님 뭔데, 나한테 위험한 게 뭐 너한텐 안 위험할까 봐?
정호	...
유리	믿어달라고 했잖아!
정호	널 못 믿어서가 아니라, 현실을 알아서야!
유리	현실? 여성 정책 운운하는 놈이, 뒤에선 자기 권력을 이용해 아이 혼자 키우면서 어렵게 사는 미혼모를 1년 넘게 추행해온 이 현실은, 안 보여?
정호	...
유리	성폭력 범죄의 처벌 등에 관한 특례법 제10조! 업무상 위력 등에 의한 추행! 업무, 고용이나 그 밖의 관계로 인하여 자기의 보호, 감독을 받는 사람에 대하여 위계 또는 위력으로 추행한 사람은, 3년 이하의 징역 또는 1500만 원 이하의 벌금에 처한다! 이게, 어려워?
정호	...
유리	한 사람을 모멸감에 밤마다 잠 못 들게 하는! 평생 지울 수 없는 끔찍한 기억을 새겨놓고서, 겨우 이 정도 벌을 주는 게, 그렇게 어렵냐고!
정호	(미치겠는) ...니가 다친다니까!!
유리	그러니까!! 다쳐도 내가 다치니까, 도와줄 거 아니면 제발 신경 좀 꺼줄래?

그러곤 바로 뒤돌아 방을 나가버리는 유리고.
답답해 미치겠는 얼굴로 남겨지는 정호.

S#48. 몽타주

#1. 로 카페 앞 테라스, 낮.
유리, 우진, 준과 화기애애 이야기 중인데, 정호가 내려오자 표정 굳는다.
그러더니 쌩하니 정호를 지나쳐 카페 안으로 들어가버리고,
덩달아 화난 얼굴이 되는 정호인데.
난감한 우진과 준이고.

#2. 해피슈퍼 앞, 낮.
슈퍼 문 앞에서 서로를 노려보고 있는 유리와 정호,
왜 저러나 싶어 두 사람 보며 떡을 먹고 있는 김천댁인데,

유리   내가 먼저 왔어!
정호   사람이 먼저 나가고 난 다음에 들어오는 게 순서가 맞지-
유리   (OL) 여기가 지하철이냐 내리고 타게!!

#3. 로 카페, 낮.
김천댁, 최여사, 준 수다가 한창이고, 간식을 가져다주는 은강인데,
카페 문이 열리며 들어오는 유리와 정호.

정호   (따라 들어오며) 언제까지 이럴 건데?
유리   내가 뭘 어쨌다고?
정호   너 원래 이렇게 유치했냐?
유리   그래 나 유치해!! 몰랐냐!!

정호, 돌아서더니 화나는 듯 카페 문을 확 열어젖히고 나가버리면,
유리 역시 사무실 문을 쾅!!! 닫고 들어간다.
그 소리에 경기하다 커피를 쏟는 최여사.

S#49. 해피슈퍼 앞 평상, 낮.

평상에 앉아 식사 중인 정호, 유리, 우진, 은강, 준, 김천댁, 최여사.
정호와 유리 사이엔 여전히 냉랭한 공기가 흐르고 있고.
일동, 두 사람의 눈치를 보느라 바쁜데,
갈치를 해체하는 유리의 손길 거칠고, 이를 못마땅히 보던 정호,

정호   갈치 살을 누가 그렇게 바르냐. 지느러미 쪽 뼈를 먼저 분리하고 그다음에

척추를 중심으로 살코기를 발라야-

유리 야 내가 갈치 하나 발라 먹는데도 니 참견을 들어야 돼? 나도 할 수 있어,
      나도 잘 바를 수 있다고!!

정호 이게 너만의 일이야? 다 같이 먹는 갈치 아니야!

정호와 유리 사이에 앉은 준이, 얹힐 것 같은 기분이고.
이에 준을 시작으로 최여사, 은강, 우진, 모두 한 번씩 김천댁을 본다.
하는 수 없이 다시 종이 한 장을 펼치며 일어나는 김천댁.

김천댁 2차 성명서. 지난번 지나친 애정 표현을 삼가 주십사 했던 내용을 철회하
       겠으니, 부디 서로를 향한 고성과 비방을 멈추고... 건물 안팎으로 경직된
       분위기를 조성하지 말아주시길 간곡히 부탁드립니다.

일동   (끄덕끄덕)

김천댁 사랑 싸움은 니들끼리만. 이상 은하빌딩 식구 일동.

유리/정호 (할 말은 많으나 할 수 없어 씩씩대기만...)

S#50. 로 카페 사무실, 낮.

유리, 홀로 생각에 잠겨 앉아 있는데 정호가 들어온다.
유리 앞으로 와 서는 정호.

정호 얘기 좀 해.

유리 (바라보다) ...이길 수 없는 싸움이다. 이러다 너네만 다친다. 현실이 그렇다.
      이거 다 우리 엄마랑 내가, 우리 아빠 오명 벗기려고 변호사 찾아다닐 때
      들었던 말이야.

정호 ...!

유리 김정호 니 말이 다 맞아, 맞는 거 아는데, 근데, (울컥) 난 그런 말하기 싫
      어 정호야. 정말 싫어.

정호 (맘 아픈)

유리   너는 왜 공부했는지 몰라도, 난, 토 나올 때까지 머릿속에 글자를 밀어넣고 또 밀어넣고 한 거, 그거 다 이런 순간을 위해서였어. 그러니까 니가 나 좀 응원해주면 안 돼?

이 말에 멈칫해 유리를 바라보는 정호고.

S#51. 정호의 본가 앞, 낮.

뭔가를 망설이듯 깊게 생각에 잠겨 본가 문 앞에 서 있는 정호.

유리   *(E) 니 말이 다 맞아, 맞는 거 아는데, 근데, 난 그런 말하기 싫어 정호야. 정말 싫어. (S#50)*

유리의 말이 떠오르자 결심한 듯 초인종에 손을 가져간다.
하지만 곧 다시 손을 거두는 정호, 한숨을 푹 쉬는데,
그때 현관문이 끼익 열리더니 고개를 내미는 연주, 놀라 보는 정호 향해

연주   아들 이제 그만 고민하고 들어와, 30분째야.

S#52. 승운의 서재, 낮.

승운 앞에 앉아 있는 정호. 두 사람 분위기 어색하기 그지없는데...
통과일과 음료 등을 가지고 들어오는 연주.
쟁반을 승운 앞에 던지듯 놓으며, 두 사람 옆에 앉는다.

연주   당신이 깎아요.
승운   (머쓱하게 과도와 과일을 집어 드는데)
연주   그래 여기까진 무슨 일이야 아들?

정호	...아버지께 드릴 말씀이 있어서.
연주	응 말해. 이제 두 사람의 은밀한 대화는 내 집 지붕 아래선 허용치 않기로 했어.
정호	...
승운	...
정호	답이 없어서 왔어요.
연주	앞뒤 잘라먹고 그렇게 말하면 안 되지.
정호	1년 넘게 자기 수행 비서를 성추행한 사건이에요. (정계장에게 받은 자료 건네며) 피의자는 여당의원이고, 목격자며 연루되어 있는 사람들이 만만치 않아요.
승운	(훑어보면)
정호	검찰 내 인맥까지 있는 마당에, 비집고 들어갈 틈이 하나도 안 보여서요. 어떻게 해야 할지... 정말 싫지만 조언을 구할 곳이 여기 밖에 없어서요.
승운	...어려운 일을 하려고 하는구나.
연주	(자료 뺏어와 읽는)
승운	이들끼리 서로를 보호해주는 건, 아직 서로한테 얻어낼 게 있어서야. 손해가 된다면 누구보다 빨리 갈라설 이들이지. 하지만 아직 이 정도 증거론 이들을 와해시키긴 쉬울 것 같지 않구나.
정호	...
승운	이제 검사도 아닌 놈이 대체 이 일은 왜 하려고 하는 거냐.
연주	(미소로) 안 봐도 뻔하죠, 뭐. (정호 보며) 좋은 사람을 사랑하니까 좋은 일을 위해 싸워볼 기회도 생기는 거야, 정호야.
정호	...!

S#53. 교도소 앞, 낮.

교도소 철문 앞에서 누군가를 기다리고 서 있는 유리,

| 유리 | 인맥은 뭐 지들만 있나. 나도 있다 이거야. |

은강   뭐 하는 놈인데요 이 새낀.

        INS 》교도소 안에서 출소 절차를 밟고 있는 **잠근문(남/30대)**, 그 위로

유리   (E) 그는, 열쇠공의 아들로 태어났지. 손재주가 어렸을 때부터 범상치 않았
        다고 해. 여섯 살에 이미 못 여는 문이 없었고, 자전거털이, 빈집털이로 청
        소년기를 보내고,

        철문이 열리고, 영화 〈오션스 일레븐〉스러운 음악과 함께
        선글라스에 껌을 씹으며 나오는 근문, 햇빛이 눈부신지 손을 들어 가린다.

유리   청와대는 물론 라스베가스 카지노까지 털어봤다는, 전설의 금고털이범!
은강   그런 새끼도 변호하셨어요?
유리   금고 털어서 11%는 늘 기부하는 사람이야, 나름 원칙이 있다고.
근문   (놀라 유리 보는) 뭐야, 변호사님이 어째서 여기 있죠? 혹시, waiting for
        me? (윙크) 역시 내 고백, 생각해보기로 했구나?
유리   말했잖아요, 계속 깜빵 드나드는 남자 옥바라지 못 한다고.
근문   (쓰게 웃으며) 내가 다 여는데, 변호사님 마음만 못 열었구나.
은강   (이 새낀 뭐지 싶고)

S#54. 로 카페, 밤.

        INS 》카페 앞에 붙어 있는 [close] 팻말.
        은강, 던지듯 샌드위치를 건네면,
        '땡스!' 하며 윙크와 함께 받는 근문, 허기진 듯 맛있게 먹어 치우기 시작한
        다.
        그 앞에 앉아 있는 유리와 준, 송화.

근문   그러니까 지금 문제의 그 녹음기, 그 펜이, 이편웅 대표의 스위트룸에 있다

는 건가요?

유리　위치추적기엔 그렇게 표시가 되고 있어요. (송화 보며) 이편웅이 나중에 최의원 협박용으로 쓸 수도 있으니 다행히 없어진 않은 것 같아요. 우리 소송에 결정적인 증거가 되진 못하지만, 그 새끼가 어떤 인간인진 아주 잘 담겨 있는 녹음이니까요.

송화　(끄덕)

근문　그럼 아마 금고 같은 데 넣어놨을 확률이 높겠네요.

유리　네, 제가 그래서 근문 씨를 찾은 거죠.

근문　(끄덕) 변호사님을 위해서라면 얼마든지.

준　헐~ 설마 그걸 다시 훔치시게요?

송화　(걱정) 괜찮을까요?

은강　저쪽에서 대놓고 반칙을 해오는데, 우리라고 페어플레이만 할 수 없지.

유리　(결심한 듯) 맞아요. 저쪽은 언론사에 검찰까지 달고 있는데, 무조건 원칙대로 해서는 못 이긴다는 게 제 결론이에요.

카르텔 4인방(최의원, 이편웅, 서동일보 권재신, 남부지검 박주태)이 그려진 화이트보드를 가져오며 본격적으로 설명하기 시작하는 유리.

유리　송화 씨 사건이 어려운 이유, 첫 번째. 아직까진 송화 씨 진술 외에 다른 증거가 없다는 점이에요. (자료 나눠주며) 이 자료는 최여환이 의원직을 맡게 된 이후부터 지금까지 그 밑에 있었던 모든 보좌진들에 대한 정보예요. 송화 씨와 유사한 피해를 입은 피해자들이 더 있었는지 확인해 송화 씨 진술 외 추가 증거를 확보해보려고 해요.

일동　(끄덕이면)

유리　그리고 두 번째. 별장 사건이 있었던 날, 그 자리에 있었던 이 네 사람. 정계, 법조계, 언론계 인사들로, 어떤 이유로 같이 모여 노는 사인진 알 수 없지만-

정호　(E) 2년 전부터 중대재해법 국회 통과를 막으려고 이편웅 주도하에 모인 카르텔이야.

언제 들어왔는지, 유리의 말을 자르고 화이트보드 앞에 서는 정호.
유리, 의아한 듯 정호를 보는데,

정호   하지만 중대재해법은 떡하니 통과가 됐고, 이편웅은 골프장 회원권에 수
      십 억짜리 분양권 남발했으나 돌아온 게 없는 상황이지.

유리   ...

정호   이런 상황에서 이들이 과연 최여환 의원을 어디까지 감싸려고 할까, 이게
      핵심이에요. 만약 감싸려고 든다면, 이기고 지고를 떠나서, 우리 쪽이 너무
      피를 보거든.

유리   피 볼 거 모르고 여기 있는 사람은 없어.

정호   볼 때 보더라도, 상처를 최소화하는 것. (송화를 보며) 그걸 우리 목표로
      하죠.

근문   (샌드위치를 다 먹고 우아하게 입을 닦더니, 흥미로운 듯 정호 보며) 저 젠
      틀맨은 누구~?

준   사장님 애인이요. 지금은 냉전 중이시지만요.

근문   (놀란) 오우.

유리, 또 무슨 바람이냐는 듯 팔짱을 낀 채 정호를 보는데,

정호   조만간 세계 여성의 날을 맞이해 [마리에 끄레르]에서 자선행사를 개최하
      거든, 거기에 최의원이 연사로 나올 거야.

유리   그래서?

정호   송화 씨만 괜찮다면, 그날을 노려보려고 하는데.

무슨 말이지 싶어 정호를 보는 유리와 송화에서.

S#55. 정호의 방, 밤.

정호의 방으로 들어오는 유리고, 뒤따라 들어오는 정호,

유리를 뒤에서부터 끌어안는다.

유리　지금 뭐 하는-
정호　내가 잘못했어.
유리　…
정호　널 정말로 위하는 게 뭔지도 몰랐던 내가 나빴어.
유리　…
정호　그러니까 포기하지 마. 너 하고 싶은 거 해. 좋은 일이든, 옳은 일이든, 나쁜 일이든, 위험한 일이든, 그게 뭐든, 내가 곁에 있을게.
유리　뭐야, 오늘은 듣고 싶은 말만 해주기 특집인가?
정호　아니, 내가 찾은 답이야. 난 너만 있음 되는데, 넌 나 말고, 잘못된 것도 바로잡아야 되는 큰사람이라, 내가 널 사랑하는 거였더라고.
유리　…
정호　그런 널 내 안에만 가두려 하니, 담길 리가. 그래서 결심했어, 그냥 널 닮아버리자고.
유리　분별력 있고 조언을 받아들일 줄 아는 불나방 이거, 아무나 할 수 있는 게 아닌데, 괜찮겠어?
정호　(픽 웃으며) 노력해보려고.

S#56. 해피슈퍼 앞 평상, 밤.

술잔을 훅 들이키는 김천댁과 눈물을 닦고 있는 최여사.
그 앞엔 송화와 은강, 준이 앉아 있다.

최여사　(송화를 철썩 때리며) 아니 그런 일이 있었으면 진작 말을 하지 그랬어!
김천댁　(다시 술잔 들이키고) 어우, 그 시발로무새끼!
송화　어차피 곧 알게 되실 거라 먼저 말씀 드려요.
김천댁　그런 새끼들은 아주 그냥 홀딱 벗겨다 광화문 네 거리에 걸어서 말려 죽여버려야 되는데!

정호와 유리가 다가오는 모습이 보이자,

김천댁 아니 주인총각, 둘이 고만 싸우고, 이거부터 어떻게 해결해야 하는 거 아니야?

정호 (와서 앉으며) 안 그래도 계획이 있긴 한데...

최여사 계획이 뭔데?

S#57. 팔라시오 호텔 로비, 낮.

로비에 잡지 따위를 펼치고 앉아 있는 준, 귀엔 수신기가 꽂혀 있다.
차려입은 편웅이 한실장의 보필을 받아 호텔을 나가는 모습이 보이자

준 (속삭이는) 구렁이가 방금 담을 넘어 나갔습니다, 들어오십쇼!

그러자 잠시 후 다른 쪽 문이 열리며,
휴양지에 온 듯 하와이안 셔츠 차림의 정호와 원피스 차림의 유리가
캐리어를 끌고 팔라시오 호텔 로비로 들어선다.
마찬가지로 귀에 수신기를 끼고 있는 유리와 정호고.
리셉션으로 오면, 반겨주는 직원들인데,

정호 예약한 스위트룸으로 체크인 하려고 하는데요.

직원1 네 도와드리겠습니다.

유리 창이 한강 쪽으로 나 있는 방 맞죠? 아니 우리 자기가 오행에서 수水가 부족해서 꼭 물 쪽으로 머릴 두고 자야 되거든요.

S#58. 팔라시오 호텔 스위트룸 앞 복도, 낮.

방 앞에 서서, 리셉션과 통화 중인 유리.

유리   아니 키를 다 안에 두고 나와버려서, 올라와서 마스터키로 열어주심 안 될
             까요? 네네,

             유리가 전화를 끊으면, 직원이 오길 기다리며,
             복도 끝에 있는 편웅의 방을 본다.
             두 명의 가드가 앞을 지키고 있는 모습이 보이고,

유리   저 방 맞는 거지?
정호   (끄덕하곤) 근데 그 잠긴문인지, 잠금문인지 그 새긴 뭐 하는 새끼야?
유리   말했잖아, 열쇠공의 아들로 태어나서-
정호   그 얘기가 아니고, 왜 너한테 치근대냐고.
유리   라스베가스 유학파라니까.
정호   이게 뭐 미국 사람들은 아무한테나 들이대는 줄 아나!

             호텔 직원이 다가오는 것이 보이자 정호 향해 '쉬쉬!' 하는 유리.

유리   아니 우리 자기가 글쎄 카드를 다 두고 문을 닫아버린 거예요, 정신머리
             없이.
정호   (이렇게까지 할 필요가 있냐는 듯 유리 보는데)
유리   (아랑곳 않고 계속 연기하는) 번거롭게 해드려서 정말 죄송해요~
호텔직원 (미소) 아닙니다 괜찮습니다.

             직원이 문을 열면, '어머 자기야 열렸다~' 하며 호들갑인 유리인데,
             그때 엘리베이터 문이 땡 소리와 함께 열리며, 근문과 준이 내린다.
             슈트 차림의 근문, 유리 일행을 스쳐 가며 세상 스무스하게
             호텔 직원의 주머니에서 조금 전 사용한 마스터키를 훔쳐낸다.
             그러며 유리와 정호를 향해 느끼한 윙크를 보내는 것도 놓치지 않는데,
             준, 무지 신났지만 포커페이스를 유지하기 위해 움찔움찔.

유리와 정호, 그런 준에게 끄덕해 보이고 방으로 들어가면,
준, 다시 앞을 보는데, 저만치 편옹의 스위트룸 앞을 지키며 서 있는 가드1, 2가 보인다.

정호 (E) 근데 문제는, 문 앞을 지키고 선 놈들이 항상 있다는 거야.

S#59. 해피슈퍼 앞 평상, 밤. (회상)

평상에 둥그렇게 머리를 모으고 앉아 있는, 유리, 정호, 준, 은강, 송화, 김천댁, 최여사.

준 (손날을 세워 튕겨 보이며) 급소를 쳐서 기절시키면 안 될까요?
은강 급소를 쳐도 걔네가 우릴 치지 우리가 걔넬 치겠냐?
유리 액션 영화에서 아무렇게나 해서 그렇지, 그렇게 사람 쳐서 기절시키는 것도 폭행치상죄, 상해죄에 해당돼요.
송화 그럼 음료수에 약을 타서 드리는 건 어떨까요?
유리 그것도 상대방 신체에 대한 유형력이 행사된 걸로 봐서 기본 폭행이고-
정호 (OL) 이미 방실침입에 특수절도야, 여기 다 공범인 거고. 그게 무슨 의미야.
유리 아니 내 말은, 죄를 지을 때 짓더라도 죗값을 가장 약하게 가자는 거지.
최여사 (과자를 먹으며 앉았다) 뭘 그렇게들 어렵게 생각해?
김천댁 그러니까.

S#60. 팔라시오 호텔 스위트룸 앞 복도, 낮.

준과 근문, 긴장한 얼굴로 직진해 가는데,
그때 비상계단의 문을 열고 나오는 김천댁과 최여사.
대뜸 편옹의 방으로 향하면, 가드들 의아해 두 사람 막아선다.

최여사   (목소리 큰) 오빠는 누구야? 어머! 이 방이 아닌가? 언니 우리 잘못 왔나
         봐!

김천댁   그러게 똑바로 봤어야지-

그러더니 갑자기 머리를 붙잡으며 휘청이는 김천댁!
어억- 하더니 과장된 몸짓으로 쓰러진다.
'어머 언니~~' 하며 새된 비명을 지르는 최여사!

최여사   언니 왜 그래!!! 숨을, 숨을 안 쉬어 어머 어떡해!! (가드들 향해) 오빠, 우
         리 언니 좀 어떻게 해봐!!! 아이고 언니~~~

가드1   (당황하는데) 호텔에 연락하시면-

최여사   (가드1 끌고 와) 사람이 죽어가는데 연락은 무슨 연락! 업어 얼른!!! 여기
         사람 죽어요~~!!!!

가드1   (강요에 못 이겨 김천댁 들쳐 업으려 하면)

최여사   (가드2 등짝 마구 때리며) 야 너는 친구가 도와주는데 가만히 서 있기만
         하냐, 빨리 같이 들어!!! (판소리인지 곡인지 모를) 아니 언니 이게 무슨 일이
         야, 아들딸 자식 장가 다 보내고 말년에 맘 편히 좀 놀아봤렸더니 심장이
         말썽이네~ 아니 이게 대체 무슨 일이야~

최여사의 등살에 못 이겨 가드1과 가드2, 김천댁을 들쳐 업고 달려 엘리베
이터로 향한다.
최여사의 요란한 곡소리와 함께 엘리베이터 문이 닫히면,
복도에 남겨진 근문과 준. 휴~ 한숨 쉬며 서로를 보는.

S#61. 유리와 정호의 스위트룸, 낮.

유리, 어느새 드레스로 갈아입고 나와 거울을 보며 귀걸이를 끼고 있고,
안에선 정장바지를 입은 정호가 셔츠 단추를 꿰고 있다.

유리   들어갔어요?!

S#62. 편웅의 스위트룸, 낮.

편웅의 스위트룸에 들어와 있는 준과 근문.

준   들어왔어요!!

편웅의 방에서 금고를 발견하고, 그 앞에서 가방을 풀고 있는 근문이다.

유리   (F) 어때요, 할 수 있겠어요?
근문   (미소로) 오브 콜스. 전, 변호사님을 위해선 뭐든 열 수 있다니까요.

S#63. 유리와 정호의 스위트룸, 낮.

넥타이를 하던 정호, 근문의 말에 빡쳐서 도끼눈으로 유리를 보는데,
유리, 태연히 화장을 마무리하고 있을 뿐이고.

유리   그럼 저흰 먼저 행사장으로 갈게요.
근문   (F) 굿 럭 베이비 걸.
정호   (폭발) 베이비 걸은 무슨, 야!!

S#64. 자선행사장 입구, 낮.

블랙 타이를 드레스 코드로 한 자선행사장 입구.
정호와 유리, 멋지게 차려입고 누군가를 기다리듯 서 있는데,

아무도 보지 않을 때 유리의 이마에 몰래 도둑 키스를 하는 정호고.
그들 앞으로 택시가 멈춰 서며 안에서 송화가 내린다.
다가가 송화를 향해 손을 건네는 유리고.
정호, 드레스를 입은 채 함께 웃는 유리와 송화를 보는데,
그 모습 몹시 아름다워 잠시 흐뭇이 바라본다.
그때 박수를 치며 다가오는 편웅,

편웅   브라보!! 어우 눈 부셔~~ 여기서 막 빛이 나서 내가 한번 와봤잖아. 근데
      그게 하필 또 우리 김변이네?

      편웅, 다가오려 하면, 유리와 송화 앞을 막아서는 정호고,
      송화의 손을 꼭 잡는 유리.

정호   아아 어디서 구린내가 이렇게 나나 했더니, 너였구나.
편웅   (주변 살피곤) 조카, 사람들도 많은데 위아래 없이 이럼 안 되지?
정호   우리가 위아래 따질 사이가 아니잖아.
편웅   (더 가까이 다가서며) 내가 저번에 그렇게 나이스하게 휴전 신청을 했는
      데, (송화를 똑바로 보며) 이렇게 개무시하기 있긴가?
유리   그게 싫으면 더럽게 살지를 말았어야지.
편웅   (기가 차 웃곤) 감당할 수 있겠어, 김변? (유리와 송화가 잡은 손을 보며)
      두 사람이 뭘 상상하든 더 많은 걸 잃게 될 텐데.
송화   (떨면)
정호   같잖은 협박 집어치우고 꺼져.
편웅   (유리를 보며 정호의 귀에 속삭이는) 이번엔 니들이 시작한 거야. 난 경고
      했다 그럼.

      싸늘한 얼굴로 바라보다 가버리는 편웅이고,
      정호, 돌아서선 굳은 얼굴의 송화를 보곤,

정호   저딴 협박에 쫄 거 없어요 송화 씨.

송화   (웃으며) 저 안 쫄았어요. 도와주시는 분들이 이렇게 많은데, 용기 내야죠.

유리   (팔짱 내밀며) 그럼 들어갈까요?

유리와 팔짱을 낀 송화, 입장하고, 그들을 뒤따라 들어가는 정호.

S#65. 자선행사장, 낮.

자선행사장 내부, 이미 연설을 시작한 최의원이고.
그 모습을 웃으며 지켜보는 서동일보 권사장과 박검사의 모습이 보인다.
편웅, 별로 좋지 않은 표정으로 정호와 유리 일행을 주시하는데,

최의원   이런 뜻깊은 행사에 이렇게 많은 분들이 참여해주신 걸 보고 있자니, 이 나라 양성평등을 위해 노력하고 있는 게, 이 최여환이 혼자만은 아닌 것 같아서 아주 위로가 됩니다.

일동, 박수를 치면 흡족하게 보는 최의원.

S#66. 자선행사장 2층 음향실, 낮.

음향실에 앉아 있는 직원1, 2.
직원1이 돌아앉으며 '어이 알바' 하고 부르면,
모자를 깊숙이 눌러 쓴 은강이 일어서며 다가온다.

은강   부르셨어요.

직원1   어, 아까 최의원 쪽에서 연설 끝날 때 뭐 틀어달라 한 거 있다며?

은강   아 네. (USB 가져오며) 제가 하겠습니다, 나가서 담배 한 대씩 피고 오시죠.

직원1   (흠) 그럴까 그럼?

S#67. 자선행사장, 낮.

이어지는 최의원의 연설.

최의원 오늘 이 행사가 여성들이 겪는 불이익, 불평등, 불공정을 조금이라도 해결
할 수 있는 교두보가 되기를 바라며, 제가 늘 하는 말을 오늘도 제창해보
려 합니다, 딸들이여, 야망하라!
유리 (차갑게 지켜보며) 걸스 비 엠비셔스.
최의원 걸스 비 엠비셔스(Girls Be Ambitious)!!

최의원 외치면, 일동 박수를 치는데,
그때 스피커에서 큰 소리로 울려 퍼지는 최의원의 목소리.

최의원 *(E) 자기 눈엔 관능이 있어. 아니 대체 처녀도 아니면서 왜 이렇게 빼는 거
야? (S#37)*

관객들, 웅성이기 시작하고,
단번에 굳어지는 편웅과 멈칫하는 권사장, 박검사.
놀란 최의원, 스태프들 향해 '꺼 이거, 당장 끄라고!!!' 소리치는데,
직원들 우왕좌왕한다.

최의원 *(E) 지금도 봐봐, 이렇게 속살 하나 안 보이게 꽁꽁 싸매 입고 왔는데도 나
는 다 보이거든, 자기가. (S#37)*

INS 》음향실 직원1, 2 헐레벌떡 달려오는데,
자물쇠로 잠겨 있는 2층 음향실 문!

최의원 *(E) 월급이라도 올려줘? 그거 바래서 이래? (S#37)*

참석해 있던 기자들, 상황 파악이 되자
도망치듯 내려오는 최의원을 향해 플래시를 터트리기 시작하고,
편웅, 분노를 삼키기 위해 술잔을 훅 들이키는데,
이번엔 힙합 리듬과 함께 반복되는 최의원의 음성.

최의원   *(E) 자, 자, 자, 자기 눈엔 관, 관, 관, 관능이 있어.*

모두를 조용히 지켜보며 서 있는 유리와 송화, 정호.
슈트로 갈아입은 준, 은강이 양손 가득 샴페인 잔을 가지고 합류하면,
한 잔씩 나눠가지는 일동, 짠 하고 잔을 부딪치는 데서, **13화 엔딩**.

14 화

즐거운 날 오고야 말리니

<u>S#1.</u>   자선행사장, 낮.

연설을 끝내는 최의원, '걸스 비 엠비셔스(Girls Be Ambitious)!!' 외치면,
일동 박수를 치는데, 스피커에서 최의원의 녹음된 목소리가 들려온다.

최의원   *(E) 자기 눈엔 관능이 있어. 아니 대체 처녀도 아니면서 왜 이렇게 빼는 거*
        야? (13화 S#37)

관객들, 웅성이기 시작하고,
단번에 굳어지는 편옹과 멈칫하는 권사장, 박 검사.
놀란 최의원, 스태프들 향해 '꺼 이거, 당장 끄라고!!!' 소리치는데,
직원들 우왕좌왕한다.

최의원   *(E) 지금도 봐봐, 이렇게 속살 하나 안 보이게 꽁꽁 싸매 입고 왔는데도 나*
        는 다 보이거든, 자기가. (13화 S#37)

굳은 얼굴로 모든 걸 지켜보고 있는 유리와 정호, 송화고.

최의원   *(E) 월급이라도 올려줘? 그거 바래서 이래? (13화 S#37)*

참석해 있던 기자들, 상황 파악이 되자
도망치듯 내려오는 최의원을 향해 플래시를 터트리기 시작하고,
편웅, 분노를 삼키기 위해 술잔을 훅 들이킨다.
이번엔 힙합 리듬과 함께 반복되는 최의원의 음성.
'자, 자, 자, 자기 눈엔 관, 관, 관, 관능이 있어.'
기가 찬 듯 웃으며 다시 정호와 유리가 서 있는 곳을 보는 편웅인데,
눈 마주치면 윙크를 보내는 유리다.
슈트로 갈아입은 준과 은강이 양손 가득 샴페인 잔을 가지고 합류하면,
한 잔씩 나눠가지는 일동, 짠 하고 잔을 부딪친다.

S#2.   황대표의 사무실, 밤.

혼밥 하며 휴대폰으로 최의원의 자선행사장 동영상을 시청 중인 황대표.

황대표   자기 눈엔 관, 관, 관, 관능이 있어.

영상 속 랩을 따라해보곤 낄낄 웃는 황대표인데,
그때 편웅에게서 전화가 오자 웃음을 뚝 그친다.

황대표   (안절부절) 아니 왜 나한테... (먹던 음식마저 씹고 전화받는) 네 대표님.

S#3.   팔라시오 호텔 스위트룸, 밤.

편웅의 거실에 모여 있는 최의원, 박검사, 권사장.
어쩔 줄 몰라 하며 미친 듯이 서성이는 최의원,

최의원   해결한다며 해결한다며!! 이게 대체 뭐야, 응?

그사이 편웅, 방 안에 부서져 있는 제 금고를 확인하고 기가 찬 듯 웃는다.
밖에선 '이대표!!' 하며 고함을 치는 최의원이고,
이에 편웅, 거실로 나오면 때마침 황대표가 인사를 하며 들어온다.
들어오자마자 최의원 등을 발견하고 얼음이 되는 황대표.

편웅   아, 아시죠 우리 황앤구 황대표. 인사들 하세요.

권사장과 박검사가 꾸벅해오면, 이게 아닌데 싶은 황대표, 저도 꾸벅하곤
이들과 거리를 두겠다는 듯 저~기 끄트머리로 가 앉는다.

최의원   인사하고 앉아 있게 생겼어? 어떡할 거냐고!!
편웅   의원님은 일단 좀 진정하시고,
최의원   진정해? 뭘 어떻게 진정해!! 만천하에 이 최여환이 얼굴이 똥칠이 됐는데!!
황대표   (혼잣말로 궁시렁) 그 똥은 누가 쌌는데...
편웅   여기서 대처만 잘하면 돼요. 연예인들도 봐봐, 사건 사고 있어도 다들 잘
           만 다시 나온다고.
권사장   그래 정치 인생도 가다 보면 이런 일도 있는 거지.
박검사   오늘 일도 사실 피해자는 의원님이에요. 비선지 뭔지 그 계집애 발칙하대?
           명예훼손으로 고소해서 법 무서운 줄 알려줘야지,
황대표   (저도 모르게 코웃음 쳤다 일동 보면) 아 제가 비염이 있어가지고... (코 흥
           흥)
최의원   아니 맞고소하니 어쩌니 했다 더 시끄러워지는 거 아니냐구. (괴로운) 대
           체 이거 어떻게 책임질 거야, 응?
편웅   (싸늘히 보지만) 어떻게 책임을 져드려야 되나? 응? 황대표?
황대표   뭐어... 일단은 사과를 하고 일선에서 잠시 물러 서 계시는 게...
최의원   (버럭) 뭐야!? 넌 뭔데 그따위로 말해!
황대표   (놀라 보는)

cut to 》모두 가고 편웅과 황대표만 남아 있다.
편웅, 황대표에게 부담스러울 정도로 가까이 다가서며,

편웅	내가 딴생각 하는 놈 냄새는 기가 막히게 맡거든 (킁 냄새 맡는)
황대표	(긴장해 서 있다) 제가 청국장을 먹고 와서..
편웅	(으흥흥) 우리 황대표님 나 말고 누구 있는 거 아니지?
황대표	(진땀) 아유, 그럴 리가요.

S#4. 황대표의 차 / 진기의 레스토랑 [뇨끼], 밤.

유리에게 전화하며 가는 황대표,
진기의 레스토랑에 있는 유리와 화면 분할되며

유리	아니 그쪽에 벌써 불려가셨어요? 발 빠르네 발 빨라.
황대표	너 어떡할 거야?
유리	대표님은 어떡할 건데요? 설마 이번에도 그놈들 편들 건 아니죠? 대표님은 갱생 가능한 악당이야, 근데 여기서. 더 가잖아, 그럼 이제 죽어서 유황불에 온천 가는 거야!

'야 너 끊어!' 소리치고 전화 끊으면 몹시 괴로운 황대표.

황대표	그 독이 든 가재를 먹는 게 아니었는데... (기사 향해) 랍스타 횟집 잘하는데 좀 찾아봐봐, 도로 사주고 치워야지 안 되겠어.

S#5. 진기의 레스토랑 [뇨끼], 밤.

구석에 있던 유리, 전화를 끊고 오면,
테이블에 둘러앉은 정호, 은강, 준, 송화, 김천댁, 최여사가 보이고.
진기가 음식을 가져오는 사이, 유리, 와인을 한 잔씩 따라 돌리며,

유리   오늘은 우리 고생했으니 근사하게 먹자구요!

       휴대폰을 보고 있는 준, 포털은 이미 도망치는 최의원의 사진과 기사로 도
       배되어 있다.

준   (휴대폰 기사 헤드라인 읽는) [최여환 의원의 성희롱으로 얼룩진 여성의
       날], [최여환 의원 비서 성추행 혐의로 고소돼], [만천하에 밝혀진 두 얼굴
       의 최의원]! 완전 난린데요, 사장님?
정호   아직 시작일 뿐이야 들뜨지 마.

S#6.   유리의 오피스텔, 낮.

       TV 뉴스를 틀어놓고 노트북 앞에 앉아 있는 유리인데,
       최의원의 뉴스가 나오기 시작하자 집중한다.
       커피를 내리며 그 모습 지켜보는 정호.

앵커   (F) 최여환 의원이 바로 기자회견을 열었습니다. 비서와의 부적절한 관계
       에 대해선 인정하지만 이는 합의에 의한 것이었을 뿐, 그 어떤 강압도 없었
       다는 게 현재 최의원의 주장이죠?
기자1   (F) 네, 해당 비서와의 문자 내역을 공개해 범죄가 있었다고 주장한 당시
       에도 두 사람이 원만한 사이를 유지하고 있었으며, 도리어 채비서가 금전
       을 요구하며 협박해 최의원이 관계를 끝내려 하자 이번 폭로가 이루어진
       것이라 주장했습니다.
유리   (분통) 어째 저놈의 꽃뱀 프레임은 시간이 지나도 변하질 않나? 아주 클래
       식이야 클래식! (그러곤 노트북에서 뭔가를 열심히 하면)
정호   (유리 앞에 커피 내려놓으며) 뭐 해?
유리   악플 캡처 중! 아주 싹 다 모아서 고소해버릴 거야!
정호   ...채송화 씨한텐 충분히 미리 설명한 거지?
유리   (끄덕끄덕, 한숨) 그런다고 저 파렴치를 뜬 눈으로 볼 수 있겠냐만은. (그

러며 송화에게 전화를 거는) 송화 씨, (사이) 어머, 그래요? 네네. 네.

한숨을 쉬며 전화를 끊는 유리,

정호   왜 무슨 일인데?

유리   아니, 이슬이가 유치원에서 좀 싸웠다나 봐. 이따 전화한다고. (일어서며)
아무래도 내가 가봐야지 안 되겠어.

정호   넌 출근해. 내가 대신 갈게.

유리   (의아한 듯 보는 데서)

S#7.   유치원 앞 거리, 낮.

송화, 헐레벌떡 이슬이의 유치원으로 향하고 있다.
유치원 앞에 다다라 무엇을 보았는지 놀라 멈춰 서는데,
시선 따라가 보면, 정호가 팔짱을 낀 채 유치원 돌담에 기대어 서 있다.

송화   아니 변호사님이 여긴 어쩐 일로...?

정호   그냥, (똑바로 서며) 제가 조금이라도 도움이 될 수 있을까 해서요.

송화   (고마워 보는)

정호는 송화에게 묘한 미안함을 느껴, 뭐라도 갚고 싶은 마음이다.

S#8.   유치원 일실, 낮.

테이블을 가운데 두고
수빈(여/7)과 **수빈모(여/30대)**와 대치하듯 앉아 있는 정호, 이슬, 송화.
유치원 담임, 상석에 앉아 난처한 얼굴이다.

정호	정리하자면, 수빈이는 이슬이가, 이슬이는 수빈이가 먼저 때렸다고 주장하고 있는 상황인 거죠?
담임	네... 하필 CCTV가 안 잡히는 쪽에서 싸움이 나서...
수빈모	다른 애들이 글쎄 이슬이가 일방적으로 때렸다잖아요!!
정호	어머니 잠깐 진정하시구요.
수빈모	그쪽은 누구신데요? (살짝 눈치) 애 아빠는 없다고 들었는데..
정호	아 저는 (명함 꺼내 건네며) 요 건너편에 있는 [변호사사무실 로 카페] 소속, 김정호 변호삽니다.
수빈모	(살짝 놀란) 변호사요?
정호	예, 현재는 강이슬 양 대리해서 와 있지만, 상황을 중재하는 게 목적이구요.
수빈모	(어이가 없고)
정호	이슬아, 지금 수빈이 진술은 다른 친구들 목격 내용과도 동일하고 신빙성이 있어. 이럴 땐 어른들이 먼저 넘겨짚기 전에 네가 먼저 솔직하게 말해주는 게 좋아. 떼쓴다고 엄연한 진실이 바뀌진 않거든.
이슬	(씩씩 대며 보다) 저는 정정당당이에요. 아저씨가 저번에 헨젤이랑 그레텔이 마녀 죽인 건 정정당당이라 벌 안 받는다고 했잖아요!
송화/담임	?
정호	정정당당이 아니라 정당방위. 정당방위를 주장하려면 수빈이가 너한테 먼저 뭘 했는지를 말해야지.
이슬	(고집스레 제 손만 보면) ...말하기 싫어요.
수빈모	하! 기가 막혀서, 지금 뭐 하세요? 바로 사과해도 용서해줄까 말까구만!
송화	(답답) 강이슬 너 말 안 해!!
이슬	(고집스레 입 다무는)
수빈모	쯧쯧, 애가 아주 엄말 닮아서 거짓말을 밥 먹듯이- (정호 보곤 멈칫 하는데)
수빈	(이슬이 노려보다) 엄마 닮아서 거짓말쟁이래요!!!

또다시 화난 이슬이 수빈이에게 달려들려고 하는 걸 막아 세우는 정호.

수빈모	어머어머, 쟨 무슨 애가, 이런 데도 사과 안 할 거예요? 이런 식이면 같이 유치원 못 다니죠!
정호	사과해야죠. 폭력은 잘못된 거니까. 이슬아, 친구가 아무리 부모 욕을 해도 때리면 안 되는 게 이 사회 룰이야. 아쉽지만 이건 정당방위가 안 돼.
이슬	(울분에 차 보는데)
정호	근데 또 어린인 잘못을 해도 처벌받질 않거든. (수빈모 보며) 하지만 어른은 다르겠죠?
수빈모	뭐예요?
정호	'쯧쯧, 애가 아주 엄말 닮아서 거짓말을 밥 먹듯이'
수빈모	...!
정호	이슬이는 수빈이한테 사과하고, 수빈이 어머니는 이슬이 어머니랑 저랑 같이 가까운 경찰서로 가시죠. 아까 하신 발언이 모욕 및 명예훼손에 해당되는지 안 되는지, 가서 자세히 좀 따져볼까 하거든요.

S#9.   유치원 앞, 낮.

정호를 따라 이슬의 손을 잡고 나오는 송화고.
그리고 잠시 뒤에 쭈뼛대며 유치원에서 나오는 수빈모와 수빈인데...
송화, 갑자기 이슬이의 손을 정호의 손에 맡기더니
뒤돌아 얼음이 되어 서 있는 수빈모에게 향한다.

송화	당신이 뒤에서 아이 앞에 두고 나에 대해서 뭐라고 떠드는지, 관심 없어요.
수빈모	... (눈 피하는)
송화	하지만 혹시 당신이 나와 똑같은 일을 당했을 때, 그때 당신 아이가 똑같을 말을 듣고, 가슴 찢어지는 일이 없기를 바래서, 그래서 제가 용기를 낸 거거든요.
수빈모	(송화 보는)
송화	그러니까 함부로 판단하지 말아주세요.

그러곤 다시 뒤돌아 정호에게 오는 송화, '가시죠.' 하면,
정호, 잔잔히 웃으며 '그러시죠.' 한다.
이슬의 손을 잡고 당당히 가는 송화 뒤로 타이틀 올라온다.
[제14화 즐거운 날 오고야 말리니]

S#10. 검찰청 앞, 낮.

유리와 송화, 정호를 따라 검찰청으로 가고 있다.

정호   (충격으로 멈춰 서선) 뭐, 누구?
유리   (가며) ...백건만.
정호   백건마안? 그 백건만이 지금, (어이없는) 담당 검사라고?
유리   (시선 피하며) 아니 나도 뭐 재수야 없지만 어쩌겠어.
정호   (계속 유리 보면)
유리   차라리 다행이지! 누가 되든 이편웅 쪽 사람이라 얘기도 제대로 안 듣고
         끝내려 할 텐데, 그나마 아는 얼굴인 게 낫지.
송화   (보면)
유리   아, 담당 검사가 저희 대학 선배거든요. (그러다 멈춰 서며) 이쯤에서 할까
         요 그럼?
정호   (깊은 한숨)
송화   (주변 둘러보며 부끄러운) 꼭 해야 되는 거죠?
유리   아 그럼요!! (해맑게) 할게요! (손 내밀며 선창) 우리는!!
유리/송화/정호   (동시에 외치는) 할 수 있다, 할 수 있다, 할 수 있다!!

히힛 웃는 유리와는 달리 벌써 기 빨린 정호와 송화고.
'그럼 들어갑시다 이제!' 하는 유리.

S#11. 백건만의 검사실, 낮.

홍계장에게 조사를 받고 있는 송화, 정호, 유리.
정호와 유리가 송화를 가운데 두고 보호하듯 앉아 있는지라,
조사 중인 홍계장도 부담이 상당하다.

홍계장   그러니까 치마 속으로 손을 넣고 허벅지를 쓰다듬었다, 그거죠? 이날 입은
치마는 어떤 모양이었죠?

송화   A라인 스커트였어요, 무릎까지 오는 길이였구요.

홍계장   들추기 좋은 스타일이구만, 그럼 아예 바지를 입지 그랬어요?

유리   (턱을 괴고 빤히 바라보고 있다) 수사관님?

홍계장   (한숨) 네.

유리   이거 경찰 조사에서 이미 다 물어본 내용 아닙니까? 조사 녹화한 건 어디
국 끓여 드셨어요? 왜 똑같은 걸 계속 물어보세요?

홍계장   거, 일관성을 보려고 하는 거 아닙니까. 진술이 달라지는지가 중요하니까!

정호   (참으라는 듯 보면)

유리   (마지못해 계속하라는 듯 손짓)

홍계장   추행이 시작된 이후로도 1년 넘게 변화 없이 근무를 지속하셨던데, 싫었으
면 바로 신고를 했어야 하는 거 아닌가요? 왜 이제 와서-

유리   수사관님,

홍계장   (깊은 한숨) 또 왜요오.

유리   아니, 같은 말을 해도 아 다르고 어 다른 건데, 무슨 질문을 그딴 식으로-

송화   괜찮아요 변호사님. 의원님을 신고한다는 게 저한텐 너무 무서운 일이기
도 했고... 당장 사직하면, 아이와 살아가야 할 일이 막막해서... 조금만 버
티면 상황이 나아지겠지 했었던 건데...

홍계장   여기 채송화 씨의 출퇴근 기록을 보면요, 아이가 아프거나 유치원에 일이
있을 때마다 늦게 출근하거나 일찍 퇴근한 기록들이 눈에 띄던데요. 회사
에서 유독 채송화 씨의 편의를 봐줬다는 생각은 안 드십니까?

송화   (황당해) ...그, 그게 무슨...

유리   수사관님?

홍계장	아 또 왜요오! 제발 피해자 답변 좀 들읍시다!!
유리	방금 하신 질문이 추행 건과 대체 무슨 관련이 있죠?
홍계장	사실 관계를 밝히려면 다 조사가 필요한 부분이라 묻는 겁니다!
정호	그럼 의원실에 있는 다른 직원들 출퇴근 시간도 전부 확인하셨나요? 유독 채송화 씨의 편의를 봐줬단 억측을 내뱉기 전에 자료는 전부 검토하셨냐 묻는 겁니다.
홍계장	...그거야,
정호	(던지듯 자료 건네며) 저흰 했거든요. 아이가 있는 직원들은 남녀 구분 없이 유연하게 출퇴근들을 했더라구요. 채송화 씨만 특혜를 받은 게 아니라.
홍계장	(할 말 없고...)
유리	이러니 이러니 이러니, 누가 나서서 피해 사실을 알리려고 하겠어요? 아까 물으셨죠, 왜 바로 신고 안 했냐고. 그 질문엔 스스로 답을 하신 것 같네요. 그럼 다음 질문.
건만	(E) 여전하네 김유리.

이 말에 일동, 고개를 들어 보면,
건만이 팔짱을 끼고 기대어 서서 유리를 아련히 보고 있다.

S#12. (인터뷰) 검찰청 일각, 낮.

깊은 빡침을 다스려 누르듯 한숨을 쉬는 정호.

| 정호 | 제가 가장 싫어하는 인간 족속 중 하나죠. |

S#13. 백건만의 검사실, 낮.

마음에 들지 않는다는 듯 건만을 보고 있는 정호고.

유리 (빈정) 아이고 검사님 알현도 못 하고 수사관님이랑만 얘기하다 가나 했더니, 그래도 이렇게 납셔주셨네요?

건만 (아련히 보며) 변호인이 너라는데, 당연히 와봐야지.

S#14. (인터뷰) 검찰청 일각, 낮.

유리 백건만이는 뭐랄까요, 재활용도 안 되는 스타일이라면 설명이 될까요? 어머 나 교양인 다 됐네, 진짜 너무 순화했다.

S#15. DVD방, 밤. (과거)

울분에 찬 얼굴로 DVD방 문을 확 열어젖히는 대학생 유리.
빵모자를 쓰고 다른 **여자(20대)**와 키스하고 있던 건만, 놀라 유리를 본다.
유리, 배신감에 눈물 그렁그렁해 그런 건만을 보다 돌아 나가는데,
'유리야 유리야 유리야, 내가 다 설명할게' 하며 쫓아나가는 건만이고.

S#16. 대학가 거리, 밤. (과거)

유리 눈물 그렁그렁해선, 신발도 못 신고 쫓아 나온 건만을 밀친다.

유리 진짜구나 내가 두 번째도 아니고 세 번째란 얘기가! 내가 세 번째는 맞아요?

건만 (유리 붙잡으며) 그게 무슨 소리야, 니가 첫 번째야.

그때 어디선가 날아와 건만에게 킥을 날리는 정호.
'이 쓰레기 새끼!', '넌 뭔데 자꾸 끼어들어!!' 하며
서로 멱살을 잡고 뒹구는 건만과 정호에 사람들 모여들며 구경이 난다.

그러자 창피함에 눈물 쏙 들어가는 유리.

유리   아 김정호 하지 마!! 쪽팔린다고 하지 말라고오!!!

S#17.   검찰청 앞 일각, 낮.

유리와 정호에게 커피를 건네며 애틋이 바라보는 건만.

유리   (짜증) 저기 선배, 그렇게 추억이 새록새록인 얼굴로 보지 말래요? 기분 더
        러우니까.
건만   (쓸쓸히 웃는) 너한텐 아직도 내가 상처구나.
유리   (어이없어) 아니거든요. 선밴 그냥 저한테, 이빨에 낀 상추 같은 존재예요,
        흑역사.
건만   나도 그래, 너한테 상처 준 게 아직도 쿡쿡 아려올 때가 있어.
정호   뭐 근육통이야 아리긴 뭘 아려.
건만   (정호 보며 한숨) 근데 니들은 어떻게 아직도 붙어 다니냐? 설마 아직도
        그런 쇼하고 다니는 건 아니지, 나 때문에 니들 사귀는 척했었잖아.
정호   (빡치지만 팩트가 그렇다)
건만   그래서, (아련히 유리 보며) 결혼은, 했고?
정호   (이 악문) 그딴 건 궁금해하지 말지?
건만   아직 안 했나 보네. 넌 아직도 김유리 꽁무니나 쫓아다니고, 그지?
정호   그때 나한테 처맞은 턱뼈는 안녕한가 보네?
건만   기억이 왜곡됐네. 처맞은 건 너였던 것 같은데.

INS 》경찰차 뒷좌석에 앉아서도 서로에게 주먹을 날리는 정호와 건만.
제 빵모자 들어 정호를 마구 치는 건만과 슬리퍼 벗어 반격하는 정호.
보기도 민망한 싸움이다. (S#16에서 연결)

유리   (하찮게 보며) 우리 쪽팔리니까 서로 흑역사 들추지 말고, 사건 얘기나 하

죠?

건만   (한숨) 이미 알겠지만 이 사건, 지금 상태만으론 기소해봤자야. 제대로 된 증거가 뭐 하나라도 더 있으면 모를까.

정호   (비웃듯) 애초에 기소할 생각은 있고?

유리   (정호 말리듯) 알아요. 증거 더 가져올 테니까, 선배는 공정하게 처리만 해주면 돼요.

정호   공정의 뜻이 뭔지는 알려나, 얘가?

건만   얘가아? 내가 니 선배야!!

정호   선배는 무슨, 연수원 기수론 내가 위야.

건만   장유유서의 나라에서 이 무슨-

유리   아 둘 다 그만해요, 쪽팔려 죽겠네.

그때 문자가 왔는지 정호의 휴대폰이 울리고,
정호, 무엇을 보았는지 굳은 표정이 된다.

이회장   (E) 잠깐 좀 보자꾸나. 너한테 꼭 필요한 얘기가 될 것 같으니.

S#18. 호텔 카페, 낮.

굳은 표정으로 카페 안으로 들어서는 정호,
리셉션 직원의 안내를 받아 창가 자리로 와 앉는데,
잠시 후, 아리따운 **맞선녀(여/20대)**가 정호의 테이블로 다가온다.

맞선녀   김정호… 씨 맞으시죠?

정호   …그런데요?

맞선녀   (앞에 앉으며) 오혜선이라고 합니다. 이병옥 회장님 소개로 나왔어요.

정호   (이해할 수 없다는 듯 바라보면)

맞선녀   (당황스런) 아, 이런 자리인지 모르고 나오셨구나.

정호   이런 자리가 어떤 자리죠?

맞선녀   ...선 자리요.

정호   (어처구니없어 웃음이 나오는)

맞선녀   그래도 이렇게 만났으니 잠깐 차라도 한잔-

정호   (자리에서 일어서는) 무례하고 싶진 않지만, 아무래도 실수가 있었던 것 같습니다. 귀한 시간 낭비해 죄송합니다. (가버리는)

S#19. 이회장의 서재, 낮.

느긋이 서재의 책을 정리 중인 이회장이고,
그 앞에 기가 막힌 얼굴로 서 있는 정호.

이회장   태성그룹 회장 맏손녀야, 아직 어리긴 해도 애가 똘똘한 게 딱 네놈 생각이 나더구나.

정호   (어이없어 보다) ...정중히 거절하겠습니다. 다시는 이런 일 없었으면 좋겠네요.

이회장   꼭 오늘 만난 애가 아니어도 된다. 대신 그 변호사 계집앤 아니야.

정호   (기가 막혀 웃는) 뭔가 오해를 하시는 것 같은데, 제가 누굴 만날지 말지, 여기에 회장님 의견은 조금도 참고할 생각이 없습니다.

이회장   ...요즘 편웅일 들쑤시고 다니는 것 같던데, 그놈이 그렇게 쉬운 놈이 아니야. 너는 수단과 방법을 가려가며 쓰지만 그놈은 그러질 않거든.

정호   ...

이회장   그 일은 내가 도와줄 테니, 그릇에 맞는 아이랑 결혼하거라.

정호   (기가 막혀 보다 뒤돌아 나가려는데)

이회장   동네 카페니 뭐니 그게 너한테 맞는 물이냐? 너는 더 큰물에서 놀아야 맞아.

정호   충분히 큰일 하고 있습니다. 재밌고 즐겁게.

이회장   너 스스롤 속이고 있는 거야.

더 듣지 않고 뒤돌아 나가버리는 정호고.

S#20. 주얼리숍 앞 거리, 낮.

화난 듯 씩씩대며 걸어가고 있는 정호인데,
무엇을 보았는지 직진해 가다 뒷걸음질 쳐 돌아온다.
반짝이는 반지 등이 디피된 주얼리숍 앞이다.
FLASH BACK 》 정호가 옆에 서 있는데도 유리에게 '결혼은, 했고?' 하고
묻는 건만. (S#17)
FLASH BACK 》 '꼭 오늘 만난 애가 아니어도 된다. 대신 그 변호사 계집
앤 아니야.' 하고 말하는 이회장. (S#19)
다이아 반지를 보며 뭔가 오기 어린 눈빛이 되는 정호.

S#21. 진기의 레스토랑 [뇨끼], 낮.

진기, 바 안에서 분주한데,
그런 진기 앞에 앉아 묵묵히 생각에 잠겨 있는 정호다.

정호   너는 한세연한테 프러포즈 어떻게 했냐?

진기   나 왜 그때 보라카이 호텔에서- (무심코 대답하다 정호 얼굴 보곤 접시 떨
어뜨릴 뻔, 소리치는) 하게?!!!

정호   (반지 케이스를 꺼내며) 사이즈도 모르고 일단 사긴 했는데...

진기   오 마이 갓!!! 오마이 가앗!!!!

정호   믿지도 않는 신은 왜 자꾸 찾아.

진기   김유리랑 결혼하게?!!

정호   ...사귄 진 얼마 안 됐지만... 알잖아 나한테 다른 사람 없는 거.

진기   그래서, 어떻게 말할 건데, 아니 언제, 언제 할 건데.

정호   (한숨) ...이번 사건 잘 넘기면 말해볼까 싶긴 한데,

진기   충분히 생각해보고 결정한 거 맞아? 결혼이란 게 둘이만 좋다고 능사가

아니야. 양가 어른들 문제도 있고, 여러 가지로 다 무르익었을 때 해도 이 게 쉬운 게 아닌데,

정호 충분히 생각해봤어.

진기 (한숨 푹 쉬곤) 그렇다면, 내가 도와줄게. 내가 또 이런 이벤트엔 강한 편이 거든. 우리 세연이의 그 차가운 심장을 움직인 남자라고 내가.

정호 (끄덕) 과하지도 부족하지도 않게, 전통적이면서도 진정성 있게 하고 싶 어.

진기 (종이에 메모 하는) 전통적, 진정성.

정호 너무 참신한 걸 찾다가 본질을 놓치고 싶진 않달까?

진기 그러면 안 되지! 암.

정호 클래식하게 가되 또 식상하고 싶진 않아, 오그라드는 것도 딱 질색이고. 갑 자기 노랠 부른다던가, 풍선 달고 사람들 가득한 곳에서 막 그러는 것도 정말 딱 질색이거든,

진기 (메모를 찢어 뒤로 버리며) 으응. 안 되겠다. 그냥 너 혼자해야겠다.

S#22. 설렁탕집, 밤.

저녁 시간이 지났는지 텅 비어 있는 설렁탕집.
유리가 자리에 앉아 있으면 설렁탕을 내오는 송화, 설렁탕집 앞치마를 입 고 있다.

유리 우와 맛있겠다~ (맛있게 먹다가, 머뭇) 그때 주셨던 리스트로... 송화 씨 동료들한테 전부 연락을 돌려보고 있긴 한데...

송화 아무도 나서는 사람 없죠? (쓸쓸한 미소로) 그럴 줄 알았어요. 절 도와준 다는 건 의원님과 등진다는 건데, 그게 쉽지 않은 곳이거든요.

유리 ...

송화 (미소로) 저 괜찮아요 변호사님.

유리 (보면)

송화 아무도 안 나서줘도... 그런다고 해도, 저 이거 시작한 거 후회 안 해요. 싸

우지 않았다면, 저는 계속 저를 찌르고 있었을 거예요. 내가 바보 같아서, 내가 약해서, 내가 잘못 대처해서... 그런 게 아니었을까 계속 생각하면서.

유리 ...

송화 그런 생각에서 벗어난 것만으로도, 좀 살 것 같아요. 그래서 저는 계속 열심히 싸울 생각이니까 제 걱정은 마세요, 변호사님.

S#23. 정호의 옥탑, 밤.

평상에 앉아 정호를 기다리고 있는 유리고,
반지 케이스를 만지작대며 계단을 올라오던 정호.
유리를 보곤 화들짝 놀라더니 서둘러 케이스를 숨긴다.

유리 뭐야 뭘 그렇게 놀래. 아깐 갑자기 어디 갔었어?

정호 ...넌 어디 갔었는데,

유리 나야 송화 씨 만나고 왔지. (다가와 보더니) 어디 아파? 왜 식은땀은 흘리고 그래?

정호 식은땀은 무슨, 날이 더워서 그러지.

유리 (허리를 끌어안으며) 그래서어, 오늘 어디 갔다 왔냐고오.

정호 (잠시 고민하는 듯하다) 선봤어.

유리 (멈칫, 떨어져 보는) 뭐?

정호 외할아버지- 아니 이회장님이 갑자기 중요하게 할 얘기가 있다고 불러서 나갔는데, 선 자리였어. 곧바로 일어나 나왔지만.

유리 ...

정호 모르고 간 거긴 하지만 어쨌든 미안해. 근데 숨기고 싶진 않아서.

유리 (생각해보곤) 아니야 괜찮아. 선볼 수도 있지. 우리 나이에 그런 압력도 없으면 그게 말이 되냐.

정호 ...그럼 너도 생각해봤어?

유리 생각? 무슨 생각?

그때 유리의 휴대폰 알림이 울린다. 유리, 휴대폰을 확인하는데,

정호   (답답) 지금 그걸 꼭 봐야겠어?
유리   (휴대폰 보며) 아니 중요한 일일지도 모르니까, 아이씨 뭐야.
정호   뭔데.
유리   백건만, ([자니?] 하고 문자 온 화면 보여주며) 자냐고. 아놔 쓸데없이 이딴
         걸 보내고 난리야. (다시 고개 들며) 그래서, 무슨 얘기 하고 있었지?

건만의 문자에 이미 기분이 상해버린 정호고.

S#24. 백건만의 검사실, 낮.

정호와 건만, 다리를 꼰 채 의자를 돌리며 서로를 보고 앉아 있다.

정호   '자니?' 안 자면 대체 뭘 어쩌려고 그 늦은 시간에 그딴 문잘 보낸 걸까.
건만   그게 너랑은 무슨 상관인 걸까.
정호   (버럭) 상관이 있으니까 이러고 있겠지! (건만의 책상 가득 쌓인 서류를
         툭 치며) 요즘 한가한가 봐. 사건이 별로 없나?
건만   시비 걸러 왔냐?
정호   (참고 본론을 하자 본론을..) 여기저기 기웃대고 다니는 것 같던데, 정치에
         관심이 많나 봐? 검사 일이 가오엔 좋아도 좀 너무 빡세긴 하지?
건만   시비 걸러 온 거 맞네. 검사 그만두고 백수 짓 한다더니 심심한가 봐.
정호   근데 정치 데뷔를 할 거면, 이 사건만큼 좋은 기회가 있을까?
건만   (멈칫 보는)
정호   봐서 알잖아. 참고인으로 불러들여야 할 인사들. 도한건설 이편웅, 서동일
         보 권재신, 박주태 차장검사까지. 성접대, 부정청탁, 뇌물 수수 및 공여, 횡
         령, 배임, 정치자금법 위반, 얘네가 같이 모여서 한 짓들이 세상에 밝혀진
         다고 생각해봐.
건만   ...!!

정호	채송화 씬 지금 피해자이자 목격자야. 얘들이 한 공간에 있었던 사실을 목격한. 이거 잘만 터지면, 사람들한테 니 얼굴 알리는 건 일도 아닐걸?
건만	이거 진짜 확실한 거야?
정호	니가 남의 말만 듣고 확신도 없이 사건에 뛰어들 사람은 아니잖아.
건만	(홀린 듯) ...아니지.
정호	나 따위가 부추긴다고 깜 안 되는 걸 기소할 정도로 나이브하지도 않을 거고.
건만	그렇지.
정호	이 판의 주인공이 누구겠어.
건만	(혼란) 최여환? (정호가 고개 저으면) 채송화? ..이편웅?
정호	아니지. 너야 너.
건만	!!
정호	정의로운 검사 역할, 한번 안 해볼래?

S#25. 어느 빌라 복도, 낮.

아파트 복도에 서서 초인종을 누르고 있는 은강과 준.
잠시 후 '누구세요' 하는 목소리와 함께 문이 열리고,
밖을 보는 깔끔한 인상의 **길영(남/20대)**, 영문 몰라 은강과 준을 보는데

길영	어떻게 오셨어요?
은강	...저희, 계속 전화로 연락드렸던 사람들인데요.
길영	(그 말에 표정이 싹 굳더니 문을 쾅 닫아버린다./E) 다신 찾아오지 마세요!
은강	(굳게 닫힌 문을 보며 한숨 쉬는데)
준	(한참 닫힌 문을 바라보다, 문을 향해) ...제가 신병일 때 병장 새끼 하나가 완전 변태였거든요.
은강	...?
준	처음엔 장난인 척 더듬더니, 나중엔 밤에 자는데 몸 비비고...

그러자 잠시 후, 문이 다시 열린다. 길영, 팔짱을 낀 채 준을 본다.

길영   그래서 그 새낀 어떻게 됐는데요.

준   다행인지 불행인지, 저 말고도 꽤 됐었어요. 그 새끼한테 당한 애들이. 선
      임들이랑 같이 가서 중대장한테 다이렉트로 찔렀더니, 곧바로 헌병들이
      들이닥치더라구요. 그 후론 인생 꼬였다고 하는데, 다신 볼 일 없었어요
      진짜 다행히도.

길영/은강   ...

준   (무거워진 분위기에 애써) 그러니까 제가 드리고 싶은 말씀은..! 혼자는 어
      렵지만, 여럿이 모여 같이 말하면 가끔 바뀌기도 해요.

길영   (보면)

준   그냥 한 번만, 저희 쪽 얘길 들어봐주심 안 될까요?

S#26. 로 카페 사무실, 낮.

길영, 준, 은강과 마주 앉아 있는 유리와 정호.
유리와 정호, 좀 의외인 얼굴로 길영을 보고 있다.

길영   채송화 씨랑 일했던 기간은 다르지만, 겪었던 일은 비슷할 거예요.

유리/정호   ...!! (놀라 준과 은강을 보는)

길영   사람들 안 볼 때 엉덩이 만지고 허리 만지고...

일동   ...

길영   제가 그만둔다고 할 때도, 똑같이 말했었어요. 월급 올려줘? 그거 바래서
      이러냐고.

유리   완전 개새끼네요. (정호가 쿡 찌르면) 죄송해요, 얘기만 들어도 화가 나가
      지고.

길영   (작게 미소) 근데 저도 따로 증거 없어요. 그냥 일기장에 메모해둔 것밖에
      없는데,

유리	혹시 범죄 행위가 있었던 날 그걸 기록해두신 걸까요?
길영	...네.
유리	그것도 다 증거가 될 수 있어요!
길영	...저까지 얘기하면, 뭐가 달라질까요?
유리	...그럼요. 하지만 얘기함으로써 또 다른 상처를 받으실 수도 있기 때문에... 쉽게 부탁드릴 수 있는 일은 아닌 것 같아요.

그때 문이 열리며 설렁탕집 앞치마를 한 송화가 들어온다.
달려왔는지 헉헉대고 있는 송화, 길영과 눈이 마주치는데...
바로 눈물을 쏟는다.

유리	(당황해) 송화 씨.
송화	어머 죄송해요, 제가 갑자기 왜 이러는지.
길영	(아무렇지 않은 척 앞을 보는데, 눈시울이 붉어지는)
송화	(눈물이 멈추지 않자) 너무 죄송해요, 제가... 지금까지 저 혼자, 겪은 일인 줄 알았는데... 그냥 이렇게 뵈니까, 갑자기 너무... 정말 죄송합니다.
유리	(덩달아 눈시울 붉어져) 뭘 자꾸 죄송하대요! 사과하는 게 특기라니까 우리 송화 씬.
송화	(또 꾸벅) 죄송합니다.

가만히 앉아 눈물을 참던 길영 일어나더니, 와서 송화의 손을 잡는다.
눈물 펑펑 쏟으며 그 손을 꽉 잡는 송화.

송화	죄송합니다, 죄송합니다... 죄송합니다.
길영	(결국 울음 터지는) 아 근데 진짜, 이 누나 왜 계속 사과해요?
유리	(이미 오열) 그러니까요...
길영	(울며) 제가 도와드릴게요, 그만 우세요.
송화	아니, 그게 아니라...

오열하는 세 사람을 보며 씁쓸한 미소 짓는 준이고.

이들을 바라보는 정호 위로,

정호   (E) 미투. 나에게도 그런 일이 있었다는 고백이...

S#27. (인터뷰) 정호의 방, 낮.

정호   얼마나 큰 위로가 되는지, 또 그런 미투로 가득한 세상에 살고 있다는 게
       얼마나 슬픈지... 당신의 상처에 위로받은 것이 미안해 내내 죄송하다고 말
       하는 송화 씨를 보는데, 저도 오랜만에... 가슴이 울리더라구요.

S#28. 은하빌딩 2층 난간, 낮.

       송화, 홀로 난간에 기대어 하늘을 보며 눈물을 훔치고 있는데,
       계단이 울리는가 싶더니 은강이 송화 옆에 와 서서 같이 하늘을 본다.
       송화, 서둘러 눈물을 닦는데,

송화   고마워요 은강 씨. 은강 씨랑 준이 씨 덕분이라고 들었어요.
은강   (바라보다) ...저 찾았어요. 이유. 왜 그쪽한테 자꾸 잘해주고 싶은지.
송화   ...?
은강   자꾸 우니까.
송화   !!
은강   난 우는 사람만 보면 목구멍이 꽉 막히는 것 같거든요. 근데 언젠가부터
       그쪽만 보면 제가 목구멍이 막혀요.
송화   (놀라 보는데)
은강   그니까 너무 싫은 거 아니면, 잘해주게 좀 내버려뒀음 좋겠는데.

       그러며 은강 작게 미소 지으면, 송화, 입을 벌린 채 은강을 보는데,
       살짝 턱을 만져 그 입을 닫아주는 은강, '파리 들어가요' 하며

씨익 웃음을 지어 보이고 간다.
남겨진 송화의 입 천천히 다시 벌어지고.

S#29. 로 카페, 낮.

송화가 돌아오면 다시 이야기를 재개하는 유리, 정호.
은강과 준이도 옆에 와 앉는다.
저도 모르게 은강을 살짝 의식하게 되는 송화고.

유리   이길영 씨 인터뷰가 나가면 여론은 다시 뒤집힐 거예요. 하지만 그전에 이
걸 이용해서 그날 별장에 있었던 사람들이 최의원한테서 돌아서게 만드
는 게 우리 목표예요. 그래야 최의원을 잡아넣을 수 있으니까요.

S#30. 팔라시오 호텔 스위트룸, 낮.

난처한 얼굴의 황대표, 칵테일을 만들고 있는 편웅과 대화 중이다.

황대표   얘기 들어보니까, 사건 배당된 검사가 기소를 할 분위긴 것 같던데, 최의
원님 사건에선 대표님께서 차라리 손을 떼시는 편이 더 안전하다는 게 제
생각입니다.
편웅   (칵테일 잔을 건네는) 그래요?
황대표   예.. 또 저도 젠더 감수성이 풍부한 편이라, 이런 사건까지 수임하는 건 좀
뭐랄까,
편웅   너무 추잡하고 저질스럽다 그 얘기구나?
황대표   예 그렇- (멈칫) 지는 않고...
편웅   하기 싫음 하지 말아야지, 붙을 변호사야 많으니까. 기소해도 뭐 집행유예
나 나오겠지. 그럼 우리 황대표님은 이제 김변을 정리하면 되겠네?
황대표   ...!!

편웅	하는 짓이 재밌어서 냅뒀다가 나 * 될 뻔했잖아. 변호사 자격증을 뺏든, (무슨 생각이 들었는지 킥킥) 아니면 아예 뭐라도 뒤집어 씌워서 철창 뒤로 김변을 보내는 거야 어때, 내가 면회 가면 넘 재밌겠다.
황대표	(당황해 보다) 저희 황앤구가 또 그런 일까지 하는 회사는 아니어가지고,

황대표, 목을 잡더니 벽으로 확 밀치는 편웅.

황대표	(놀라 바둥대는데)
편웅	(싸늘하게) 이것도 싫다 저것도 싫다, 황대푠 도대체 뭘 하겠다는 거야? 이렇게 말하는 거야 헤어지자고?

공포에 질려 편웅을 보는 황대표에서

S#31. 황앤구 황대표 사무실 / 유리의 오피스텔, 낮.

눈물을 닦으며, 유리에게 전화를 하는 황대표.
씻고 나와 전화를 받는 유리로 화면 분할되며,

유리	대표님?
황대표	(훌쩍) 나 헤어질 거야.
유리	(놀라) 누구랑요, 사모님이랑?!
황대표	아, 그쪽 말고!! 아주 싸이코가 따로 없어, 무서워서 더는 못 해.
유리	(듣던 중 반가운) 안전 이별하기엔 이미 늦은 것 같은데, 괜찮겠어요?
황대표	늦었다고 생각했을 때가 가장 빠른 때라고 했어.
유리	아냐, 대표님은 좀 늦긴 했어.
황대표	됐고~ 뭐부터 하면 돼?

S#32. 골프장 클럽하우스 앞, 낮.

INS 》푸른 잔디밭이 펼쳐져 있는 어느 골프장.

골프복을 빼입은 유리와 정호, 함께 클럽하우스에서 걸어 나오는데,

정호, '저기 있네' 하고 가리키면,

권사장과 그 옆에 안절부절못해 서 있는 황대표가 보인다.

황대표   (E) 내기 골프에 아주 환장한 인사야, 흉내 정돈 낼 수 있지?

권사장   황대표. 선수들은 나한테 비밀로 하더니, (오는 유리, 정호 보며 의외인) 진
          짜 프로들 데려온 거 아니야? 젊은 친구들이네?

황대표   (진땀) 예예. 저, 후배 변호사들입니다. 어, 인사해. 여긴 서동일보 권사장
          님.

유리/정호 안녕하세요?

권사장   아주 두 분이 근사하시네.

황대표   그냥 젊어서 그렇게 보이는 거예요.

권사장   핸디는 몇이나 쳐요?

정호   저희 뭐, 그냥 싱글 정도 칩니다.

권사장   어유, 젊은 친구들이 잘 치네? 근데 낯이 좀 익은 것 같은데?

그러며 허허 유리 향해 흐뭇한 미소 지어 보이는 권사장이고,

미소와 함께 그들 앞으로 카트를 운전해오는 캐디, 다름 아닌 준이다.

S#33. 골프장 필드, 낮.

저만치 앞서 걸어가는 권사장과 황대표가 보이고,

공을 향해 함께 걸어가고 있는 정호와 유리.

유리   (스윙 연습하며) 아씨 나 못 치는 거 다 티 났지.

정호   티가 안 나는 게 이상하지. (생각에 잠겨 걷다) 시티 뷰랑 조용한 성당, 전
          원적 풍경 중에 하나만 골라봐.

유리	갑자기 뭔 귀신 봉창 뚜들겨대는 소리야?
정호	대답해봐.
유리	뭐라고? 다시 말해봐.
정호	시티 뷰, 조용한 성당, 전원적 풍경.
유리	흠... 난 다 좋은데?
정호	하나만 고르라고, 하나만.
유리	그건 그날그날 기분 따라 다르지, 왜 이거 무슨 심리 테스트야?
정호	(한숨) 아니다 됐다.

S#34. 골프장 티박스 일각, 낮.

티박스에 모인 정호와 유리, 황대표, 권사장인데.
권사장, 공을 치려는지 스윙을 열심히 연습하는 사이
황대표, 정호와 유리 향해 마구 눈빛을 쏜다.
주변을 쓱 둘러보는 유리, 엄지 척 들어 보이는 캐디 준이를 확인하곤

유리	사장님, 혹시 이편웅 대표 별장에서 있었던 일 기억나세요?
권사장	응? 그게 무슨, (멈칫, 유리와 정호 황대표를 다시 보는) 황대표, 이게 뭐야?
황대표	아 사장님, 그, 그게,
유리	권사장님이랑 듣는 귀 없는 데서 얘기 좀 나누고 싶어서, 제가 황대표님께 부탁 좀 드렸어요.
권사장	...니들 뭐야?
정호	채송화 씨 변호인단입니다.
권사장	채송화? 그게 누구-

FLASH CUT 》13화의 자선행사장, 최의원이 도망치는 사이
송화와 함께 있는 유리와 정호를 보는 권사장.

권사장	아아. 어쩐지 낯이 익더라니. 그날 저기 그 계집애랑 같이 있던 양반들이 구만? 그 사건에 대해 더 왈가왈부할 게 있나, 그 여자 주장밖에 없잖아?
정호	또 다른 피해자가 있다면요.
권사장	(멈칫)
정호	그 피해자 인터뷰까지 나가면 여론이 순식간에 바뀌겠죠. 그게 두려워서 누군가는 또 언론을 막으려고 할 거예요, 그럼 또 여러 사람이 위법을 저질러야 하겠죠? 죄는 혼자 지었는데 은폐는 다 같이 해야 되거든.
유리	근데 요즘이 뭐 또 막는다고 막아지는 시대인가요? 무너지는 댐을 손가락으로 틀어막고 있어봤자 제일 먼저 깔려죽죠.
권사장	...
황대표	(권사장 눈치) 애들은 뭔 말을 어렵게 해. 저기 이 친구들 말은, 최의원이랑 어울리시다 똥물 튀길 수 있으니, 사장님도 조심하시라 이 얘긴 겁니다 지금.
유리	아뇨. 조심하는 건 각자 알아서 할 일이고, 추가로 죄짓지 마시란 얘기하러 온 겁니다. 진정한 언론인이시라면, 양쪽 얘기를 다 균형감 있게 다뤄주시겠지, 설마.
권사장	(기가 차 보는데)
유리	할 얘기 다 하고 나니 어색하네. 매너 아닌 건 알지만 저흰 먼저 가볼게요. 준이 씨?

준, 카트를 폭풍 후진해서 오면, 올라타는 유리와 정호.
어쩔 줄 몰라 하는 황대표 향해, '뭐 해요 대표님 빨리 와요' 하는 유리고.
황대표까지 오면, 권사장을 홀로 버려두고 카트를 타고 떠나는 일동.
권사장 어쩔 줄 몰라, '야, 니들!!' 하고 소리치다 만다.

S#35. 골프장 필드 다른 일각, 낮.

카트 타고 가며 애틋이 황대표를 보는 유리.

유리	잘 생각하셨어요 대표님.
황대표	(토라진 듯 밖을 보며) 니가 책임져 이제.
유리	에이 대표님, 선택의 책임은 각자 저야죠.
준	그럼 이제 어떻게 되는 거예요?
정호	저울에 달아보겠지. 최의원을 감싸는 게 이익인지 버리는 게 이익인지.

S#36. 어느 고급 바, 밤.

내부의 은밀한 공간에 편웅과 권사장, 박검사가 모여 있다.
생각에 잠겨 있다 속삭이듯 말하는 권사장.

권사장	아니 이러다 다 같이 죽는 거 아니냐고. 다른 것도 아니고 고작 여자 하나 때문에.
편웅	...
권사장	게다가 최의원, 그 양반이 지금껏 건드리고 다닌 사람이 남자고 여자고, 어디 한둘이야? 박프로는 어떻게 생각해?
박검사	(한숨) 사건 배당받은 검사 놈이, 어디로 튈지 모르는 놈이에요. 기다렸다 재배당 해보려고 하고 있긴 한데,
권사장	봐, 별장 일까지 파고드는 마당에 우리도 계획이 있어야 된다고.
정호	(E) 우린 기다렸다가 그 균열을 파고드는 거야.

그들의 테이블 밑에서 반짝이고 있는 녹음기.

S#37. 거리에 주차된 유리의 차, 밤.

거리에 주차된 유리의 차에 웨이터 복장을 한 길사장이 올라탄다.

길사장	들려요?

끄덕이는 유리와 정호, 편웅과 권사장, 박검사의 대화 내용을 듣고 있다.

S#38. 최의원의 사무실, 밤.

최의원과 보좌관, 비서관들이 늦게까지 의원실에 남아 있는데,
퀵 배달이 도착한다.
사무실에서 나와 보는 최의원.

퀵기사   최여환 의원님 앞으로 왔는데요,
보좌관1 누가 보낸 건가요?
퀵기사   (읽는) 이대표, 권사장, 박검사가 보낸 거라고.

최의원이 보는 앞에서, 보좌관1이 봉투를 뜯어 보는데,
봉투 안엔 웬 USB 하나가 들어 있다.

S#39. 최의원의 차, 밤.

최의원, 노트북을 가지고 타서는 기사에게 나가 있으라고 한 뒤,
USB를 꽂아 넣고, 음성 파일을 클릭해본다.
울려 퍼지는 편웅과 권사장, 박검사의 대화. (S#36에서 이어지는 내용)

권사장   (F) 잘못하면 괜히 한데 묶여서 성범죄자 취급당하는 수가 있어. 박검사도
우리 관계 알려져서 청탁금지법이나 이딴 걸로 수사 들어오면 골치 아파
지잖아.
박검사   (F) 최의원님은 이런 일 언제 터져도 터질 분이긴 했죠.
권사장   (F) 이대표는 어떡할 거야.
편웅   (F) ...조용히 잘 보내드릴 방법을, 찾아봐야죠. 멀리 배웅은 못 나갈 것 같

고.

부들부들 분노로 떨며 듣다,
노트북을 미친 듯이 쾅쾅 내리치는 최의원.

최의원   내가 지들한테 해준 게 얼만데!!!

S#40. 이회장의 집, 밤.

INS 》성난 걸음으로 긴 회랑을 지나오는 최의원의 모습.

최의원   아니 회장님, 이대표가 나한테 이럴 수 있습니까?

최의원이 토로하고 있는 상대는 다름 아닌 이회장이다.

최의원   지금껏 도한건설이랑 이대표 이만큼 키운 게 접니다, 저!!
이회장   (호통) 그러게 왜 아랫사람들한테 그런 시답잖은 짓을 해!
최의원   (악에 받쳐) 회장님께서 무슨 말씀을 하셔도, 저 이렇게 혼자는 못 갑니다!
이회장   성추행은 깔끔하게 인정하고 벌받아. 어차피 재판받고 하면 1, 2년 금방 가.
최의원   회장님!!
이회장   나와서는 내가 책임질 테니, 갔다 오라고.
최의원   (멈칫) 예?
이회장   ...대신 이편웅이, 확실하게 보내.
최의원   ...!! 그게 무슨 말씀이신지...
이회장   개도 사람을 물면 버려지는 법이야. 편웅이 걘, 너무 멀리 갔어.

놀라 보는 최의원에게, 서랍에서 외장하드를 꺼내 건네면,

마지못해 받는 최의원.

S#41. 한강 다리, 밤.

최의원, 세상 고독을 홀로 짊어진 듯 쓸쓸히 한강 다리 위를 걷고 있다.
눈물 그렁해 강을 바라보다 걷고, 강을 바라보다 걷기를 반복하는데,
천천히 경찰차 한 대가 최의원 옆에 와서 서행을 한다.
조수석 창문이 내려가자 나타나는 유리의 얼굴, 운전석엔 세연이 타 있다.

유리   의원님 뭐 하세용~
최의원   (무시하고 걷는데)
유리   의원님, 우리 그만하고 타고 갑시다,
세연   경찰서 직원들도 이제 퇴근해야 돼~

차를 세우면 내리는 유리. 최의원 향해 뒷좌석 문을 열어준다.

S#42. 경찰서 여성청소년수사팀, 밤.

세연 앞에 앉아 눈물 콧물 쏟으며 진술 중인 최의원.
송화와 은강, 정호가 유리 옆에 서 있다.

세연   (휴지 뽑아 건네며) 그럼 채송화 씨와 이길영 씨에 대한 추행 건은 전부 인
       정하신단 말씀이시죠?
최의원   사랑하고 아껴준 게... 죄라면... (흑) 죄인 것이겠죠.
일동   (기가 막혀 보는데)
최의원   저쪽에서 적극적으로 거절을 하지 않으니 제 입장에선 서로 좋아 그런 거
       라고 오해를 할 수밖에 없었던 거고,

욱한 유리가 무어라 말을 하려는데, 앞으로 나오는 송화.

송화   하지 말라는 말이 거절이 아니면 대체 뭐가 거절이죠? 제가 의원님 앞에
       서 은장도라도 꺼내서 가슴이라도 찔렀어야 아, 싫었구나 하실 건가요?
최의원 (놀라 보는) ...채비서...
송화   그럼 이제라도 말씀드릴게요! (울컥) 전 당신 향수 냄새만 맡아도 구역질
       이 나구요, 당신 손끝이 닿는 게 벌레 기어가는 것보다 싫어요!! 정말 죽고
       싶게 싫어요!! 이젠 아시겠어요?

       그러곤 온몸을 떨며 우는 송화인데,
       유리와 세연을 포함한 일동 모두 숙연해진다.
       그때 은강이 와서 송화의 어깨를 감싸 데리고 나가면...
       얼빠진 얼굴의 최의원. 잠시 침묵이 흐르는데.

세연   그럼 채송화 씨와 이길영 씨에 대한 혐의는 인정하셨고, 그다음은-
최의원 (깊게 숨 들이쉬더니 품 안에서 외장하드를 꺼내면)
세연   그게 뭐예요?
최의원 이제부터가 진짜 얘기니까 퇴근할 사람은 퇴근하고, (유리 정호 보며) 관
       계없는 사람들은 내보내죠.

       놀란 듯 눈 마주치는 세연과 유리 정호.

S#43. 편웅의 사무실 / 검찰청 박검사 사무실, 밤.

       제 사무실에 앉아 통화 중인 편웅.
       검사실로 들어와 서둘러 블라인드를 내리는 박검사와 화면 분할되며,

편웅   지금 그게 무슨 얘기-
박검사 (OL) 최의원 이 새끼가 경찰에 가서 다 불어버린 모양이야!

편웅   그게 무슨-

박검사   불 거면 지 성추행 건만 건드릴 일이지, 우리 꺼 쥐고 있었던 것도 다 갖다
        준 것 같은데,

편웅   (자리에서 벌떡 일어서는)

박검사   도대체 어디까지 풀린질 모르겠어.

S#44. 도한건설 경리팀 사무실, 밤.

편웅의 부하들, 한실장의 지휘하에 서류들을 파쇄하고,
컴퓨터 내 파일들을 삭제하고 본체를 열어 메모리를 꺼내고 있다.

박검사   (E) 내일이면 압수수색 영장 떨어질 거야. 정리할 거 있음 빨리 치워둬!

S#45. 필라시오 호텔 스위트룸, 밤.

화를 주체하지 못하고 미친 듯이 서성이고 있는 편웅인데,
잠시 후, 문을 박차고 들어오는 권사장.

권사장   광평 별장 리스트? 이게 대체 무슨 소리야!!

편웅   (당황했지만) ...그게, 별거 아닙니다, 사장님.

권사장   뭔 소리야 내일 1면에 니 그 천박한 낯짝이랑 같이 내 얼굴도 실리게 생겼
        는데!!!

편웅   에이 사장님, 얼굴 좀 팔린다고 저희가 뭐 별일이야 있겠습니까.

권사장   (손가락으로 편웅을 치며 몰아세우는) 이거 어떻게 수습할 거야!! 응?!!

편웅   (갑자기 빵 터져 웃는) 아니 사장님, 누가 들으면 내가 별장으로 사장님 납
        치해다가 묶어놓고 그런 줄 알겠어~ (싸늘히 보며) 그리고 수습은 사장님
        이 하셔야지. 내가 그러라고 지금까지 술, 돈, 여자, 남자 할 거 없이 다 대
        준 거 아니야.

기가 막혀 보던 권사장, 세게 편웅의 따귀를 올려붙인다.
비참히 웃는 편웅에서,

S#46. 로 카페, 낮.

모여 앉아 뉴스를 보고 있는 정호, 유리, 은강, 준, 송화, 김천댁, 최여사.

앵커   (F) 최여환 의원이 비서 성추행 혐의를 모두 인정하며 자수를 해왔습니다. 하지만 이 사건을 수사하는 과정에서 새로운 사실들이 밝혀지며 검찰이 수사를 확대해나가고 있습니다.

S#47. 검찰청 기자실, 낮.

기자들 앞에서 멋지게 수사 결과를 발표 중인 건만.

건만   피해자의 진술을 통해, 도한건설 이편웅 대표가 본인 소유의 광평 별장으로 최여환 의원을 비롯한 정재계, 언론계, 사법계 인사들을 초대해 성접대와 뇌물을 공여해온 정황이 추가로 확인되었고,

        INS 》 S#24에서 이어지는 정호와 건만의 대화

건만   정의로운 검사 역할?
정호   '저희 검찰은 이 사건 역시 철저히 수사하여, 한 점의 의혹도 남기지 않을 것임을 약속드린다', 이러는 거지.

S#48. 로 카페, 낮.

뉴스를 통해 건만의 모습을 지켜보고 있는 일동.

건만   (F/세상 멋지게) 이에 저희 검찰은 이 사건 역시 철저히 수사하여, 한 점의
                의혹도 남기지 않을 것임을, 국민 여러분께 약속드리겠습니다.

준   우오오~~ 대.박.사.건!! 저 검사님 진짜 핵 멋있지 않아요?

이 말에 정호와 유리, 서로를 보고 픽 웃는 데서,
정호가 손바닥을 펼치면, 하이파이브 하는 유리고.

김천댁   (송화를 끌어안으며 토닥) 그동안 고생 많았어.
송화   (글썽) 도와주셔서 너무 감사했습니다.

김천댁이 놔주면 이번엔 유리가 송화를 끌어안는다.

송화   정말 감사합니다, 변호사님.
유리   유아 베리 웰컴. 송화 씨는 언제나 웰컴이에요.

안긴 채 눈물 글썽이며 웃던 송화, 은강과 눈 마주치면,
씨익 작게 웃어 보이는 은강이고.
그런 은강을 보며 생각이 많아지는 송화.

S#49. 은하빌딩 앞 거리, 낮.

송화, 벽 뒤에 숨어 뭔가 비장한 얼굴로 마음을 다지고 있는데,
쓰레기봉투를 든 은강이 카페에서 나와 이쪽으로 온다.
기다렸다는 듯이 그런 은강 앞에 모습을 드러내는 송화.
이에 은강, 쓰레기를 던져 넣으며 작은 미소를 짓는데,

송화	(주먹 꽉 쥐고 비장히 다가서며) 은강 씨. 혹시 저한테 관심 있으세요?
은강	(팔짱 끼고 흥미로운 듯 보면)
송화	(갑자기 자신 없어지며) 아니, 저번에 얘기한... 그게... 무슨 뜻인가 해서요...
은강	관심 있다면요?
송화	(눈 동그래져 보다) 저는 애기 엄마고, 은강 씨보다 나이도 훨씬 많고, 이제부터 다시 일도 구해야 되는데, 그럴 여유도 없구요. 그리고 은강 씨는...
은강	(쓰게) 전과자고?
송화	(당황해 손사래) 그거는... 그거는... (단호) 저라도 은강 씨랑 똑같이 했을 거예요.
은강	(쓰게 웃는) 그런데도, 고백도 안 했는데 찬 거네요?
송화	아니, 그게 아니라... 저는, 은강 씨한테 어울리지 않는 사람이란 얘기거든요.
은강	그건 누가 정한 건데요?
송화	(생각해보곤) ...세상이?
은강	(어이없어 웃는) 송화 씨 생각은요.
송화	......제 생각도 같아요.
은강	세상이 생각하란 대로 생각하면, 인생 재미없어져요. 더 생각해보세요.

하곤 가버리는 은강이고,
멍하니 남겨지는 송화.

S#50. 로 카페, 낮.

카페를 마감 정리 중인 유리인데,
테이블에 앉아 그런 유리를 보고 있던 정호.

정호	우리, 정식으로 데이트 한 번 한 적 없는 거 알지?
유리	(생각해보곤) 헐, 진짜 그러네. (정호 앞에 와 앉으며) 미안. 내가 일할 땐

다른 건 아무것도 신경을 못 쓰는 타입이더라고. (무심코) 전에 사귀었던
남자 친구들도 그래서- (핫!! 뒤늦게 입을 다무는데)

정호	그래서 서운해했다, 마치 나처럼?
유리	...내 말은 그게 아니고-
정호	그 말이 맞는 것 같은데. 보통 잘못을 다른 잘못으로 덮는 타입인가 봐.
유리	미안.
정호	괜찮아 난 전에 사귀던 그놈들이랑은 다르게 관대한 애인이니까.
유리	아닌 것 같은데, 방금 되게 무서웠는데?
정호	(헛기침) 아무튼 오늘 밤엔 무슨 일이 있어도 할 거야, 데이트.
유리	(웃으며) 좋아.

S#51. 유리의 오피스텔, 밤.

씻고 나와 옷을 고르는 유리, 기분 좋은 얼굴이다.

S#52. 유리의 오피스텔 건물 앞, 밤.

멋지게 입은 정호, 유리의 오피스텔 건물 앞에 웬 차를 대고...
몹시 긴장한 듯, 고뇌하는 얼굴로 트렁크 앞을 서성이고 있다.
이내 불안한 듯 트렁크를 빼꼼 여는데, 꽃과 풍선이 살짝 보이고?!
저만치 유리가 나오는 게 보이자 화들짝 놀라 트렁크를 닫는 정호.
그 틈에 풍선 하나가 빠져나와 날아간다.

유리	(영문 모르는 얼굴로 다가와) 뭐야, 너 차 샀어?
정호	...어.
유리	갑자기 니가 차는 왜 샀는데?
정호	......그냥. (잠시 트렁크로 시선 향하지만) 얼른 타, 가게.

S#53. 정호의 차 안, 밤.

굳은 얼굴로 운전 중인 정호의 차 조수석에 타 있는 유리.

유리   우오 새 차 냄새! (킁킁) 근데 어디서 장미 냄새나지 않아? 디퓨전가?

정호의 트렁크에 가득 차 있는 장미꽃과 풍선들.

정호   (인상을 쓴 채 운전하다 대뜸) 그래서 생각해봤어?
유리   뭘?
정호   내가 선본 거에 대해 왜 화가 나지 않는지.
유리   ...

S#54. 고급 레스토랑, 밤.

근사한 레스토랑에서 마주 앉아 식사 중인 정호와 유리.
정호, 고뇌에 휩싸인 상태인지라 음식이 잘 들어가지 않는다.

유리   내가 생각해봤는데,
정호   (고개 들어 보면)
유리   니가 선본 거에 대해 내가 화가 나지 않는 건, 그냥 내가 널 너무 좋아해서
      인 것 같아.
정호   (멈칫 보면)
유리   그런 걸로 질투가 안 날 만큼 니가 좋아. 그리고 지금 우리가 딱 좋고.
정호   ...그건 무슨 말이야?
유리   아니 너가 도진기처럼 부담스럽게 결혼하자고도 안 하고,
정호   (물 마시다 켁-)
유리   난 우리가 그냥 지금처럼 사이좋게만 지내면, 더 이상 바랄 게 없겠어.

정호   (망연히 보는데)

그때 갑자기 현악 4중주가 홀로 나와 연주를 시작하고...
주방에선 플레이팅에 공을 들인 디저트가 막 나온다.
디저트를 둘러싸고 왠지 들뜬 분위기의 직원들이고,
만면에 미소를 띤 웨이터가 다가와 정호를 향해

웨이터   고객님, 다 드셨으면 (의미심장히) 디.저.트. 준비할까요?
정호   (유리를 보는데, 떨리는 눈동자) ......아뇨.
웨이터   (응??) 네?? 디.저.트 안 드세요?
정호   (결심) 예 안 먹겠습니다.
유리   디저틀 왜 안 먹는데, 전 먹을게요!
정호   아닙니다 주지 마세요!
유리   그런 게 어딨어 주세요!
웨이터   (대혼란)
정호   (일어서며) 여기 디저트 맛없어서 그래. 가자. (먼저 나가버리고)
유리   쟤가 오늘따라 진짜 왜 저래? (웨이터 향해 꾸벅) 죄송합니다.

S#55. 팔라시오 호텔 스위트룸, 밤.

편웅, 술에 절어 침대에 널브러져 있는데,
캐리어 가방을 가지고 들어오는 한실장.
금고에서 편웅의 여권을 꺼내더니 서둘러 짐을 싸기 시작한다.

편웅   뭐야?
한실장   (긴박한) 대표님, 서두르셔야 할 것 같습니다. 아무래도 다른 건까지 검찰
    쪽에서 냄새를 맡은 모양이라,
편웅   다른 거 뭐.
한실장   (머뭇) 어떻게 알았는진 모르겠지만, 최의원 쪽에서 넘긴 자료에 경리팀장

청부 살해 건까지 있었다고 합니다. 출국금지 떨어지기 전에 얼른 나가셔
야- (그때 휴대폰이 울리고, 이를 확인하곤 멈칫하는)

편웅   왜, 또 뭔데 그래?

편웅, 한실장의 휴대폰을 뺏어와 보면,
이회장 집에 들어가는 최의원의 모습이 컷컷컷 찍혀 있고.
마지막으로 이회장을 만나고 있는 최의원의 사진.

편웅   (싸늘히 보는) ...이게 뭐야?
한실장 그게, 최의원 뒤에 사람을 붙여뒀었는데...
편웅   언제야 이거?
한실장 (머뭇) 자수하기 전에 이회장님을 찾아뵀던 것 같습니다.
편웅   (헛웃음) 그니까 지금, 날 보낸 게 우리 아버지란 거네? (싸늘히 돌변하며)
       차 준비시켜, 노인네 집으로 가게.
한실장 대표님, 안 됩니다. 지금 바로 공항으로 가셔야 됩니다!

한실장의 말을 듣지 않고, 차 키 챙겨 나가는 편웅이고.

S#56. 이회장의 집, 밤.

어둑한 이회장의 저택 안.
양주를 따르던 이회장, 불길하게 덜컹이는 창문을 이상한 듯 바라본다.
그러곤 지팡이를 짚고 천천히 침대 방으로 향하는데,
침대에 다리를 꼰 채 앉아 있는 편웅이 보인다!
놀라 잔을 떨어뜨리는 이회장이고.

편웅   아버지 안녕?

<u>S#57. 정호의 방, 밤.</u>

기분이 완전 저기압인 정호를 따라 방으로 들어오는 유리.

유리   너 오늘 좀 이상하다? 뭐 잘못 먹었어? 배 아파? (거실 한복판을 차지하고 있는 거대한 피아노 한 대를 발견하고, 놀라는) 뭐야 너 피아노도 샀어?

정호   (다 지친 듯 소파에 앉으면)

유리   어머 조명(장스탠드)도 샀네, (켜보곤) 예쁘다.

유리, 조명만 켜둔 채 거실 불을 끄더니 정호 옆으로 와 앉는다.
그러곤 유리, 얼굴에 쪽 뽀뽀를 하는데, 밀어내는 정호.

정호   됐어, 지금 그럴 기분 아니야.

유리   (한숨 쉬고 옆에 앉으며) 오늘 왜 그러는데, 말해봐.

정호   ... (유리를 보는) 난 너랑 진지한데... 근데 넌 아닌 것 같아.

이 말에 정호를 바라보는 유리,
정호의 손을 잡고 소파 밑으로 내려가 앉더니, 정호를 올려다보며

유리   미안, 사실 오늘 내내 내 마음이 딴 데 가 있었어. 이편웅이 이렇게 되고 나면, 시원할 줄 알았는데, 그렇지만은 않더라고.

정호   (보면)

유리   맘속에 응어리졌던 게, 조금은 녹을 줄 알았는데, 그렇지도 않고.

정호   ...

유리   나 말이야, 아버지 돌아가신 이후론 내내 뭔가 쫓기는 기분이었거든. 막 분초가 빨리 가는 그런 기분 알아? 내내 그런 기분이었어.

정호   ...

유리   (정호의 손을 만지작) 근데 너랑 있으면, 가끔 시간이 엄청 천천히 간다? 평안하다는 게 이런 걸까, 그런 생각이 들어. 그래서.... 나도 이젠 니 옆에서 조금 행복해져보려고.

그러며 웃으며 저를 올려다보는 유리를, 한참이고 바라보던 정호,
유리를 번쩍 일으켜 다시 제 옆 소파에 앉힌다.

정호   내가 너무 성급한 거란 것도 알고, 니가 준비되지 않았단 것도 알아. 근데,
        (반지를 꺼내며) 천 번을 되물어도 내 대답은 같더라고.
유리   ...?
정호   (숨 크게 들이쉬곤) 나랑, 결혼하자 유리야.

놀란 유리를 단호히 바라보는 정호에서, **14화 엔딩**.

15화

約맺을약, 束묶을속

<u>S#1.</u> <u>정호의 방, 밤.</u>

소파 아래 앉아 있던 유리를 번쩍 일으켜 제 옆에 앉히는 정호.

정호   내가 너무 성급한 거란 것도 알고, 니가 준비되지 않았단 것도 알아. 근데,
        (반지를 꺼내며) 천 번을 되물어도 내 대답은 같더라고.
유리   ...?
정호   (숨 크게 들이쉬곤) 나랑, 결혼하자 유리야.

        너무 놀라 얼어붙은 유리, 입을 살짝 벌린 채 정호를 보는데,
        그렇게 시간이 흐르고... 침묵이 길어지면 초조해지는 정호.

정호   김유리?
유리   ...어? 어. (어쩔 줄 몰라 하다 정호가 든 반지 케이스를 공손히 닫으며) ...미
        안.
정호   ...!!
유리   (벌떡 일어서며) 아니 너무 갑작스럽잖아! 갑작스럽지 않았대도 내 대답은
        정해져 있긴 했는데... 물론 그런 생각이 들 순 있어, 근데 그럴 때일수록
        신중해야지!
정호   (뭔가 좀 충격이고)

유리	(설득해야 할 것 같은) 정호야, 결혼이란 제도는 인간 기대수명이 50도 안 되던 시절에 만들어진 거야. 이 100세 시대에! 세상이 이렇게 바뀌었는데! 결혼이라는 풍속이 여전히 유효한지 충분히 숙고해보고 결정한 거야?
정호	어.
유리	(더욱 당황) 결혼, 즉 혼인은, 두 사람이 부부가 되는 법률행위야. 동거, 부양, 협조의 의무가 생김은 물론이고, 재산과 노동력까지도 공유하겠다는 사회적 약속이라고.
정호	설마 내가 그걸 모르고 너한테 물었을까. (팔짱을 끼며) 나와 법적 구속력을 갖는 관계가 되는 게 두려운 건가?
유리	아니 그니까 내 말은, 치솟는 이혼율을 봐, 결혼은 결코 행복과 동의어가 아니라고! (외치고 숨 몰아쉬는)
정호	(보면)
유리	무엇보다... 난 아직 너네 가족하고 가족이 될 준비가 안 된 것 같아.

심장이 내려앉는 정호지만 애써 덤덤한 얼굴로 유리를 본다.
유리, 정호가 상처받았음을 느끼곤 저도 아픈...

S#2. 이회장의 집, 밤.

이회장의 침대에 앉아 있던 편웅, 일어서면
기함한 얼굴로 그런 편웅을 보는 이회장,

이회장	니놈이 왜 여기 있어. (편웅이 다가오면 뒤늦게 보안 버튼을 누르며) 밖에 누구 없어!!
편웅	(눈물 그렁그렁해 다가오는) 어떻게 저한테 그러실 수 있어요? 다른 사람은 몰라도 아버지는!! 절 이렇게 만든 아버지는!! 그러시면 안 되는 거 아니에요?
이회장	(두려움에 주춤주춤 물러서며) 넘보지 말아야 할 것까지 넘본 널 탓해야지!

편웅   (눈물 뚝뚝) 아버진 어떻게 끝까지- (하다 푸흡 웃음 터지는) 아유 못 하겠다.

이회장   ...!!

편웅   연기가 안 되네 나는.

이회장   (기가 막혀) 미친놈!

편웅   제가 돌이켜봐도 다른 건 다 후회가 안 되는데, (이회장의 복부를 보며) 간은 좀 아까운 것 같애.

이회장   ...!

편웅   내가 낳은 놈이니, 간이고 쓸개고 도로 떼서 내 몸에 갖다 넣어도 되고, 내가 낳은 놈이니, 쓸 때까지 쓰고 필요 없음 갖다 버림 그만이고, (코앞까지 다가와) 자식이 이렇게 좋은 건 줄 알았으면 나도 미리 낳는 건데?

이회장   ...그래, 니 놈 용돈 딱 거기까지야! 주제를 알았으면 이제 정신 차리고-

편웅, 순식간에 양손을 뻗어 이회장의 목을 잡아 벽으로 밀어붙인다.
이회장, 기겁하며, 편웅의 팔을 잡는데, 완력을 이길 수 없다.

편웅   (계속 힘주며) 아버지가 저를 보내면 저는 아버질 보낼 게 없는 줄 아셨어요?

거세게 발버둥 치던 이회장, 바닥으로 넘어지면,
편웅, 그 위로 올라타 광기 어린 눈빛으로 손에 더 힘을 준다.
'대표님!!!!' 하는 한실장의 외침이 들려오지만 손에서 힘 놓지 않는 편웅.
이에 이회장 정신을 놓는 순간,
미친 듯 달려 들어온 한실장이 편웅을 억지로 이회장에게서 뜯어놓는다.
한실장 다급히 기어가 '회장님!! 회장님!!' 하고 이회장을 흔들면,
기침을 하더니 겨우 눈을 뜨는 이회장이고...
한실장, 안도감에 무너져내리는데,

편웅   (푸흐흐 웃는) 어우, 우리 아부지 명줄 한번 길어. (땀 닦으며) 근데 이게 힘이 제법 많이 들어가네? 쉽지가 않어.

한실장	...회장님은 제가 병원으로 모시겠습니다. 대표님은 지금 가셔야 합니다.
편웅	어디로 가는데?
한실장	애들이 알아서 모실 겁니다. 저도 바로 따라가겠습니다.
편웅	어우 나 배 타기 싫은데, 배 태우는 거 아니지?

편웅, 의식 혼미한 이회장 앞으로 가 쭈그려 앉더니,

편웅	아버지, 싫든 좋든 우린 이미 단단히 묶인 운명 공동체예요. 그걸 잊으시면 안 되죠.

그러곤 일어서서 가는 편웅의 뒷모습에서 타이틀 올라온다.

[제15화 約 맺을 약, 束 묶을 속]

S#3. 세연과 진기의 집, 밤.

유나가 잠든 걸 확인하고 깨금발을 하고 거실로 나오는 세연,
유리, 이미 안주를 놓은 식탁에서 술을 들이켜고 있다.

세연	그건 김정호가 잘못했네.
유리	잘못한 건 아니고.
세연	아니 결혼이 무슨 애들 장난도 아니고 말이야. 갑자기 무슨-
유리	갑자기는 아니고,
세연	아니긴 뭐가 아니야, 훅 들어온 건 맞지. 근데 김정호가 어지간히 맘이 급하긴 했나 보다, 그 신중한 놈이 그런 짓을 다 하고. 그래서 넌 뭐라고 했는데.

S#4. 진기의 레스토랑 [뇨끼], 밤.

텅 빈 레스토랑에서 진기와 정호 마주 앉아 와인을 마시고 있다.

정호   '치솟는 이혼율을 봐. 결혼은 결코 행복과 동의어가 아니야.'
진기   (벙쪄 보다 킥킥 웃으며) 역시 김유리!
정호   '난 아직 너네 가족하고 가족이 될 준비가 안 된 것 같아...'
진기   이야 아주 대못을 박았구만. (한숨) 근데 또 틀린 말은 아니지. 둘만 함께
       산다고 결혼이 아니니까... 그러게 내가 무르익을 때까지 기다리라고 했어
       안 했어.
정호   무르익는다고 김유리 결혼관이 바뀌겠냐.
진기   그건 그래. (씁쓸히) 두 번 세 번 생각해보라고 해. 너도 그렇고. 결혼... 쉬
       운 거 아니더라.
정호   (의외인 듯 보면)

S#5. 세연과 진기의 집, 밤.

어느새 알딸딸히 취해 있는 세연.

세연   연애 좋지. 그냥 연애해. 같이 살고 싶어? 동거해~ (진기와의 결혼사진을
       보며) 법적으로 가족이 된다는 건 말야,
유리   사실혼도 법적으론 법률혼과 마찬가지로-
세연   (OL) 쉬. 여하튼 가족이 된다는 건, 복잡한 거야. 아~주 복잡한 거지.
유리   (의외인 듯 보다) 그러는 넌 그 복잡한 걸 왜 했는데?
세연   ......도진기는 그 복잡한 걸 같이 풀고 싶은 남자였으니까.
유리   (치 하고 웃는) 니들은 어떻게 아직도 깨소금이냐, 으유, 부러워~

유리와 세연 서로 보며 웃는데, 세연의 미소 어딘지 씁쓸하다.

S#6. 진기의 레스토랑 [뇨끼], 밤.

이어지는 진기와 정호의 대화.

정호   웬일이냐, 니가 그런 소릴 다 하고.
진기   난 뭐 사람 아니냐. 힘든 건 다 똑같지 뭐.
정호   (이상한 듯 보며) 요새 뭐 한세연이랑 무슨 일 있냐.
진기   ...됐고, 넌 생각이나 더 해봐. 니가 너무 쉽게 생각한 걸 수도 있어.

S#7.   정호의 방 / 검찰청 복도, 낮.

INS 》아침이 밝은 은하빌딩 외경.
정호, 소파 테이블에 반지 케이스를 올려두고 생각에 잠겨 있는데...
전화가 울려 보면, [정계장]이다.
이하 검찰청 복도에서 주변을 둘러보며 통화하는 정계장과 화면 분할되며,

정호   계장님.
정계장 뉴스로 보시기 전에, 미리 아셔야 할 것 같아서.
정호   ?

S#8.   로 카페 사무실, 낮.

정호, 내려와 걱정스런 얼굴로 벽에 기대어 서고,
놀란 듯 굳은 얼굴로 노트북 화면을 보고 있는 유리.
화면에선 편웅의 뉴스가 보도되고 있다.

기자   (F) 체포영장이 발부된 가운데 도한건설 이편웅 대표의 행방이 묘연해지
        며 논란이 되고 있습니다. 경찰은 도주의 가능성을 염두해두고 수색을 이
        어나가고 있는데요,

유리	...정말 도주 중인 거야?

정호, 끄덕이며 무어라 말하려 하는데
그때 갑자기 문이 팡 열리자 놀라는 유리!
소리를 지르며 들어오는 이는 다름 아닌 황대표다.

황대표	김유리, 김유리, 김유리, 우리 어떡해~~!!
유리	(놀라 보는) 대표님,
황대표	우리 이제 어떡해, 그 미친놈이 찾아오기라도 하면 어쩌냐고!
유리	...이편웅이 대표님을 왜 찾아가요.
황대표	어디로 튈지 모르는 놈인 걸 이제껏 겪고도 몰라? 이판사판이다 싶은 마당에 뭘 할 줄 어떻게 아냐고!
유리	(작게 한숨 쉬는데)
황대표	이럴 게 아니라 우리 같이 경호업체라도 고용해야 되는 거 아니야?
정호	너무 걱정 안 하셔도 됩니다. 곧 잡힐 거예요.
유리	그래, 우리나라가 크면 얼마나 크다고!
황대표	넌(유리) 그렇게 당하고도 걱정도 안 되나?
유리	(멈칫하지만) 우리나라 경찰은 뭐 노나! 쓸데없는 걱정을 왜 해요!

애써 괜찮은 척하는 유리를 보는 정호, 마음이 좋지 않다.

S#9. 로 카페 화장실, 낮.

가라앉은 얼굴로, 화장실로 들어와 문을 닫는 유리,
거울 속 자신을 쳐다보는데, 불안으로 떨리는 눈빛이고...
유리, 불안함을 떨치려는 듯 세수를 하는데

S#10. 로 카페 화장실 앞, 낮.

정호, 걱정스런 얼굴로 화장실 쪽을 보며 서 있다
이내 뭔가 마음을 굳힌 듯한 얼굴이 되어 돌아선다.

S#11. 검찰청 앞, 낮.

빠르게 걸으며 목소리 죽여 이야길 나누는 정계장과 정호.

정계장 이편웅 마지막 휴대폰 신호가 잡힌 곳이 하남동 이회장님 자택입니다. 그리고 어젯밤 10시 반경에 이회장님 자택으로 119가 출동했었구요.

정호 (놀라) 119가?

정계장 지금 병원에 계십니다. 다행히 의식은 있으세요. 이편웅이 마지막으로 만난 사람이 이회장님이라는 건데... (고개 저으며) 그 어떤 진술도 거부하시는 상태랍니다.

이회장 (E) 니가 여기가 어디라고 와!!!

S#12. VIP 병실, 낮.

이회장, 승운을 향해 병실 내 물건들을 마구 집어던지고 있다.
말리고 있는 연주인데,

연주 그만하세요 아버지, 이이가 무슨 잘못이 있다고!!

이회장 (소리치는) 니놈들이 일을 제대로 했으면 일이 여기까지 와?!

연주 생사람 좀 그만 잡아요, 편웅이 이렇게 만든 게 아버지 아니면 누구라고!!

승운 ...당신은 가만 있어.

그 순간 승운, 이회장이 집어던진 물건에 이마를 맞아 피를 흘리는데!
기겁하며 놀라는 연주! '아버지!!' 하고 외치는데,

하필 그 엉망의 순간 문이 열리며 정호가 들어온다.
엉망이 된 병실을 보고 놀라는 정호인데,
정호를 본 연주, 더는 견디지 못하겠는지 병실을 나가버린다.
휘청하며 침대를 짚는 이회장.

이회장   배를 타러 간다니 어쩌니 하는 걸로 봐선 어떻게든 한국 뜨려고 하는 것
         같은데, 니들은 무슨 수를 써서든 그놈 잡아 와. 더 사고 치기 전에!!

S#13. 병동 앞 복도, 낮.

말없이 승운과 함께 복도로 나오는 정호.

정호   ...이마는 괜찮으세요?
승운   금방 잡힐 게다. 상황은 내가 보고받을 테니, 넌 너무 나서지 마라.
정호   저는 제가 알아서 하겠습니다. (연주가 간 곳 보다) 엄마나 챙겨주세요.

승운이 끄덕여 보이면, 돌아서서 가는 정호인데,
그 뒷모습 쓸쓸히 바라보는 승운이고.
정호, 빠르게 가며 길사장에게 전화를 건다. '지금 어디야.'

S#14. 도로, 낮.

정호가 직접 운전하며, 길사장과 함께 인천항으로 향하고 있다.

길사장   제가 인천항 쪽 브로커 몇 명한테 연락을 넣어는 놨거든요, 저 혼자 가도
         되는데-
정호   (마음 급한) 아냐 내가 직접 해.
길사장   또 법 조항 운운하면서 공권력 냄새 풍길 게 뻔한데, 애들이 입을 열겠어

요?

정호   (욱) 나도 눈치가 있지! 고객인 척하면 될 거 아냐. 뭐 없어?

길사장   있어봐요, (신나서 생각하다) 아 딱 맞는 거 있다! 청담에 유명한 애 있거
        든. 사모님들한테 현금 뜯어서 태국으로 날라버린 제빈데,

정호   (노려보는 데서)

S#15. 브로커의 사무실, 낮.

INS 》컨테이너들이 쌓여 있는 항구의 모습.
일반 소규모 회사처럼 보이는 밀항 브로커의 사무실.
내부를 둘러보는 정호고, 정호와 길사장을 미심쩍은 듯 훑어보는 브로커.

길사장   이쪽이 제가 말씀드린, 우리 강남 사모님들 마음과 통장을 퐁당퐁당 오간
        다는 청담동 물수제비, 딱 그런 짓 하게 생겼죠?

정호   (째릿) 안녕하세요. 물수제빕니다.

브로커   청담동 물수제비면, 몇 년 전에 궁평항에서 태국으로 날랐다고 들었는데?

정호   다시 들어온 게 언젠데, 소식 느리시네. (브로커 앞에 느른히 발까지 올리
        고 앉으며) 벌어간 돈을 다 써버려서, 다시 일하러 왔어요. 근데 난 작업
        들어가기 전에 나가는 배편부터 봐둬야 맘이 편해서, (윙크 딱)

길사장   그래서 요즘은 시세가 어떻게 되려나요?

브로커   요즘은 옛날 같지가 않아~ 해경 순찰도 더 많아졌고,

정호   어젠가도 한 놈 건너가려고 오지 않았나?

브로커   어제?

정호   그 왜 뉴스에 계속 나오더만, 도한건설 대푠지 뭔지 도주 중이라고. 아, 근
        데 여긴 핫바리라 그 정도 큰 손님은 안 받으려나?

브로커   핫바리라니, 궁평항이 이코노미면 여긴 비즈니스야! 다 한가닥 하는 사람
        들만 모시는 사람이라고 내가. 그 양반, 그거 아직 한국에 있어.

길사장   그걸 어떻게 아는데?

브로커   (주변 살피고 목소리 죽여) 얘기 들어보니까, 애들이 배까지 다 대기시켜

났는데 마지막에 내뺐다더라고. 덕분에 경찰들이 난리라, 그놈 잡히기 전 까진 배 못 띄워.

S#16. 항구 인근 거리, 낮.

빠르게 걷고 있는 정호와 길사장.
FLASH BACK 》"이판사판이다 싶은 마당에 뭘 할 줄 어떻게 아냐고!" 하
는 황대표의 말이 떠오르고, (S#8)
초조한 기분인 정호.

정호   우선 도한건설 소유의 오피스텔, 레지던스부터 싹 다 뒤져보자고.
길사장   하이고, 이거 또 팔도 유람하게 생겼네.

S#17. 어느 풀빌라, 낮.

편웅, 하와이안 셔츠에 쪼리 차림으로 수영장 앞을 서성이며,
대포폰으로 누군가와 다정히 통화 중이다.

편웅   아니 이런 데 있었음 미리 말하지 그랬어~ (사이) 아이 그건 이제 내가 절
대 말 안 하지, 약속~ 내가 한 번 한 말은 지키는 사람이야! (우훙훙 웃
곤) 웅 알겠엉, 내가 조신히 있다 갈게, 끊어~ (하고 전화 끊으면)
한실장   (이게 아닌데 싶고, 표정 어둡다) ...지금이라도 배편으로 나가시는게...
편웅   걱정하지 마. 대한민국에 내가 입 열면 큰일 나는 사람들이 한둘이 아니
에요. 저번에 내가 찾아보란 건?
한실장   (옥자와 그 가족들이 찍힌 사진 몇 장을 건네며) 경기도 화연동에 거주 중
이고, 김유리 변호사 아버지가 돌아가시고 난 후, 재혼을 한 모양입니다.
편웅   그래? (뭔가 또 꾸미려는 신난 얼굴인데)
한실장   (무거운 얼굴로) 도대체 어쩌실 계획이십니까...?

편웅   (일어나 한실장 쿡쿡 찌르며) 넌, 내가, 생각을 하지 말랬지. 그냥 시키는
       대로만 해. 내가 이렇게 됐다고 너 하나 책임 못 질까 봐?
한실장   ...

S#18. 로 카페 사무실 - 로 카페 홀, 낮.

오늘따라 마음이 복잡한 유리, 상담을 마친 고객이 나가자
빈 잔을 들고 카페 홀로 나오는 유리인데,
그 순간 딸랑하고 문이 열리는 소리에 돌아보면,
유나를 안은 채 아기 짐까지 바라바리 싸온 세연이 울고 있는 게 보인다!

유리   (놀라 보는) 세연아.

       cut to 》다시 사무실 안,
       조금 진정한 듯한 세연, 은강이 내려놓는 따뜻한 차를 마시고 있고.
       은강이 눈치를 주면, 준 '유나는 삼촌들이랑 놀자~' 하며
       유나를 안고 나간다.

세연   (머쓱) 나 며칠만 너네 집에서 신세 져도 되지?
유리   당연히 되지... 근데 무슨 일인데.
세연   (또 다시 울컥하는 걸 쓸쓸한 미소로 감추며) 나 이혼할까 봐, 유리야.
유리   ...뭐?

S#19. 세연과 진기의 집, 밤. (회상)

진기모(여/60대), 유나에게 내복을 입혀주고 있고,
그 옆에 앉아 빨래를 개고 있는 세연, 불편한 공기가 흐른다.

진기모	(구시렁) 아니 왜 애를 이렇게 춥게 입혀놨대, 하긴 애를 봤어야 뭐를 알지.
세연	(애써) 아유 어머니, 옛날에나 애기들 그렇게 꽁꽁 싸맸던 거지, 요즘은 집도 따뜻하고 그래서 안 그래도 된대요.
진기모	(굳은 얼굴로 유나만)
세연	...유나 보는 거 많이 힘드시죠?
진기모	(말없이 유나만)
세연	제가 더 많이 할게요, 많이 힘드시면 일주일에 한 번만 오셔도,
진기모	애, 그럼 우리 진기 죽어나. 너가 하면 뭘 얼마나 한다고!
세연	(서럽지만 꾹) 저도 많이 해요 어머니. 어젠 새벽에 근무가 끝나서-
진기모	(참다 폭발) 남편 날개 꺾어 집구석에 앉혀놨으면 미안한 마음이라도 있어야지! 넌 어떻게 애가 그렇게 뻔뻔하니?
세연	...
진기모	막말로, 니가 나 아니면 부탁할 친정어머니나 있니? 친정어머니도 없으면서 애도 키우고 일도 하겠다는 건, 다 너 욕심이야.

S#20. 세연과 진기의 집, 다른 날 낮. (회상)

세연, 유나에게 아침밥을 먹이고 있고,
돌아선 채 설거지 중인 진기, 다툼이 있었는지 불편한 침묵이 흐른다.

세연	됐어, 그냥 내가 휴직하는 게 맞아.
진기	(수세미 던지듯 놓는) 그 얘긴 이미 끝난 얘기잖아!
세연	솔직히 너도 힘들잖아! 공들여 시작한 가게, 거의 내놓다시피 하면서 하루 종일 혼자 애 보는 거, 힘들어 미치겠잖아. 그러니까 아닌 척하지 말고 그냥 말해, 힘들다고.
진기	(한숨) 너 나랑 결혼할 때 뭐라 그랬어. 다른 건 다 몰라도 일 계속하고 싶다며, 난 그렇게 하게 해주겠다고 약속했고, 그래서 지금 최선을 다하고 있잖아, 대체 뭐가 문제 건데!
세연	(울컥) 남편 날개 꺾어 주저앉힌 여자 소리 그만 듣고 싶어 그런다, 왜!!

진기   (보다 돌아서며) 됐다 자기야. 오늘은 그만하자.

세연   (뒷모습 보며) ...거봐, 내가 뭐랬어. 나랑 결혼하면, 니가 고생할 거라고, 후
       회할 거라고 했잖아.

진기   ...

세연   후회하지?

진기   (돌아선 채 아무 대답이 없자)

세연   (좀 충격인) ...진짜 후회하는구나, 너.

이 말에 돌아서선 그저 지친 얼굴로 세연을 보는 진기고...
그 눈빛에 진심으로 상처를 받는 세연.

S#21. 로 카페 사무실, 낮.

놀란 얼굴로 세연을 보고 있는 유리고.

세연   (눈물 뚝뚝) ...벌써 후회한다는데, 이 결혼이 무슨 의미가 있어?

유리   야! 아니야아! 다른 사람도 아니고 도진기가, 뭘 후회해, 후회하긴!

세연   ...그냥 처음부터 내가 휴직을 했어야 하는 건데,

유리   그건 니가 승진이 코앞이라 그랬던 거고!

세연   ...아니야, 내가 다 망친 것 같아.

유리   (와서 안아주며) 잘하고 있어 너네. 진짜로. 그냥 좀 지친 거야 둘 다.

유리 품에 안겨 우는 세연이고.

S#22. 은하빌딩 앞, 밤.

유리, 유나를 안은 채 재우려는 듯 카페 앞을 서성거리며 서 있는데,
저만치서 돌아오는 정호가 보인다.

두 사람 눈이 마주치면, 잠시 어색한 공기가 흐르지만,
이내 의아한 듯 유리의 품 안에 있는 유나를 보는 정호.

정호   (유나를 보며) 도진기 와 있어?
유리   아니, 세연이가.
정호   한세연이? (그러다 문득, 어제 이상하던 진기가 생각나고) 둘이 무슨 일 있
       대?
유리   그냥, 좀 싸웠나 봐. 오늘은 우리 집에서 재우려고.

그러며 정호와 유리, 서로를 보는데... 잠시 정적이 흐르고,

유리   정호야, 있잖아, 우리 얘긴...
정호   나중에 해. 상관없으니까.
유리   (보며) 왜 상관이 없어.
정호   (애써 아무렇지 않은 척) 같이 정리하고 나와, 집까지 데려다줄게.

S#23. 유리의 오피스텔 방, 밤.

유리의 침대에 세연과 유나가 함께 누워 잠들어 있다.
아래 토퍼를 펼치며 곤히 잠든 세연을 바라보는 유리,
FLASH BACK》 '나랑, 결혼하자 유리야.' 하고 묻는 정호, (S#1)
FLASH BACK》 '나 이혼할까 봐. 유리야.' 하는 세연이 떠오른다. (S#18)
유리, 한숨을 쉬며 세연의 머리칼을 넘겨주는데...

S#24. 로 카페, 낮.

아기 띠를 하고 유나를 안고 있는 유리고.
옆에서 우르르 까꿍 하고 있는 준과 주방을 정리 중인 은강.

준	근데 결혼은 역시 현실이네요. 다른 커플은 몰라도 세연 누님네는 진짜 완전 홈 스윗홈인 줄 알았는데.
은강	애 낳아 키우는데 그 정도 사연도 없는 집도 있나.
유리	...
준	그쵸. 근데 세연 누님이 휴직하고 육아에 전념하신다고 해도, 그걸 지금껏 지원해온 진기 형님한테도 누님한테도 그게 해피엔딩일까 싶고~ 어렵네요.
유리	(생각이 많아지는데)

S#25. 세연과 진기의 집, 낮.

하루 새 얼굴이 완전히 상한 진기, 정호에게 문을 열어주고 있다.
정호 들어오면 진기, 바로 소파로 가 털썩 앉더니 창밖을 보는데...

정호	부부싸움 한번 요란하게 한다!
진기	...
정호	(식탁으로 가며) 와서 앉아, 오면서 먹을 것 좀 사 왔어.
진기	(계속 멍하니 앉아 있을 뿐이고)
정호	(차리며) 어젯밤에 한세연 김유리네서 혼자 닭 두 마리는 뜯었을걸. 싸움도 힘이 있어야 하지. 일루와 앉아.
진기	(멀리 보다) ...내가 자기랑 결혼한 걸 (기가 차단 듯 웃으며) 후회하냐고 묻는 거야. 죽어라 최선을 다하고 있는데... 그렇게 물어보면, 내가 뭐가 되냐?
정호	...
진기	내가 도대체 뭘 더 어떻게 해야 되는 거야? 다 받아주니 내가 우습나?
정호	(한숨 쉬며 옆에 와 앉는) 야, 한세연이라고 너 혼자 집에 두고 마음이 편했겠냐. 입장이 바뀌었다고 생각해봐, 휴직이 뭐야 넌 옛날에 사직서 썼을 놈이야.
진기	유나 태어나기 전에 이미 다 준비하고 약속했던 내용이야.

정호   그때랑 같냐, 사람 마음이.

축 늘어지는 진기고, 한숨 쉬며 소파에 등을 기대는 정호.

S#26. 로 카페 계단실, 낮.

INS 》몰려온 손님들에게 커피를 내리느라 정신없이 바쁜 은강이고,
계단실 안, 준의 품에 안긴 유나, 자지러지듯 울고 있다.
세연과 통화를 하며 이유식을 들고 있는 유리, 어쩔 줄 몰라 하는 중이다.

유리   아니, 밥은 안 먹고 애가 울기만 해,

그때 옆에서 스윽 팔을 뻗어와 유나를 안아드는 누군가.
유리, 놀라 보면, 익숙한 듯 아이를 어르고 있는 이는 바로 연주다.

준   어?! 누님 오셨네요?
유리   (벙쪄 연주를 보다) 언, 언, 언니, 아니,

FLASH BACK 》 '나랑, 결혼하자 유리야.' 하는 정호의 모습 (S#1)
다시금 스쳐가고!

유리   어머니. (해놓곤 저 혼자 헉 놀라는)
연주   (웃으며) 편한 대로 불러. 언니든 어머니든. 기저귀 갈아줄 때 된 것 같은
데?

S#27. 로 카페 사무실, 낮.

들어와 연주 앞에 앉는 유리, 연주가 새삼 더 어렵게 느껴진다.

연주	편웅인 곧 잡힐 거야, 너무 걱정 마.
유리	아, 네, 네...
연주	상담 많은데 온 건 아니지?
유리	오늘은 쫌 한가해서 괜찮아요.
연주	사실 오늘 온 건... 내가 개인적으로 물어보고 싶은 게 있어서.

뭘까?! 눈 동그랗게 뜨고 보는 유리인데,
갑자기 아침드라마스러운 배경음이 흐르며,

연주	너, 우리 정호랑, 진지하니?
유리	(커피 잔 옆을 뺀하고 바짝 얼어) 지, 진지하다는 건... 어떤...
연주	무슨 의민지 알잖아.
유리	...어, 어머니 그게.
연주	(돈 봉투처럼 생긴 봉투를 꺼내 건네며) 정호한테 물어볼 수도 없고,
유리	(봉투를 기겁해 보는데)
연주	또 법조계에 우리 가족 모르는 사람도 없는데, (테이블 위에 있던 물병을 열면)
유리	(뿌리는 줄 알고 기겁, 눈 질끈 감는데)
연주	(물 마시곤) 거기다 물어보긴 더 어렵고, 너밖에 없더라고. (봉투에 턱짓) 내가 한번 써본 소장이야.

이번엔 가방에서 휴대용 위스키 병을 꺼내 들이키는 연주에서,
배경 음악 뚝 끊긴다.

유리	(당황한 얼굴로) 소장이요?
연주	(위스키 홀짝) 혹시 이혼 소송도 해봤니?
유리	(놀라 보는데)
연주	남편이 나 모르게 우리 아버지 회사 뒷배를 봐주고 있었다는 걸 알았을 때, 정말 바보가 된 기분이 들어서, 용서가 안 됐어.

유리	...
연주	근데 다시 생각해보니 내가 그 사람을 그렇게 만든 거였더라고. (쓸쓸히) 내가 이젠 그 사람을 놓아주는 게 맞는 것 같아.

FLASH BACK 》 '벌써 후회한다는데, 이 결혼이 무슨 의미가 있어?' 하는 세연 (S#21)

유리	(생각 많아져 연주를 바라보다) 혹시 이런 이야길 정호 아버님이랑도 나눠보셨을까요?
연주	자긴 이혼 의사가 없대. 그럼 소송밖에 없는 거잖아 그치.
유리	네, 부부 간 합의에 이르지 못하면 협의 이혼은 힘들고, 한쪽이 소송을 제기하는 형태의 재판상의 이혼을 해야 하는데... 솔직히 말씀하신 내용이 재판상 이혼 사유가 될 것 같진 않거든요.
연주	(한숨 쉬는데)
유리	(어쩔까 고민하다 연주의 위스키 뺏어오며) 일단, 혼자서 이건 그만 드시는 걸로.

S#28. 해피슈퍼 앞 평상, 밤.

김천댁, 최여사, 유리, 연주가 함께 술판을 벌이고 있다.
아기 띠로 잠든 유나를 안고 있는 유리, 제법 취한 듯 볼이 빨갛다.

김천댁	벌써 문 닫고 이래도 되는 거야? 주인총각이 또 잔소리할 텐데.
유리	오늘은 어차피 애 봐야 되는데요 뭘.
김천댁	구실도 좋다. (연주 보며) 그나저나 또 집 나온 거야?
연주	(한숨 푹) 나와도 나온지도 모를걸, 그 양반은.
최여사	뭘 그 나이 먹고 서운해하고 그래~ 사는 게 다 그런 거지.
연주	나이 먹음 뭐 서운해하는 것도 안 되나! 연애 때도 말이 없더니, 요샌 아주 대꾸도 안 해. 이럴 거면 뭐 하러 같이 사나 싶어.

최여사 　하이고, 우리 남편은 주둥이를 안 닫아 문젠데, 그 집 남편은 주둥이를 안
　　　　열어 문제구만.

연주 　　(김천댁 보며) 그쪽은, 그쪽 남편은 어때? 막 잘해주고 그러나?

김천댁 　...죽고 없어.

연주 　　(멈칫) 진짜?

유리 　　(연주 쿡 찌르는) ...

김천댁 　뭐가 그렇게 바쁜지 일찍 갔어. 수절하고 산 지 20년이 넘습니다~

연주 　　수절을 왜 했어! 그냥 아무 데나 가서 자빠지지.

　　　　이에 김천댁, 최여사, 연주, 유리, 깔깔깔 웃지만, 곧 쓸쓸해진다.

김천댁 　옆에 있어도 문제, 없어도 문제. (유리 보며) 어때, 여기 사는 꼴들 보니까
　　　　고민되지?

유리 　　(괜히 놀라) 고, 고민이요? 제가 고민을 왜 해요. (연주 눈치) 뭘 고민한단
　　　　말씀이시지?

김천댁 　왜 요즘 젊은 사람들 다 비혼이다 뭐다, 옛날처럼 당연히 하는 추센 아니
　　　　잖아.

유리 　　아아... 그렇죠.

김천댁 　난 그래도 있는 게 낫다에 한 표.

연주 　　(오기 어린) 난 굳이 없어도 된다에 한 표!

유리 　　(조금 취한) 진짜 없어도 된다에 한 표예요? 두 분도, 뜨거웠던 때가 있었
　　　　을 거잖아요. 집안 반대 무릅쓰고 결혼하셔서 가족분들도 안 보고 사신
　　　　거 아녜요?

연주 　　...젊어서 회사 다니면서 아버지 뒤치다꺼리하는 게 싫었어, 그 방식도 싫었
　　　　고.

유리 　　...

연주 　　그래서 그 사람 우산 아래로 도망을 갔나 봐. 남들은 고집스럽다, 융통성
　　　　이 없다 해도, 정도가 아니면 가지 않는 그 사람이 좋았거든.

S#29. 응급실, 낮. (회상)

의사, 승운의 다친 이마를 치료하고 있고,
연주, 팔짱을 낀 채 서서 멍하니 그런 승운을 보고 있다.

연주 (E) 근데 돌아보니, 내가 아버지한테서 달아나면서 내려놓은 짐을, 이제껏
     그 사람이 다 짊어지고 있었던 거더라고.

S#30. 해피슈퍼 앞 평상, 밤.

한층 더 취기가 올라와 있는 일동. (잠든 유나)

유리 (취해선, 뭔가 못마땅한 듯 연주 보며) 그래서 이혼을 하겠다구요? 정도만
     걷던 그의 타락이 다 나 때문이니, 놓아주겠다?
연주 ...
유리 아니 그분 우산 밑으로 갔다면서요, 자기 힘들 땐 그 밑에 다 숨어놓고 뭐
     이제 와서 놓아줘요?
최여사 (그만하란 듯 유리 쿡쿡하는데)
유리 제가요 언니 같은 사람들 때문에 결심을 못 하는 거예요. 평생 사랑하겠
     다 약속할 땐 언제고, 좀 힘드니까 너를 위해 널 놓아주겠다느니,
연주 ...나 근데 슬슬 기분이 나빠질라 그러네, 기분 탓인가?
김천댁 기분 탓 아니야. 저기, 김사장, 취한 것 같은데 실수하기 전에 고만 들어가,
유리 (최여사 뿌리치며) 언닌, (한 글자씩 힘주어) 위선자예요, 위선 Z ㅏ~

잠시 침묵 흐르는데,

연주 ...너 지금 뭐라고 했어.
유리 위, 선 Z ㅏ-

김천댁, 유리의 입 틀어막지만 한 박자 늦는다.

S#31. 은하빌딩 인근 거리, 밤.

돌아오던 정호, 앞에서 고개를 숙이고 걸어오고 있는 세연이 보인다.
두 사람, 함께 걷기 시작하면,

정호   너 집엔 언제 들어갈 거야.
세연   남이사.
정호   자세한 사정은 모르겠지만 이건 갈등 회피하는 것밖엔 안 돼, 알지.
세연   회피 좀 하게 둬.

S#32. 해피슈퍼 앞 평상, 밤.

연주에게 머리채를 붙잡혀 있는 유리!
김천댁이 중간에서 말리지만 소용이 없다!
유리, 붙잡힌 머리가 아파 버둥대면서도,
'어떻게 사랑이 변하냐구요~!!' 하고 외친다.
그때 저만치서 은하빌딩을 향해 걸어오고 있던 정호와 세연,

세연   아이고, 저저! 또 난리네, 김유린 쟨 어떻게 바람 잘 날이 없냐. 누구야 저
        건?
정호   (멍하니 보다) ...엄마?! (기겁해 달려나가면)
세연   ...엄마?! (정신 차리곤 뒤쫓아 달리는)

김천댁 홀로 연주와 유리를 뜯어말리고 있지만 역부족인데,
정호, 달려와 연주를 말리고, 세연, 유리에게 붙는다.

정호	엄마, 놔요, 엄마!!
연주	놔!! 이 계집애 이거, 아주, 오늘 내가 본때를-
정호	글쎄, 놔요!! 이러다 유리 다친다니까!!
연주	(기가 막혀 놔버리는) 야, 너 지금, 이 계집애 편드는 거야?
정호	아니 편드는 게 아니고-
연주	(갑자기 서러움에 눈물 터지는) 이래서 아들 키워봤자 아무 소용없다고 하는 거야, (유리 보며) 야 이 나쁜 계집애야, 니가 이런 두 남자 사이에서 30년을 살아봤어! 니가 뭘 알어!! 어?!
유리	저야 뭘 모르죠, 언니의 사랑이 변했다는 것밖엔-

'야 너 일루와!!' 다시 머리채 잡힐 뻔하는 유리인데,
'아 엄마 왜 그래요, 그래도 폭력은 아니죠~' 하며 말리는 정호고.

세연	어머니 죄송해요, 얘가 술만 먹으면, (유리 등짝 때리며) 빨리 죄송하다고 해, 빨리!
유리	(취한 눈으로 세연을 보며) 너도 똑같애! 도진기랑 니가 어떤 사인데, 후회 는 니가 하고 있는 거 아니고?

세연마저 유리를 살벌하게 보면, 스트레스로 머리를 잡는 김천댁.
'야 너 일루 와봐' 하며 유리 향해 가려는 세연과
'야 너까지 왜 그래' 하며 막아서는 정호,
다시 '말만 할라 그래 말만, 나와봐' 하는 세연.
최여사에 안겨 엉엉 우는 연주까지, 아수라장이다.

S#33. 로 카페 계단실, 밤.

소파에 앉아 있는 유리, 기운이 다 빠져 멍~한데, 점차 정신이 돌아온다.
나 또 무슨 짓을 한 거지 싶은데...
정호, 앞에서 아무렇게나 흐트러진 유리의 머리칼을 넘겨주며,

정호   (우습고 어이없는) 속은, 속은 좀 괜찮아?

유리   (머리 감싸며 괴로운) 어머니... 어머니 어디 계셔, 내가 지금이라도 가서
      무릎 꿇고-

정호   됐어, 지금 내 방에서 주무셔.

유리   (보면)

정호   어차피 울 엄마 내일 되면 기억도 못 해. 둘 다 하여튼 술이 문제다.

유리   (시무룩) ...미안.

      그러다 두 사람 눈 마주치면 잠시 침묵이 흐르는데...
      멍하니 정호를 바라보다 말문을 여는 유리.

유리   (씁쓸한 미소로) 너 그거 알아? 우리 아빠가 내 결혼식 날, 자긴 사람들
      앞에서 브레이크 댄스 출 거라고 했거든, 그래서 미리 연습한다고.

정호   ...

유리   그랬는데 봐봐, 어느 날 갑자기 가선 안 오잖아.

정호   ...!

유리   약속하고 못 지켜서 서로한테 실망하느니... 아예 약속을 안 하는 게 나은
      거 아닐까.

정호   (보면)

유리   나는 못 하겠어, 정호야. 거짓말이 될 걸 뻔히 알면서, 할 순 없잖아.

정호   (납득한 듯 끄덕이는) 그래. 하지 말자.

유리   (보면)

정호   니가 싫은 건 나도 싫어. 그러니까 부담 갖지 마. 결혼 얘긴, 내가 성급했어.

유리   (미안하고 맘 아파 보는) ...미안해.

정호   괜찮다구요. (끌어안으며 머리에 뽀뽀하곤) 앞으로도 너한테, 지킬 수 없
      는 약속은 절대 안 할 거야. 그니까 걱정하지 마.

      품에 안긴 유리, 하고 싶은 말을 해놓고도 여전히 복잡한 얼굴이다.

S#34. 로 카페 사무실, 낮.

커피 두 잔을 두고 어색히 마주 앉은 유리와 연주.

유리   (비장히 운을 떼는) 어머니 제가 어제는,
연주   난 어제 일 기억 안 나는데, 넌 나니?
유리   (눈치 보며) 안 나는 것 같기도 하고...
연주   그럼 됐지 뭐. 나도 어차피 술 먹고 한 일까지 후회하며 살기엔 맨정신으로도 저질러온 게 많은 인생이라.
유리   ...
연주   근데 생각해보니까 니 말이 다 맞더라. 이제 와 먼저 이혼 얘기 꺼내는 건, 내가 파렴치한 게 맞지.
유리   (시무룩) 아깐 기억 안 나신다고...
연주   그러니까 기억은 안 나는데, 하여튼 유리 니 말이 다 맞더라고.

그러며 서글픈 미소로 유리를 보는 연주고,
그 모습 보며 기분이 복잡한 유리에서.

S#35. 서울구치소 접견실, 낮.

INS 》 구치소 외경.
접견실에서 최의원을 만나고 있는 정호.

최의원   (기분 언짢은) 아니, 채송화 변호인이 왜 나를 찾아왔대.
정호   오늘은 채송화 씨 변호인이 아니라 도한그룹 이병옥 회장 손자로 온 겁니다.
최의원   ...가만 있어봐, 이회장 손자면... 그 김승운 중앙지검장 아들 아니야? 검사했다는? 그럼 이편웅이 조카... (혼란) 아니 근데 왜 채송화 변홀 하고 있는 거지?

정호　설명하자면 길고, 지금 그게 중요한 게 아니어서. 이편웅 지금 어딨습니까.

최의원　(세상 어이없는) 그걸 왜 나한테 물어 니들이 찾아야지!

정호　대포폰 통신 기록 확인해보니, 못 해도 하루에 한 번은 이편웅이랑 통화 하셨던데, 이 정도면 숨겨둔 애인 급 아닌가? 서로 속속들이 모르는 게 없을 텐데?

최의원　그 무슨! 나는 그냥 그쪽에서 하도 치대니 몇 번 받아준 거지. 수준이 맞아야 놀지. 걔 원래 붙어 노는 놈은 따로 있어.

정호　그게 누군데요.

최의원　... (망설이며 정호 위아래로 보다, 에라 모르겠다) 그 왜 유신그룹 막내아들 있잖아, 최근에 미국서 사고 쳐 들어와서는 쭉, 걔랑 어울리든만, 대가리 피도 안 마른 놈이랑 뭐 할 게 있다고.

정호　유신그룹 막내아들...

최의원　근데 가만 있어 봐, 채송화 변호사면, 날 여기에 처넣은 게, 그쪽인 거네?

정호　글쎄 엄밀히 말하면, 그쪽을 거기에 처넣은 건 내가 아니라 그쪽이지?

뒤늦은 깨달음에 정호를 보는 최의원을 남겨두고, 자리를 털고 일어나는 정호.

정호　그럼 재판 잘 받고.

최의원　잠깐만, 아니 근데 저 새끼가, 야!! 야!! (쫓아가려다 붙잡히는)

S#36. 도로, 낮.

길사장이 운전하는 차 조수석에 앉아 있는 정호.
길사장이 건네는 태블릿PC를 받아보면, **오윤오(남/23)**의 인스타그램 화면이다.
사진을 하나씩 넘겨보는 정호.
클럽, 축구경기장, 파티 등에서 친구들과 함께 찍은 사진들이다.

〈Lucy in the Sky with Diamonds〉 노래 따위를 포스팅한 게시물.
노래의 이니셜 LSD 따위가 확대되며,

길사장   유신그룹 막내아들, 이름 오윤오, 나이 스물셋, 그 집 늦둥이구요. 미국에
있다가 최근에 한국으로 돌아왔는데, 루머는 친구들 잘못 만나서 마약에
손댔다가 회장님이 아시고 노발대발해서 끌려온 거라고.

인스타그램에 막 업로드된 보드게임 카페 사진을 보는 정호.

S#37. 보드게임 카페, 낮.

보드게임 카페에서 홀로 젠가 중인 윤오, 힙한 옷차림의 어린 친구다.
그런 윤오 앞에 서 있는 정호와 길사장.

윤오   아 전 몰라요~ 그 아저씨가 누군데요.
정호   (한숨) 마약류 관리에 관한 법률 위반이랑, 도주 중인 범죄자 숨겨주는 거
랑 정말 어느 쪽이 중죄인지 몰라서 이러는 거야?
윤오   ...!!
정호   스무 살도 넘게 차이 나는 두 사람 접점이 뭘까 생각해봤더니, 하나밖에
없지 뭐야. (다가서며) 마약이 괜히 나쁜 게 아니야, 그걸 하면서 만나는
모든 인연이 시궁창이거든.

윤오가 공들여 빼고 있던 젠가 조각을 정호가 빼내면,
젠가가 우르르 무너져 내린다.

정호   너네 아버지가 알면 뭘 더 화내실까. 그렇게 판단이 안 돼?
윤오   ...아저씬 뭔데요... 뭐 하는 사람인데...
정호   다행히 너한텐 별로 관심 없는 사람. 다시 물을게, 이편웅 어딨어.

S#38. 풀빌라, 낮.

안으로 들이닥치는 정호, 길사장, 그리고 경찰들.
편웅이 지냈던 흔적은 보이지만, 편웅과 한실장은 보이지 않는다.
정호, 실망스럽지만, 방 구석구석을 둘러보면 누군가(한실장)가 소파에서
쪽잠을 잔 듯한 흔적이 보인다. 이를 물끄러미 바라보는 정호.

길사장　우리 오는 걸 어떻게 알고 내뺀 것 같은데요.
정호　　...한실장인지 뭔지, 그 새끼 좀 파봐. 이편웅이 이 정도로 몰린 마당에 (소
　　　　파 보며) 이렇게까지 하는 이유가 뭘까.
길사장　(끄덕) 그러네. 알아볼게요.

S#39. 로 카페 주방 / 주택가 거리, 낮.

은강의 주방 정리를 도와주며 옥자와 통화 중인 유리.
주택가 거리를 걷는 옥자와 화면 분할되며,

옥자　어휴, 경찰은 대체 그놈 아직도 안 잡고 뭐 한대니! 안 되겠다, 그냥 엄마가
　　　오늘 저녁때 올라갈게.
유리　세연이랑 정호 다 계속 같이 있는데 뭘 올라와, 걱정하지 마. 조심하고 있
　　　어. 그러지 말고 엄마도 조심해 알겠지?
옥자　얘! 내 걱정은 하지도 말어.

S#40. 주택가 거리, 낮.

옥자　유찬이 얘는 학원 빼놓고 어딜 자꾸 쏘다니는지, 못살아 증말. 얘만 잡아
　　　다놓고 엄마 올라가, 알겠지? 저기 PC방 보인다, 응 이따 통화해. 응~

S#41. PC방, 낮.

옥자, PC방에 들어와 사람들을 훑어보는데, 유찬이 보이지 않는다.

옥자   (카운터 직원에게) 저기 혹시 여기 우리 아들 안 왔어요? 키 요만해가지고, (사진 보여주며) 서림초 6학년인데, 여길 맨날 오거든.

직원   글쎄요. 오늘은 못 본 것 같은데,

옥자   그래요? 아유, 이 샹놈시끼, 꼭 속을 썩이지.

S#42. 로 카페 사무실, 낮.

유리, 사무실로 들어와 앉는데, 또다시 전화가 울린다.
화면을 보지도 않고 바로 받으며,

유리   응, 또 왜 엄마.

편웅   (F) ...김변 안녕?

유리   ...이편웅?

놀란, 유리 휴대폰 화면을 확인해보면, 모르는 번호가 떠 있다.
유리, 스피커로 바꾸고 통화 녹음을 시작하며

유리   당신 지금 어디야?

편웅   (F/낮은 웃음) 아니 나는 얌전히 숨어 있을랬는데, 김변의 잘난 애인이 자꾸 날 들쑤시네?

S#43. 프랜차이즈 카페 / 로 카페 사무실, 낮.

모자를 눌러 쓴 채, 사람들로 붐비는 어느 카페에 앉아
우아하게 커피를 마시며 통화를 하고 있는 편웅.
로 카페 사무실, 일어나 통화를 하는 유리와 화면 분할되며,

편웅   자꾸 이렇게 몰리면 나도 방법이 없어 김변.
유리   그러니까 그냥 자수해. 이래봤자 상황만 더 나빠질 뿐이야.
편웅   김변이 내 얘기 들어주면 자수하지~ 나도 이렇게 된 이유가 있을 거 아니
        야. 궁금하지 않아?
유리   아니 전혀.
편웅   (무시하고) 우리 엄마가 원래 배우였어요, 유명하진 않았고. 단역 전전하
        던 와중에, 우리 늙은이 눈에 든 거야. 그때부터 인생이 골로 가기 시작해,
        왜냐 내가 생겼거든.
유리   ...
편웅   그래도 보통 세컨드한테서 사생아가 태어나면 먹고살 돈은 주는데, 우리
        아부지는 또 남달라요, 죽어도 자기 씨가 아니라면서 내치는 거야. 그래서
        우리 엄마가 엄동설한에 갓난아이를 안고 도한그룹 안주인을 찾아갔어
        요. 거기서 칼부림을 했지, 안 거둬줄 거면 그냥 여기서 둘이 같이 죽어버
        리겠다고.
유리   도대체 나한테 이딴 얘길 하는 이유가 뭐야.
편웅   김변 엄만 어떤 사람이야?
유리   (기가 막혀) 왜, 이제껏 신나게 남의 인생 짓밟고 부숴놓고, 대가를 치르려
        니 무서워? 그래서 당신 그 불행으로 면죄부라도 사고 싶은가 보지?
편웅   김변은 세상 사람 다 이해해주잖아, 다 도와주고. 나도 이해해주면 안 돼?
유리   ...사람이어야 이핼해주지, 근데 니가 사람이야?
편웅   서운하네 김변. 후회하지 않을 자신 있겠어?
유리   (불길) 그게 무슨 소리야.
편웅   ...기다리던 사람이 왔네. 그럼 우린 곧 또 만나.

뚝 끊어지는 전화고. 불안한 듯 보던 유리,

곧바로 세연에게 전화를 건다.

S#44. 경찰서, 낮.

세연 앞에 와 서 있는 유리와 정호.

정호   기지국은, 확인됐고?
세연   지금 통신사에 얘기해서 발신지 조회 중이니까 조금만 기달려. 미친 새끼
       내가 너 오늘 잡는다.
유리   ...
세연   (전화받곤) 뭐 어디? (멈칫 유리 보며) 경기도 화연동...?
유리/정호 !!
세연   (휴대폰 내리며) 거기 너희 어머니 사시는 데 아니야?

       굳은 유리의 얼굴 위로,
       FLASH BACK 》 '김변 엄만 어떤 사람이야?' 묻는 편웅이 떠오르고.
       (S#43)
       휘청하는 유리. 불안한 듯 이를 보는 정호와 세연에서,

S#45. 주택가 거리, 밤.

유리와 정호가 길가에 차를 주차하고 달려오면,
유리의 계부 길섭과 유찬이 출동해온 경찰들과 만나고 있다.

길섭   나이가 올해 64이고, 오후까진 연락이 됐는데, (유리 발견하곤) 어, 유리
       야!
유리   (달려오면) 아저씨.
길섭   (불안한) 그 사람 갈만한 덴 다 찾아봤는데, 도대체 어딜 갔는지...

S#46. 경찰서, 밤.

경찰들과 함께 PC방 건물 앞 CCTV를 확인하는 정호와 유리, 길섭.
길을 걷다 멈춰선 검은 밴 안으로 끌려 들어가는 옥자의 모습이 보이고.
길섭, 놀라 주저앉는다.

S#47. 경찰서 복도, 밤.

복도로 나오는 유리, 다리에 힘이 풀리려는 걸 간신히 버티고 서는데,
이 모습을 보는 정호의 심정, 지옥불이 따로 없다.
정호, 유리와 눈을 맞추며

정호   내가 약속할게 유리야.
유리   (보면)
정호   내가 무슨 수를 쓰든 어머니 찾아낸다고, 털끝 하나 다치시는 일 없게 구
        해낸다고, 내가 약속할게.
유리   ...
정호   내가 지킬 수 없는 약속은 안 한댔잖아. 그니까 나 믿고, 조금만 버텨 알았
        지.
유리   (E) 그때 그런 생각을 했던 것 같아요. 지켜지지 않을지도 모르지만 우리
        가 매번 약속을 하는 이유 어쩌면...

애써 힘을 내 끄덕이는 유리에서.

S#48. 경찰서 앞, 밤.

경찰서 앞을 서성이며 길사장과 통화 중인 정호,
'일단 계속 보고 있어.' 하며 전화를 끊는다,
다시 전화가 울리면 정호, 화면 속 번호를 확인하는데 모르는 번호다.
전화를 받으면, '여보세요'가 끝나기도 전에 들려오는 편웅의 비명.

편웅   (F) 엄마~~ 엄마 어딨어!! 엄마~!!!
정호   (짓씹는) ...미친 새끼.
편웅   (F) 조카 안녕?
정호   어디야, 너.
편웅   (F) 혼자 올 거야?
정호   어디냐고!!!
편웅   (F) 김변 어머니 찾고 싶으면, 조용히 혼자 와야 돼, 알지?
정호   (분노를 겨우 삼키며) ...알겠으니까 어딘지나 빨리 말해.

전화가 끊어지면 아득한 시선으로 유리가 있는 경찰서 안을 보는 정호.

유리   (E) 순간을 살아가는 우리가, 서로를 붙잡는 유일한 방법이기 때문인지도
       모른다고.

S#49. 어느 교회, 밤.

INS 》외딴 곳에 위치한 낡은 교회의 외경.
어둑한 조명의 예배당 안으로 들어서는 정호.
저만치 교단에 걸터 앉아 있는 편웅과 그 뒤에 서 있는 한실장이 보인다.
정호가 오는 것을 보곤 푸흐흐 웃으며 일어나는 편웅.

편웅   아니, 오란다고 진짜 혼자 온 거야?
정호   (묵묵히 다가가는)
편웅   우리 조카가 천잰 줄 알았는데, 이거 순 바보네.

정호	(멈춰 서며) 닥치고 어머니 어디 계신지나 말해.
편웅	내가 어렸을 때 우리 엄마랑 교회를 다녔거든, 기도를 열심히 했는데 하나도 들어주시질 않더라고.
정호	...
편웅	근데 그런 생각이 드는 거야. 하나님은 참 재밌겠다, 우린 막 존나 절박한데, 자긴 아니잖아?
정호	(바라보다) ...하려는 게 뭔진 모르겠는데, 그게 뭐든 그냥 나로 해. 유리네 어머니는 건들지 말고. 그냥 너랑 나랑, 둘이 놀자고.
편웅	(재밌다는 듯 보지만) 다 같이 놀아야 재밌지.
정호	죽이든 어쩌든! 니 맘대로 해도 좋으니까, 나로 하라고. 죄 없는 어머니 건드려봐야 무슨 재미야.
편웅	(보면)
정호	(분노를 꾹) 뭐든 한다고.

바라보던 편웅, 갑자기 세게 정호의 뺨을 내리친다.
정호, 고개를 들면 한 대 더 세게 내리치는 편웅,
그러나 가만히 있는 정호고. 편웅, 으하하 웃는다.

편웅	진짜 가만히 있네, 진짜 내 맘대로 해도 되는 거야?

S#50. 항구 인근 도로의 검은 밴 안, 밤.

도로를 달리고 있는 밴 안,
편웅의 부하들에게 붙잡혀 맨 뒷좌석에 던져져 있던 옥자.
깨질 듯한 두통과 함께 정신이 돌아온다.

S#51. 어느 카페, 낮. (회상)

옥자를 만나 500원짜리 동전만 한 위치추적기를 건네고 있는 정호.

옥자   이게 뭐야?
정호   위치추적기예요.
옥자   (놀라 보다) 그 사람이 우리한테까지 해코지할까 봐?
정호   조만간 잡힐 테지만, 혹시, 정말 혹시 몰라서 드리는 거예요.
옥자   이거 갖고 있음 정호 니가, 나 어디서 뭐 하는지 다 아는 거야?
정호   어딨는지만요. 이렇게(작동 방법 보여주며) 위험하다 싶을 때만 키셔도 돼
      요.

S#52. 옥자의 집, 낮. (회상)

외출하려던 옥자, 정호가 준 위치추적기를 본다.
무심코 가방에 넣으려다, 다시 꺼내더니 주머니에 넣는데,
다시 생각해보곤 이를 꺼내 제 브래지어 안에 넣는다.

S#53. 평택항 인근 도로의 검은 밴 안, 밤.

옥자, 앞자리 편웅의 부하들이 정신이 팔린 틈을 타
위치추적기를 꺼내 켜는데,
하필 그 순간, 옥자를 돌아보는 부하1,

부하1   뭐야, 깼어? 손에 건 뭐예요 아줌마?
부하2   (짜증으로) 거봐 내가 묶어두자니까.
부하1   (옥자한테서 추적기 가져오려 하며) 놔요, 아줌마 놓으라고!!

옥자 뺏기지 않기 위해 버티는 바람에 실랑이가 벌어진다. 휘청이는 차량.
부하1, 끝내 저항하는 옥자의 머리를 휴대폰으로 세게 내리친다.

cut to 》달리는 차의 창밖으로 던져지는 위치추적기.

S#54. 경찰서 / 고속도로, 밤.

유리, 길섭과 함께 경찰을 향해 분통을 터트리고 있다.

유리 CCTV가 없으면 블랙박스라도 뒤져서 찾아봐야 될 거 아녜요!!!

그때 유리의 휴대폰이 울려 보면 [노력의 산물 - 길사장님]이다.
세연이 운전하는 차를 타고 고속도로를 지나고 있는 길사장과 화면 분할
되며, (뒷좌석엔 은강과 준이 타고 있다.)

유리 여보세요?
길사장 (F/다급한) 아니 왜 검사님은 전화를 안 받는대요?!
유리 ... (그제야 정호가 없어진 걸 인지하는)
길사장 (F) 그 위치추적기 있잖아요, 아 변호사님은 모르시겠구나, 저기 검사님이
   어머니께 드린 위치추적기!! 그게 지금 신호가 들어와서-
유리 !!
세연 (F) 평택항 근처야! 우린 일단 그쪽으로 가곤 있거든? 너도 거기 서 경찰
   들한테 얘기해서 빨리 이쪽으로 와!

S#55. 어느 교회, 밤.

얻어맞아 만신창이가 되어 쓰러져 있는 정호고.
지친 듯 숨을 몰아쉬고 있는 편웅,
이를 지켜보는 한실장, 표정 몹시 어둡다.

한실장 ...대표님, 이제 그만하십쇼.

정호   (일어나 앉으며) ..이제 말해... 어머니 어디 계신지...

편웅   아 그게, (말하려다) 미안 나 쫌만 더 하고, (정호를 다시 발로 차는 데서)

S#56. 평택항 인근 도로, 밤.

풀숲이 우거진 도로변. 경찰들과 함께 유리 도착하면,
갓길에 세워져 있는 세연의 차가 보이고.
유리, 차에서 내려 세연과 길사장 등 향해 달려가면, 일동 표정 어둡다.

유리   ...왜,

세연   (부서진 위치추적기 보여주며) 추적긴 찾았는데... 어머닌 아직.

유리   ... (세연을 밀치고 옥자를 찾으려는 듯 풀숲을 향해 가는데)

세연   (붙잡으며 고개 젓는) 우리가 이미 다 찾아봤어.

세연을 뿌리치고 가는 유리. '엄마! 엄마, 어딨어!!' 하며 옥자를 찾는데,
이 모습 안타깝게 보는 은강과 준.
준이 유리를 말리려 하면 준을 붙잡는 은강, 놔두라는 듯 고개를 젓는다.

S#57. 어느 교회, 밤.

땀이 범벅이 돼 지친 편웅,

편웅   어우 힘들어, 씨. (한실장 향해) 나 잠깐 나가서 땀 좀 식히고 올 테니까 이 새끼 잘 잡고 있어 알겠지?

한실장   (끄덕이는)

편웅이 휘적휘적 나가고 나면. 둘만 남겨지는 정호와 한실장.
정호, 겨우 몸을 일으키고, 한실장 심란한 듯 그 모습을 보는데

한실장	대체 대책도 없이 왜 온 겁니까.
정호	(만신창이가 돼서도 씨익 웃으며) 너랑 얘기하려고.
한실장	...?
정호	딸은, 안 볼 거야?
한실장	(놀라 보면)
정호	너 지금 이렇게 잡혀 들어가면 이제 평생 니 딸 못 봐.
한실장	(눈빛 흔들리는데)
정호	전에 너가 감빵 간 사이에 이편웅이 수술비 대줘서 니 딸이 살았다고 생각하고 있는 것 같은데, 애초에 니 딸이 왜 아팠을까.
한실장	...그게 뭔 소립니까.
정호	다 저런 인간들 때문이야. 법이고 원칙이고 개무시하는 인간들. 2016도 10294. 이는 어린이를 대상으로 만드는 물건임에도, 가장 기본적인 안전 규정조차 지키지 않아 발생한 사고로, 피해 아동들을 생각하면 안타까운 마음을 금할 수 없다. 니 딸 사건 판결문에 적혀 있던데.
한실장	(동요하는데)
정호	법, 뭐 같지 그래. 근데 그게 무너지면 어떻게 되는지 알아? 건물이 무너지고 배가 침몰하고, 너희 딸 같은 애들이 아픈 거야. 니가 그런 짓 하는 놈을 돕고 있는 거라고.
한실장	(동요를 들키고 싶지 않아 고개 돌리는)
정호	지금 날 도와주면, 당신 딸이 너무 크게 전에 얼굴 볼 수 있게, 내가 도와줄게.
한실장	(흔들리는 눈으로 보면)
정호	그 아줌마도 누군가한텐 니 딸만큼 소중한 사람이야. 제발.

정호를 보는 한실장에서,

S#58. 평택항 인근 도로, 밤.

도로 옆 풀숲을 헤매고 있는 유리고,
이를 안타깝게 보는 길사장인데, 잠시 후 길사장의 휴대폰이 울려 보면,
정호에게서 짧은 문자가 와 있다. [평택항 도한물류센터 B1-CS32]
무슨 의미인지 몰라 잠시 바라보다, 깨닫곤 유리를 부르는 길사장.

길사장   변호사님!! 변호사님!!!

S#59. 냉동창고 안, 밤.

하얀 김이 뿜어져 나오는 냉동창고 안,
구석에 던져져 있는 옥자, 팔은 뒤로 묶인 채다.
옥자, 정신을 잃지 않으려 버텨보지만, 자꾸만 의식이 희미해지는데...

S#60. 물류센터 앞, 밤.

거칠게 세워지는 길사장의 차.
조수석 문을 열고 내리는 유리, 곧바로 물류창고를 향해 달려가고,
곧이어 도착하는 경찰차 한 대, 세연이 내린다.

S#61. 냉동창고 안, 밤.

흩어져 옥자를 찾고 있는 일동.
멀리서 유리가 '엄마' 하고 저를 부르는 소리가 들려오자,
겨우 정신을 차리는 옥자, '유리야... 유리야!' 하고 부른다.
먼저 달려온 준, 옥자를 발견하고 '사장님! 형, 여기요!!' 하고 외치면,
울며 달려와 옥자를 끌어안는 유리,
세연이 달려와 손을 풀어주면, 서로를 끌어안고 우는 유리와 옥자고...

은강과 준, 입고 있던 재킷을 벗어 옥자를 덮어준다.

S#62. 물류센터 앞, 밤.

유리, 옥자의 스트레쳐를 끄는 구급대원들을 따라 밖으로 나온다.
구급차에 태워지는 옥자를 지켜보며 같이 올라타려는 유리인데,
곤란한 얼굴의 세연이 그런 유리를 붙잡는다.

세연   유리야, 놀라지 말고 들어.

유리   ...?

세연   지금 신고가 들어왔는데... 정호가, 이편웅한테 잡혀 있대.

유리   (이해할 수 없단 듯 보는)

세연   지금 경찰들이랑 대치 중인데... (차마 입이 떨어지지 않는) 이편웅이 널 찾고 있다나 봐.

완전히 얼어붙은 채 세연을 보는 유리에서

S#63. 어느 교회 외경, 밤.

외진 곳에 위치한 교회 건물 외경.
경광등을 켠 경찰차와 구급차들이 쫙 깔려 있다.

S#64. 어느 교회, 밤.

유리, 세연과 함께 교회 안으로 들어오면,
어딘가를 포위하고 있는 수십 명의 경찰들이 보이고...
만신창이가 된 정호의 목에 잭나이프를 겨눈 채 서 있는 편웅이 보인다.

심하게 폭행을 당해 의식이 희미한 정호, 편웅 앞에 무릎이 꿇린 채인데,
그런 정호를 보는 유리, 충격으로 억장이 무너지려는 걸 애써 붙는다.
땀에 절어 있는 편웅, 묘한 흥분과 광기로 번들거리는 눈빛이다.
신고를 한 한실장은 경찰들 쪽에 서 있고,

편웅   (다가오는 유리를 발견하곤) 어, 김변 왔어? (미소로) 빨리 이리 와.

세연, 할 수 있겠냐는 듯 유리를 보는데,
유리, 괜찮다는 듯 끄덕여 보이곤 편웅과 정호를 향해 다가간다.
유리가 어느 정도 가까워오면, 눈을 떠 겨우 유리를 보는 정호.

정호   (의식 혼미한) ...김유리... 니가 왜 여깄어... 빨리 가...

그러곤 다시 정신을 잃는 정호인데,
정호의 목에 칼로 인해 난 생채기들을 보는 유리,
북받치는 감정을 애써 꾹 누른다.

편웅   (히히 웃으며) 어머닌, 좀 어때. 괜찮으시고?
유리   ...대체 이렇게까지 하는 이유가 뭐야.
편웅   내가 가만히 생각을 해본 거야. 나는 왜 자꾸 김변을 괴롭히고 싶을까?
유리   ...
편웅   난 우리 김변이 너무 신기한 거야, 이해가 안 되는 거지. 법이라는 게 김변
        편이 되어준 적이 없는데, 법으로 사람들을 돕겠다는 게, (광기 어린 외침)
        졸라 가식적이잖아! 사람이 그럴 수가 없잖아!
유리   ...
편웅   그래서 내가 김변의 소중한 사람들을 해쳐도, 법대로 할까? 그게 궁금했
        던 거지. 원래는 김변 어머니랑 정호 데려다 둘 중에 하낼 선택하게 할려
        고 했는데, 저 새끼 (칼 든 손으로 한실장 가리켰다 바로 돌아오는) 때문
        에 다 망했어.
유리   (바라보다) ...내가 어떡할까. 어떡하면 놔줄래. 내가 빌까?

편웅	(비웃는) 아까처럼 말해보지 왜, 난 사람도 아니라며.
유리	...
편웅	나를 변호해. 내가 김변 의뢰인 할게. 그러니까 내 말을 무조건 믿고, 나를 불쌍히 여겨. 김변이 그토록 좋아하는 법으로 나를 지켜보라고.
유리	(주저 않고) 할게. 정호만 놓아주면, 지금부터 당신 변호인으로 경찰서부터 법원까지 동행할게 내가.

그 순간, 정신이 돌아오는 정호고.
천천히 경찰들에 둘러싸인 주변 상황을 인지하는데...
멀리 있는 세연과 눈이 마주친다.

편웅	(보다) 진짜? 진짜 한다고?
유리	뭐든 말해, 뭐든 할 테니까.
편웅	아니 뭐 이렇게 쉬워, 굳세던 우리 김변의 신념은 어쩌고?
유리	...당신한테 더 이상 사랑하는 사람들을 잃지 않는 게 내 법이고 신념이야. (울컥) 그니까 제발 놔줘. 내가 당신 변호할게.
편웅	...
유리	(다가서며) 당신도 무서워서 그러는 거잖아. 당신 혼자 다 덮어쓰게 될까봐. 내가 당신 혼자만 억울해질 일 없게 도울게.

편웅, 빤히 보다 칼을 쥔 손으로 유리를 가리키며 웃는다.

| 편웅 | 와아~ 속을 뻔했네 나. 우리 김변 연기가- |

그 순간 정호, 칼을 쥔 편웅의 팔을 순식간에 잡아 꺾으며 일어선다!
편웅에게서 칼을 빼앗아오려는 정호인데, 기를 쓰며 버티는 편웅이고,
세연의 신호와 함께 그들을 향해 좁혀드는 경찰들.
멀리 총을 들고 선 특공대원의 시선으로 뒤엉킨 정호와 편웅이 보이고,
상태가 좋지 않은 정호가 휘청하는 틈을 타, 겨우 벗어나는 편웅,
그 칼을 바로 푹 정호의 복부에 찔러 넣는다.

'안 돼!!!' 비명을 지르는 유리, 정호 향해 달려가는데!
칼을 뽑고 떨어지는 편웅을 향해 탕! 소리와 함께 총을 쏘는 특공대원.
허벅지를 맞은 편웅 휘청이면,
총을 겨눈 채 '칼 버려!!' 하고 외치는 세연과 경찰들 일제히 다가온다.
하지만 제 목으로 칼을 가져가는 편웅에, 일동 멈추는데!!

편웅   (웃으며 유리와 정호를 보는) 그래도 덕분에 즐거웠어.

그러곤 제 목으로 칼을 찔러 넣으려는 편웅인데,
편웅을 향해 미친 듯 달려가는 정호, 편웅을 넘어뜨리곤 칼을 쥔 손을 잡아 누르며

정호   인생 *같이 산 건 알겠는데!! 죽을 거면 내 눈앞이 아닌 데서 죽어!!

달려와 그런 정호를 돕는 경찰들이고,
편웅 발버둥치지만 곧 경찰들에 의해 제압된다.
한쪽으로 밀려나 휘청이는 정호, 바로 서면
저만치 못 박힌 듯 서 있는 유리가 보인다.
배를 붙잡은 채 그런 유리를 향해 천천히 다가가는 정호.

정호   (팔을 뻗어 유리를 팍 끌어안으며) 뭘 재까지 변호해, 니가 무슨 예수님이냐.
유리   (울며) 병원, 병원부터-
정호   어머닌 괜찮으시고?
유리   (안긴 채 마구 끄덕이면)
정호   (몸을 떼 마주 보며, 머리 넘겨주는) 거봐, 내가 약속 지킨댔지.

그러곤 씨익 웃는 정호.
하지만 바로 다음 순간, 힘이 풀리며 쓰러진다.
'정호야!!' 하고 외치는 유리에서, **15화 엔딩**.

16 화

법대로 사랑하라

S#1.   어느 교회, 밤.

경찰들이 편웅을 제압하는 사이,
한쪽으로 밀려나 휘청이는 정호, 바로 서면
저만치 못 박힌 듯 서 있는 유리가 보인다.
배를 붙잡은 채 그런 유리를 향해 천천히 다가가는 정호.

정호   (팔을 뻗어 유리를 꽉 끌어안으며) 뭘 재까지 변호해, 니가 무슨 예수님이
       냐.
유리   (울며) 병원, 병원부터-
정호   어머닌 괜찮으시고?
유리   (안긴 채 마구 끄덕이면)
정호   (몸을 떼 마주 보며, 머리 넘겨주는) 거봐, 내가 약속 지킨댔지.

울컥해 바라보는 유리인데, 씨익 웃는 정호.
하지만 바로 다음 순간, 정호, 휘청하며 쓰러진다.
그런 정호를 받으며 같이 주저앉는 유리, '정호야!!' 하고 외치는데,
바로 들것을 가지고 달려오는 구급대원들과 세연.
정호가 들것에 실리는 모습을 지켜보며 유리 온몸을 벌벌 떤다.
어깨를 꽉 잡아주는 세연이고.

S#2.　응급실, 밤.

응급 치료를 받고 있는 옥자 앞에 넋이 나가 앉아 있는 유리.
옥자가 눈을 깜빡이면, 유리, 울음이 터지려는 걸 간신히 붙들고,

유리　　엄마, 엄마! 정신이 들어?
옥자　　(한참을 바라보다, 힘없이) ...우리 딸... 걱정했지...
유리　　(울음 터진다) ...엄마... 엄마...
옥자　　(역시 울컥해) ...다 큰 게 울기는... 엄마 괜찮아 유리야...

옥자를 끌어안으며 엉엉 우는 유리.

S#3.　수술실 앞, 밤.

수술실 앞에 서거나 앉아 있는 세연과 은강, 준인데,
진기가 저만치서 허겁지겁 달려온다.

진기　　(수술실 보면 믿기지 않는) ...정호는?
세연　　아직 수술 중. 다행히 상처가 많이 깊진 않대.
진기　　...유린?
세연　　(한숨) ...지금 어디서 숨도 못 쉬고 있을걸.

그때 해쓱한 얼굴의 유리가 일동을 향해 다가온다.

세연　　(유리 얼굴 보며) 야 김유리, 김정호 안 죽어. 얼굴 좀 펴.

곧이어 수술실 문이 열리며 의사가 나오면, 달려가는 일동.

의사   다행히 장기나 이런 데 크게 손상이 없어서 복막만 꿰매면 됐구요, 수술
       은 잘 끝났습니다. 회복은 며칠 더 입원해서 지켜보시면 될 것 같습니다.

       의사, 인사하고 가면 무너지듯 주저앉는 유리고,
       그런 유리를 가만히 안아주는 세연.
       '다 괜찮아, 유리야, 이제 다 괜찮아' 하는데.
       저도 안도한 듯 이 모습을 지켜보는 준의 얼굴에서,

S#4. (인터뷰) 병원 옥상, 밤.

준   이렇게 다이내믹했던 알바는, 이번이 처음인 것 같아요. 평소에도 사장님
       옆에 있으면, 뭐랄까, 폭풍우가 몰아치는 것 같은 그런 기분인데, 그중에서
       도 이번은 진짜 역대급이었죠...

S#5. 정호의 병실, 새벽 → 낮.

       준이 조심히 병실 문을 열고 들어오면,
       벌써 깨어나 제 옆에서 꾸벅꾸벅 조는 유리를 보고 있는 정호가 보인다.

준   (놀라 보며) 형님, 깨셨어요?

       준을 향해 조용히 하란 듯 입술 가운데로 손가락을 들어 보이는 정호.
       유리를 눕히려는 듯 몸 일으키는데 배에서 날카로운 통증이 느껴지고,
       놀란 준, 정호 향해 있어보라고 하곤,
       유리를 안아 들어 보호자 베드에 눕혀준다.
       그러곤 정호의 곁으로 와 앉는 준, 걱정으로 표정 어둡다.

준	(잠든 유릴 의식해 작게) 좀 괜찮으세요, 형님?
정호	...죽다 사는 게 이렇게 아픈 거구나 싶다. (그러며 씨익 미소)
준	(못 말린다는 듯 미소) 전 형님 처음에 병원 왔을 때 보고, 진짜 이렇게 가시는 건 줄 알고 놀래 가지고,
정호	놀라기만 해서 되냐, 손 붙잡고 기도는 했어?
준	아유 그럼요, 사장님 손 붙잡고 같이 기도했죠.
정호	(정색) 손을 잡았어?
준	아 형님은! (사이) ...근데 저 형님 칼빵 맞은 데 봐도 돼요?
정호	(옷 들어 상처를 보여주면)
준	우와. 저 칼빵 처음 봐요.
정호	(작게 웃는) 처음 봐야지 그럼.

그때, 우진과 은강이 문을 열고 들어온다.
깨어난 정호를 보고, 어두웠던 얼굴이 개는 두 사람.
잠든 유리를 보곤, 조용히 움직여 다가오면,

우진	상처가 얕아서 천만다행이지 너 정말 큰일 날 뻔했어.
준	그니까요, 정말 살다살다 다른 사람도 아니고 형님이 칼빵을 맞으실 줄은.
은강	왜, 난 언젠가 한 번은 맞겠구나 했는데.
정호	(띠껍게 보며) 전에도 느꼈지만, 니들은 대체 날 어떻게 보는 거냐. (하다 고통에 윽)
우진	(걱정스레) 괜찮아? 진통제 좀 더 놔달라 그럴까?
정호	괜찮아. 가만히 있으면 돼.
은강	쎈 척하지 말고 그냥 맞지?

이에 우진과 준도, 그냥 맞으라며 성화인데,
정호가 목소리 낮추란 듯 쉬, 하고 곤히 잠든 유리 쪽을 보면,

준	사장님은 저희 자는 동안 내내 깨어 계셨었거든요. 형님 거의 하루 넘게 주무셨어요.

조금 놀란 듯 준을 보다, 유리를 애틋이 바라보는 정호에서.
cut to 》유리, 벌떡 깨어나면... 텅 비어 있는 정호의 병실.
볕도 이미 늦은 오후의 햇볕으로 바뀌어 있다.
유리, 제 휴대폰을 찾아 정호에게 전화를 거는데,
두고 갔는지 비어 있는 베드 옆에서 울리는 정호의 휴대폰.

S#6.   몽타주(병원)

병원 복도, 휴게실, 로비 등을 오가며 정호를 찾고 있는 유리의 모습.
표정 걱정으로 가득한데,

준   (E) 아 형이요. 우진 쌤이랑 같이 의사 선생님 만나러 가셨어요. 곧 오실
         텐데?

S#7.   병원 옥상, 낮(노을).

노을이 퍼지고 있는 병원 옥상,
유리, 달려 올라오면 저만치 서서 하늘을 바라보고 있는 정호가 보인다.
유리, 다가가면, 정호, 뒤늦게 유리를 발견하고 놀라 보며,

정호   깼어? 아니 애들이 니가 어제 한숨도 못 잤다고 해서... (괜히 말이 많아지
         는) 잠깐 바람 좀 쐬고 싶어서 올라왔어. 안이 답답하더라고.
유리   (보기만)
정호   (눈을 피하다 마주치면) ...어제 같은 일, 겪게 해서... 미안해. 니가 나랑 우
         리 가족들 얼굴 다신 안 보고 싶대도, 이해할 수 있어.
유리   제발 이제 그런 소리 좀 집어치워, 내가 어떻게 널 안 봐!!
정호   ..

유리	너 혼자 그렇게 사지로 뛰어들어서 다 해결하면, 내가 고마워할 줄 알았어? 우리 엄마 구해줘서 감사합니다 그럴 줄 알았냐고!
정호	...
유리	너가 잘못되면, 너가 아프면 내가 더 아프단 건 왜 몰라 이 바보야!! (떨리는 손으로 정호 얼굴 만지며) 정호야, 네가 부서지면 나도 같이 부서지는 거야. 그러니까 제발... 제발 다시는 그러지 마...
정호	알았어, 유리야. 미안해... 내가 다 미안해...
유리	이제 너 혼자 아프고, 혼자 해결하고 그런 거 내가 다 못 하게 할 거야.
정호	그래 이제 안 그럴게, 약속해.
유리	사랑해 김정호.

이 말에 멈칫하는 정호, 믿을 수 없다는 듯 유리를 바라보면,

유리	(정호의 눈을 보며) 사랑해. 사랑해. 사랑해.
정호	(울컥, 눈물 그렁해지는데)

그런 정호를 끌어안는 유리, 한 번 더 '사랑해, 정호야.' 하고 속삭인다.
노을 속에서 서로를 안고 있는 연인의 모습인데...
아이스크림을 뜯으며 올라온 준, 멀리서 이 광경을 보곤 멈칫한다.
아름답게도, 슬프게도 보이는 두 사람,

S#8. (인터뷰) 병원 옥상, 밤.

준	로 카페에서 일하면서, 두 갈래 길을 만났던 것 같아요. (미소로) 매일 낮잠 시간이 정해져 있는 삶과...

INS1 》정호의 옥탑
선글라스를 쓰고 낮잠을 자고 있는 정호,
슬쩍 그 옆에 자리를 잡고 햇볕을 즐기는 준이.

INS2 》두꺼운 프린트물(3화 S#9의 자료)을 뽑아 들고 준을 보는 유리,
'준이 씨, 우리 이거 나눠주고 와요!' 이에 억지 미소로 유리를 보는 준.

준   없는 일도 찾아 하는, 매일매일이 뜨거운 삶.

S#9. 병원 옥상, 낮(노을).

유리를 끌어안은 정호의 모습을 멍하니 바라보는 준.

준   (E) 하지만 사장님을 만나고 점점 뜨겁게 변해가는 형님의 모습을 보면서,

S#10. (인터뷰) 병원 옥상, 밤.

준   아직 답을 찾진 못했지만, 길었던 저의 방학도 이제 끝나간단 느낌이 들어
        요. (한숨) 저, 어떻게 살아야 될까요?

준의 질문에서 타이틀 올라온다.
[제16화 법대로 사랑하라]

S#11. 병원 휴게실, 밤.

병원 휴게실 TV에서 이편웅과 관련된 뉴스가 보도되고 있고,
돌아오던 정호와 유리, 이를 보고 잠시 멈춰 서면,

기자   (F) 광평 별장 성접대 사건이 밝혀지자 잠적했던 도한건설 이편웅 대표가
        어제 새벽 경찰에 붙잡혔습니다. 검거 과정에서도 인질극을 벌이며 2시간
        여 동안 경찰과 대치한 끝에 체포된 것인데요,

정호	(왠지 창피한) 가자, 뭘 보고 있어, 라이브로 봐놓고. (가면)
유리	(따라가는 위로)
기자	(F) 이씨는 광평 별장 성접대 사건은 물론, 업무상 횡령 및 배임, 살인교사 등에 대해서도 혐의를 받고 있어 이번만큼은 중형을 면치 못할 것으로 보입니다.

S#12. 정호의 병실, 밤.

병실로 들어오다 당황해 멈춰 서는 정호와 유리,
연주와 승운 앞에서 절절 매고 있는 우진이 보인다.

우진	어 정호야 왔어.
정호	(연주와 승운을 보며 당황) ...어, 어떻게 오셨어요?
연주	(기가 막혀) 어떻.게 오셨어요? 우진아, 배에 칼을 맞고도 전활 안 하는 아들은 대체 어떡해야 하는 거니? 저걸 확 그냥 뚜드려 팰 수도 없고!
우진	(말리듯) 이미 많이 맞은 상태라...
정호	(하지 말란 듯 고개 저어 보이는) 아니, 저는 괜히 걱정 하실까 봐,
연주	걱정을 해야지 우리가 부모인데!!
승운	(묵묵히 앉아 있다) ...몸은 좀 어떠냐.
정호	(어색) 생각보다 괜찮아요.
연주	(유리 보며) 어머닌 좀 괜찮으시니?
유리	네, 정호보다 먼저 퇴원하실 것 같아요.
연주	(안도의 눈물이 핑) 그래? 정말 다행이다... 편웅이 자식이 이런 짓까지 벌이는 동안, 난 정말 뭘 한 건지...
정호	괜히 자책하지 마세요. 엄마랑은 상관없는 일이에요.
연주	어떻게 상관이 없어 니가 이렇게 다쳤는데!

잠시 침묵이 흐르면,

유리	(눈치 보다) 그럼 이야기 나누세요 저는 이만,
우진	(벌떡 일어서며) 저도 이만,
승운	아니다, 있어. (일어나기 싫지만 일어나는) 내가 있음 못 쉴 테니, 내가 일어나마. 몸조리 잘하고,

정호, 끄덕이면, 나가는 승운이고.
그런 승운을 기가 막힌 듯 바라보다 따라 나가는 연주.
곧이어 병실 밖에서 두 사람이 싸우는 소리 들려온다.

연주	(E) 당신은 집엘 가고 싶어? 아들이 저 지경이 됐는데!
승운	(E) ...
연주	(E) 애가 불편해도, 당신이 먼저 피하면 어쩌자는 건데, 무슨 말이라도 해봐요!
승운	(E) ...다 들리겠어. 이쯤 하지. (가는 발걸음 소리)

병실 안에선 어색한 침묵이 흐르는데...
문이 쾅! 열리며 연주가 들어온다. 움찔하는 일동이고.
자리에 앉는 연주, 서러운 기분이다.
다시 침묵 흐르는데, 그것도 잠시,
문밖에서 '대체 언제까지 이럴 건데!' 하고 소리치는 진기의 목소리가 들려온다.

S#13. 정호의 병실 앞, 밤.

정호의 병실 앞에서 다투고 있는 세연과 진기.

진기	정말 이렇게 제멋대로 할 거야? 유나 생각해서라도-
세연	(울컥) 내가 유나 생각 안 해서 이러는 것 같애? 하고 있어, 하고 있다고!! 생각하고 있으니까 시간을 좀 달라고!!

진기	...그 생각을 나랑 같이 하면 안 돼?
세연	하기 싫다며 저번엔. 후회한다며. 나랑 사는 거.
진기	그렇게 말한 적 없어!
세연	그게 말한 거랑 뭐가 다른데!

S#14. 정호의 병실, 밤.

다시 침묵이 흐르는 정호의 병실.

정호	(한숨) 내가 이 꼴 보려고 살아 돌아온 게 아닌데...
연주	저거 세연인가, 니 친구 목소리 아니니?
유리	...네. 세연이랑 진기예요.

잠시 후, 문이 또 쾅 열리며 세연이 홀로 들어온다.
연주와 우진을 보곤 인사하는 세연인데, 눈에 눈물이 그렁그렁하고...
세연과 연주를 보는 유리, 마음이 무겁다.

S#15. 로 카페, 낮.

비장한 얼굴로 연주와 세연을 마주 보고 앉은 유리.

유리	아무래도 두 분 문제를 먼저 해결해야 제 일도 좀 분명해질 것 같아서요.
연주	?
세연	니 일? 니 일 뭐.
유리	그런 게 있어. 일단, 두 분 상황이 재판상 이혼 사유가 되는지 한번 보죠.
세연	야, 내가 홧김에 그런 거지, 진짜 이혼을 하려고 널 찾아왔겠냐.
유리	알아 그래도 감히 이혼을 입에 올린 대가라고 생각하고 들어.
연주	난 홧김 아니었어. 말해봐.

유리, 프린트한 판례에 적힌 문장을 읽기 시작한다.

유리 (세연을 보며) '배우자 또는 그 직계존속으로부터 심히 부당한 대우를 받았을 때'라고 함은, 혼인 당사자의 일방이, 혼인 관계의 지속을 강요하는 것이 가혹하다고 여겨질 정도의 폭행이나 학대 또는 중대한 모욕을 받았을 경우를 말하는 것이고, (연주를 보며) '기타 혼인을 계속하기 어려운 중대한 사유가 있을 때'라 함은, 부부공동생활관계가 회복할 수 없을 정도로 파탄되고 그 혼인 생활을 지속하는 것이 일방 배우자에게 참을 수 없는 고통이 되는 경우를 말하는 것이다.

연주/세연 ......

유리 문제가 곪아서 함께하는 게 참을 수 없는 고통이 되기 전에, 저한테 잘 오셨어요. 또 법정에 가기 전에 문제를 해결하는 게 제 지론이니까.

세연 ...그래서 뭘 어떻게 해줄 건데.

S#16. 정호의 병실, 낮.

진기, 어두운 얼굴로 고개를 푹 숙인 채, 정호 앞에 앉아 있다.

정호 야 왔으면 예의상으로라도 내 걱정을 좀 해야 하지 않겠냐.

진기 (고개를 숙인 채고) ...알면 말해줘, 세연이가 이러는 이유.

정호 (한숨 쉬고 바라보다) 그동안 어머니가 세연이한테 말씀을 좀 심하게 하신 모양이야.

진기 ...뭐라고?

정호 ...니가 나 아니면 부탁할 친정어머니라도 있냐고. 친정엄마도 안 계신데, 애 낳고도 일하는 건 욕심이라고.

진기 (충격인) ...우리 엄마가 그랬다고, 세연이한테. 정말 그렇게 말했다고.

정호 (말없이 보면)

괴로운 듯 손에 얼굴을 묻는 진기고.

S#17. 네일숍, 낮.

네일을 받고 있는 유리와 세연, 연주.

유리   (E) 일단, 금융 치료를 할 거예요.
연주   (E) 금융 치료?

S#18. 백화점, 낮.

팔짱을 끼고 백화점 매대 앞을 지나는 유리와 세연, 연주.
쇼핑백을 몇 개씩 들고 있다.

유리   (E) 돈 쓰면서 뇌에 도파민을 좀 채워 넣고 나면, 상황이 좀 달리 보이거든
        요.

S#19. 디저트 카페, 낮.

디저트를 잔뜩 시켜놓고 먹고 있는 유리와 세연, 연주.

유리   (케이크 먹으며) 어때, 좀 달리 보이지 않아?
세연   (먹으며) 아니, 아직 모르겠는데?
유리   더 먹어 그럼.
세연   (한숨) 다른 사람들도 다, 아무리 그래도 애는 엄마가 키워야 하는 게 아
        니냐고 하고,
연주   애는 더 여유 되고 잘 키울 수 있는 사람이 키우면 되는 거야. 남편이 그렇

게 서포트해주겠다는데 대체 뭐가 문제야.

유리   솔직히 너, 시어머니가 하신 말씀 때문에 상처받은 게 더 크잖아. 그것부터 진기랑 꺼내놓고 얘길 해봐야지.

연주   아직도 얘길 안 했어? 아니 왜 말을 못 해, 니 엄마가 나한테 이렇게 말했다, 그게 서러워서 못 살겠다.

세연   ...솔직히 무서워요, 어떻게 반응할지. 과연 진기가 제 편을 들어줄까요.

연주   ...그건 방법이 없어, 직접 말하고 확인하는 수밖에.

고개를 들어 유리와 연주를 보는 세연.

S#20. 공원, 밤.

세연, 유모차를 끌고 진기를 만나러 오면,
벤치에 앉아 있던 진기 일어선다. 울고 있었는지 얼굴 젖어 있고,
눈빛을 보아하니, 이미 어디서 얘기를 다 듣고 온 눈치다.
세연도 그런 진기의 얼굴을 보자 눈물이 핑 도는데,

진기   ...그런 말 듣게 해서 미안. 우리 자기, 가슴 아프게 해서 미안해.

세연   (울컥해 보다) 어머니도 마음 상해 하신 말씀인 거 알아.

진기   자기가 이해하려 할 필요 없어. 내가 다 해결할 테니까,

세연   내가 정말 슬펐던 건, 어머니 말씀이 화는 나는데 하나도 틀린 말이 없어서였어.

진기   (살짝 욱해) 무슨 말이, 내 날개를 꺾었단 말이?

세연   사람들한테 맛있는 요리 해주는 거 좋아하던 니가, 유나 이유식만 만들고 있잖아. 나한테 널 이렇게 희생시킬 권리가 있는 건지 모르겠어.

진기   (한숨 쉬는) 자기야, 나한텐 내 딸 입에 들어가는 음식 만드는 게, 레스토랑에서 요리하는 것만큼 중요한 일이라서 이걸 하고 있는 거야.

세연   ...

진기   내가 너무 힘들어서 자기가 더 필요하면 그때 말할게, 근데 지금은 아니야.

세연	(보면)
진기	게다가 자긴 내 날개를 꺾을 수 없어 왜냐면... 난 날개 없는 짐승이거든. (그러며 진기 날갯짓(?)해 보이지만, 세연 웃지 않고)
세연	...
진기	(진지하게 바라보며) 세연아, 자기야, 자기가 제 심장이고, 제 날개예요. 너랑 유나가 행복하지 않은 게 내 날개가 꺾이는 거야.
세연	(뭔가 울컥해 보는데)
진기	유나는 금방 클 거야. 놀이터에서 만난 아줌마들이, 어린이집, 유치원, 학교, 다 금방이래. 우리가 아쉬워질 정도로. 그러니까 우리 몇 년만 더 버텨보자.
세연	(끄덕끄덕)
진기	그리고 우리 엄마 일은 내가 알아서 잘-
세연	아냐. (뭔가 용기가 생긴 얼굴로) 그건, 내가 풀어볼게. 그래도 될까?

S#21. 진기모의 집 앞 - 유리의 차 안, 낮.

운전 중인 유리고 조수석에 타 있는 세연.
유리가 차를 진기모의 집 앞에 세우면,
짐을 가지고 기다리고 있던 진기모, 올라탄다.

유리	안녕하세요!
진기모	어 그래, 유리 안녕? 근데 어디 가는 건지 정말 말 안 해줄 거야?
세연	...왕복 5시간 정도 걸릴 거예요, 조금 주무세요.
진기모	(답답한) 내가 진기가 가래서 따라는 가지만, 정말 이게 무슨...

S#22. 세연모의 묘, 낮.

세연을 따라 선산을 오르고 있는 유리와 진기모.

진기모, 무덤들이 보이기 시작하자, 얼굴 어두워진다.
세연이 저만치 보이는 둥그런 무덤 앞으로 가 서면, 따라오는 진기모,
이미 본인이 어디 와 있는지 아는 듯하다.
두 사람한테서 멀찌감치 떨어진 데서 멈춰 서는 유리고.

세연   저희 엄마 모신 곳이에요. 어디 가는지 말씀드리면, 왠지 안 따라와주실
          것 같아서.

진기모   ...

세연   저희가 처음이라 너무 멋모르고 어머니한테 다 기댔던 것 같아요. 그래서
          어머니도 너무 힘드셔서 그랬던 거 알아요.

진기모   (울컥, 미안함 몰려오는) 세연아...

세연   (멀리 보다, 애써 침착히) 근데 어머니 제가요, 다른 말은 다 괜찮은데요,
          친정엄마도 안 계신 데 욕심 부리지 말라고 한 그 말은, 너무 아팠어요.
          (눈물 꾹 참으며) 먼저 간 저희 엄마가 듣고 가슴 아파하실까 봐...

진기모   (울컥해 보는데)

세연   저도 이제 어머니 가족이잖아요, 그러니까 어머니가 저희 엄마 대신, 저도
          좀 지켜보고 응원해주심 안 돼요?

울며 세연을 끌어안는 진기모고,
두 사람 보며 안도한 듯 미소를 짓는 유리.

S#23. 디저트 카페, 낮. (S#19에서 연결)

디저트를 펼쳐놓고 이어서 이야기 중인 유리, 세연, 연주.
연주, 멍하니 디저트를 뒤적거리며...

연주   난 그 사람이랑 두 마디 이상 말을 해본 게 언젠지 모르겠어.

유리   ...두 분도 우선 어떤 식으로든 대화를 하셔야 할 것 같아요. 설사 싸움으
          로 번지더라도 일단 대화를,

| 연주 | 나야 싸움이든 뭐든 하고 싶지, 근데 무조건 피하자고 드는 남자랑 무슨 얘길 해. |
| 유리 | (흠) 그럼 물리적으로라도 두 분을 묶어둬야겠네요. |

무슨 소리냐는 듯 유리를 보는 연주와 세연에서.

S#24. 정호의 병실 앞, 낮.

승운을 따라 연주가 병실에서 나오면, 한쪽에 세연이 서 있다.
연주, 세연과 눈 마주치면 끄덕해 보이곤 승운을 부른다.

| 연주 | 당신, 잠깐 나랑 얘기 좀 해요. |
| 승운 | 무슨 얘기. 또 이혼 어쩌고 할 거면, 난 할 얘기 없어. (가려는데) |

공손히 와서 승운을 가로막는 세연,
민망한 얼굴로 '아버님 죄송합니다.' 하며
승운의 오른손에 수갑을 채운다. 다른 쪽 수갑을 연주에게 채우면,

승운	(어이없어 보다) ...대체... 대체 이게 무슨!!
세연	내일 찾으러 올게요. (도망치듯 가면)
승운	(얼빠져 가는 세연을 보는)

S#25. 병원 옥상, 낮.

연주와 승운, 손이 묶인 채 옥상에 올라와 마주 서 있다.
당황스런 승운, 머리를 만지려는데, 연주의 손이 같이 온다. 돌겠고...

| 승운 | 애들 장난도 아니고 이게 대체 뭐야. |

연주	이렇게라도 해야 당신이랑 두 마디 이상 주고받잖아.
승운	자연스러운 거라고 했잖아. 이미 아이 다 키운 중년 부부가 서로 할 얘기가 뭐가 더 있어야 돼!
연주	(뭔가 욱) 우리가 정말 무슨 얘길 해야 하는지 몰라서 물어?
승운	......모든 걸 알게 되면, 당신이 괴로워할 거라고 생각했어!! 그런 모습 보기 싫었고.
연주	그래서 어떻게 됐는지 우리 집안 꼴을 좀 봐!
승운	...
연주	아버지도 동생도 괴물이 되고, 우리 정호는 그 사람들 잡자고 뛰어다니다 저렇게 다쳐서 내 눈앞에 와.
승운	...
연주	아버지도 동생도, 아들도 잃었는데, 당신마저 날 버리면... 나더런 어쩌라는 거야?
승운	내가 당신을 왜 버려! 전부 다... 당신과 정호를 잃지 않기 위해 한 일이었어.
연주	근데 이젠 고개 들어 정호랑 날 보지도 못하지.

그 말에 승운, 망연히 섰고...
그런 승운을 원망스레 보던 연주,
(잠시 수갑의 존재를 잊고) 뒤돌아 가려 하는데,
그때 마침 옥상으로 올라오는 정호와 우진.
뒤돌아 가려던 연주, 수갑 때문에 튕겨져 와 승운에게 안긴다.
정호, 눈 휘둥그레져 그 모습 보는데,
스윽... 손을 뻗어 그런 정호의 눈을 가려주는 우진.
정호, 멍하니 우진을 보면...

우진	아니 왠지... 그래얄 것 같아서.
정호	...
우진	우린, 내려가자.
정호	(끄덕이는)

S#26. 로 카페 사무실, 낮.

다시금 마주 앉아 있는 유리와 연주.
어두운 얼굴의 연주고, 유리 조심스럽다.

연주   답을 찾은 것 같아.

유리   (보면)

연주   죄책감이었더라고. 그 사람이랑 내가 서로를 더 이상 못 보겠는 이유.

유리   ...

연주   서로 볼 낯이 생길 때까지 각자의 자리에서 죄 갚음 하며 살자고... 그렇게
            얘기하고 왔어. 자기도 알겠다고 하더라고.

유리   그 말은...

연주   일단은 헤어져 지내기로 했어.

유리   (놀란 듯 생각이 많아지는데)

S#27. 공원, 낮.

유리, 고민스런 얼굴로 공원을 걷고 있는데,
저만치 정호가 보인다. 놀라 보는 유리.
유리가 달려가면, 등 뒤에서 꽃다발을 꺼내 보이는 정호.

유리   (얼굴 환해져) 이게 뭐야?

정호   (유리만 보며) 오는데, 너무 이뻐서. 퇴원 기념 선물.

유리   그런 거면 내가 너한테 줘야지, 바보냐. (하지만 받아 좋은) 내가 병원으로
            데리러 간다니까,

정호   그새를 못 참고 너무 보고 싶어서 내가 그냥 와버렸어.

그러며 정호가 팔을 벌리면, 달려가 확 안기는 유리고,
윽-, 하며 고통에 뒷걸음질 치는 정호.
유리, 놀라 '아, 미안!' 하는데, 그저 웃는 정호다.
cut to 》나무 아래 잔디밭에 유리의 무릎을 베고 누워 있는 정호.
눈을 감은 채 제 머리를 쓰다듬는 유리의 손길을 느끼고 있다.

정호   나 없는 동안, 너 우리 엄마랑 바빴더라.
유리   !!
정호   머리채 잡고 싸울 땐 언제고, 언제 또 둘이 짝짜꿍이 맞았대.
유리   (당황) 아니, 그게, 저번에 나한테 상담을 오셨었는데,
정호   알아, 다 들었어.
유리   ...
정호   우리 아버지랑은, 아무래도 힘드시대지?
유리   ...
정호   (눈 떠 보며) 왜 니가 울상이야. 아들은 난데.
유리   ...아니 그냥... 맘이 안 좋아서.
정호   (픽 웃곤, 유리의 손 가져와 뽀뽀하는) 고마워, 마음 써줘서.

그러며 정호, 다시 눈을 감는데,
생각이 많은 얼굴로 그런 정호를 바라보는 유리.

S#28. 옥자네 집, 밤.

거실에 이부자리를 깔고 함께 잘 준비를 하는 유리와 옥자.
옥자 옆에 자리를 잡고 눕는 유리.
옥자를 끌어안은 채 잠시 생각을 하는가 싶더니,

유리   ...엄마는 내가 결혼을 했으면 좋겠어?
옥자   (벌떡 일어나 앉는) 정호가 결혼하재지, 그지? 내가 그럴 줄 알았다!

유리	...
옥자	그래서 넌 뭐라 그랬어, 응?
유리	...싫다고.
옥자	(놀라 등짝 때리며) 아니, 왜!!
유리	지금이야 너무 좋지만... 결국 다 변하잖아. 엄만, 아빠가 평생 함께하겠단 약속을 안 지켰는데도 어떻게 다시 약속을 했어? 무섭지 않았어?
옥자	(바라보다) 평생 변하지 않는 게 어딨어, 유리야. 평생을 변치 않게 행복할 거라고 생각한 게 아니라 그게 어떤 끝이든 그 사람이랑은 가보고 싶은 거야. 그 모든 변화를 함께 보고 겪고 싶은 거지.
유리	...!
옥자	딸, 복잡하게 생각할 거 없어. 꽃밭도 좋지만, 가시밭 똥밭도 같이 가고 싶은 남자면 같이 사는 거야.
유리	(갑자기 벌떡 일어서더니) ...엄마, 나 먼저 가볼게.
옥자	이 밤중에 어딜 가!
유리	(짐 챙겨 나가며) 미안, 연락할게!

S#29. 도로 / 정호의 방, 밤.

운전 중인 유리, 방에서 자다 깬 정호와 통화 중이다.

유리	내가 잘못 생각했어 정호야, 평생 변치 않을 걸 약속하는 게 아니었어!
정호	(눈 비비며 영문 몰라) 뭐라고?
유리	모든 변화를 함께 보고 겪고 싶은 거지, (핸들 치며) 그래 그랬네!
정호	??
유리	그니까 내 말은, 너 지금 어디야.

S#30. 정호의 옥탑, 밤.

계단을 뛰어 올라온 유리, 숨을 몰아쉬며 앞을 보면,
기다리고 섰던 정호, 놀라 다가오며

정호   어머니한테 간 거 아니었어?

유리   (숨 몰아쉬며) 너한테 할 얘기, 할 얘기가 있어서-

정호   왜 무슨 일 있어?

유리   (숨을 고르곤) 내가 생각해봤는데, 나 너랑은 다 해보고 싶어. 약속 못 지켜서 실망도 해보고, 생각이 달라서 싸워도 보고, 홧김에 이별도 해보고, 눈물의 재회도 해보고 싶어.

정호   (혼란스레 바라보다) ...이별까지 해볼 필요가 있을까?

유리   한날한시에 비명횡사하지 않는 한 어떤 식으로든 이별은 있어.

정호   (보면)

유리   (다가서며) 근데 우리한테 끝이 있다고 한들, 그 끝으로 인해 엄청 슬프고 불행해진다고 한들, 너랑은, 가보고 싶어.

정호   ...

유리   그러니까, 나랑, 결혼하자 정호야.

결연히 바라보는 유리인데,
충격으로 보던 정호...

정호   인간 기대수명이 100세에 가까워진 이 시대에, 결혼이란 풍속이 여전히 유효한지 충분히 숙고해보고 결정한 거야?

유리   (웃으며) 어.

정호   (허리를 끌어안으며) 동거, 부양, 협조의 의무가 생김은 물론이고, 재산과 노동력까지 공유하겠다는 사회적 약속이란 사실을 인지하고 묻는 거야?

유리   어.

정호   (보면)

유리   (보는)

정호   이거 꿈 아니지.

유리   아닐걸.

정호   (뭔가 울컥한) 그래, 좋아. 결혼하자 우리.

이에 미소 지으며 정호의 목을 확 당겨오는 유리,
미소 띤 얼굴로 키스하는 두 사람에서...

S#31. 몽타주 '정호의 상상 현실이 되다'

#1. 아침 햇살이 들이치는 정호의 방
정호, 침대에서 일어나면 바로 옆에 유리가 잠들어 있다.
꿈꾸는 듯한 기분으로 그런 유리를 바라보는 정호인데,
다음 순간 유리, 엄청난 소리로 코를 곤다! 움찔 놀라는 정호고.

#2. 정호의 화장실
양치 중인 정호 옆에 유리가 서서 함께 양치 중이다.
2화 정호의 상상과 달리 산발한 머리에 눈도 못 뜨는 현실적인 모습인데,
그러거나 말거나 정호, 여전히 꿈꾸는 기분이고,
유리, 양칫물을 뱉으며 단전에서 우러나오는 아저씨 소리를 낸다.
잠시 환상이 박살났지만, 여전히 기분 좋은 정호고.

S#32. 정호의 방, 낮.

유리와 정호, 아침을 먹고 있는데,
그저 좋아 보이는 정호와는 달리, 어쩐지 좀 진지해서 정호를 보는 유리.

유리   이제 결혼도 하니까, 니가 한번 생각해봐줬음 좋겠어.
정호   ?
유리   우리가 함께할 인생은 물론이고, 김유리가 빠진 니 인생에 대해서도.
정호   ...그게 무슨 말이야?

유리	사람은 갑자기 사라지기도 하잖아. 그래서 나는 서로가 전부가 되면 안 된
	다고 생각해. 내가 아니어도, 너가 하고 싶은 일, 널 일으켜 세우는 무언가
	가 있었으면 좋겠어.
정호	...
유리	왜 누가 시키지 않아도 밤새워 미친 듯이 하게 되는 그런 거 있잖아.
정호	(조금 쓸쓸한 미소) ...그런 건, 어떻게 찾는 건데?
유리	찾다 보면 만나게 되는 거지.

웃지만 생각이 많아지는 정호고,

S#33. 생선구이집, 낮.

정호, 들어오면, 저만치서 손을 흔드는 정계장. 옆엔 희수가 앉아 있고.
정호가 테이블로 와 앉으면,

정호	뭘 또 밥을 사준다고,
정계장	당연히 사야죠, 이번 일에서 제일 공이 혁혁하신 분인데.
희수	다친 덴 좀 어때?
정호	밤마다 쑤시긴 하는데 뭐. 그나저나, 특검 얘기도 나오는 것 같던데.
희수	광평 별장부터, 이편웅이 벌인 일이 뭐 한두 개여야지, 니가 준 자료로만
	도, 공소장 한번 죽이게 길어지겠던데. 근데 몇 개는 혐의는 의심되지만,
	증거불충분이야.
정호	그러니 증거를 더 찾아서 기소를 해야지. 똑바로 해요, 똑바로, 딴 놈들도
	기소유예니 집행유예로 빠져나가지 못하게, 빼박으로 몰고 가야지.
정계장	(미소로) 이렇게 다 떠넘기지 마시고, 곧 경력 검사 채용도 있다는데 검찰
	로 돌아오시는 건 어떠세요?
정호	(멈칫 보면)
희수	알잖아, 이제부터 시작인 거. 이편웅, 최여환 의원부터 줄줄이, 어디까지 엮
	여 있는지, 궁금하지 않아?

정호	...
희수	애초에 검사 그만뒀던 이유가 검사장님 때문 아니었나. 진실이 밝혀지면서 검사장님도 물러난 마당에, 네가 더 이상 놀고 있을 명분도 사라진 것 같은데?

S#34. 검찰청 취조실, 낮.

취조실 안에서 이회장, 희수와 수사관1에게 검찰 조사를 받고 있다.
밖에서 그 모습을 지켜보고 있는 정호.

희수	이편웅 대표, 팔라시오힐스 인허가 과정에서 최여환 의원을 소개받은 게 회장님을 통해서였다고 주장을 하고 있는데,
이회장	아니 그러니까 증거 있냐고!!
희수	(수사관1 향해) 이대표가 증거로 제출한 녹음본, 들려드려.
이회장	(사색이 되면)
희수	(답답) 회장님, 이렇게 일일이 부인하셔봤자 시간만 더 걸릴 뿐입니다.

이 모습을 보며 한숨을 쉬는 정호고.

S#35. 구치소 일각, 낮.

기다리고 있던 유리와 만나는 정호.

정호	꼭 만날 필요가 있을까.
유리	(그만하란 듯 보는) 들어가자.

S#36. 구치소 접견실, 낮.

정호와 유리, 접견실에 편웅과 마주 앉아 있다.
편웅은 어딘가에 머리를 부딪친 듯 이마에 큰 상처가 있고,

정호   (이마를 보며) 벽에다 머릴 그렇게 박아댄다고 죽겠어?

편웅   (광기 어린 미소로) 역시 난 김변이 나 보러올 줄 알았어. 어떻게, 내 변론 준빈 잘 되어가고?

유리   당신이 저번에 물었잖아, 법이란 게 내 편이 되어준 적이 없는데 왜 이러고 사냐고. 그거 대답하고 싶어서 왔어.

편웅   영광인데, 그 와중에 내 질문도 기억해주고 말이야.

유리   어렸을 때 아버지 일 겪고, 법이란 게 우습고, 원망스러웠어. 그래서 원망하려고 법전을 펼쳐봤는데, 한자도 너무 많고 글도 너무 어렵더라고. 그게 무슨 말인지 모르겠는 게 너무 억울해서, 엄마랑 같이 아예 공부를 해버렸어.

편웅   (지루한 듯 제스처)

유리   근데 이해하고 난 법전이랑 판례에는... 쉽게 답을 내릴 수 없는 문제들에 대한 고민이 빼곡히 담겨 있더라고. 엄청엄청 치열한 고민들이 말이야.

정호   (보는)

유리   그래서 난 법이 안 싫어. 당신 같은 인간들이 싫지. 쉬운 답을 찾는 인간들. 어디에 분노해야 할지도 몰라서 자긴 물론이고 남까지 다 망가뜨려 놓는 인간들.

편웅   ...

유리   근데 법은 당신 같은 사람한테도 기회를 주거든. 그러니까, 나 말고 더 비싼 변호사 구해서 재판해요. 비싼 돈 받고 최선을 다해 당신을 변호해줄 사람. 얼마나 소중한 권린데, 귀하게 써야지.

자리에서 일어나는 유리,

유리   그럼 할 얘긴 다 했으니 이만 갈게요

편웅   왜, 조금만 더 있다 가지.

하지만 유리 주저 없이 나가버리면, 휙 남겨진 정호를 보는 편웅.

편웅   (바짝 얼굴 들이밀며) 내가 저 이쁜 김변한테 무슨 짓을 할지 두렵지도 않
       아? 이 안에서도 할 수 있는 게 많아.
정호   …
편웅   화나지, 빡치지? 너도 내 과라며, 그냥 죽여. 나 같은 걸 뭐 하러 법의 심판
       에 맡겨, 응?

       무표정한 얼굴로 한참이고 편웅을 바라보는 정호.

정호   …과분하긴 하지 너 같은 쓰레기한테 법적 처벌이라니. 근데 왜 우리 사회
       가 너 같은 놈을 안 죽이고 냅두는지 알아?
편웅   …
정호   손 더럽히기 싫거든. 예전엔 나도 뭐 기꺼이 같이 엉망이 돼주고 싶었는데,
       이젠 별로 진창에서 놀고 싶지가 않네.
편웅   …
정호   이제 거기선 너 혼자 놀아야겠다. (일어서서 가면)
편웅   (따라가려다 제지당하자 소리치는) 야!!! 김정호!!! 조카!!!! 그냥 죽이라
       고!!!

S#37. 거리, 낮.

       구치소를 나와 걷고 있는 정호와 유리.

정호   법은 허점투성이야. 그러니까 저런 놈을 여지껏 세상을 활보하게 둔 거고,
       우리 아버지 같은 사람도… 처벌을 못 하는 거 아냐.
유리   알지.
정호   아는데 법이 싫지 않아?

유리	싫었으면 그 어려운 공부를 했겠냐?
정호	그 허점투성이인 게, 뭐가 좋다고.
유리	(미소) 그래서 내가, 법의 허점을 파고들어 피고인들을 풀려나게 하는 변호사가 아니라, 그 허점에 피해를 보는 사람들을 돕는 거잖아.
정호	...!
유리	어차피 사람이 하는 일이니 완벽할 수 없으니까, 그걸 채우는 것도 사람이 해야 하지 않겠어?

정호, 그렇게 말하는 유리를 보는데,
순간 무언가가 자기 안에서 뚜렷해지는 기분이다. 미소 짓는.

S#38. 남성복 매장, 낮.

준이, 매대에 걸린 옷들을 훑어보고 있는데,
드레스룸에서 정장을 빼입은 정호가 나온다.
정호가 옷을 갈아입고 나올 때마다, 지붕을 뚫는 준의 리액션 컷컷.
'헐 대박, 슈트 핏 미쳤다!', '형님은 이제 보니 그냥 천재가 아니라 얼굴 천재였네!', '다 같은 블랙인데 형님이 입으면 뭔가 느낌이 달라요.'
정호가 마지막 옷을 입고 나오면, 조금 섭섭해지는 준이.

준	다시 검사로 돌아가시면, 추리닝 입은 형님이 그리워서 어떡하죠?
정호	누가 그래, 검사로 돌아간다고.
준	그래서 옷 사시는 거 아니었어요?
정호	그냥 새로운 시작을 위한 갑옷일 뿐이지, 아직 검사로 돌아갈 생각은 없어.
준	그럼 뭐 하실 건데요?
정호	(미소로) 글쎄... 아직은 좀 더 법의 허점을 채우는 일을 하고 싶달까?
준	?
정호	너도 이제 곧 다시 학기 시작하지 않아? 돌아가서 변호사 시험도 준비하

고 해야지.

준   (시선 피하며) 그게, 아직 잘 모르겠어요.

정호   (준의 머리 흐트리며) 그냥 너 하고 싶은 대로 해.

준   (시무룩) ...어떻게 다 하고 싶은 대로만 하고 살아요.

정호   너도 언젠간, 널 일으켜 세우는 무언갈 만나게 될 거야.

그러니 생각이 복잡할 땐 그냥 그때의 너한테 맡겨둬.

S#39. 로 카페 계단실, 낮.

책상을 끌어와 계단실 가운데 놓는 정호,
손을 털고 한 걸음 떨어져 보면,
어느새 정호의 상담실로 꾸며져 있는 계단실이다.
[변호사 김정호]라 쓰인 명패를 가져와 책상 위에 탁 놓는 정호.
한쪽에 있던 슈트 재킷을 입으며, 가만히 이를 본다. 새로운 시작이다.

S#40. 로 카페, 밤.

마감을 마친 카페.
유리와 우진, 은강, 준, 길사장을 앉혀두고,
그 앞에 화이트보드와 함께 서 있는 정호.

정호   자, 다들 이번 달 매출을 한 번씩 말해볼까요?

유리와 우진, 길사장, 다들 정호의 눈을 피하는데,

정호   일을 열심히 하는데 수익이 전혀 안 생긴다면, 본인이 과연 생산적인 일을
하고 있는 건지 되돌아볼 필요가 있지 않겠습니까?

유리　　　생산성의 지표를 수익으로만 판단하는 건 잘못된 거라 생각합니다!

우진　　　(마구 끄덕이는)

길사장　　아니 그리고 내가 손님을 받을 새가 있었냐고 자기가 일을 좀 시켰어야지.

정호　　　다들 이런 식이면 조만간 월세도 못 낼 것 같은데, 그러지 말고 광고와 운
　　　　　영 일체를 저한테 위임하시죠.

　　　　　놀라 보다 저이들끼리 '지가 뭔데' 어쩌구 하며 웅성웅성하는 일동인데,

정호　　　변호사 사무실, 정신과, 흥신소, 고민을 가진 사람들이여 은하빌딩으로 오
　　　　　라~ (자신만만히) 내가 여러분들 먹여 살려드릴게.

S#41.　(인터뷰) 로 카페 마당, 낮.

　　　　　밝은 얼굴로 인터뷰 중인 준이.

준　　　　여기서 일하면서, 책을 통해선 배울 수 없는 많은 것들은 배운 것 같아요.

S#42.　로 카페 계단실 - 로 카페 상담실, 낮.

　　　　　#1. 정호 앞에 앉아 상담 중인 **고객1(여/40대)**.
　　　　　밖에서 턱을 괴고 그 모습 지켜보는 준이고,

고객1　　아니, 내가 인터넷으로 소파를 샀는데 지들이 상품을 잘못 보낸 거야, 근
　　　　　데 내가 좀 바빠서 한 3일 뒤에 연락을 했더니, 이미 사용을 했으니까 환
　　　　　불을 못 해주겠대.

정호　　　전자상거래 등에서의 소비자보호에 관한 법률에 의하면, 이렇게 상품이
　　　　　오배송 된 경우, 소비자는 그 사실을 안 날로부터 30일 이내에 계약을 철
　　　　　회할 수 있어요.

들으며 벌써 속이 시원해진 얼굴의 고객1.

#2. 유리 앞에 앉아 있는 아영과 그 **친구1(여/10대)**.

아영　아니 얘네 사장님이요, 알바하면서 밥도 못 먹게 한다잖아요.

유리　몇 시간이나 일 하는데?

친구1　8시간이요. 오늘 중간에 너무 배고파서 잠깐 나가서 뭘 좀 먹고 왔는데, 막 화를 내시는 거예요.

유리　한참 클 나인데! 먹을 거 가지고 서럽게, 그 사장님 안 되겠네!

친구1　사장님은 식사 시간 같은 건 따로 없다고 계약서에 써놨으니까 그렇게 해야 된다고,

유리　계약서에 써 있어도 근로기준법에 위반된다면 그 계약 조항은 무효 처리되게 되어 있어. 법적으론 근무 시간이 8시간 이상인 경우 1시간 이상 휴게 시간을 주는 게 맞아.

친구1　(안심한 듯한 얼굴로 보는데)

유리　더군다나 미성년자는 7시간 근무가 원칙이고-

준　(E) 사람들은 변호사에게 자기 권리를 듣는 것만으로도 속이 시원해져 돌아간다는 걸.

S#43. 캠핑장, 낮.

함께 캠핑을 온 은하빌딩 식구들,
텐트와 테이블 등이 펼쳐져 있고 의자에 앉아 있는 김천댁과 최여사.
한쪽에서 라면을 끓이며 아웅다웅하는 유리와 정호, 준, 은강, 우진.

정호　조리법이 왜 조리법이야, 그대로 조리를 하라고 조리법이지.

유리　조리법이고 나발이고, 지금처럼 8갤 한꺼번에 끓일 땐 융통성을 발휘해야지!

우진	(봉지 뒷면 조리법을 정독 중이고)
준	검색해보니까 여러 개 끓일 땐 물이 증발하는 양이 줄어들어, 조리법대로 넣고 하면 싱거워진다는데요?
정호	그럼 물을 적게 넣어야지, 왜 된장을 넣냐고!
은강	그게 내 비법이야.
유리	아, 그래서 은강 씨가 끓여준 라면이 맛있었구나.
정호	같이 라면을 먹었어...?
최여사	라면은 그냥 다 때려 넣고 끓이면 된다니까~
김천댁	그러게 고기나 굽지 왜 여기까지 와서 라면을 먹겠대.
우진	면과 스프를 넣은 지 4분 30초가 됐으니 이만 불을 꺼야 합니다.
유리	그건 하나 끓일 때 조리법이라니까요!
정호	아 잠깐만, 김유리. 왜 둘이 라면을 먹었냐니까.
준	(휴대폰 보며) 오, 다진 마늘 한 스푼 넣으면 풍미가 살아난다는데요?

준이 해맑게 다진 마늘 한 스푼 탁 넣는다.
소란스럽던 일동, 그런 준이를 보고 동시에 탄식하는데,
cut to 》라면을 먹는 일동. 한 입을 먹고는 눈이 휘둥그레지는데.
'이게 왜 맛있지...' 하는 정호와 '오오 엄청 맛있어요!!' 하는 준,
저마다 맛있다고 한마디씩 하며 라면을 먹는 위로,

준	(E) 좋은 토론을 할 수 있는 사람들을 만나면, 더 좋은 해결책을 찾을 수 있다는 걸.

S#44. 납골당, 낮.

동생의 납골당을 찾아온 은강.
그저 망연히 서서 동생의 사진을 바라보고 있다.

준	(E) 그리고, 시간이 지나도 아물지 않는 상처도 있다는 걸 배웠죠.

S#45. 법무법인 황앤구의 인턴 채용 면접장, 낮.

슈트를 입고 황앤구의 인턴 채용 면접 중인 준이,
앞에서 황대표가 따분한 얼굴로 그 얘기를 듣고 있다.

준   하지만 그런 법의 허점을 채우는 것이 바로 저희가 해야 할 일이란 걸 배
            웠습니다!
황대표   근데 왜 굳이 다른 데도 아니고 공익재단에서 인턴을 하려는 거지?
준   법法이란 가진 자들의 것을 지키기 위해서가 아니라,

            INS 》법무법인 황앤구에서 입사 면접을 보고 있는 유리.
            황대표 앞에 앉아 준과 동일한 대사를 하고 있는 유리의 모습.

유리   평범하게 살아가는 모든 사람들을 보듬기 위해 존재한다는 걸, 확인하고
            싶기 때문입니다.

            다시 현재 》벙찐 얼굴로 준을 보고 있는 황대표.

황대표   (뭔가 이상하다) 잠깐만, 잠깐만, 어디서 일을 했다고?
준   (해맑게) 로 카페라고, 그러니까 법률 상담을 해주는 카펜데-

            순간 준과 황대표 서로를 보는데,
            FLASH BACK 》골프장 카트를 운전하는 준을 보는 황대표. (14화 S#34)

황대표   너!
준   어?! 그때 그!! 대표님이셨어요?

S#46. 정호의 본가, 밤.

승운, 문을 열어주면, 맥주 캔을 든 정호가 서 있다.
정호, 안으로 들어와 보면
연주의 흔적들이 사라져 있어서인지 어둡고 휑해 보이는 집.
승운, 어설픈 솜씨로 어지러운 식탁을 치우며,

승운   중요한 날 앞두고 이 시간에 니가 어쩐 일이냐.
정호   그냥요. 맥주나 한잔, 할까 해서요. (맥주 캔 따서 건네면)
승운   ...!
정호   (제 것도 따 한 모금 하고) ..내일 오실 거죠?
승운   내가 갈 자격이 있는지 모르겠구나. 좋은 날, 괜히 가서 니들 마음 불편하
      게 하는 건 아닌지...
정호   안 오시면 더 불편하니까 그냥 오세요.
승운   (보면)
정호   제가 보니까 아버지를 더 많이 닮았더라구요. 혼자서 뭐든 해결하려고 하
      는 거나, 바보처럼 속마음 얘기 못 하고 끙끙 앓는 것도.
승운   ...
정호   그래서 유리가 좋았나 봐요. 뭐든 솔직하게 다 말하는 게 신기하고, 이뻐
      서.
승운   (미소로) 유리가 그런 아이냐?
정호   네, 뭐든 숨길 줄을 몰라요. 그래서 저도 좀 변해보려구요.
승운   ...
정호   아버지도, 이젠 마음의 짐을 내려놓고 좀 편안해지셨으면 좋겠어요.
승운   (놀라 보는데)
정호   (어색해하다 일어서는) 내일 꼭 와주세요.

S#47. 신부 대기실, 낮.

불안한 듯 창밖 날씨를 확인하는 세연.

세연   야 이거 날 잘못 잡은 것 같은데, 어떡하냐.

그러며 세연 돌아서면,
노란 웨딩드레스를 입고 부케를 들고 있는 유리가 보인다.
긴장한 듯 심호흡을 하며 서성이고 있다.

유리   안 되겠다, 세연아 나 다시 가야될 것 같아. (등 부분이 코르셋으로 된 드레스를 세연에게 들이밀며) 이것 좀 벗겨봐.
세연   화장실 갔다 온 지 얼마나 됐다고 또 이래!! 대장이 이렇게 과민해서 시집가겠냐!!
유리   아 빨리~!!
세연   너 이거 그냥 기분 탓이야. 드레스만 좀 풀어줄게, 있어봐.

그때 한복을 입은 연주가 들어온다.

연주   (유리 향해 오더니 손잡으며) 왜 이렇게 긴장을 했어.
유리   어머니..
연주   (진지) 혹시 지금이라도 맘 바뀐 거면, 말해-
세연   (OL) 아유, 어머니!! 뭔 소리예요, 건 또오!
연주   아니 혹시 후회할 것 같으면, 부담 갖지 말라는 거지.
세연   그런 말씀 마시고 어머닌 (가방 맡기는) 이거나 들어주세요.

그때 '변호사 언니~!!' 하고 부르며 민규의 팔을 끌고 들어서는 아영(6화)!

아영   우와~ 언니 완전 이뻐요, 동화에 나오는 공주님 같아요, 그치?
민규   (수줍) 축하드려요.
아영   근데 그 추리닝 오빠랑 진짜 결혼까지 하시는 거예요? 충분히 생각해본 거죠?

연주   (못마땅) ...넌 누구니?

S#48. 야외 결혼식장1, 낮.

#초록빛 나무로 둘러싸인 야외 결혼식장
잔디밭에 의자들이 놓여 있고.
김천댁과 최여사가 팔짱을 끼고 들어선다.

김천댁   뷔페가 맛있어야 될 텐데, 음식이 괜찮을랑가 몰라.
최여사   언닌 뭐 먹으러 왔어?

#로비
우진, 은강, 준, 길사장이 축의금을 받고 식권을 나눠주고 있는데,
그때 터질 듯 두둑한 봉투를 내미는 손길에 일동 놀라 보면
미소 짓고 있는 이는 다름 아닌 희연(10화)이다.
길사장, 곽반장(1화)과, 영분(5화), 송화, 희수, 정계장 등 낯이 익은 얼굴들
이 슬슬 좌석을 채우고 있다.
수아와 지아의 손을 잡고 온 위탁 부모(4화)의 모습도 보이고...

S#49. 야외 결혼식장2, 낮.

사회자석에 선 진기, 거의 다 채워져가는 하객석을 보며,

진기   이제 곧 김정호 군과 김유리 양의 예식이 있을 예정이니, 하객분들은 모두
착석해주시기 바랍니다.

연주와 승운, 정호를 한 번씩 토닥이곤 혼주석으로 향하고,
홀로 긴장한 채 서 있는 정호인데, 그 곁에 다가와 서는 은강.

은강	긴장되나 보지?
정호	...빈정대러 왔냐.
은강	아니, 축하하러.
정호	(놀라 보면)
은강	(작게 미소 지어 보이며) 긴장하지 마, 행복할 거야.

정호의 어깨를 만져주곤 하객석으로 가버리는 은강이고,
픽 웃으며 그런 은강을 보는 정호.
신부 대기실에서 뛰어나온 세연, 사회자석의 진기를 향해,
타임아웃 제스처와 함께 진행하지 말라는 수신호를 열심히 해 보인다.
반면 무슨 말인지 전혀 모르겠는 진기,

진기	자, 그럼 이제부터 김정호 군과 김유리 양의 결혼식을 시작하겠습니다.

아니이~~ 답답해 죽겠는 세연, 다시 신부 대기실로 달려 들어가고,

진기	곧 비가 올 수 있는 관계로 거두절미하고, 오늘의 주인공들을 만나보겠습
	니다. 오늘 가장 행복한 남자, 김정호 군을 큰 박수로 맞아주십쇼! 신랑,
	입장!!

성큼성큼 걸어 나가는 정호,
주례인 황대표가 서 있는 단상에 도착한다.
유리를 맞기 위해 정호, 돌아서면 잔잔한 음악이 깔리기 시작한다.

진기	오늘의 진정한 주인공이죠, 신부, 입장.

그러나 기다려도 유리가 등장하질 않자, 웅성거리는 하객들과 당황하는
진기.

진기 　신부님? 신부님 어디 계세요~ 저희 박수 소리가 너무 작았나요? 썬부님
　　　~?

정호가 조금 마음이 불안해지려는 그 순간,
저만치서 노란 웨딩드레스를 입은 유리가 등장한다.
달려온 듯 숨을 헉헉대고 있는 유리, 숨 막히게 아름다운 모습이다.
그런 유리를 보고 빙그레 미소 짓는 정호와 진기.

진기 　자 그럼 다시 한번, 신부 입장.

홀린 듯 서로만을 바라보며, 정호를 향해 다가오는 유리.
마침내 정호 앞에 서면, 서로에게 시선을 고정한 채인 두 사람.
지켜보던 준이, 눈물이 핑~ 돈다.

황대표 　오늘 주례를 맡은, 황갑성이라고 합니다. 신부가 하도 헛소리하지 말라고
　　　신신당부를 해가지고 준비를 좀 해왔는데... (품에서 준비해온 쪽지를 펼
　　　쳐 드는데, 불어온 강풍에 쪽지가 휙 날아가버린다!! 망연히 바라보다)
　　　...비도 오는데 짧게 하도록 하겠습니다. 그... 우리 법조계의 아주 드문 두
　　　인물이 이렇게 만나 결혼에까지 이르는 걸 보니, 참, 다들 제 짝이 있구나
　　　싶고, 감격스럽습니다.

비가 조금씩 오기 시작하고... 하객들, 하나둘 준비된 투명우산을 펼친다.
또다시 강한 바람이 불어오고 황대표, 흔들리는 꽃 장식을 붙잡은 채 주
례를 이어나간다.

황대표 　신부 김유리 양은 제가 아는 변호사들 중 가장 용감하고, 가장 제멋대로
　　　잘 사는 인물이라 별로 걱정이 없고, 오로지 신랑이 걱정인데...얘기 듣기로
　　　는 신부 못지않다고 하더라구요. (하객들 웃으면) 저는 솔직히 이 각박한
　　　세상에 김유리 변호사 같은 사람이 하나쯤 있다는 것이, 못내 따뜻했습니
　　　다.

유리   (살짝 울컥해 보는)

황대표   여러분도 그랬기 때문에 이 자리에 함께 해주신 것이라 믿습니다. 자, 이제
       저는 함께 새로운 시작을 하려는 두 사람에게 인생 선배로서 딱 하나만
       당부하려 합니다. 혹시 돌잔치를 한다면, 태풍 오는 날은 피해라!! (하객들
       웃으면) 감사합니다.

       황대표, 퇴장하려는데, 손을 떼면 아무래도 꽃 장식이 무너질 것 같자
       하는 수 없이 양팔로 붙잡고 있다.

진기   태풍이 올 줄 알면서도 하루도 미루고 싶지 않았던 신랑과 신부죠, 두 사
       람이 서로를 위해 준비한 편지를 읽어주는 시간이 있겠습니다. 먼저 신랑.

       서로를 바라보고 서는 유리와 정호.
       바람이 불어 두 사람의 결혼식을 알리는 입간판이 날아가려는 걸 탁! 붙
       잡는 곽반장이고.
       하객들 머리 위를 덮고 있던 거대한 흰색 캐노피가 흔들리면,
       이를 붙잡는 조씨와 영분, 희연, 송화, 위탁 부모 등.
       모두 날아가려는 꽃 장식이나 테이블보를 잡아 두 사람에게 시간을 준다.

정호   누가 시키지 않아도 내 모든 걸 쏟아내게 만드는 걸, 난 이미 17년 전에 찾
       았어. 너가 내 전부라고, 평생을 변치 않을 거라고 말하진 않을게. 그냥, 나
       는 너를 통해 내가 됐어. 내게 좋은 게 있다면 그건 다 너야. 그러니까 그
       어떤 미래도 두려워하지 않아도 돼, 유리야.

       이 말에 울컥해 바라보다 정호에게 츕 뽀뽀해버리는 유리.

유리   너가 예전에 그랬지 우린 인연이 아닌 것 같다고. 근데 난 우리가 인연이라
       고 믿어. 그러지 않곤, 이렇게 함께하는 모든 순간들이 재밌을 수 있을까?
       (미소) 생각해보면 나도 항상 너였고, 너밖에 없었어. 그걸 너무 늦게 깨달
       아서 미안해. 사랑해 정호야, 마음이 다하는 날까지 널 사랑할게.

S#50. 몽타주

#기타를 치는 조씨와 축가로 송창식의 〈우리는〉을 부르는 곽반장.
이하 노래가 흐르는 위로,

#'자 이제 그럼 신랑신부 행진이 있겠습니다!' 진기의 멘트가 떨어지자,
정호와 유리, 서로의 손을 잡은 채 비를 뚫고 함께 걸어 나간다.
빗속에서도 두 사람에게 꽃가루와 폭죽을 뿌려주는 민규와 아영.

#사진을 찍으려고 모이는 정호, 유리와 일동.
김천댁과 최여사의 우산이 뒤집어지고, 날아가버린다.
옥자와 연주의 한복 치마, 걷잡을 수 없게 날리고
주례 단상 뒤에 숨어 있다 나온 황대표, 비바람에 날아온 테이블보에
다리가 감긴다.
다른 하객들도 앞머리와 치맛자락을 붙잡는 등 난리가 아닌데,
지금까지의 유리의 의뢰인들의 면면이 보이고.
와중에 세연이 한 스카프 날아가면, 진기 군이 잡겠다고 자리를 이탈하고,
사진 한 장 찍기도 여간 어려운 게 아니다.

#노래의 가사 '바로 이 순간~~'이 나오는 부분에서
결국 거대한 흰색 캐노피와 아치 모양 꽃 장식이 쓰러진다!

#찰칵, 찰칵, 엉망이지만 즐거워 보이는 모두의 사진이 찍히는 데서.

S#51. 결혼식장 일각, 낮.

이슬이가 빗속에서 수아, 지아와 함께 뛰어놀고 있고,

한쪽에서 이를 흐뭇이 바라보며 서 있는 송화인데,
은강이 수건을 가지고 다가온다.
수건을 받아 머리를 말리는 송화.
두 사람 나란히 서서 놀고 있는 아이들을 바라보며,

송화   저번 주말엔 즐거웠어요. 이슬이도 저도, 놀이동산은 오랜만이었어서.
은강   저두 즐거웠어요.
송화   근데 혹시 오해하진 않으셨음 해서,
은강   (보면)
송화   저번에 은강 씨가 얘기했던 그거요, 아직 그런 의미는 아니고,
은강   (작게 미소) ...아직?
송화   !!! 아뇨! 제 말은- (목소리 커졌다 이슬이가 들을까 조용) 제 말은 그게
       아니라요...
은강   아닌 걸로 해두죠.

       잠시 침묵이 흐르는데,

은강   다음 주말에, 불꽃놀이 보러 갈래요?

       얼빠진 얼굴로 은강을 보는 송화에서.
       멀리서 오다 두 사람의 모습을 발견하고 미소 짓는 준.

준   (E) 어느 길을 가야 할진 모르겠지만...

S#52. (인터뷰) 로 카페 마당, 낮.

준   (미소로) 일단, 사랑은 하려구요. 좋은 사랑은, 가야 할 길을 가르쳐준다는
       걸 알았거든요.

S#53. 로 카페, 낮.

INS 》손님들이 마당까지 길게 줄을 서 있는 로 카페 외경.
상담실 앞에도 줄을 서 있는 손님들이고, 테이블도 만석이다.
커피를 내리느라 정신이 없는 은강인데,
'찹쌀떡~' 하며 카트를 끌고 돌아다니는 김천댁과 최여사.
카페로 들어온 **홍대표(남/50대/영화사 대표)**가 카운터로 오면,
메뉴판 맨 위에 [매운맛 상담]과 [순한 맛 상담]이 적혀 있는 것이 보이고

은강 상담받으러 오셨어요?

홍대표 아.. 예예,

은강 어느 쪽으로 하시겠어요?

홍대표 ...매운맛은 뭐고, 순한 맛은 뭔가요?

    은강, 정호와 유리의 프로필이 적힌 판넬을 내민다.
    '매운맛: 따끔하지만 냉철한 분석의 김정호 변호사'
    '순한 맛: 위로와 힐링이 되는 상담의 김유리 변호사'

은강 커피 결제하시고 상담받고 싶은 분 쪽으로 번호표 받아서 줄 서시면 돼
    요.

S#54. 로 카페 사무실, 낮.

고객2(여/50대)를 상담 중인 유리.

고객2 (눈물 훔치며) 그거 땜에 밤에 잠도 안 오고 정말,

유리 (안타깝게 보다) 그러시면 여기 2층에 정신과가 있거든요, 원장님 되게 좋
    으신데, 거기에 한번 들렀다 가세요.

S#55. 우진의 진료실, 낮.

눈물을 훔치는 **환자1(남/60대)**에게 휴지를 뽑아주는 우진.

우진   지금 말씀하신 직장에서 있었던 일에 대해서는, 여기 빌딩 1층 변호사님
께 한번 가보셔서 이야기 한번 나눠보는 것도 좋을 것 같거든요.

S#56. [노력의 산물 흥신소] 사무실, 낮.

고객3(여/50대)에게 커피를 내오고 있는 길사장.

길사장   아이 그런 문제는 첨부터 저한테 왔어야지! 커피도 여기가 더 맛있어요~

S#57. 로 카페 계단실, 낮.

[변호사 김정호]라 쓰인 명패 뒤에 앉아 서류(계약서)를 검토 중인 정호,
그 앞에 홍대표가 [SSS 악덕기업처단자]를 품에 안고 앉아 있다.

홍대표   제가 연재 때부터 작가님의 열렬한 팬이었는데, 드디어 이렇게 뵙네요. 법
지식이 화려하셔서서 감탄하며 읽었는데, 정말 변호사님이실 줄은-
정호   (계약서 넘겨보며) 이쪽 업곈 아직도 계약서를 이렇게 쓰나 봐요? 제가 어
젯밤에 판권 계약서 샘플을 여러 개 보고 오긴 했는데, 생각한 거보다 더
실망이네.
홍대표   그거는 뭐 얼마든지 작가님이 원하시는 대로 변경이 가능하구요,
정호   (덮고 내려놓으며) 그래서, 얼마 주실 건데요?

S#58. (인터뷰) 로 카페, 밤.

손님들이 빠진 시간, 유리와 정호, 나란히 의자를 세워놓고 인터뷰 중이
다.

유리   그래서 그걸 진짜 하겠다고?
정호   이제 결혼도 했는데, 둘 중 한 명은 돈을 벌어야지 않겠습니까?
유리   (째릿)
정호   뭐 내가 틀린 말 했어?
유리   됐고, 마무리나 하자. 밤이면 밤마다 잠 못 들게 하는,
정호   (꼭 해야 되나 싶지만) 용하다는 무당을 만나도 도무지 모르겠는,
유리   그런 고민이 있을 땐, 저희 로(Law) 카페로 오세요.
정호   커피 한 잔 값에 여러분의 고민을 들어드릴게요.

화면을 바라보며 윙크하는 유리와 씨익 미소 짓는 정호에서, **16화 엔딩.**

정호에게

'자고 갈 거야.'라니...
나도 참 어쩌자고 그런 말을 해버린 걸까.
집에 와서 생각해보니 엄청 부끄럽다.
아마도 내 인생 흑역사의 9할은 네가 목격을 했을 거야.
아님 같이 만들었거나 ㅎㅎ

자려고 침대에 누웠는데 잠이 안 오더라고.
벅차고 기쁜데, 또 한편으론 마음이 막 복잡한 게...
너한테 하고 싶었는데 못 했던 말들이 남아 있었나 봐.
그 말들이 자꾸 맴돌아서, 이렇게 새벽에 일어나서 편지를 써.

정호야 나한테 말이야 너는, 항상 깊은 호수였어.
바깥은 잔잔한데 그 안에 뭐가 살고 있는지 알 수 없는
그런 커다란 호수 말이야.
네 깊은 그 속내가 나한텐 항상 수수께끼였었거든.
근데 오늘에야 네 호수에 뭐가 있는지 전부 안 것 같아.

알고 나니까, 나 있지, 너무 행복한데...
한편으론 너무 가슴이 아파, 정호야.
네 마음이 너무 깊고 슬퍼서, 가슴이 아파.
나한테 힘든 일이 있을 땐 그 누구보다 빨리 달려와주던 네가,

말로는 티격태격해도 행동만큼은 언제나 다정하고 친절하던 네가 생각나면서,
너와 함께 했던 모든 순간들이, 전부 후회되고 아프더라.

나 같은 게 뭐라고 그 오랜 시간을 그랬어.
차라리 조금만 좋아하다 말지.
네가 날 좋아하며 아팠을 걸 생각하면,
차라리 그런 생각이 들 정도야.

내가 힘들었던 순간들엔 전부 네가 내 옆에 있었는데,
네가 힘들었던 순간엔 난 어디에 있었던 걸까.
할 수만 있다면 시간을 돌이켜, 그 순간들로 돌아가 너를 안아주고 싶어.

넌 아마, 내가 이렇게 네 맘을 전부 알고 나면 속상해할까 봐
네가 그 맘을 얼마나 오래 간직했는지 말을 안 한 거였겠지.
이제 보니 넌 항상 네 마음보다 내 마음을 먼저 생각했던 거였어.

네가 아팠던 시간들이 전부 잊힐 만큼,
앞으로 내가 널 더, 더 많이 사랑할게.
서로를 피하고 밀어내던 시간들이 기억나지 않을 정도로,
행복한 기억들을 많이 만들어줄게.
그리고 네가 힘들고 슬플 때, 반드시 네 옆을 지킬게.

나는 네가 옆에 있어주었던 그 순간들 덕분에,
버틸 수 없을 것 같은 일들을 버텨냈고,
할 수 없을 것 같던 일들을 전부 해냈어.

그래서 돌고 돌아 지금 여기,
널 사랑할 수 있는 내가 되어 다시 너를 만난 것 같아.

그러니 이제 혼자 담아두고, 혼자 아픈 건 그만하기로 해.
네가 아프면 나도 아프니까.

사랑해 정호야.
그리고... 다음번엔 진짜 자고 갈게♥

2022년 10월

너의 애인 유리가